Philip José Farmer wurde 1918 geboren und trat 1952 schlagartig ins Rampenlicht der Science-fiction-Szene, als sein Roman »The Lovers« herauskam. Bereits 1953 gewann er einen HUGO-Award als »vielversprechendster neuer Autor«; später folgte ein weiterer HUGO-Award für seinen Roman »To Your Scattered Bodies go«. Farmers fünfbändige Serie »The World of Tiers« (Die Welt der tausend Ebenen) gehört zu den farbigsten und phantasievollsten Werken des Autors.

Von Philip José Farmer sind außerdem erschienen:

Meister der Dimensionen (Band 60511)
Welten wie Sand (Band 60512)
Lord der Sterne (Band 60513)
Hinter der irdischen Bühne (Band 60514)

Dieses Buch wurde auf chlor- und säurefreiem Papier gedruckt.

Vollständige Taschenbuchausgabe Februar 1996
Die deutsche Erstausgabe erschien erstmals 1981
im Knaur Taschenbuchverlag (Band 5732)

Titel der Originalausgabe »The Lavalite World«

Umschlaggestaltung Agentur Zero, München
Umschlagfoto Image Bank, München
Satz MPM, Wasserburg
Druck und Bindung Ebner Ulm
Printed in Germany
ISBN 3-426-60515-5

2 4 5 3 1

PHILIP JOSÉ FARMER
PLANET DER SCHMELZENDEN BERGE

Die Welt der tausend Ebenen
Band 5

Fantasy-Roman

Aus dem Amerikanischen
von Walter Erev

Knaur

Für Roger Zelazny,
den großartigen Legendenbauer

Dank sage ich J. T. Edson, dem Autor der *Dusty-Fog-Saga,* für seine freundliche Erlaubnis, den terranischen Fog mit den britischen Foggs zu verschmelzen.

PHILLIP JOSÉ FARMER

Erstes Kapitel

Kickaha war ein quecksilberschneller Proteus.
Wenige konnten sich mit ihm in der Schnelligkeit messen, mit der er sich Veränderungen anpassen konnte. Doch auf der Erde und auf anderen Planeten der Taschenuniversen veränderten sich die Hügel, Berge, Täler, die Ebenen und die Flüsse und Seen nur selten. Man nahm es für selbstverständlich, daß sie ihre Form und ihren Standort beibehielten.
Sicher, kleinere örtliche Veränderungen gab es. Überschwemmungen, Erdbeben, Berglawinen und Springfluten veränderten das Gesicht der Erde. Doch ihre Auswirkungen schlugen auf der Zeitskala, im Lebensmaßstab einer Nation, nur minimal aus.
Ein Berg mochte ja wandern, doch die Hunderte und Tausende von Generationen, die an seinem Fuß lebten, würden es kaum bemerken. Nur der Schöpfer – oder ein Geologe – würde in den unmerklichen Bewegungen so etwas erkennen wie die Flucht einer Maus in ein Erdloch.
Hier war dies anders.
Sogar der selbstsichere, seelenruhige Kickaha, der sich Veränderungen so schnell anpassen konnte, wie ein Spiegel ein Bild reflektiert, war hier nervös. Aber er würde nicht zulassen, daß irgend jemand sonst dies merkte. Auf die anderen machte er einen geradezu wahnsinnig unterkühlten Eindruck. Doch dies rührte daher, daß sie nämlich dabei waren, den Verstand zu verlieren.

Zweites Kapitel

Während der »Nacht« hatten sie sich zum Schlafen hingelegt. Kickaha hatte die erste Wache übernommen. Urthona, Orc, Anana und McKay hatten es sich auf dem rostroten Gras so bequem wie möglich gemacht und waren bald eingeschlafen. Ihr Lager befand sich auf dem Grund eines flachen Tales, das von niedrigen Hügeln eingeschlossen war. Das Gras war das einzige Anzeichen von Vegetation im Talgrund. Die Hügelkämme hingegen waren von schattenhaften Bäumen bestanden. Sie maßen etwa drei Meter, und obwohl kaum eine leichte Brise wehte, schwankten die Bäume vor und zurück.

Als Kickaha seine Wache angetreten hatte, entdeckte er nur ein paar Bäume auf den Hügelkämmen. Doch im Verlauf der Zeit tauchten immer mehr auf. Sie bauten sich neben der Vorhut auf, bis sie eine durchgehende Linie bildeten. Es war unmöglich zu schätzen, wie viele sich auf den Rückhängen der Hügel befinden mochten. Eines allerdings schien Kickaha als sicher: daß die Bäume auf die »Morgendämmerung« warteten. Und dann, falls die Menschen nicht zu ihnen kommen würden, würden die Bäume die Hänge herunterkommen und die Menschen angreifen.

Der Himmel war einheitlich dunkelrot, bis auf ein paar langsam dahintreibende schwarze Umrisse. Wolken. Die riesige rote Masse, die dem Auge als sechsmal größer als der Mond der Erde erschien, war vom Himmel verschwunden. Sie würde zurückkehren, nur wußte er nicht, wann. Er setzte sich und rieb sich die Beine. Sie schmerzten ihn noch immer nach dem Unfall, der vor zwölf »Tagen« stattgefunden hatte. Der Schmerz in seiner Brust dagegen war beinahe vollkommen abgeklungen. Er erholte sich, doch er war keineswegs mehr so beweglich und stark, wie er dies gewohnt war.

Allerdings kam ihm zugute, daß die Schwerkraft hier geringer als auf der Erde war.
Er legte sich einen Augenblick auf den Rücken. Kein tierischer oder menschlicher Feind würde jetzt angreifen können. Er würde zuerst den Ring der Mörderbäume passieren müssen. Und nur die Elefanten und eine Riesenart von schalenhirschähnlichen Tieren würden dazu kräftig genug sein. Er wünschte sich, daß ein paar von ihnen auftauchen würden. Sie ernährten sich von Bäumen. Doch auf diese Entfernung hin vermochte Kickaha nicht genau zu bestimmen, um welche Gattung der Mörderpflanzen es sich handelte. Manche von denen waren mit solch furchtbaren Waffen ausgestattet, daß selbst die großen Tiere ihnen auswichen.
Aber wie zum Teufel hatten die Bäume ihre kleine Gruppe entdeckt? Zwar verfügten sie über einen gutausgebildeten Geruchssinn, doch bezweifelte er, daß die Luftbewegung stark genug war, die Witterung der Menschengruppe den Hang hinaufzutragen und über den Kamm hinweg. Die Sehfähigkeit der Pflanzen hingegen war beschränkt. Sie konnten Umrisse durch die aus vielen Facetten zusammengesetzten insektenartigen Augen erkennen, die ringförmig am Oberteil des Stammes angeordnet waren. Doch auf diese Entfernung und in diesem Licht waren sie wohl nahezu blind.
Einer oder mehrere ihrer »Kundschafter« waren wohl über einen Kamm gestiegen und hatten ein paar Geruchsmoleküle der Menschenwitterung aufgefangen. Und das war weiter nicht verwunderlich. Er selbst und die anderen stanken. Das bißchen Wasser, das sie hatten finden können, mußte zum Trinken verwendet werden. Und wenn sie morgen nicht irgendwo neues Wasser fanden, würden sie bald ihren eigenen Urin trinken müssen. Man konnte diesen zweimal rezyklieren, bevor er zu Gift wurde.
Und wenn sie nicht bald irgendein jagdbares Wild töteten, dann würden sie vor Hunger zu schwach sein, um weiterzugehen.
Er rieb mit den Fingern der Linken über den Lauf seines Handstrahlers. Die Batterie enthielt nur noch ein paar volle Energiestöße, dann würde sie leer sein. Bisher hatten Anana und er es

vermieden, den Energievorrat der Waffe zu verschwenden. Schließlich war sie das einzige, das ihnen erlaubte, die anderen drei unter Kontrolle zu halten. Überdies war es auch der einzige starke Schutz, den sie gegen die großen Raubtiere hatten. Doch wenn die »Dämmerung« herrschen würde, dann wollte er auf die Jagd gehen. Sie mußten unbedingt essen, und sie konnten ja das Blut trinken, um den Durst zu löschen.

Vorher aber würden sie durch den Baumgürtel dringen müssen, und dabei würden sie möglicherweise die Energiebatterie aufbrauchen. Und vielleicht reichte die Energie nicht einmal aus. Es konnten ja Tausende von Bäumen auf der anderen Seite der Hügelkämme stehen.

Die Wolken zogen sich zusammen. Vielleicht würde es doch endlich regnen. Und wenn der Regen so dicht fiel, wie Urthona das vorausgesagt hatte, dann könnte er dieses schalenförmige Tal anfüllen. Sie würden also entweder ertrinken oder die Bäume angehen müssen. Eine großartige Auswahl!

Er ruhte ein paar Augenblicke auf dem Rücken aus. Er vernahm jetzt schwache Geräusche wie ein Knarren und Stöhnen und ein gelegentliches Murren. Die Erde unter ihm bewegte sich. Über seinen Rücken und seine Beine strömte Hitze! Es fühlte sich beinahe so heiß an wie ein menschlicher Körper. Unter den dichtstehenden Gräsern und dem dicken Geflecht der Wurzeln wurde Energie freigesetzt. Die Erde verschob sich langsam. Er wußte nicht, in welche Richtung und zu welchen neuen Formen.

Er konnte warten. Einer seiner größten Vorzüge war eine fast tierhafte Geduld. Sei ein Leopard, sei ein Wolf! Liege ganz still und schätze die Lage ab! Wenn es darauf ankam zu handeln, dann würde er explosiv losbrechen. Unseligerweise behinderten ihn sein verletztes Bein und seine Erschöpftheit. Wenn er früher einmal Dynamit gewesen war, dann war er jetzt nur noch schwarzes Schießpulver.

Er setzte sich auf und blickte sich um. Die Bäume bildeten auf den Hügelkämmen einen wabernden Wall. Ringsum glühte dieses dunkle rote Licht. Die anderen aus ihrer Gruppe lagen auf dem

Rücken oder auf der Seite. McKay schnarchte. Anana murmelte etwas in ihrer Muttersprache, einer Sprache, die älter war als die Erde selbst. Urthonas Augen waren geöffnet, und er blickte direkt zu Kickaha hinüber. Hoffte er vielleicht, ihn zu überraschen, wenn er nicht aufpaßte, und den Strahler in die Hand zu bekommen?
Nein. Er schlief fest, Mund und Augen weit geöffnet. Kickaha war aufgestanden und zu ihm getreten, und er hörte das leise Gurgeln von den trockenen Lippen des Mannes. Die Augen wirkten glasig.
Kickaha leckte sich über die eigenen sandpapierrauhen Lippen und schluckte. Er hob die Armbanduhr, die er sich von Anana ausgeliehen hatte, dicht vor die Augen. Er drückte den kleinen Knopf an der Seite, und vier Ziffern leuchteten kurz auf dem Zifferblatt auf. Sie waren in den numerischen Symbolen der Lords geschrieben. Nach irdischer Berechnung war es 15.12 Uhr. Aber hier bedeutete dies überhaupt nichts. Es gab keine Sonne; vom Himmel strahlten Licht und ein wenig Wärme. Wie dem auch sein mochte, dieser Planet besaß keine stabile Umdrehung oder Umlaufbahn, und es gab keine Sterne. Und die große rötliche Masse, die langsam über den Himmel zog und von Tag zu Tag größer wurde, war kein echter Mond. Sie war ein temporärer Satellit, und sie war in einer ständigen Fallbewegung begriffen.
Schatten gab es nur bei einer ganz außergewöhnlichen Bedingung.
Es gab keinen Norden, Süden, Osten oder Westen. In der Uhr Ananas war ein Kompaß eingebaut, doch nützte er hier überhaupt nichts. Der große Himmelskörper, auf dem er sich befand, besaß keinen Nickel-Stahl-Kern, kein elektromagnetisches Feld, keinen Nordpol und keinen Südpol. Wollte man genau sein, dann konnte man das Gebilde nicht einmal einen Planeten nennen.
Inzwischen begann sich der Boden zu heben. Er empfand das nicht aus der Bewegung, denn die war zu langsam. Doch die Hügellinien waren eindeutig niedriger geworden.
Einen nützlichen Zweck allerdings erfüllte Ananas Uhr: Man konnte an ihr das Fließen der Zeit ablesen, und sie würde ihm sagen, wann seine anderthalbstündige Wachperiode vergangen war.

Als es Zeit war, Anana zu wecken, trat er zu ihr hinüber. Doch sie richtete sich auf, ehe er auf vier Schritte herangekommen war. Sie wußte, daß es ihre Wachablösung war. Sie hatte sich selbst den Befehl erteilt, zur richtigen Zeit aufzuwachen, und eine gutentwickelte Sinneseinrichtung in ihr, eine Art biologischer Wecker, hatte »geklingelt«.

Anana war noch immer hinreißend schön, doch begann sie allmählich hager auszusehen. Die Wangenknochen standen vor, die Haut darunter und das Wangenfleisch begannen einzusinken, die weiten dunkelblauen Augen waren von Erschöpfungsringen umgeben. Die Lippen waren rissig, und die einst so glatt und weiß wirkende Haut war schmutzig und sah grob aus. Und obwohl sie während der zwölf Tage, die sie inzwischen hier hatten verbringen müssen, unendlich geschwitzt hatte, sah man um ihren Hals noch immer die Rauchspuren.

»Na, du selber siehst ja auch nicht gerade überwältigend aus«, sagte sie lächelnd.

Sonst war ihre Stimme ein samtiger Alt gewesen, jetzt hingegen klang sie wie Kies.

Sie stand auf. Sie war schlank, hatte jedoch breite Schultern und schöne, volle Brüste. Sie war nur knapp fünf Zentimeter kleiner als Kickaha mit seinen ein Meter fünfundachtzig, und sie war so kräftig wie nur irgendein Mann ihrer Größe und ihres Gewichts. Und beim Wettlauf unter fünfzig Metern konnte sie Kickaha glatt abhängen. Warum auch nicht? Sie hatte zehntausend Jahre lang Zeit gehabt, ihr körperliches Potential zu entwickeln.

Aus der Gesäßtasche ihrer Seemannshosen, die ziemlich zerfetzt aussahen, zog sie einen Kamm und richtete sich das zerzauste Haar gerade. Das Haar war lang und so schwarz wie das einer Krähenindianerin.

»Na? Ist es so besser?« fragte sie lächelnd. Die Zähne waren sehr weiß und sehr ebenmäßig. Vor nur dreißig Jahren hatte sie sich frische Zähnezwiebeln implantieren lassen – zum hundertsten Mal ...

»Nicht schlecht für eine ausgetrocknete, uralte Frau, die am Verhungern ist«, sagte Kickaha. »Und eigentlich ... Wenn ich mich dazu in der Lage fühlte ...«

Er hörte auf zu grinsen und deutete auf die Hügelkämme. »Wir bekommen Gäste!«

In diesem Licht war es kaum zu sagen, ob sie bleich wurde. Die Stimme klang ruhig. »Wenn sie Früchte tragen, haben wir etwas zu essen.«

Kickaha hielt es für besser, sich die Bemerkung zu verkneifen, daß sie statt dessen gefressen werden konnten.

Er reichte ihr den Strahler. Der sah aus wie ein sechsschüssiger Revolver. Nur waren die Geschosse energiegeladene Batterien, und nur eine davon hatte noch die volle Ladung.

Im Lauf gab es einen Mechanismus, der so eingestellt werden konnte, daß der Energiestrahl einen Baum zerschneiden konnte, oder eine leichte Verbrennung verursachte oder nur einen Betäubungsschlag versetzte.

Kickaha ging zu der Stelle, an der er seinen Bogen und einen mit Pfeilen gefüllten Köcher abgelegt hatte. Er war ein hervorragender Schütze, doch bisher hatten seine Pfeile nur zweimal ein Tier erlegt. Die Tiere hier waren argwöhnisch und auf der Hut, und so war es außer diesen zwei Malen unmöglich gewesen, nahe genug an sie heranzukommen und Beute zu schießen. Beide Male waren es kleine Gazellen gewesen, keineswegs ausreichend Nahrung, um über zwölf Tage hindurch fünf erwachsenen Menschen den Bauch zu füllen. Anana hatte einmal mit ihrer Wurfaxt einen Hasen getötet, aber ein langbeiniger Pavian war um einen Abhang herumgeschossen gekommen, hatte ihn gepackt und war mit dem Tier verschwunden.

Kickaha hob Köcher und Bogen auf, und sie gingen hundert Meter von den Schlafenden fort. Dort legte er sich nieder und schlief ein. Sein Messer hatte er in den Boden gerammt, so daß er es jederzeit bei einem Angriff packen konnte. Anana hatte den Strahler, die Wurfaxt und ein Messer, um sich zu verteidigen.

Zu diesem Zeitpunkt machten sie sich wegen der Bäume noch keine Sorgen. Sie wollten nur zwischen sich und die anderen einen gewissen Abstand legen. Und wenn Ananas Wache vorbei war, würde sie McKay wecken und sich dann neben Kickaha ausstrecken. Und sie und ihr Partner machten sich keine übermäßig großen Sorgen darüber, daß einer der anderen sich heranzuschleichen versuchen würde, während sie schliefen. Anana hatte ihnen erklärt, daß es in ihrer Armbanduhr einen Mechanismus gab, der einen Alarm auslöste, wenn irgendein Körper mit einer Masse, die gefährlich werden könnte, näherkam. Sie hatte gelogen. Obwohl natürlich die Lords solche Warnmechanismen besitzen konnten. Wahrscheinlich fragten sie sich, ob Anana sie zu täuschen versuchte. Aber sie würden es nicht darauf ankommen lassen, das herauszufinden. Sie hatte nämlich gesagt, daß sie sofort töten würde, falls einer sie angreifen sollte. Und sie wußten, daß sie nicht spaßte.

Drittes Kapitel

Er erwachte schwitzend unter der Hitze, das helle Licht des »Tages« stach ihm in die Augen. Der Himmel hatte sich in ein flammendes helles Feuerrot verwandelt. Die Wolken waren verschwunden und hatten ihr kostbares Naß anderswohin getragen. Aber Kickaha lag nicht länger in einem Tal. Die Hügel waren flach geworden, sie waren jetzt eine Ebene. Und ihre kleine Gruppe hockte nun auf einem niederen Hügel.

Er war überrascht. Der Verwandlungsprozeß hatte sich rascher vollzogen, als er erwartet hatte. Allerdings hatte Urthona gesagt, daß die Umformung sich manchmal beschleunigen könne. Hier war nichts beständig oder vorhersehbar. Also hätte Kickaha eigentlich nicht überrascht sein dürfen.

Sie waren noch immer von dem Ring der Bäume umgeben. Es standen dort mehrere Tausend, und gerade in diesem Augenblick näherten sich ein paar Kundschafterbäume dem frischgeborenen Hügel. Sie waren etwa drei Meter hoch. Die Stämme waren faßartig und von einer glatten, grünlichen Rinde bedeckt. Am Ende der Stämme lag ein Kreis großer, dunkler, runder Augen. Auf der einen Seite lag eine Öffnung – der Mund. Darinnen befand sich weiches, flexibles Gewebe und zwei feste Brücken, die mit haifischähnlichen Zähnen bestückt waren. Nach Urthonas Aussagen waren diese Pflanzen zur Hälfte Protein, und ihr Verdauungssystem war dem der Tiere ziemlich ähnlich. Der Anus bildete das Ende des Verdauungssystems, doch war auch er im Mund angesiedelt.

Urthona mußte dies ja wissen. Schließlich hatte er die Pflanzen selbst geschaffen.

»Sie haben keine Krankheiten, also gibt es überhaupt keinen

Grund, warum die Fäkalien nicht durch den Mund ausgeschieden werden sollten«, hatte Urthona erklärt.
»Wahrscheinlich stinken sie aus dem Mund«, hatte Kickaha gesagt. »Aber schließlich will sie ja wohl auch kaum jemand küssen, oder?« Er, Anana und McKay lachten darüber. Urthona und Red Orc zogen saure Gesichter. Ihr Sinn für Humor war verkümmert, oder vielleicht hatten sie ohnehin nie viel davon besessen.
Über dem Stammende der Bäume wuchsen viele schlanke Stengel etwa fünfzig bis siebzig Zentimeter hoch. Breite, grüne, herzförmige Blätter bedeckten die Äste. Vom Stamm selbst gingen radial sechs kurze Äste aus, die etwa einen Meter lang in drei Stufen paarweise seitlich angeordnet waren. An ihnen sprossen kurze Zweige mit großen, runden Blättern. Zwischen jedem der Astansätze ragte ein Tentakel hervor, etwa vier Meter lang und so beweglich wie der eines Tintenfisches. Ein weiteres Tentakelpaar wuchs auch aus dem Fuß der Bäume.
Letztere halfen, den Stamm zu balancieren, wenn er sich auf seinen zwei kurzen, knielosen Beinen fortbewegte, die in zwei großen, runden, borkenüberzogenen, aber zehenlosen Füßen endeten. Wenn der Baum sich zeitweilig aus einem beweglichen Zustand in einen seßhaften begab, gruben sich diese unteren Tentakel in den Boden, bildeten Wurzeln und saugten Nahrung aus dem Erdreich. Diese Wurzeln konnten leicht abgerissen und die Tentakel zurückgezogen werden, wenn der Baum sich »entschloß« weiterzuwandern.
Kickaha hatte Urthona gefragt, warum er in seinen Biolabors ein derartig naturwidriges und unbeholfenes Ungeheuer erschaffen hatte.
»Weil ich dazu Lust hatte!«
Jetzt wünschte sich Urthona möglicherweise, daß er das nicht getan hätte. Er hatte die anderen geweckt, und sie starrten alle auf diese unheimlichen, furchteinflößenden Geschöpfe.
Kickaha trat zu Urthona. »Wie geben sie sich Informationen weiter?«

»Durch Pheromone. Verschiedene Substanzen, die sie ausscheiden. Es gibt ungefähr dreißig von diesen Geruchsstoffen, und ein Baum, der sie riecht, empfängt durch sie zahlreiche Signale. Sie können nicht denken. Ihr Hirn entspricht ungefähr dem eines Dinosauriers, relativ gesehen. Sie reagieren auf instinktive – oder roboterhafte Weise. Allerdings verfügen sie über einen wohlausgebildeten Herdentrieb.«

»Kann eines von diesen Pheromonen Furcht übertragen?«

»Ja. Aber zuerst muß man einen der Bäume in Furcht versetzen, und wie die Lage jetzt ist, kann nichts ihnen Angst einjagen.«

»Mir fiel dabei ein«, sagte Kickaha, »daß es verdammt schade ist, daß Sie keine Phiole mit Furchtpheromonen bei sich haben.«

»Früher hatte ich das stets«, sagte Urthona.

Der Baumkundschafter an der Spitze war etwa zehn Meter von ihnen entfernt stehengeblieben. Kickaha blickte zu Anana hinüber, die zwanzig Meter von der Gruppe entfernt stand: Ihr Strahler war aktionsbereit für jeden Angriff von den drei feindlichen Männern oder von dem Baum. Kickaha ging auf den Kundschafterbaum zu und blieb drei Meter vor ihm stehen. Das Wesen wedelte mit seinen grünen Tentakeln. Andere Bäume näherten sich als Hilfstrupp, aber keineswegs überstürzt. Kickaha schätzte, daß sie mit diesen Beinen etwa eine Meile pro Stunde schaffen könnten. Aber er wußte ja nichts über ihre volle Kapazität. Urthona hatte einfach vergessen, wie schnell seine Geschöpfe gehen konnten.

Während er auf den Kundschafterbaum zuging, konnte Kickaha fühlen, wie die Erde unter ihm anschwoll, merkte er, wieviel rascher die Umwandlung vor sich ging. Die Luft wurde wärmer, zwischen den Gräsern hatten sich Spalten gebildet, und die nackte Erde sah schwarz und fettig aus. Wenn die Umgestaltung aufhörte und es drei Tage lang keinen weiteren Wandel geben würde, dann würde das Gras so weit nachwachsen, daß es die kahlen Stellen wieder bedeckte.

Die Bäume waren immer noch in Bewegung, aber sehr viel langsamer geworden. Sie lehnten sich auf ihren starren Beinen vorwärts und stützten sich mit den ausgestreckten Tentakeln ab.

Kickaha schaute sich den vordersten Kundschafter genauer an und entdeckte etwa ein Dutzend apfelroter Kugeln, die von den Zweigen hingen. Er rief über die Schulter Urthona zu: »Kann man die Früchte essen?«

»Vögel können es«, antwortete Urthona. »Aber ich weiß es nicht mehr genau. Andererseits kann ich mir nicht vorstellen, warum ich sie giftig für Menschen gemacht haben sollte.«

»Wie ich Sie kenne«, sagte Kickaha, »würde ich einfach annehmen, Sie haben es aus Jux so arrangiert.«

Er winkte Angus McKay zu, er solle zu ihm herüberkommen. Der Neger kam vorsichtig näher. Allerdings war seine Behutsamkeit mehr auf den Baum als auf Kickaha gerichtet.

McKay war ein paar Zentimeter kleiner als Kickaha, dafür jedoch zwanzig Pfund schwerer. Aber dieses Mehrgewicht bestand nur zum geringsten Teil aus Fett. Er trug schwarze Jeans, schwarze Socken und Stiefel. Sein Hemd und die lederne Motorradfahrerjacke hatte er schon lange abgelegt, doch den Sturzhelm trug er noch immer. Kickaha hatte darauf bestanden, um eventuell Regenwasser darin aufzufangen, auch wenn der Helm zu sonst nichts taugen mochte.

McKay war ein Profi in der kriminellen Szene, ein Produkt von Detroit, und er war nach Los Angeles gekommen und einer von Urthonas bezahlten Killern geworden. Natürlich wußte er zu diesem Zeitpunkt nicht, daß Urthona ein Lord war. Er fand im übrigen nie heraus, was Urthona, den er als Mr. Callister kannte, für Aktivitäten verfolgte. Aber er war gut bezahlt worden, und wenn Mr. Callister sich nicht mit Geschäften befaßte, die den Ärger anderer Gangs erregen konnten, dann war ihm dies alles recht. Außerdem schien Mr. Callister ziemlich gut mit der Polizei umgehen zu können.

An jenem Tag, der so lange zurückzuliegen schien, hatte McKay einen freien Nachmittag. Er hatte in einer Kneipe zu trinken angefangen, irgendwo in Watts. Dann hatte er eine gutgebaute, wenn auch schrille Puppe aufgegabelt und war mit ihr zu seinem

Apartment in Hollywood gefahren. Sie waren beinahe sofort ins Bett gesprungen, und er war hinterher einfach in den Schlaf gesackt. Dann weckte ihn das Schrillen des Telefons. Es war Mr. Callister, und er klang aufgeregt und steckte offensichtlich irgendwie in Schwierigkeiten. Ein Engpaß, auch wenn er nicht sagte, worum es ging. McKay sollte sofort kommen und seinen 45er Automatik mitbringen.
Dies half ihm, nüchtern zu werden. Mr. Callister mußte wirklich in Schwierigkeiten stecken, wenn er offen über eine Telefonleitung, die angezapft sein konnte, befahl, daß sein Killer bewaffnet zu erscheinen habe. Und dann fing für McKay selbst die Misere erst an. Die Puppe war verschwunden – und mit ihr seine Brieftasche mit fünfhundert Dollar und sämtlichen Kreditkarten und seine Wagenschlüssel.
Als er aus dem Fenster auf den Parkplatz schaute, sah er, daß auch sein Auto verschwunden war. Wenn man ihn nicht so dringend gebraucht hätte, so hätte er gelacht. Von einer diebischen Nutte ausgezogen! Er! Und noch dazu einer, die ziemlich dumm sein mußte, denn er würde sie selbstverständlich aufspüren. Und seine Brieftasche und den Inhalt zurückholen, falls der noch vorhanden war. Und seinen Wagen auch. Er würde das Weib nicht umbringen, aber er würde sie ein bißchen durchprügeln, um ihr eine Lektion zu erteilen. Er war ein Profi, und Profis töteten nur für Geld oder zum Selbstschutz.
Also zog er seine Motorradkleidung an und fuhr auf der Maschine los und raste durch die Nacht, bereit, die Bullen abzuhängen, falls sie ihn entdeckten. Callister wartete auf ihn. Die anderen Leibwächter waren nicht da. Er fragte Callister nicht, wo sie waren, weil der Boß Fragen nicht liebte. Doch Callister erklärte es ihm freiwillig. Die anderen waren in einem Wagen, der einen Unfall gehabt hatte, während sie hinter einem Mann und einer Frau her waren. Sie waren nicht tot, aber zu schwer verletzt, um irgendwie von Nutzen zu sein.
Dann hatte Callister das Pärchen beschrieben, hinter dem er her war, aber nicht gesagt, warum er sie haben wollte.
Callister war einen Moment lang dagestanden und hatte sich auf

die Lippen gebissen. Er war ein großer, gutaussehender Mann, mit blonden Ringellocken, die Augen ein komisches Hellgrün, das Gesicht ein bißchen so wie das von diesem Filmtyp – Paul Newman. Dann ging Callister abrupt an einen Schrank, zog ein Schächtelchen von der Größe eines Zuckerwürfels aus der Tasche, hielt es vor das Schloß, und die Tür flog auf.

Callister holte einen seltsam aussehenden Gegenstand aus dem Schrank. McKay hatte noch nie etwas dergleichen gesehen, wußte aber sofort, daß es eine Waffe war. Sie bestand aus einem Gewehrschaft mit einem kurzen, dicken Lauf, wie eine abgesägte Flinte.

»Ich habe meine Meinung geändert«, sagte Callister. »Nimm das da und laß deinen 45er hier. Wir könnten in eine Lage gelangen, wo wir niemanden einen Revolverschuß hören lassen wollen. Da, ich zeig' dir, wie man es verwendet.«

McKay schaute zu, als ihm die Waffe erklärt wurde, und er begann sich ein wenig benommen zu fühlen. Und dies war sein erster Schritt in einer Folge von Ereignissen, bei denen er sich vorkam, als sei er auf magische Weise in den Darsteller eines Science-fiction-Films verwandelt worden. Wenn er einigermaßen klar bei Verstand gewesen wäre, dann wäre er an diesem Punkt ausgestiegen. Aber es gab keinen Mann auf Erden, der hätte vorhersehen können, daß er fünf Minuten später nicht einmal mehr *auf der Erde* sein würde ...

Er stand glotzäugig da, als Callister, um ihm die Wirkungsweise der Waffe, dieses »Strahlers«, zu demonstrieren, einen Stuhl halbierte. Er bekam eine Metalljacke. Das heißt, sie fühlte sich an wie aus Stahl, war aber flexibel.

Auch Callister zog eine solche Jacke an. Dann sagte er etwas in einer fremden Sprache, und ein großer, kreisförmiger Fleck in der Wand begann zu glühen, dann verblich das Glühen, und er starrte dumpf in eine neue Welt.

»Geh durch dieses Schleusentor«, sagte Callister. Er hielt seine Handwaffe, die als Revolver getarnt war, nicht direkt auf McKay gerichtet, aber McKay wußte, sie würde sich auf ihn richten, wenn er sich weigerte.

Callister folgte ihm. McKay vermutete, daß er als Deckung benutzt wurde, als Kugelfang, aber er protestierte nicht dagegen. Denn wenn er es getan hätte, hätte er ja halbiert werden können.
Sie gingen durch noch eine Schleuse und befanden sich wieder in einer anderen Welt oder Dimension oder was immer. Und dann fing es wirklich an mit den Aufregungen. Während Callister sich an ihre Beute heranschlich, schlug McKay einen Kreis durch die Bäume. Und dann war plötzlich der Teufel los. Da stand dieser enorme rothaarige Klotz von einem Mann mit einem Bogen und mit Pfeilen, ob man es glaubte oder nicht ...
Er steckte hinter einem Baum, also schnitt McKay die Äste des Baumes an einer Seite ab. Nur um den Bogenschützen in Schrecken zu versetzen, weil Callister gesagt hatte, daß er den Burschen – der Name war Kickaha, verrückt, so ein Name! – lebendig in die Finger bekommen wollte. Doch Kickaha hatte einen Pfeil abgeschossen, und McKay wußte genau, wohin der getroffen hatte. Nur ein Teil seines Körpers war nicht hinter dem Baumstamm verborgen, und genau in diesen Körperteil hatte ihn der Pfeil getroffen.
Wenn er nicht diese Stahljacke angehabt hätte, wäre er aufgespießt worden. Doch auch so riß ihn die Wucht des Pfeiles zu Boden. Sein Strahler flog ihm aus der Hand und glitt mit eingeschaltetem Energiestrahl davon.
Und dann sprang der größte Wolf – wenn es ein Wolf war! –, den McKay jemals gesehen hatte, in den Strahl, wurde in vier Teile zersäbelt und starb. McKay hatte Glück gehabt. Wäre der Strahler andersherum gefallen, dann hätte er ihn zerfetzt. Er war zwar betäubt, Arm und Schulter waren völlig gefühllos, aber es gelang ihm, aufzustehen und geduckt zu einem anderen Baum zu laufen. Er fluchte, weil Callister ihm befohlen hatte, seine Automatik zurückzulassen. Und er würde verdammt noch mal nicht hinter dem Strahler auf die Lichtung hinauslaufen. Nicht jedenfalls, solange dieser Kickaha solche Pfeile schießen konnte.
Außerdem hatte er das Gefühl, als stecke er fünfzig Faden tief in der Scheiße.

Danach gab es dann ziemlich viel Bewegung, aber er bekam nicht viel davon mit. Er kletterte auf einen Felsen von der Größe eines Hauses, indem er sich in den Vorsprüngen und Löchern mit einer Hand hochhangelte. Hinterher fragte er sich, wieso er sich an diese exponierte Stelle begeben hatte, wo er in der Falle saß. Aber er war in absoluter Panik gewesen, und da war ihm dies als das logischste erschienen. Vielleicht würde ja keiner auf die Idee kommen, da oben nach ihm zu suchen. Er konnte sich flach hinlegen und verstecken, bis sich der Trubel etwas gelegt hatte. Wenn sein Boß Sieger blieb, würde er herunterkommen. Er würde behaupten, daß er dort hinaufgeklettert war, um das Terrain aus der Vogelperspektive zu überblicken und Callister zuzurufen, wo sich seine Feinde aufhielten. Inzwischen hatte sein Strahler seine Energie ausgebrannt und dabei einen zwanzig Meter entfernten großen Felsblock halb zum Schmelzen gebracht.
Er sah, wie Callister auf das Pärchen zulief, und er sah einen zweiten Mann und dachte, daß der Boß die Lage unter Kontrolle hatte. Dann hatte dieser rotköpfige Kickaha, der auf dem Boden lag, etwas zu der Frau gesagt. Und die hatte eine komisch wirkende Trompete an die Lippen gesetzt und ein paar Takte zu spielen begonnen. Callister war plötzlich stehengeblieben, hatte irgend etwas gerufen und war dann wie ein streifenärschiger Mandrill davongerannt.
Und plötzlich waren sie *schon wieder* in einer anderen Welt. Und war es vorher schon schlimm genug gewesen, dann waren die Umstände jetzt so scheußlich, daß sie nicht schlimmer vorstellbar waren. Nun ja, ganz so mies auch wieder nicht – denn immerhin lebte er noch. Aber es hatte Momente gegeben, in denen er sich gewünscht hatte, tot zu sein.

Also war er jetzt hier, und es war zwölf »Tage« später. Man hatte ihm ziemlich viel erklärt. Meistens hatte Kickaha dies getan. Aber eigentlich konnte er noch immer nicht so recht glauben, daß Callister, der in Wirklichkeit Urthona hieß, und Red Orc und

Anana Tausende von Jahren alt waren. Auch nicht, daß sie aus einer fremden Welt gekommen waren, die Kickaha als »Taschenuniversum« bezeichnete. Also so etwas wie ein künstliches Kontinuum, was sie in den Science-fiction-Filmen als Vierte Dimension oder so was bezeichneten.

Diese »Lords«, wie sie sich selbst nannten, behaupteten, sie hätten die Erde geschaffen. Nicht bloß sie, auch die Sonne, die anderen Planeten und die Sterne – und die waren gar keine richtigen Sterne, sie sahen nur wie welche aus –, dieses ganze beschissene Universum.

Die behaupteten doch tatsächlich, daß sie die Vorfahren aller Erdenvölker in Laboratorien herangezüchtet hätten.

Und nicht nur das ... Sein Kopf tanzte wie ein Kork auf der Dünung des Meeres: Es gab viele solcher Taschenwelten, die künstlich geschaffen worden waren, um nach anderen physikalischen Gesetzen als das irdische Universum zu funktionieren. Und dann gab es anscheinend vor einigen zehntausend Jahren Krach unter den Lords, und jeder hatte sich in seine oder ihre kleine Welt abgesetzt, um über sie zu herrschen. Und sie wurden Feinde und waren nur darauf aus, einander aufs Kreuz zu legen.

Womit sich erklären ließ, warum Urthona und Orc, die leiblichen Onkel von Anana, versucht hatten, sie umzubringen – und einander ebenfalls. Und dann war da dieser Kickaha. Geboren wurde er als ein Paul Janus Finnegan im Jahre 1918 in irgendeinem Nest in Indiana. Nach dem Zweiten Weltkrieg war er als Erstsemester an die Universität von Indiana gegangen, doch ehe er sein zweites Semester hinter sich hatte, war er bereits im Gerangel mit den Lords. Erst hatte er auf einer komischen Welt gelebt, die er als »Welt der vielen Ebenen« bezeichnete. Und dort hatte er seinen Namen, Kickaha, von einem Indianerstamm bekommen, der auf einer dieser Ebenen des Planeten lebte, der irgendwie so wie der Turm von Babel oder der Turm von Pisa, diese schiefe Geschichte, oder so ähnlich konstruiert war.*

* Siehe: Farmer, *Meister der Dimensionen,* Knaur-TB. 60511.

Indianer? Ja, und zwar deshalb, weil Jadawin, der Lord dieser Welt, auf den verschiedenen Ebenen Völker angesiedelt hatte, die er von der Erde entführt hatte.
Das Ganze war ziemlich verwirrend. Jadawin hatte nicht immer auf dem Heimatplaneten der Lords gelebt, auch nicht in seinem eigenen privaten Kleinkosmos. Eine Zeitlang war er ein Bürger der Erde gewesen, und er hatte es nicht einmal gewußt, weil er das Gedächtnis verloren hatte. Und dann ... Ach, zum Teufel mit dem ganzen Mist. McKay bekam Kopfschmerzen, wenn er nur daran dachte. Aber irgendwann einmal, wenn er die Zeit haben würde, sofern er lange genug lebte, würde er das alles ganz schön und klar ordnen. Das heißt, wenn er nicht vorher vollkommen verrückt geworden war.

Viertes Kapitel

Kickaha sagte: »Ich bin ein Hinterwäldler aus der Apfelgegend, aus Angus. Also werde ich uns jetzt ein paar frische Früchte besorgen. Dazu brauche ich deine Hilfe. Wir können wegen der Fangarme nicht näher herangehen. Aber der Baum hat eine schwache Stelle in seiner Verteidigung. Wie die meisten Leute ist er nicht fähig, den Mund zu halten.

Also werde ich jetzt einen Pfeil in diesen Mund schießen. Vielleicht wird er ihn nicht töten, aber es wird ihm weh tun. Und ich hoffe, der Aufprall wirft ihn um. Dieser Bogen entwickelt nämlich einen höllischen Schub. Sobald er getroffen ist, läufst du hin und wirfst die Axt hier auf einen Zweig. Versuch einen zu treffen, der Äpfel trägt. Dann locke ich ihn von den Äpfeln weg, die auf dem Boden liegen.«

Er reichte McKay die leichte Wurfaxt Ananas.

»Aber was ist mit denen?« fragte McKay und deutete auf die drei anderen Bäume, die nur sechs, sieben Meter unterhalb ihres künftigen Opfers warteten. Sie kamen langsam, aber stetig näher.

»Vielleicht kriegen wir ihre Äpfel ja auch noch. Wir müssen diese Früchte haben, Angus. Wir brauchen Nahrung, und wir brauchen die Feuchtigkeit in ihnen.«

»Das brauchen Sie mir nicht zu erklären«, murrte McKay.

»Ich bin genau wie dieser Baum. Ich kann auch meine Klappe nicht halten«, sagte Kickaha lächelnd.

Er legte einen Pfeil auf die Sehne, zielte und ließ ihn losschnellen. Es war ein guter Schuß, der tief in die O-förmige Öffnung drang. Die Pflanze hatte gerade die zwei Stütztentakel gehoben, um einen weiteren Schritt herauf zu machen, sich dann leicht nach vorn fallen zu lassen und mit den gummiartigen Armen abzufangen. Kickaha hatte den Pfeil genau in dem Augenblick abgeschossen, in dem die Pflanze kein Gleichgewicht besaß. Sie fiel nach hinten und lag auf dem Rücken. Die Tentakel schlugen wild, aber die Pflanze konnte sich nicht von allein auf die Beine erheben. Die von der Seite ausgehenden Äste verhinderten ein Herumrollen, auch wenn dies dem Baum sonst möglich gewesen wäre.

Kickaha stieß einen Triumphschrei aus und legte McKay die Hand auf die Schulter.

»Du brauchst die Axt nicht mehr zu werfen. Die Äpfel sind ab. Phantastisch!«

Die drei tieferen Bäume waren einen Augenblick lang stehengeblieben. Jetzt kamen sie wieder näher herauf. Aus ihren Mundöffnungen war kein Laut gedrungen, aber den beiden Männern erschien es, als finde zwischen den zahlreichen rollenden Augen eine Art von Kommunikation statt. Urthona hatte allerdings gesagt, die Wesen seien denkunfähig. Aber sie kooperierten auf einer Instinktebene, wie Ameisen dies tun. Und jetzt kamen sie offenbar, um ihrem gestürzten Kumpan zu helfen.

Kickaha rannte davon, McKay zögerte noch. Er schaute sich um. Die beiden männlichen Lords standen etwa zwanzig Meter über ihnen, und Anana bewachte sie mit dem Strahler im Anschlag. Ihre Augen glitten von Seite zu Seite, um alles im Blickfeld zu behalten.

Natürlich hatte Urthona McKay befohlen, Anana und Kickaha zu töten, wenn sich ihm die Chance bot. Aber wenn er den Rotschopf von hinten mit der Axt erschlug, würde Anana ihn niederschießen. Und außerdem glaubte er allmählich, daß er eine bessere Überlebenschance besaß, wenn er sich Anana und Kickaha anschloß. Und außerdem war Kickaha der einzige, der ihn nicht wie einen dreckigen Nigger behandelte. Nicht daß die Lords irgendwelche Empfindungen Negern als solchen gegenüber gehabt hätten. Sie betrachteten *jedermann* außer Lords als minderwertig. Und zu ihrer eigenen Rasse waren sie schließlich auch nicht gerade freundlich.

McKay rannte weiter und blieb knapp vor den zuckenden Tentakeln stehen. Er hob acht Äpfel auf und stopfte vier in die Taschen seiner Jeans, die anderen hielt er, je zwei, in beiden Händen.

Als er sich aufrichtete, verschlug es ihm fast den Atem. Dieser verrückte Kickaha war auf den gestürzten Baum gesprungen und zerrte seinen Pfeil aus dessen Mundöffnung. Als er den Schaft hervorzog, dessen Spitze von einer bleichen, klebrigen Flüssigkeit troff, wickelte sich ein Tentakel um seine Hüften. Doch anstatt dagegen anzukämpfen, rammte Kickaha den rechten Fuß tief in das Mundloch und drehte ihn seitwärts.

Im nächsten Augenblick flog er gegen McKay zurück, wahrscheinlich von einer konvulsiven Bewegung des Tentakels weggeschleudert, die durch den heftigen Schmerz hervorgerufen worden sein mußte.

McKay, anstatt beiseite zu springen, packte Kickaha, und beide fielen zu Boden. Der Fänger bekam dabei mehr ab als der, den er fing, aber einen Moment lang lagen beide flach da, Kickaha auf McKay. Dann rollte der Rothaarige sich weg und stand auf.

Er blickte zu McKay hinunter. »Bist du in Ordnung?«

McKay setzte sich auf und sagte: »Ich glaube nicht, daß ich mir was gebrochen habe.«

»Ich danke dir. Wenn du meinen Fall nicht abgefangen hättest, hätte ich mir das Rückgrat brechen können. Vielleicht. Ich bin zwar ziemlich beweglich. Aber, Mann, diese Arme haben vielleicht eine Kraft!«

Anana war inzwischen zu ihnen gekommen. Sie rief: »Bist du verletzt, Kickaha?«

»Nein. Der ›Schwarze Angus‹ hier scheint auch in Ordnung zu sein.«

McKay sagte: »Schwarzer Angus, Mann, du Hundesohn !«

Kickaha lachte: »Es ist ein Witz, Mann, unvermeidlich, wenn du auf einer Farm aufgewachsen bist. War wirklich nicht als Beleidigung gemeint, McKay!«*

* Ein »Black Angus« ist ein Stier aus der berühmten Rinderzucht der Grafschaft Angus in Mittelschottland, für Kraft und gute Fleischqualität berühmt. (Anm. d. Übers.)

Kickaha drehte sich um. Die drei restlichen Späherbäume waren nicht näher herangekommen. Der anschwellende Hügel hatte nun steilere Hänge, und es war für sie nun noch schwieriger, die Balance zu halten. Und die dahinter lauernden Baumhorden wurden gleichfalls zurückgehalten.
»Wir brauchen uns nicht auf den Hügel zurückzuziehen«, sagte Kickaha. »Er tut das für uns.«
Allerdings wurde die Böschung allmählich so steil, daß alle hinunterfallen würden, wenn die Verwandlung weiterhin im gleichen Tempo vor sich ging. Der Winkel von fünfundvierzig Grad konnte dann in einer Viertelstunde neunzig Grad geworden sein.
»Wir stecken in einem Sturm von Materie-Veränderung«, sagte Kickaha. »Wenn er rasch vorbeizieht, sind wir in Sicherheit. Wenn nicht ...«
Die Tentakel des Baumes wedelten schwach. Offensichtlich hatte Kickahas Fuß ihn ziemlich schwer verletzt. Aus dem Mundloch sickerte eine fahle Flüssigkeit.
Kickaha hob die Axt auf, die McKay fallen gelassen hatte. Er ging zu dem Baum hinunter und begann, seine Äste abzuhacken. Zwei Hiebe pro Auswuchs reichten, um sie vom Stamm zu lösen. Dann hackte er auf die Tentakel ein, die allerdings zäher waren. Aber auch hier reichten vier Hiebe zur Amputation.
Er ließ die Axt fallen, hob das eine Ende des Stammes hoch und rollte es herum, so daß man den verstümmelten Baum den Hang hinabrollen konnte.
»Du vergeudest deine Energie!« sagte Anana.
»Darauf zu warten, was passiert, verbraucht noch mehr Energie!« antwortete Kickaha. »Jedenfalls im Augenblick. Es gibt eine Zeit für Geduld und eine Zeit für Energieeinsatz.«
Er trat an die Mitte des Stammes und stieß ihn an. Er begann langsam zu rollen, wurde schneller und flog dann über eine kleine Schanze mitten in eine Gruppe der Bäume hinein. Sie fielen um, einige rollten abwärts, ihre Äste brachen ab, andere wurden in die Luft gewirbelt, als würden sie aus einer Kanone geschossen.

Die Wirkung war akkumulativ im geometrischen Sinn. Als alles vorbei war, lagen mindestens fünfhundert der Dinger wie Streichhölzer kreuz und quer in einer Schlucht am Fuß des Hanges. Keiner der Bäume konnte aus eigener Kraft aufstehen.

»Das ist ein richtiger Baumrutsch!« rief Kickaha.

Aber keine Lawine gekappter Baumstämme auf der Erde hatte jemals mit unzählbaren Tintenfischarmen gewedelt. Auch war noch niemals zuvor ein Wald verletzten Baumbrüdern zu Hilfe gekommen.

»Es ist der ›wandernde Wald‹ aus *Macbeth*«, sagte Kickaha.

Weder Anana noch McKay verstanden die Anspielung. Aber sie waren sowieso zu müde und zu furchterfüllt, als daß sie ihn um eine Erklärung hätten bitten mögen.

Mittlerweile fiel es den Menschenwesen ziemlich schwer, sich aufrecht zu halten und zu vermeiden, daß sie den Hang hinabschlitterten. Sie klammerten sich an die Gräser, aber die Baumkundschafter rutschten auf dem Rücken (oder der Rückseite) auf das Chaos am Fuß des Hügels zu. »Ich geh' runter«, sagte Kickaha. Er drehte sich um und begann auf dem Hosenboden den Hang hinunterzugleiten. Die anderen kamen hinter ihm drein. Wenn die Reibung für die Hinterbacken zu heftig wurde, bremsten sie mit den Hacken. Auf halber Höhe mußten sie anhalten, sich umwenden und ihre Hinterteile auskühlen lassen. Der Hosenboden war an mehreren Stellen zerfetzt.

»Habt ihr das Wasser dort gesehen?« fragte Kickaha und wies nach rechts.

Anana sagte: »Es kam mir jedenfalls so vor. Aber ich habe es bloß so für eine Art Luftspiegelung gehalten.«

»Nein! Eine Sekunde, bevor wir zu rutschen begannen, habe ich dort drüben eine große Wasserfläche gesehen. Sie muß etwa zwanzig Kilometer weit weg sein, mindestens. Aber du weißt ja, wie trügerisch Entfernungen hier sind.«

Direkt unter ihnen lag etwa siebzig Meter entfernt das Gewirr der abgestürzten wedelnden Bäume. Die Menschen begannen wieder zu rollen, doch diesmal schräg zu dem immer steiler werdenden

Hang. McKay war von seinem Helm, Kickaha von Bogen und Köcher und Anana von ihrem Strahler und der Axt behindert, doch sie schafften es. Die letzten drei Meter fielen sie einfach, landeten aber auf den Beinen.

Die Bäume kümmerten sich nicht um sie. Offensichtlich war der Drang, ihren Brüdern zu helfen, stärker als der Trieb, zu töten und zu fressen. Aber die Pflanzen standen so dicht beisammen, daß die fünf Personen unmöglich zwischen ihnen hindurchgehen konnten.

Sie blickten den Hang hinauf. Die Flanke stand jetzt bereits senkrecht, und sie begann an der Spitze überzukrängen. Der Hügel strahlte Hitze aus.

»Die Graswurzeln werden verhindern, daß der Überhang sofort herunterkommt«, sagte Kickaha. »Aber für wie lange? Wenn er kommt, dann löscht er uns aus.«

Die Pflanzen wanderten auf das Gewirr ihrer Brüder zu. Sie gingen Seite an Seite, und ihre Zweige berührten sich. Die den Menschen am nächsten stehenden wichen ein wenig zur Seite nach rechts aus, um nicht auf sie zu prallen. Doch die vorragenden Tentakel machten die Menschen nervös.

Fünf Minuten später sah der Gipfel des Hügels aus wie ein Pilzhut. Jetzt würde es nicht mehr lange dauern, bis sich ein riesiges Stück losriß und sie unter sich begrub.

»Ob es dir recht ist oder nicht, wir müssen den Strahler verwenden, Kickaha«, sagte Anana.

»Du hast die gleiche Idee wie ich? Vielleicht werden wir ja nicht jeden einzelnen zerschneiden müssen, bis wir auf freiem Boden sind, vielleicht brennen die Dinger ja?«

Urthona sagte: »Sind Sie verrückt? Wir könnten in das Feuer geraten!«

»Haben Sie einen besseren Vorschlag?«

»Ja. Wir sollten den Strahler auf Schneideschärfe einstellen und uns eine Schneise hindurchschneiden.«

»Ich glaube, dafür ist nicht mehr genug Energie in der Batterie«, sagte Anana. »Und dann wären wir mitten in diesem Haufen gefangen, und die Pflanzen könnten uns angreifen. Wir wären hilflos.«

»Verbrenn ein paar«, sagte Kickaha, »aber nicht zu sehr in unserer Nähe.«

Anana drehte die Scheibe am Griffende. Sie richtete den Lauf auf den Rücken eines Baumes, der fünf Meter rechts von ihr stand. Ein paar Sekunden lang ergab sich nichts. Dann begann die Borke zu rauchen, und zehn Sekunden später brach sie in Flammen aus. Die Pflanze schien nicht sofort zu bemerken, was passierte, sondern wackelte brav weiter auf das Gewirr von Baumleibern zu. Doch die anderen direkt hinter ihr blieben stehen. Sie mußten den Rauch gerochen haben, und nun setzte ihr Überlebensinstinkt oder ihr Überlebensprogramm ein.

Anana brachte drei weitere Bäume zum Brennen. Abrupt hielten die am dichtesten hinter den brennenden Pflanzen kommenden Reihen inne und torkelten zu Boden. Die hinter ihnen schoben sich weiter, rammten in sie hinein und rissen weitere im Fallen mit.

Die Reihen dahinter hielten an. Ihre Tentakel wedelten. Und dann, als wären sie eine Kampfeinheit, die auf das Rückzugssignal einer lautlosen Trompete hörte, drehten sie um. Sie wanderten, so schnell sie konnten, in die entgegengesetzte Richtung.

Die flammenden Pflanzen waren stehengeblieben, an ihren verzweifelt schlagenden Tentakeln konnte man sehen, daß sie spürten, daß etwas geschah. Die Flammen waberten um die Stämme, ließen die Blätter braun werden und schrumpfen, züngelten von den laubbedeckten Stengeln auf der Spitze der Stämme hoch. Die Dutzend Augen brannten, zerschmolzen, liefen zischend wie brennendes Harz in den Rauch hinab.

Einer fiel um und lag da wie ein Weihnachtsscheit im Kamin. Eine Sekunde später brachen die anderen zwei zusammen. Die Beine zuckten auf und ab, die breiten runden Hacken hämmerten auf die Erde.

Der Gestank brennenden Holzes und Fleisches erregte Übelkeit bei den Menschen.

Doch die Bäume der Vorhut vor den brennenden Pflanzen hatten nicht bemerkt, was geschehen war. Der Wind trug den Rauch und die Pheromone der Panik von ihnen fort. Sie prallten immer dichter aufeinander, bis sie der Druck der Körpermassen schließlich zum Halten zwang. Die in den vordersten Reihen versuchten die Gefallenen aufzuheben, wurden aber durch die Enge daran gehindert.

»Verbrennt sie alle!« schrie Red Orc, und sein Bruder, Urthona, stimmte ihm zu.

»Wozu sollte das gut sein?« fragte Kickaha und blickte die zwei angewidert an. »Außerdem fühlen sie Schmerzen, auch wenn sie keinen Laut von sich geben. Stimmt doch, Urthona?«

»Nicht mehr als eine Heuschrecke Schmerz empfinden würde«, sagte der Lord.

»Bist du jemals eine Heuschrecke gewesen?« fragte Anana.

Kickaha begann zu traben, und die übrigen folgten ihm. Die Passage, die sich vor ihnen auftat, war etwa sieben Meter breit, erweiterte sich aber, je mehr sich die Baumarmee zurückzog. Plötzlich schrie McKay: »Es kommt runter!«

Sie brauchten nicht zu fragen, was *es* sei. Sie rannten, so rasch sie konnten. Kickaha, der an der Spitze lief, fiel bald zurück. Seine Beine taten noch immer weh, und der Schmerz in der Brust wurde heftiger. Anana ergriff ihn bei der Hand und zerrte ihn vorwärts.

Hinter ihnen erscholl ein Krachen, und direkt vor ihnen klatschte eine riesige Kugel aus fettiger Erde und rostrotem Gras in den Grund. Es war ein Brocken, der abgestoßen und dann durch den Aufprall emporgeschleudert wurde. Er fiel so knapp vor ihnen nieder, daß sie nicht mehr ausweichen konnten. Sie prallten beide hinein, und für einen Moment spürten sie die fette Erde und die kratzenden Gräser. Aber die Masse war weich genug, ihren Aufprall abzufangen und nachzugeben. Es war nicht so, als wären sie gegen eine Ziegelmauer gerannt.

Sie rappelten sich auf und gingen um den Torso herum. Er war ungefähr so groß wie eine Garage für einen Wagen. Kickaha blickte

sich um. Die Hauptmasse war nur ein paar Meter hinter ihnen niedergegangen. Vorn ragten ein paar Äste, Tentakel und strampelnde Beine hervor.
Sie waren nun sicher. Er blieb stehen, Anana ebenfalls.
Die anderen waren fünfzehn Meter vor ihnen und starrten auf den enormen Erdhaufen, der den Fuß des Hügels umringte. Und während sie noch starrten, brach ein weiteres Stück der pilzartigen Spitze ab und begrub die vorher herabgestürzte Masse.
An die hundert Bäume hatten überlebt. Sie watschelten noch immer auf ihrer langsamen Flucht davon.
»Wir holen uns ein paar Bäume aus den hinteren Reihen und besorgen noch ein paar Äpfel«, sagte Kickaha. »Wir werden sie brauchen, um durchzuhalten, bis wir an dieses Wasser kommen.«
Sie waren zwar alle durcheinander, aber sie gingen ohne Zögern auf die Bäume los. Anana warf ihre Axt, McKay seinen Sturzhelm. Und dann hatten sie mehr Früchte, als sie tragen konnten. Jeder aß ein Dutzend und füllte sich den Bauch mit Nährstoffen und Flüssigkeit.
Dann machten sie sich zu dem Wasser auf. Sie hofften, in die rechte Richtung zu marschieren. Es war so leicht, sich in einer Welt zu verlaufen, in der es keine Sonne gab und in der sich die Landschaft beständig wandelte. Ein Berg, den man sich als Landmarke gewählt hatte, konnte an einem Tag zu einem Tal werden.
Anana ging neben Kickaha her und flüsterte ihm zu: »Bleib zurück!«
Er wurde langsamer, und es fiel ihm nicht schwer. Als die anderen fünfzehn Meter vor ihnen waren, fragte er: »Was ist los?«
Sie hob den Strahler hoch, so daß er das Ende des Griffs sehen konnte. Die Scheibe am Einsatz blinkte mit einem roten Licht. Sie drehte die Scheibe, das Licht erlosch.
»Wir haben gerade noch genug Ladung für einen Schneidestoß von drei Sekunden über zwanzig Meter Entfernung. Wenn ich natürlich nur leichte Verbrennungs- oder Betäubungsenergie verwende, reicht die Ladung weiter.«

»Ich glaube nicht, daß sie etwas gegen uns unternehmen würden, wenn sie das wüßten. Sie brauchen uns zum Überleben noch nötiger als wir sie. Aber wenn wir – falls überhaupt jemals – Urthonas Haus finden, dann achten wir wohl besser darauf, was hinter unserem Rücken vorgeht. Mich beunruhigt aber, daß wir den Strahler bald nicht mehr für andere Zwecke zur Verfügung haben.«
Er schwieg und starrte über Ananas Schulter hinweg.
»Für so was wie die da.«
Sie wandte den Kopf.
Auf einem Kamm, etwa drei Kilometer weit entfernt, sah man im Schattenriß eine lange Linie sich bewegender Objekte. Selbst auf diese Entfernung und in diesem Licht konnten sie erkennen, daß es sich um eine Mischung von großen Tieren und menschlichen Wesen handelte.
»Eingeborene«, sagte Kickaha.

Fünftes Kapitel

Die drei Männer waren stehengeblieben und schauten ihnen argwöhnisch entgegen. Als die zwei herangekommen waren, warf Red Orc ihnen entgegen: »Was zum Teufel heckt ihr zwei aus?«
Kickaha lachte. »Es ist ein Riesenvergnügen, mit euch Paranoikern zu reisen. Wir haben uns *darüber* unterhalten.« Er deutete zum Kamm hinüber.
McKay stöhnte und sagte: »Was kommt wohl als nächstes?«
Anana fragte: »Sind Eingeborene hier Fremden gegenüber feindselig?«
»Ich weiß es nicht«, sagte Urthona. »Alles was ich weiß, ist, daß sie sehr starke Stammesgefühle haben. Ich flog früher oft in meinem Flieger umher und beobachtete sie, und ich habe nie eine Begegnung zwischen zwei Stämmen gesehen, die ohne Konflikte irgendwelcher Art abgelaufen wäre. Allerdings gibt es keine Aggressionen um Gebietsansprüche. Wie könnte das auch sein?«
Anana lächelte ihren Onkel an. »Nun, Onkel, es würde mich interessieren, wie sie reagieren, wenn man dich ihnen als den Lord dieser Welt präsentiert. Den, der diesen scheußlichen Ort geschaffen hat und der ihre Vorfahren von der Erde raubte.«
Urthona erbleichte, sagte aber: »Sie sind an diese Welt gewöhnt. Sie kennen nichts Besseres.«
»Dauert ihr Leben tausend Jahre wie auf Jadawins Welt?«
»Nein. Ungefähr hundert, aber sie haben keine Krankheiten.«
»Sie müssen uns gesehen haben«, sagte Kickaha. »Wie auch immer, wir werden einfach in der gleichen Richtung weitergehen.«
Sie begannen wieder zu marschieren, blickten aber immer wieder gelegentlich zu dem Kamm hinüber. Zwei Stunden später verschwand die Karawane hinter dem Kamm. Der Hang hatte sich während dieser

Zeit nicht verändert. Dies war eines jener Gebiete, in denen die topologischen Veränderungen langsamer vonstatten gingen.
Wieder brach die »Nacht« herein. Das helle Rot des Himmels streifte sich mit dunkleren Bändern, die alle horizontal verliefen. Einige waren breiter als die übrigen. Als die Minuten vergingen, wuchsen die Bänder breiter an und wurden sogar noch dunkler. Als sie alle miteinander verschmolzen waren, bedeckte den Himmel ein düsteres, zorniges, bedrohliches Rot.
Sie befanden sich auf einer flachen Ebene, die sich ausdehnte, so weit sie sehen konnten. Die Berge waren verschwunden, doch konnte man nicht sagen, ob sie dahingeschmolzen oder wegen der Dunkelheit unsichtbar waren. Die fünf waren nicht allein. In der Nähe, doch außer Reichweite, hielten sich Tausende von Tieren auf: viele Antilopenarten, Gazellen, in der Ferne eine Herde der stoßzahnlosen Elefanten, eine kleine Gruppe der riesigen elchähnlichen Schaufeltiere.
Urthona sagte, daß es in der Gegend auch Großkatzen und Wildhunde geben müsse. Die Katzen würden allerdings fortziehen, weil sie auf dieser baumlosen Prärie keine Chance hätten, Beute zu erjagen. Es gab kleinere Feliden, Geparden ähnlich, die im Laufen alles außer den straußähnlichen Vögeln einholen konnten. Aber keiner war zu sehen.
Kickaha hatte versucht, ganz langsam an die Antilopen heranzugehen. Er hatte gehofft, sie würden nicht so früh erschrecken, daß sie sich aus der Reichweite seines Bogens entfernten. Aber sie spielten nicht mit.
Dann erklang abrupt irgendwo von oben her ein wildes Keckern, und es brach Panik aus. Tausende von Hufen donnerten über die Ebene. Es gab keinen Staub; die fettige Erde trocknete dazu nie genug aus; nur wenn ein Gebiet eine sehr schnelle Wandlung durchmachte und die Hitze dabei die Feuchtigkeit aus der Oberfläche trieb, gab es Staub.
Kickaha stand ganz still, während Tausende rennender oder springender Tiere um ihn herum waren oder sogar über ihn hinweg-

rasten. Dann, als die Fluchtreihen dünner wurden, schoß er einen Pfeil ab und erlegte eine Gazelle. Anana, die zweihundert Meter von ihm entfernt stand, kam mit dem Strahler im Anschlag auf ihn zugerannt. Eine Sekunde später begriff er, warum sie so aufgeregt war. Die keckernden Geräusche wurden lauter, und aus der Dunkelheit tauchte eine Horde langbeiniger Paviane auf. Es waren echte Vierfüßler, die Vorder- und Hinterbeine waren gleich lang, die »Hände« von den »Füßen« nicht im geringsten verschieden. Es waren große Bestien, der größte mochte gut achtzig Pfund schwer sein. Sie rasten an ihm vorbei, die Mäuler klaffend aufgerissen, von den bösartigen Reißzähnen triefte Speichel. Dann waren sie verschwunden, hundert oder mehr, die Babys an das lange Nackenhaar ihrer Mütter geklammert.

Kickaha seufzte erleichtert auf, als er den letzten Pavian im Dunkel verschwinden sah. Urthona hatte erklärt, daß sie unter bestimmten Bedingungen nicht zögerten, auch Menschen anzugreifen. Glücklicherweise hatten sie bei der Antilopenjagd sonst nichts im Kopf. Doch wenn sie keinen Erfolg haben sollten, konnten sie vielleicht zurückkommen und ihr Glück bei den Menschen versuchen.

Kickaha zerlegte mit dem Messer die Gazelle. Orc knurrte. »Ich bin es leid, rohes Fleisch zu essen! Ich bin furchtbar hungrig, aber allein der Gedanke an diese blutige Schweinerei läßt die Salzsäure in meinem Magen kochen!«

Kickaha grinste und bot ihm ein triefendes Stück Fleisch an.

»Sie können ja gern Vegetarier werden: Nüßchen für Sie taube Nuß, Blümchen fürs zarte Pflänzchen und einen fetten Stinkapfel für den Stinker!«

McKay verzog das Gesicht und sagte: »Ich mag es auch nicht. Mir kommt es immer so vor, als wäre das Zeug noch lebendig, als versuchte es mir den Schlund wieder heraufzuklettern.«

»Versuch mal eine von den Nieren«, sagte Kickaha. »Sie sind wirklich köstlich. Und zart dazu. Oder möchtest du lieber einen Hoden?«

»Du bist wirklich abscheulich«, sagte Anana. »Du solltest dich selbst sehen können, wie dir das Blut übers Kinn trieft.«

Doch dann nahm sie den ihr gereichten Hoden und schnitt ein Stück davon ab. Sie kaute, ohne daß sich ihr Gesicht verzog.
Kickaha lächelte. »Gut, wie? Wenn man am Verhungern ist, wird das zur Köstlichkeit.«
Sie schwiegen eine Weile. Kickaha hatte die Mahlzeit als erster beendet. Er rülpste, nahm sein Messer und stand auf. Anana reichte ihm die Axt, und er begann, sich an die Arbeit zu machen und das Gehörn der Antilope abzuhacken. Die Hörner stellten dünne, gerade Waffen von siebzig Zentimeter Länge dar. Als er sie vom Schädel getrennt hatte, steckte er sie in seinen Gurt.
»Wenn wir irgendwo Äste finden, werden wir Speerschäfte schneiden und sie als Spitzen verwenden.«
Irgend etwas kollerte in der Dunkelheit, und sie sprangen alle auf und schauten sich um. Dann wurde das Kollern lauter. Aus dem dunkelroten Schimmer schwankte eine riesige Gestalt. Es war ein »Moa« (so nannte jedenfalls Kickaha ihn), und er sah aus wie der gleichnamige ausgerottete neuseeländische Vogel. Er war vier Meter groß, trug Stummelflügel und hatte lange, massive Beine mit zwei klauenbesetzten Zehen und einen großen Kopf mit einem Schnabel, der wie ein Krummsäbel aussah.
Kickaha schleuderte den Gazellenkopf und zwei der Läufe von sich, so weit er konnte. Die geringere Schwerkraft ermöglichte es, daß er sie viel weiter werfen konnte, als dies auf der Erde möglich gewesen wäre. Der Riesenvogel war auf die Gruppe zugestakst. Als die Stücke durch die Luft flogen, bog das Monster ab. Aber es blieb etwa fünfzehn Meter entfernt stehen, spähte mit einem Auge nach ihnen und trottete dann zu den Opfergaben hinüber. Nachdem er sich vergewissert hatte, daß die Menschen nicht auf ihn zukamen, packte der Vogel die Gazellenläufe mit dem Schnabel und rannte fort.
Kickaha hob einen der Vorderläufe hoch und schlug vor, die anderen sollten ebenfalls Fleischteile mitnehmen. »Wir werden vielleicht einen Bissen zu Mitternacht brauchen. Ich würde nicht empfehlen, das Fleisch später zu essen. In dieser Hitze verdirbt es zu rasch.«

»Mann, ich wollte, wir hätten Wasser«, sagte McKay. »Ich habe immer noch Durst, aber ich möchte mir auch gern das Blut abwaschen.«

»Das kannst du, wenn wir zum See kommen«, sagte Kickaha. »Glücklicherweise haben sich die Fliegen für die Nacht zur Ruhe begeben. Aber wenn es Tag wird, bevor wir ans Wasser kommen, dann werden wir durch Wolken von Insekten wandern.«

Sie zogen weiter. Ihrer Schätzung nach hatten sie vom Hügel aus inzwischen etwa fünfzehn Kilometer hinter sich gebracht. Und wenn sie sich in der Entfernung nicht verrechnet hatten, dann würden sie in weiteren zwei Stunden am Wasser sein. Doch drei Stunden (nach Ananas Uhr) später war noch immer kein Wasser in Sicht.

»Es muß weiter weg liegen, als wir geschätzt haben«, sagte Kickaha. »Oder wir sind nicht geradeaus gegangen.«

Die Ebene war während ihres Marsches in ihrer Zielrichtung eingesunken. Nach der ersten Stunde liefen sie durch eine anderthalb Kilometer weite, etwas über einen Meter tiefe Senke, die sich hinter ihnen und vor ihnen erstreckte, so weit sie blicken konnten. Gegen Ende der zweiten Stunde reichten die Ränder der Senke gerade über ihre Köpfe. Als sie Rast machten, lagerten sie auf dem Grund einer Mulde, die vier Meter hoch, aber jetzt nur noch achthundert Meter breit war.

Die Böschung war steil, aber nicht so steil, daß man sie nicht hätte erklettern können. Das heißt, *noch* war es so.

Was aber Kickaha als unheilvoll empfand, war, daß alles tierische und nahezu alles pflanzliche Leben aus der Mulde verschwunden war.

»Ich glaube, wir ziehen besser den Schwanz ein und sehen zu, daß wir hinauf auf die Ebene kommen«, sagte er. »Hierzubleiben verursacht mir ein komisches Gefühl.«

»Das bedeutet einen weiteren Umweg«, sagte Urthona. »Ich bin so müde, daß ich kaum einen Schritt weiterkann.«

»Na, dann bleiben Sie eben hier«, sagte der Rotschopf. Er stand auf. »Komm, Anana.«

In diesem Augenblick spürte er, wie Feuchtigkeit über seine Füße rann. Die anderen stießen überraschte Rufe aus, machten sich auf die Beine und blickten sich um. Über den Grund strömte Wasser, das im Licht schwarz wirkte. In der kurzen Zeit, nachdem sie es bemerkt hatten, war es ihnen bis an die Knöchel gestiegen.

»Oh, oh!« sagte Kickaha. »Da ist jetzt ein Weg zum See! Lauft, als wäre der Teufel hinter euch her!«

Die nächste Böschung lag etwa zweihundertfünfzig Meter entfernt. Kickaha ließ sein Antilopenbein liegen, Bogen und Köcher streifte er über die eine Schulter, den Gurt des Instrumentenkoffers über die andere, dann rannte er auf die Böschung zu. Die anderen überholten ihn, doch Anana packte ihn wieder bei der Hand, um ihm voranzuhelfen. Bevor sie die Hälfte der Strecke bis zur Sicherheit zurückgelegt hatten, reichte ihnen der Wasserstrom bis an die Knie. Dies machte sie langsamer, doch sie platschten weiter. Und dann warf Kickaha einen Blick nach links und sah eine Wasserwand auf sie zurasen, deren Schwärze zweimal so hoch war wie er.

Urthona erreichte den Rand der Böschung als erster. Er kniete nieder, packte McKay bei der Hand und zog ihn herauf. Red Orc griff nach dem Knöchel des Negers, der ihm jedoch entglitt. Er rutschte den Hang wieder hinab, dann kroch er wieder hoch. McKay beugte sich vor, um ihm zu helfen, doch Urthona sagte etwas zu ihm, und der Neger zog seine Hand zurück.

Dennoch gelang es Red Orc, allein über den Rand zu klettern. Das Wasser reichte Kickaha und Anana nun bis zur Taille. Sie gelangten ans Ufer, dort ließ sie seine Hand los. Er glitt aus und fiel nach hinten, doch war er sofort wieder auf den Beinen. Inzwischen konnte er den Boden unter seinen Füßen beben fühlen, eine akustische Warnung vor der immensen Wassermasse.

Er packte Ananas Beine und schob sie hinauf. Dann begann er hinterherzuklettern. Sie faßte sein linkes Handgelenk und zog ihn hoch. Seine andere Hand krallte sich in das Gras am Rand des Ufers. Dann war er oben. Die andern drei standen neben Anana

und schauten ihnen untätig zu. Er verfluchte sie, weil sie nicht zu helfen versucht hatten.
Orc zuckte nur mit den Schultern. Urthona grinste. Plötzlich rannte Urthona auf Orc zu und schubste ihn. Orc schrie auf und fiel zur Seite. Geschickt zog McKay den Strahler aus dem Gürtel Ananas und stieß ihr gleichzeitig seine flache Hand in den Rücken. Schreiend fiel auch sie in das Wasser.
Urthona wirbelte herum und forderte: »Das Horn Shambarimens! Her damit!«
Kickaha war durch die überstürzten Ereignisse wie betäubt. Zwar hatte er mit Hinterhältigkeit und Tricks gerechnet, aber nicht so früh.
»Geh zum Teufel!« brüllte er. Er hatte keine Zeit, sich um Anana zu kümmern, aber er konnte sie in der Nähe hören. Sie schrie etwas und war wohl dabei, obwohl er sie nicht sehen konnte, das Ufer zu erklimmen. Von Red Orc war nichts zu hören.
Er zog sich den Schulterriemen mit dem Instrumentenkasten für das Horn über den Arm. Wieder griente Urthona, doch erstarrte das Grinsen, als Kickaha den Koffer über das Wasser hielt.
»Hole Anana rauf! Rasch! Oder ich laß das da fallen!«
»Leg ihn um, McKay!« kreischte Urthona.
»Verdammt, Mann, Sie haben mir nicht gesagt, wie man mit dem Ding umgeht!« fluchte McKay.
»Sie Vollidiot!«
Urthona sprang vor, um dem Schwarzen die Waffe abzunehmen. Kickaha schwenkte den Instrumentenkasten mit der Linken nach hinten und ließ ihn fallen. Wenn er Glück hatte, würde Anana das Horn auffangen. Kickaha hechtete auf McKay zu, der – wenn er auch nicht wußte, wie man einen Strahler abfeuerte – schnell genug war, ihn als Totschläger zu benutzen. Der Lauf traf Kickaha auf den Kopf, und er sackte mit dem Gesicht nach unten zu Boden.
Ein paar Sekunden lang lag er halb betäubt da und versuchte Arme und Beine zu bewegen. Selbst in seinem Zustand konnte er die Erde unter sich beben fühlen. Ringsum stieg ein Brausen auf, allerdings

wußte er nicht, ob dies die Flut war oder eine Auswirkung des Hiebes.

Es spielte keine Rolle. Etwas traf ihn am Kinn, als er versuchte aufzustehen. Und im nächsten Augenblick befand er sich wieder im Wasser.

Die Kälte holte ihn ein wenig aus seiner Betäubung heraus. Aber er wurde hochgetragen, hinabgeschwemmt und vollkommen untergetaucht, er rang nach Luft, versuchte zu schwimmen. Etwas stieß hart gegen ihn – der Grund des Kanals, wurde ihm undeutlich bewußt –, dann wurde er wieder hochgespült. Er wurde herumgewirbelt, wußte nicht, was oben oder unten war, wäre sowieso unfähig gewesen, etwas zu tun, auch wenn er es gewußt hätte. Er wurde einfach fortgerissen. Wieder wurde er hart auf den Grund hinuntergestoßen. Diesmal rollte er dort weiter. Als er glaubte, die Luft nicht länger anhalten zu können – sein Kopf dröhnte, die Lungen schrien nach Luft, der Mund wollte sich schon verzweifelt öffnen –, wurde er nach oben geschossen.

Einen Augenblick lang stieß sein Kopf über die Wasseroberfläche, und er saugte gierig die Luft ein. Dann wurde er wieder in die Tiefen gewirbelt, und etwas traf auf seinen Kopf.

Sechstes Kapitel

Kickaha erwachte auf dem Rücken. Über den Himmel zogen immer mehr horizontale Bänder, die abwechselnd dunkelrot und feuerrot waren. Es war die »Morgendämmerung«.

Er lag bis zur Körpermitte im Wasser. Er rollte sich auf den Bauch und kam auf alle viere. Sein Kopf schmerzte abscheulich, und seine Rippen fühlten sich an, als hätte er zwölf Runden im Ring durchgestanden. Er stand leicht schwankend auf und schaute sich um. Er war am Ufer, soviel war sicher. Die Sturzwelle hatte ihn hochgetragen und über die Kante des Kanals gespült, sich dann verlaufen und ihn hier mit anderen Treibstücken liegen lassen. Da waren zum Beispiel ein Dutzend Tiere, die sich nicht rechtzeitig aus dem Kanal hatten retten können.

In der Nähe lag ein Felsblock, ein runder Granitblock von der Größe eines Hauses. Er erinnerte ihn an den anderen Block auf der Lichtung in Ananas Welt. In dieser Welt gab es keine Felsschichtungen wie auf der Erde. Aber hier, wo er jetzt war, fanden sich zahlreiche Steine und auch ab und zu Brocken, die dem Herrn dieser Magmawelt, der Lavalithwelt, zu verdanken waren: Urthona. Kickaha erinnerte sich daran, daß Anana vermutet hatte, in einigen dieser Blöcke könnten »Schleusen« verborgen sein. Und wenn man den richtigen verbalen oder taktilen Code verwendete, könnte man sie vielleicht öffnen und Zugang zu Urthonas Schloß irgendwo auf dieser Welt finden. Oder einen Weg in andere Taschenuniversen. Aber natürlich hatte Urthona diese Spekulation Ananas weder bestätigt noch bestritten.

Wenn er das Horn Shambarimens bei sich hätte, dann könnte er jetzt die sieben Noten spielen und herausfinden, ob sich in dem Felsen ein Schleusentor befand oder nicht. Aber das Horn war weg.

Entweder war es in der Springflut untergegangen, oder Anana hatte es geschafft und mit ihm das Ufer erklommen. Und im letzteren Fall war jetzt Urthona im Besitz des Horns.
Anderthalb Kilometer hinter dem Felsbrocken lag ein Berg. Er lief konisch zu, die Kickaha nächstgelegene Seite war niedriger als die andere und wies eine Höhlung auf. Es konnte kein Vulkan sein, weil es die hier nicht gab. Im Moment schien der Berg seine Gestalt nicht zu verändern.
In der Ferne sah man hohe Hügel, die alle den Kanal flankierten. Die Ebene war größtenteils verschwunden, und dies bedeutete, daß die Umwandlungen beschleunigt stattgefunden haben mußten.
Sein Bogen und der Köcher waren fort, weggerissen, während er über den Kanalboden geschleift worden war. Aber er hatte noch seinen Gurt und das Messer darin.
Er hatte kein Hemd mehr, und das Unterhemd war nur noch ein Fetzen. In den Hosen waren Löcher und Risse, und seine Schuhe hatten ihn verlassen.
Benommen trat er ans Wasser und suchte nach anderen Körpern von Menschen. Er fand nichts. Dies gab ihm Hoffnung, wenn auch nur eine ganz winzige, daß Anana überlebt haben könnte. Das war zwar unwahrscheinlich, doch wenn er überleben konnte, dann vielleicht auch sie.
Obwohl er sich nun etwas besser fühlte, war er nicht in Stimmung zu pfeifen, während er arbeitete. Er schnitt einer toten Antilope ein Bein ab und häutete es. Wolken von großen schwarzen Fliegen mit grünen Köpfen fielen über den Kadaver und Kickaha her und machten sich ans Werk. Der Biß einer Fliege war zu ertragen, doch hundert auf einmal gaben ihm das Gefühl, als würde er mit Sandpapier abgeschmirgelt. Immerhin, solange er sich in Bewegung hielt, war er nicht überall von ihnen bedeckt. Jedesmal wenn er den Arm oder den Kopf bewegte oder das Gewicht verlagerte, ließen sie von ihren Angriffen ab. Doch sie kamen immer gleich wieder zurückgeschwirrt und begannen summend auf ihm herumzukriechen und ihn zu beißen.

Endlich gelang es ihm, mit einem Antilopenlauf über der Schulter wegzugehen. Die Hälfte der Fliegen blieb zurück, um sich an dem Kadaver gütlich zu tun. Die anderen beschlossen nach einer Weile, daß das Bein, das er trug, genießbarer sei und auch nicht so überlaufen. Aber er mußte sich doch ständig ins Gesicht klatschen, um zu verhindern, daß sie ihm über die Augen liefen oder in die Nasenlöcher krochen.

Kickaha machte seinem Ärger zum Teil damit Luft, daß er den Lord und Schöpfer dieser Welt verfluchte. Als der diese Welt entwarf und ihre Ökosysteme bestimmte – wozu mußte er dann auch die Fliegen einbeziehen?

Diese Frage hatten sich auch die Menschen der Erde wohl schon unzählige Male gestellt.

Trotz des Gefühls, daß er eigentlich genug Wasser für den Rest seines Lebens geschluckt hätte, wurde er bald durstig. Er kniete am Kanalufer nieder und schöpfte Wasser mit der Hand. Es war frisch. Urthona hatte gesagt, daß hier sogar die Meere Trinkwasser enthielten.

Kickaha aß ein wenig von dem Fleisch und wünschte sich, er hätte Obst oder Gemüse, um eine ausgewogenere Diät zu ermöglichen.

Am Tag darauf näherten sich ein paar Wanderpflanzen. Sie waren etwa zwei Meter hoch. Die Stämme trugen spiralenartige Streifen in Rot-Weiß-Blau, und an ihren Zweigen baumelten orangenartige Früchte. Im Gegensatz zu den Bäumen, die er tags zuvor gesehen hatte, verfügten diese hier über Beine mit Kniegelenken, hatten allerdings keine Tentakel. Aber sie konnten ja andere Verteidigungsmechanismen haben.

Glücklicherweise näherte er sich ihnen nur ganz vorsichtig. Jede Pflanze hatte auf beiden Seiten ein großes Loch etwa auf halber Höhe. Er ging auf eines der Wesen zu, das abseits von den übrigen war, und dabei drehte sich das Ding herum und präsentierte eines der Löcher. Das Ding hatte keine Augen, doch mußte es wohl über einen ausgezeichneten Gehörsinn verfügen. Oder vielleicht besaß es ja auch ein Radar- oder Sonarsystem ähnlich wie Fledermäuse; was wußte er schon darüber?

Wie der biologische Apparat auch immer eingerichtet oder gestaltet sein mochte, die Pflanze drehte sich mit ihm herum, als er sie umkreiste. Er trat noch einige Schritte näher. Dann blieb er stehen. In dem Loch erschien etwas Schwarzes, irgend etwas pulsierte, und dann stülpte sich eine rotschwarze Masse hervor. In der Mitte gab es eine Öffnung, und ein paar Sekunden später schob sich aus dieser ein kurzes Rohr aus einem knorpeligen oder knochigen Material.

Das sah ihm doch zu sehr nach einer Schußwaffe aus, also ließ er sich zu Boden fallen, obgleich seine Rippen und sein Kopf vor Schmerz zuckten. Es folgte ein knallartiger Laut, und etwas flog über seinen Kopf hinweg. Er rollte sich ab, stand auf und rannte hinter dem Geschoß her. Es war ein Wurfpfeil aus Knochen, mit Federkiel am einen Ende und am anderen Ende so scharf, daß er Fleisch durchdringen konnte. Die Spitze war mit etwas Grünem, Klebrigem bedeckt.

Diese Pflanzen mußten fleischfressend sein, es sei denn, diese preßluftgetriebenen Pfeile waren nur zur Selbstverteidigung angelegt, und dies erschien ihm als höchst unwahrscheinlich.

Er hielt sich außer Schußweite und umkreiste die Pflanzen. Diejenige, die auf ihn geschossen hatte, schluckte mit lauten Sauggeräuschen Luft. Die übrigen drehten sich mit, während er sie umkreiste.

Sie besaßen weder Augen noch Tentakel. Und doch konnten sie ihn »sehen«, und sie mußten auch über irgendeine Methode verfügen, sich das Fleisch ihrer Beute einzuverleiben, um es verdauen zu können. Kickaha beschloß, zu warten und es herauszufinden.

Es dauerte nicht lange. Die Pflanzen zogen zu den bereits in Verwesung übergehenden Kadavern der Gazellen und Antilopen hinüber. Die erste Pflanze, die ein Tier fand, spreizte die Beine über dem Körper und ließ sich dann auf ihm nieder. Er schaute eine Weile zu, dann begriff er, auf welche Weise die Pflanzen sich ernährten. Aus dem Rumpf trieben zwei bewegliche Lippen hervor und zerrten an dem Fleisch. Anscheinend waren diese Lippen mit winzigen scharfen Zähnen besetzt.

Urthona hatte diese Gattung der fleischfressenden Bäume nicht erwähnt. Vielleicht deshalb nicht, weil er gehofft hatte, daß Anana und Kickaha sich in die Reichweite der giftigen Pfeile begeben würden.

Kickaha beschloß weiterzuziehen. Er war nun soweit wieder erholt, daß er eine einigermaßen rasche Gangart anschlagen konnte. Doch vorher brauchte er noch ein paar Waffen.

Es fiel ihm nicht schwer, sie zu sammeln. Er würde bis in das Schußfeld einer Pflanze gehen, dann ein paar Schritte auf sie zulaufen und sich ducken. Das verursachte ihm zwar Schmerzen, aber es lohnte sich. Nachdem er ein Dutzend Wurfpfeile gesammelt hatte, schnitt er mit dem Messer ein Stück eines Hosenbeins ab und wickelte die Pfeile hinein. Er stopfte das Paket in die Gesäßtasche, winkte den Pflanzen ein freches Dankeschön zu und machte sich den Kanal entlang auf den Weg.

Inzwischen begann die Gegend sich mit Tieren zu füllen. Sie hatten das Wasser gewittert und kamen nun angelaufen und tranken gierig. Er machte einen Bogen um eine Herde von dreißig Elefanten, die das Wasser mit dem Rüssel aufsaugten und es sich dann in den Mund spritzten. Ein paar der Babyelefanten schwammen herum und spielten miteinander. Die Leitkuh, ein großes Muttertier, beäugte ihn vorsichtig, unternahm aber nicht die üblicher, kurzen Drohangriffe.

Diese stoßzahnlosen Dickhäuter waren so groß wie afrikanische Elefanten, hatten aber längere Beine und schlankere Leiber.

Eine halbe Stunde später stieß er auf eine Herde, die einen »Hain« der Schießbolzen-Pflanzen angriffen. Die Bäume schossen ihre winzigen Pfeile in die dicke Haut der Elefanten, doch die nahmen sie nicht zur Kenntnis. Anscheinend machte das Gift ihnen nichts aus. Die erwachsenen Elefanten rammten die Bäume, warfen sie um und begannen dann mit dem Rüssel die Blätter von den kurzen Ästen zu streifen. Danach wurden die Pflanzen mit dem Rüssel quer ins Maul gehoben, und die breiten Öffnungen begannen zu kauen. Die riesigen Mahlzähne knirschten auf den Borkenstämmen, bis sie zerkleinert waren. Dann hoben die Elefanten die zersägten Stücke auf und kauten weiter auf ihnen herum. Alles, die pflanzlichen und die Protein-Bestandteile, wanderte durch die gewaltigen Kehlen. Die jungen entwöhnten Tiere packten die weggefallenen Teile der Pflanzen und verzehrten sie.

Ein paar der Pflanzen watschelten davon, ohne daß die Elefanten sie verfolgten. Aber sie fielen einer Familie der riesenhaften Elenhirsche zum Opfer, denen das Gift der Pfeile gleichfalls nichts auszumachen schien. Die Angreifer, die wie blaufellige, geweihlose Kanadahirsche aussahen, zerfetzten die Pflanzen mit den Zähnen.

Kickaha, dem es gelang, an die Elchtiere näher heranzukommen als an die Elefanten, stellte fest, daß sie in einem gewissen Punkt vorsichtig waren. Wenn sie an ein Organ gerieten, von dem er annahm, daß es die Pfeile enthielt, stießen sie es beiseite. Aber alles andere, sogar die fleischig wirkenden Beine, wanderte durch ihren Schlund.

Kickaha wartete, bis er eines dieser sackartigen Organe zu greifen bekam. Er schnitt es auf und entdeckte darin ein Dutzend Pfeile, die alle in einem Röhrchen steckten. Er verstaute sie in dem Stoffetzen und marschierte weiter.

Mehrere Male kreuzten Rudel von löwengroßen rostfarbenen Säbelzahnkatzen seinen Pfad. Er wartete höflich, bis sie vorbei waren. Sie sahen ihn, waren aber jedenfalls im Augenblick nicht an ihm interessiert. Sie schenkten auch den Huftieren keine Beachtung. Anscheinend war ihr vordringlichstes Bedürfnis zu trinken.

Ein Pack von Wildhunden trottete an ihm vorbei. Die roten Zungen hingen heraus, die smaragdgrünen Augen glühten. Sie waren etwas über einen halben Meter hoch, der Körperbau erinnerte an Geparden, und die Felle trugen Leopardenmuster.

Einmal stieß er auf eine Familie von känguruhähnlichen Tieren, die so groß waren wie er. Die Köpfe allerdings sahen aus wie die riesiger Kaninchen, und die Zähne waren nagerartig. Die Weibchen hatten fleischige, haarbedeckte Taschen am Unterleib, und aus einigen ragten die Köpfe von jungen »Kaninguruhs« hervor.

Kickaha interessierte sich natürlich für das tierische Leben. Doch er untersuchte auch das Wasser. Einmal glaubte er, einen menschlichen Körper in der Mitte des Kanals treiben gesehen zu haben, und sein Herz krampfte sich zusammen. Doch als er genauer hinschaute, merkte er, daß es sich um irgendein unbehaartes Wassertier handelte. Es verschwand plötzlich, und die zweiteilige Schwanzspitze sah aus wie ein Paar menschlicher Beine, die sich eng aneinanderpressen. Einen Augenblick später tauchte es wieder auf und hielt einen zappelnden Fisch zwischen den mit langen Schnurrbarthaaren versehenen Kiefern. Die Beute besaß vier kurze dicke Beinchen, einen Fischkopf und die vertikalen Schwanzflossen der Fische. Es stieß einen gurgelnden Laut aus.
Urthona hatte gesagt, daß alle Fische hier amphibisch seien, außer ein paar Arten, die in den stabilen Meeresbereichen hausten.
Alles Leben hier – außer dem Gras – war beweglich. Und mußte es sein, um zu überleben.
Eine Stunde später erhob sich eine der Ursachen für diese bewegliche Natur des Lebens auf dieser Welt über den Horizont. Der rötliche Temporärmond bewegte sich langsam, doch wenn er ganz sichtbar war, bedeckte er die Hälfte des Himmels. Er kam nicht genau in den Scheitelpunkt und lag weit genug entfernt, daß Kickaha ihn seitlich sehen konnte. Der Gestalt nach ähnelte er zwei konvexen Linsen, die man mit dem Rücken aneinandergeklebt hat. Ein sehr weit gedehntes Oval. Er rotierte so langsam um seine Längsachse, daß er innerhalb zweier Stunden in einem horizontalen Kreisbogen nicht mehr als zwei Grad zurückgelegt hatte.
Nach einer Weile gab Kickaha es auf, den »Mond« zu beobachten. Urthona hatte gesagt, er sei eine der recht unbedeutenden Abspaltungen. Diese träten nach jeder zwölften größeren Abspaltung ein. Zwar wirkte der »Mond« riesig, war aber in Wirklichkeit sehr klein, nicht über hundert Kilometer lang. Er wirkte nur so enorm groß, weil er sich so dicht über der Oberfläche befand.
Kickahas Kenntnisse in der Physik und über Himmelskörper waren auf das beschränkt, was er in der Oberschule gelernt und sich durch

ein paar Bücher erworben hatte. Er wußte aber, daß kein Objekt von solcher Masse sich so nahe an einem Planeten im Umlauf befinden konnte, ohne sofort zu Boden zu fallen. Jedenfalls galt dies für das irdische Universum.

Doch seine Vorstellungen dessen, was möglich sei, hatten sich drastisch erweitert, als er vor vielen Jahren in die Welt Jadawins eingeschleust worden war. Und jetzt und hier, in Urthonas Welt, wurde seine Erziehung noch sehr viel weiter ausgedehnt. Abweichende Anordnung von Raummaterie, ja sogar die Konvertierung von Materie in Energie waren nicht nur möglich, sondern die Lords hatten sie tatsächlich funktionabel gemacht.

Eines Tages würden auch die Erdenmenschen – sofern sie lange genug existierten – die dem zugrunde liegenden Prinzipien ebenfalls entdecken. Und dann würden ihre Wissenschaftler gleichfalls Taschenuniversen außerhalb und paradoxerweise dennoch innerhalb des irdischen Universums in Blasen von Raummaterie schaffen können. Doch würde dies erst nach dem Schock kommen, wenn man entdeckte, daß die menschliche Astronomie, soweit sie Bereiche außerhalb des Sonnensystems betraf, vollkommen falsch war.

Wie lange würde es dauern, bis der Satellit zu seinem Planeten zurückkehrte? Urthona hatte es nicht gewußt – er hatte es schlichtweg vergessen. Doch hatte er gesagt, daß die Tatsache, daß sie den »Mond« an jedem zweiten Tage gesehen hatten, darauf schließen lasse, daß sie sich in der Nähe des Nordpols des Planeten befinden müßten. Oder auch des Südpols. Wie immer, die Abspaltung durchlief eine spiralförmige Umlaufbahn, auf der sie nach Süden oder Norden getragen werden mußte, je nachdem.

Der riesige Körper, der dort durch den Himmel segelte, verlieh Kickaha ein Gefühl der Unsicherheit. Er mußte bald wieder in die Muttermasse zurückfallen. Vielleicht war seine Umlaufbahn ja bereits nach einer weiteren Umkreisung des Planeten beendet. Und wenn er herunterfiel, dann würde das sehr rasch geschehen. Urthona hatte gesagt, sobald die Masse in eine Höhe von weniger als zwölftausend Fuß über dem Boden geriet, würde sie pro zwei

Sekunden etwa dreißig Zentimeter sinken. Eine entgegenwirkende Repulsionskraft bremste den Fall, so daß der Aufprall nicht die Masse und den Einschlagsort zu einer glühenden Masse verwandeln würden. Tatsächlich würde man den letzten Augenblick vor dem Zusammenprall besser als »sanfte Näherung« denn als »Bruchlandung« bezeichnen können.

Doch es würde eine Energieentladung stattfinden. Aus dem abgestürzten Himmelskörper würde heiße Luft entweichen. Heißluft von einer Temperatur, die alles Lebendige in einem Umkreis von fünfundsiebzig Kilometern rösten würde. Und natürlich würde es größere Erdbeben bewirken.

Auf dem Mond würde es Tiere und Vögel und Fische geben, auch Pflanzen, Lebensformen, die dort festsaßen, als die Abspaltung erfolgte. Was sich auf der unteren Seite befand, würde zerschmettern und verbrennen. Die Wesen auf der Oberseite besaßen eine Chance von fünfzig zu fünfzig zu überleben, sofern sie sich nicht an den Rändern befanden.

Urthona hatte allerdings auch gesagt, daß diese Massen niemals in der Nähe der Ozeane niederfallen würden. Diese lägen in einem relativ stabilen Bereich; die Verwandlung des Landes rings um sie finde langsamer statt.

Kickaha konnte nur hoffen, daß er sich in der Nähe eines der fünf Ozeane befand.

Von allen biologischen Lebensformen erschienen ihm die der fliegenden Wesen am bemerkenswertesten. Er war an wenigstens einer Million von Vögeln und geflügelten Säugern vorbeigekommen, und der Himmel verdunkelte sich zuweilen durch Schwärme, die aus Hunderttausenden von Tieren bestehen mußten. Darunter waren auch Flugwesen, die sicherlich von der Erde importiert worden waren. Aber es gab auch andere, die genauso aussahen wie jene, die er aus Jadawins Welt kannte. Und viele andere waren so fremdartig, ja so grotesk, daß er vermutete, Urthona habe ihre Vorfahren in seinen Biolabors zusammengebastelt.

Aber woher sie auch kommen mochten, es war ein lärmender

Haufen – genau wie auf der Erde. Das Krähen, Krächzen, Kreischen, Pfeifen, Schmettern, Keckern und Zischen erfüllte die ganze Luft. Manche waren Fischfresser und tauchten von der Luft nach Fischen oder schwammen auf der Oberfläche und gründelten nach Fischen oder froschähnlichen Geschöpfen. Andere wieder ließen sich auf den Elefanten und Elchtieren nieder und suchten ihnen die Parasiten ab. Wieder andere holten sich ihre Nahrung aus den Zähnen der riesigen Krokodiloiden. Viele hockten auf den Zweigen und Ästen der verschiedenen Pflanzen und verzehrten die Früchte oder Samen. Die Bäume schienen nichts dagegen zu haben. Manchmal allerdings war die Masse der Vögel so schwer, daß eine Pflanze umkippte, und die Vögel stiegen dann kreischend und schreiend auf wie Rauch von einem zusammengebrochenen Scheit im Kamin.

Die Tentakelpflanzen eilten stets herbei, um ihren hilflosen Genossen wieder auf die Beine zu helfen. Die Tentakellosen wurden ihrem Schicksal überlassen. Meist wurden sie dann von den Dickhäutern und Elchtieren gefressen.

Drei Stunden verstrichen, und die bedrohliche Masse über Kickahas Kopf wurde winzig. Sie war das einzige auf dieser Welt, das einen Schatten warf, aber auch der war dünn im Vergleich zu den Schatten auf der Erde. Das heißt, dünn an physikalischer Lichtdichte und bleich, doch der emotionale Druck, den dieser Schatten ausübte, die Angst und halbe Panik, die er auslöste, waren etwas, was Kickaha auf seiner Heimaterde selten erlebt hatte. Ein rauchender Vulkan, ein heftiges Erdbeben, ein brüllender Wirbelsturm waren die einzigen Ereignisse, die damit vergleichbar waren.

Und er hatte das Verhalten der Tiere und Vögel sehr genau beobachtet, während das Ding über ihnen hing. Sie schienen dadurch nicht aufgestört zu werden. Das sagte ihm, daß sie »wußten«, daß es keine Bedrohung für sie darstellte. *Noch* nicht.

Hatte Urthona ihnen den Instinktmechanismus eingebaut, mit dem sie erahnten, in welchem Gebiet die Abspaltung niedergehen würde? Und wenn er dies getan hatte, dann bedeutete dies, daß der

Abspaltung und der Wiedervereinigung der Körper ein bestimmtes Muster zugrunde lag. Doch wie war das mit den Geschöpfen, die nicht aus den Biolabors des Lords stammten? Die aus fremden Universa hierher verpflanzt worden waren? Sie lebten noch nicht lange genug hier, als daß sie ein instinktives Wissen dieser Art hätten entwickeln können.

Vielleicht beobachteten ja die »Importe« die »Eingeborenen« und richteten sich nach ihnen.

Er würde Urthona danach fragen, wenn er ihn fand. Falls er ihn fand. Ehe er ihn töten würde.

Kickaha schnitt ein paar Scheiben von dem Antilopenbein ab und aß unter ständigem Fliegenfortwedeln davon. Das Fleisch war bereits hinüber, darum warf er den Rest des Beines fort, nachdem er sich den Bauch vollgeschlagen hatte. Eine Reihe von scharlachroten Krähen stieß sofort darauf nieder. Aber sie hatten kaum ein paar Schnäbel voll fressen können, als zwei große Purpuradler mit grünen Schwingen und gelben Beinen sie verjagten.

Während er den Vögeln zuschaute, überlegte er sich, wo sie wohl ihre Eier legten und brüteten. In dieser Welt wäre doch kein Nest sicher genug. Eine Felsspalte im Berghang konnte in wenigen Tagen sich schließen oder auf der Ebene liegen.

Er hatte genügend Zeit für seine Beobachtungen, um die Antwort auf die zoologischen Fragen dieser Welt zu finden. Das heißt, sofern er lange genug lebte ...

Der »Tag« verging, und er wanderte die ganze Zeit unermüdlich am Rand des Kanals entlang. Als sich die »Dämmerung« ankündigte, begann der Kanal, sich zu verbreitern. Er vertrieb ein paar Vögel von Früchten, die von einem Baum gefallen waren und verzehrte die angefressenen Melonenfrüchte. In der Mitte der »Nacht« hoppelten Vertreter einer kleineren Kaninguruh-Art an ihm vorbei, und zwei langbeinige Paviane verfolgten sie. Er schleuderte sein Messer in den Nacken eines Kaninguruh-Männchens, als es an ihm vorbeikam. Das Tier sackte zur Seite, und die Paviane machten kehrt und stürzten sich auf die leichtere Beute. Kickaha zog das Messer aus dem erlegten Tier und bedrohte die Primaten. Sie bellten und fletschten ihn mit ihren bösartigen Reißzähnen an. Einer versuchte sich in Kickahas Rücken zu schleichen, während der andere kurze Angriffe auf ihn unternahm. Kickaha legte keinen Wert darauf, sich mit ihnen herumzuschlagen, wenn er es vermeiden konnte. Also schnitt er dem Kaninguruh die Läufe ab und ging weg. Den Rest überließ er den Pavianen. Mit diesem Arrangement waren sie zufrieden.

Es war fast unmöglich, einen sicheren Schlafplatz zu finden. Die Nacht war nicht nur voller herumstreifender Raubtiere, sondern das steigende Wasser war gleichfalls eine Bedrohung. Zweimal erwachte er spannentief im Wasser und mußte sich gute hundert Meter weiterbewegen, um nicht zu ertrinken. Schließlich wanderte er an den Fuß des nächstgelegenen Berges, der nur eine Erhöhung gewesen war, als er ihn zum ersten Mal erblickt hatte. Am Hang lagen mehrere große Felsblöcke, und er streckte sich über einem von ihnen aus. Wenn der Hang zu steil werden sollte, würde der Block hinunterzurollen beginnen, und die Bewegung würde ihn aufwecken – so hoffte er jedenfalls. Im übrigen schien sich das Ganze überwiegend im Tal abzuspielen. Dort jedenfalls trieben sich die Großkatzen, die Hunde und die Paviane herum und versuchten sich an die Huftiere und an die Hüpfer anzuschleichen oder sie rennend zu erjagen. Kickaha wachte häufig auf, wenn Brüllen, Bellen, Knurren und Kreischen aus dem Tal zu ihm heraufdrangen. Aber nichts schien nahe genug an seinem Rastplatz zu sein. Auch war er gar nicht sicher, daß er das alles nicht nur träumte, was er da an Geräuschen zu hören glaubte.

Kurz vor der »Dämmerung« richtete er sich auf, rang nach Atem, sein Herz hämmerte wild. Er hörte ein rumpelndes Geräusch. Ein Erdbeben? Nein, der Boden zitterte nicht. Dann sah er, daß der Felsblock fortgerollt war. Aber nicht nur der eine! Ein halbes Dutzend polterten den Hang hinab, der jetzt sogar noch steiler geworden war, sprangen auf Erhöhungen in die Luft, plumpsten wieder zu Boden, wurden schneller und rollten immer schneller auf den Talgrund zu.

Doch dieses Tal war jetzt ganz von Wasser bedeckt. Die einzigen Tiere, die sich dort jetzt noch aufhielten, waren ein paar Großkatzen, die bis zum Bauch im Wasser standen und versuchten, soviel wie möglich von ihrer Beute zu verzehren, ehe sie sich »aus dem Staub« machen mußten. Aber es gab Millionen von Vögeln, darunter einige zweihunderttausend Flamingos mit langen Stelzbeinen, die grün waren, nicht rosa wie ihre irdischen Gegenstücke. Sie fraßen gierig in dem wirbelnden, kochenden Wasser. Es kochte nicht vor Hitze, sondern vor Lebewesen. Es kochte von Millionen Fischen.
Er mußte sich auf die Beine machen, selbst wenn er nicht genügend geruht hatte. Der Hang wurde immer steiler, und bald würde er abrollen und hinunterfallen.
Er kletterte abwärts und watete ins Wasser, bis es ihm an die Knie reichte. Dann beugte er sich vor und trank. Das Wasser war immer noch frisch, wenn auch ein wenig schlammig durch all die heftigen Bewegungen. Einer der Flamingos kam durch das Wasser geflitzt; er folgte dem Kielwasser irgendeines Wesens, das unter der Oberfläche zu fliehen versuchte. Er blieb stehen, als Kickaha sich aufrichtete, und kreischte wütend. Kickaha kümmerte sich nicht um den Vogel und stieß mit dem Messer zu. Die Spitze drang in das Ding, das der Flamingo verfolgt hatte. Er holte etwas hervor, das aussah wie ein Wassersalamander, wie ein Olm, nur schmeckte es sicherlich nicht so, sondern eher wie eine Forelle.
Es sah so aus, als würde das Wasser nicht weiter steigen. Nicht gleich jedenfalls. Nachdem er seinen Magen gefüllt und seinen Körper gesäubert hatte, platschte er durch das knietiefe Wasser am Fuß des Berges dahin. Eine Stunde später hatte er den Berg hinter sich und wanderte über eine ebene Fläche. Gegen »Mittag« neigte sich die Ebene bereits zur Seite, in einem Winkel von etwa zehn Grad zur Horizontalen, und das Wasser lief darüber hinunter. Drei Stunden später kippte die Ebene zur anderen Seite hin. Er verzehrte den Rest des Wassersalamanders und warf die Knochen, an denen noch ziemlich viel Fleisch hing, auf die Erde. Die Scharlachkrähen stürzten sich darauf und kämpften um die Reste.

Der abgespaltene »Mond« hatte sich nicht wieder gezeigt. Kickaha hoffte, daß es weit von seinem Standort sein möge, wenn er zu Boden fiel. Denn die Masse würde einen Riesenhaufen abgeben, eine Bergkette von Super-Himalaja-Ausmaßen auf der Planetenoberfläche auftürmen. Und wie Urthona gesagt hatte, würde diese Masse in ein paar Monaten mit der Planetenmasse verschmolzen sein, die sich während des Prozesses selbst weiterverwandeln würde. Und wieder ein paar Monate später würde dann an irgendeiner anderen Stelle wieder eine Abspaltung stattfinden. Und die würde dann ziemlich groß sein. Die Masse würde etwa ein Sechzehntel der Planetenmasse ausmachen.

Und Gott gnade denen, die in diesen Ausbruch von Materie gerieten. Mitgetragen wurden. Und Gott gnade auch denen, die auf der Masse lebten, wenn sie zum Mutterplaneten zurücksackte.

Ein Sechzehntel der Masse dieses Planeten! Eine keilförmige Masse, die aus dem Zentrum des Planeten herausgefetzt werden würde. Grob gerechnet mehr als 67 700 000 000 Kubikkilometer.

Kickaha schauderte bei der Vorstellung. Man stelle sich die Katastrophen vor, die Erdbeben, das entsetzlich riesige Loch. Und den Heilungsprozeß, wenn die Wände des Kraters nach unten brachen, um das Loch zu füllen, und der ganze Planet sich verändern mußte, um den Eingriff auszugleichen. Es überstieg die Vorstellungskraft. Eigentlich war es ein Wunder, daß dabei überhaupt etwas Lebendiges davonkam. Und doch gab es Leben in vielfältigen Formen.

Kurz vor der »Dämmerung« kam er durch einen Paß zwischen zwei monolithischen Bergen, die den Tag über ihre Gestalt nicht verändert hatten. Mitten hindurch führte der Kanal, und das Wasser lappte nur ein paar Zentimeter unter dem Ufer entlang. Zu beiden Seiten des Kanals war etwa soviel Raum, daß zehn Mann nebeneinander hätten gehen können. Kickaha wanderte das Kanalufer entlang, blickte aber immer wieder einmal zu der sich hochtürmenden Wand des Berges zu seiner Rechten hinauf. Der Fuß des Berges war leicht gebogen, und der Kanal schmiegte sich der Krümmung an. Kickaha hatte keine große Lust, sich hier für die

Nacht niederzulassen, weil er hier den größeren Raubtieren nur schwer hätte ausweichen können. Und auch, weil er kaum eine Chance hatte, sich zu retten, falls eine Herde der Huftiere in Panik ausbrechen sollte.

Er zog also weiter, verlangsamte ab und zu seinen Gang und ging so nahe wie möglich an die Bergflanke, wenn Großkatzen oder Wildhunde vorbeizogen. Glücklicherweise schenkten sie ihm keine Aufmerksamkeit. Es konnte sehr wohl sein, daß sie bereits früher in Berührung mit Menschen gekommen waren und darum Furcht vor ihnen hatten. Und dies ließ tiefe Schlüsse darauf zu, wie gefährlich die Gattung des Homo sapiens auf diesem Planeten war. Aber vielleicht hielten sie ihn ja auch für ein unvertrautes Ding und waren deshalb auf der Hut.

Wie auch immer, sie würden wahrscheinlich nicht widerstehen können und ihn angreifen, falls sie ihn schlafend auf der Erde finden sollten. Er zog weiter. Gegen Morgen war er so erschöpft, daß er taumelte. Die Beine schmerzten furchtbar, und sein Magen meldete ihm, daß er Nahrung brauchte.

Endlich war er am Ende des Berges angelangt. Der Kanal erstreckte sich fast geradlinig, soweit er sehen konnte. Er mußte eine weite Ebene überqueren, ehe er an eine Kette von konisch zulaufenden Bergen gelangen würde, die weit in der Ferne aufragten. Es standen hier zahlreiche Pflanzen, und nur wenige bewegten sich in diesem Augenblick; es gab große Herden von Tieren und natürlich die allgegenwärtigen Vögel. Und im Augenblick schien auch alles ruhig zu sein. Wenn es irgendwo Raubzeug gab, verhielt es sich gerade friedlich.

Der Kanal lief geradeaus, soweit er blicken konnte. Er überlegte, wie lange er wohl vom Anfang bis zur Mündung sein mochte. Er hatte geschätzt, daß die Flutwelle ihn ungefähr fünfzehn Kilometer weit mitgerissen haben mußte. Nun aber wurde ihm klar, daß er vielleicht sogar siebzig, achtzig Kilometer weit fortgetragen worden sein konnte. Oder weiter. Die Erde war plötzlich gespalten worden, als hätte ein Riese, der gewaltiger als ein Berg war, die Schneide seiner Axt in gerader Linie in den Grund gehämmert. Wassermassen von der See her waren in den Graben geflossen, und Kickaha war vor der Flutwelle hergeschwemmt worden bis zum Ende des Kanals und war dann dort sozusagen abgelegt worden. Er hatte ungeheures Glück gehabt, daß er nicht auf dem Kanalgrund zu winzigen Fetzen zermahlen worden war oder ertrunken war.

Nein, er hatte nicht ein Riesenglück gehabt, er hatte ein Wunder erlebt.

Er bog von dem Paß ab und machte sich quer über die Prärie auf den Weg. Doch bereits nach hundert Metern blieb er stehen. Er drehte sich dem Geräusch der Hufe zu, das ihn plötzlich alarmiert hatte.

Rechts von ihm bog eine Kette von Elchtieren um einen Bergvorsprung, der sie bisher gedeckt hatte. Auf den Tieren saßen Männer, und es waren Männer, die lange Speere trugen.

Als sie merkten, daß er sie entdeckt hatte, schrien sie und trieben ihre Reittiere zum Galopp an.

Es wäre sinnlos gewesen, hätte er versucht davonzulaufen. Es hatte auch gewisse Vorteile, ruhig abzuwarten. Allerdings handelte es sich hier nicht um ein Tennismatch.

Siebentes Kapitel

Die Elchtiere gehörten zu der kleineren Gattung und waren nur wenig größer als ein Vollblutpferd. Und wie ihre wildlebenden Verwandten hatten sie verschiedene Färbungen: Rotschimmel, Rappen, Blauschimmel, Füchse und Schecken. Sie trugen Zaumzeug und Zügel, und die Reiter saßen auf Ledersätteln mit Steigbügeln.

Die Männer trugen lederne Hosen zum Schutz gegen die Wundreibung, doch die Oberkörper waren nackt. Einige hatten Federn in ihrem langen Haar befestigt, aber es waren keine Amerindianer. Dazu war ihre Haut zu hell, und außerdem hatten sie gewaltige Bärte. Als die Reiter näherkamen, sah Kickaha, daß sie Stammesnarben in den Gesichtern trugen.

Einige der Speere sahen aus wie Stangen, die man zugespitzt und über dem Feuer geschärft hatte. Andere hatten Spitzen von Flintstein oder Schiefer oder Antilopenhörnern oder Löwenzähnen. Bogen besaßen sie nicht, aber ein paar trugen Steinäxte und schwere, wuchtige Bumerangs in den Hüftgürteln. Es gab auch runde, lederbedeckte Schilde, doch hingen diese an Lederriemen von den Sätteln. Wahrscheinlich glaubten sie, daß sie die Schilde nicht gegen Kickaha benötigen würden. Und sie hatten natürlich recht.

Die vordersten Krieger hielten ihre Reittiere an. Die anderen schwärmten aus und umzingelten ihn.

Der Anführer, ein wuchtiger grauhaariger Mann, brachte sein Tier näher an Kickaha heran. Das Elchtier gehorchte, doch aus den weitgeöffneten Augen, die wild rollten, konnte man erkennen, daß ihm das nicht behagte.

Inzwischen kam der große Rest des Eingeborenenstammes um den

Bergvorsprung gebogen. Es gab eine bewaffnete Vorhut und eine Karawane von Frauen, Kindern und Hunden sowie von Elchtieren, die hinter sich her an Zugbahren aufgestapelte Felle, Flaschenkürbisse, Stangen und andere Sachen schleiften.

Der Anführer redete Kickaha in einer diesem unbekannten Sprache an. Das war nicht anders zu erwarten gewesen. Kickaha rechnete zwar nicht damit, daß sie ihn verstehen könnten, versuchte es aber dennoch mit Testformeln in zwanzig verschiedenen, ihm bekannten Sprachen: der Sprache der Lords, in Englisch, Französisch, Deutsch, Tishquetmoac, Hrowakas, dem heruntergekommenen Hochdeutsch von Drachenland, verschiedenen Lakota-Dialekten aus dem Kentaurenbereich, einem mykenischen Dialekt, und er versuchte es schließlich mit ein paar von den wenigen Sätzen, die er in Lateinisch, Griechisch, Italienisch und Spanisch noch beherrschte.

Der Anführer verstand keine dieser Sprachen. Damit war ja zu rechnen gewesen. Doch Kickaha hatte gehofft, daß die Leute, falls ihre Vorfahren von der Erde gekommen waren, eine Sprache sprechen würden, die er zumindest einordnen konnte.

Eines war immerhin schon erfreulich: Die Männer hatten ihn nicht sofort umgebracht.

Vielleicht wollten sie ihn ja zunächst foltern. Und da Kickaha wußte, was die Stämme der Amerindianer auf diesem Gebiet in Jadawins Welt anstellten, wenn sie Gefangene machten, war er nicht übermäßig optimistisch.

Der Häuptling schwenkte seinen befiederten Speer und gab zwei Männern einen Befehl. Die Männer stiegen von den Reittieren ab und näherten sich ihm vorsichtig. Kickaha lächelte und reckte ihnen die Hände entgegen, die leeren Handflächen nach oben gewandt.

Die zwei Männer erwiderten sein Lächeln nicht. Sie kamen langsam mit stoßbereiten Speeren auf ihn zu.

Wäre Kickaha in seiner üblichen körperlichen Hochform gewesen, so hätte er versucht, an das nächste Elchtier mit Sattel und ohne

Reiter heranzukommen. Auch dann wären seine Chancen natürlich nur eins zu zwanzig gewesen, aus der Umzingelung auszubrechen. Die Chancen hatten für ihn bei früheren Gelegenheiten schon schlechter gestanden, doch damals hatte er sich in der Lage gefühlt, alles mögliche durchzusetzen. Das war jetzt anders. Er war zu steif, und er war zu müde.

Die beiden Männer waren kleiner als er, einer ungefähr einsachtzig, der andere ein paar Zentimeter größer. Der Größere der zwei streckte die Hand vor. Den Speer hielt er in der anderen. Kickaha glaubte, daß er sein Messer haben wollte.

Kickaha zuckte die Achseln und gehorchte langsam. Eine Sekunde lang hatte er daran gedacht, dem Mann das Messer entgegenzuschleudern. Dann hätte er den Speer packen, das Messer wieder an sich bringen und laufen können ... Aber es wäre sinnlos gewesen.

Der Mann ergriff das Messer und zog sich zurück. Man konnte an seinem Gesicht sehen, auch an dem der anderen, daß er und sie niemals zuvor Metall gesehen hatten.

Der Häuptling sagte etwas. Der Mann lief auf ihn zu und reichte ihm das Messer. Der Grauschopf mit dem grauen Bart drehte es in der Hand hin und her, befummelte vorsichtig die Schneide mit der Handfläche und probierte es dann an der Lederschnur aus, die seinen Schild am Sattel befestigte.

Alle stießen laute Rufe aus, als der Kriegsschild so leicht abgeschnitten wurde.

Der Häuptling stellte Kickaha eine Frage. Wahrscheinlich wollte er wissen, woher sein Gefangener die Waffe hatte.

Kickaha war keineswegs über eine Lüge erhaben, wenn sie ihm das Leben retten konnte. Er deutete auf die Berge, zu denen er unterwegs gewesen war.

Der Häuptling verzog das Gesicht. Es sah aus, als denke er heftig nach. Dann äußerte er wieder ein paar Worte, und die zwei Männer, die abgestiegen waren, banden Kickaha die Hände vor dem Bauch mit einem Lederriemen zusammen. Wieder sprach der Häuptling, und die Kundschafter setzten sich in Bewegung. Der

Häuptling und seine beiden Untergebenen stiegen von ihren Reittieren und warteten. Fünfzehn Minuten später traf die Spitze der Karawane bei ihnen ein.
Der Häuptling schien seinem Volk die Sache zu erklären. Er wies häufig mit der Hand in die Richtung, die sein Gefangener ihm gezeigt hatte. Es herrschte dann ein Durcheinander von wilden Stimmen. Schließlich gebot der Häuptling Schweigen. Während das Gebrabbel vor sich ging, hatte Kickaha die Mitglieder des Stammes gezählt. Mit den Kundschaftern waren es ungefähr neunzig Personen. Dreißig Männer, vierzig Frauen und zwanzig Kinder.
Unter den Kindern waren mehrere Säuglinge, die von den Müttern im Arm getragen wurden, und vorpubertäre Mädchen und Jungen. Männer und Frauen hatten braunes oder schwarzes Haar. Die Augen waren überwiegend hellbraun. Manche hatten haselfarbene, ganz wenige blaue Augen. Ein paar der Frauen waren ganz ansehnlich. Sie trugen nur kurze Schurzröcke aus gegerbtem Leder. Die Kinder waren nackt und wie ihre Erzeuger sehr schmutzig. Alle stanken, als hätten sie seit Wochen nicht mehr gebadet.
Auf einigen der Lasttiere allerdings sah er große Wasserschläuche. Während des kurzen Aufenthaltes melkte eine Frau eine Elchkuh.
Auf den Travois, den Schleppträgern, waren nicht nur Packen von Häuten, Fellen und Waffen gestapelt, sondern auch eine Art von luftgetrocknetem Fleisch. Es gab keine Zelte, was bedeutete, daß der Stamm Regengüsse einfach durchstehen würde.
Mehrere Männer richteten die Speere auf Kickaha, und andere zogen ihm die Kleider vom Leib. Der Häuptling erhielt die zerfetzten Jeans und die abgetragenen Stiefel. Man konnte aus seiner Stimme und aus seinem Gesicht entnehmen, daß er dergleichen nie zuvor gesehen hatte. Als er versuchte, sich in die Jeans zu zwängen, merkte er, daß sein ausladendes Hinterteil und sein überquellender Bauch nicht hineinpaßten. Er löste das Problem, indem er die Hose mit Kickahas Messer im Bund aufschlitzte. Die Stiefel waren für seine Füße zu weit, aber er zog sie dennoch an.

Als der Häuptling die eingewickelten Giftpfeile in der Gesäßtasche der Jeans fand, verteilte er sie an Männer, deren Speere keine Flintspitzen oder Schieferspitzen mehr besaßen. Sie befestigten die Pfeile mit ungegerbten Hautkordeln an den Speeren und amüsierten sich dann eine Weile damit, einander zum Spaß anzugreifen und unter großem Gelächter davonzuspringen.
Das einzige, was Kickaha noch geblieben war, war seine löcherige, schmutzige Unterhose.
Sie holten eine große Elchkuh aus der Herde heraus, die bereits Zaumzeug und Sattel trug, und Kickaha wurde aufgefordert aufzusteigen. Er folgte dem Befehl und nahm die Zügel in die Hände. Dann erteilte der Häuptling wieder einen Befehl, und ein Mann verknüpfte Kickahas Beine mit einem langen Lederband unter dem Bauch des Tieres. Dann setzte sich die Karawane wieder in Bewegung. Eine alte Frau – übrigens die einzige alte Person, die Kickaha sah – blies eine merkwürdige, fremdartige Melodie auf einer Flöte, die aus einem langen Knochen geschnitzt war. Vielleicht war es das Bein eines Moa gewesen.
Sie ritten ungefähr eine Stunde lang. Dann bereitete der Stamm sein Lager – sofern man eine derart rasche und simple Prozedur als Lager bezeichnen konnte – direkt am Kanal. Während Kickaha weiter auf seinem Reittier sitzen bleiben mußte und nur von einem Mann bewacht wurde, kümmerte sich keiner sonst um ihn, und alle nahmen nacheinander ein Bad im Fluß.
Kickaha überlegte sich, ob sie ihn wohl auf dem Elchtier sitzen lassen würden, bis sie weiterzogen. Doch nach einer halben Stunde, während der er von den blauen Fliegenschwärmen wahnsinnig zerstochen wurde, beschloß sein Wächter, ihm die Beinfesseln zu lösen. Kickaha stieg steifbeinig ab. Er wartete ab. Auch sein Wächter wartete, bis er abgelöst wurde, um seinerseits ein Bad nehmen zu können.
Kickaha machte eine Geste, daß er gern trinken wolle. Sein Wächter, ein schlanker Jungmann, nickte. Kickaha ging ans Ufer, kniete nieder und wollte mit den Händen Wasser schöpfen. Im

nächsten Augenblick erhielt er einen Tritt in den Hintern und landete im Wasser.
Als er wieder auftauchte, merkte er, daß alle sich ungeheuerlich über dieses komische Ereignis amüsierten.
Er schwamm, bis seine Füße Grund fanden. Dann wendete er und warf einen sehnsüchtigen Blick ans andere Ufer, das etwa hundert Meter entfernt lag. Er würde hinüberschwimmen können, selbst mit gefesselten Händen. Aber seine Verfolger würden ebenfalls hinüberschwimmen oder ihn auf schwimmwilligen Tieren verfolgen. Er würde sie natürlich abschütteln können. Wenn nur in der Nähe ein Wald oder ein Berg gewesen wäre, er hätte versucht zu entkommen. Aber leider, da war nur diese über drei Kilometer weite Prärie. Er würde von seinen Verfolgern eingeholt werden, ehe er an seinem Ziel war.
Er zog sich widerwillig die Uferbank hinauf, stand auf und schaute den jungen Mann unbeweglichen Gesichts an. Der lachte und rief den übrigen etwas zu, und die brachen in ein irres Lachen aus. Was immer sein Wächter gesagt haben mochte, ein Kompliment für seinen Gefangenen war es wohl kaum gewesen.
Kickaha beschloß, seinen Sprachunterricht sofort zu beginnen. Er deutete auf den Speer und fragte nach der Bezeichnung. Zunächst begriff der Junge ihn nicht, dann aber sagte er: *»Gabol.«*
Gabol, so stellte sich heraus, war keine Gattungsbezeichnung, sondern bezeichnete einen »Speer mit im Feuer gehärteter Spitze«. Ein Speer mit einer Steinspitze hingegen war ein *baros,* einer mit einem Antilopenhorn war ein *java;* und einer mit einer Spitze aus Katzenzähnen war ein *grados.*
Später lernte Kickaha, daß es keinen Ausdruck für »Menschheit« gab. Der Stamm bezeichnete sich einfach mit einem Ausdruck, der nichts weiter hieß als »Die Menschen«. Andere menschliche Wesen wurden als »Der Feind« bezeichnet. Kinder, gleichgültig welchen Geschlechts, wurden unter einem Sammelbegriff »Die Ungeformten« zusammengefaßt. Erwachsene Männer unterschieden sich nach drei Kategorien: einer für den Krieger, der einen feindlichen

Stammesangehörigen getötet hatte, einer für den Jungmann, der noch nicht im Kampf geblutet hatte, und ein dritter Begriff für den zeugungsunfähigen Mann. Es spielte keine Rolle, ob ein kinderloser Mann seinen Feind getötet hatte oder nicht. Er war und blieb ein *tairu.* Gelang es ihm hingegen, einem fremden Stamm ein Kind zu stehlen, dann galt er als vollkommener *wiru,* als ein bluterfahrener Krieger.

Auch unter den Frauen gab es drei Klassen. Eine Frau, die ein Kind geboren hatte, gehörte zur obersten Klasse. War sie unfruchtbar, hatte aber zwei feindliche Stammesangehörige getötet, weiblich oder männlich, gehörte sie zur zweiten Klasse. Wenn eine Frau unfruchtbar und ohne Blutzoll war, bezeichnete man sie als *shonka,* ein Begriff, der ursprünglich irgendein niederes Tier bezeichnete.

Es vergingen zwei Tage und Nächte, und der Stamm zog gemächlich den Kanal entlang. Die Wasserstraße war außer den großen konischen Bergstrukturen weit vor ihnen das einzige Feststehende in der Landschaft. An manchen Stellen wurde der Kanal weit und flach, an anderen schmal und tief. Aber er verlief immer so schnurgerade wie das Rückgrat eines Indianerhäuptlings in beide Richtungen, soweit man sehen konnte.

Jagdtrupps wurden ausgeschickt, während der restliche Stamm entweder rastete oder langsam mit einer Geschwindigkeit von anderthalb Kilometern pro Stunde weiterzottelte. Manchmal ritten die jüngeren Frauen mit den Männern auf die Jagd. Anders als bei den primitiven Eingeborenenstämmen, die in der Welt der vielen Ebenen lebten, waren die Frauen dieses Stammes nicht vom Morgengrauen bis zum Abend damit beschäftigt, Werkzeug herzustellen, Nahrung anzubauen, Mahlzeiten zu bereiten und die Kinder aufzuziehen. Sie kümmerten sich um das Feuer und versorgten gemeinsam die Kinder, und zuweilen schabten sie hölzerne Stangen zu Speeren oder schnitzten Bumerangs. Abgesehen davon hatten sie nur wenig zu tun. Die kräftigeren jungen Frauen zogen auf die Jagd und beteiligten sich zuweilen an räuberischen Stoßtrupps.

Die Jäger kehrten mit Beute zurück: Antilopen, Gazellen, ein Strauß und ein Moa. Einmal erjagte ein Trupp einen jungen Elefanten, der von seiner Herde getrennt worden war. In diesem Fall zog der Stamm drei Kilometer quer in die Steppe zu dem Beutetier hin. Dort zersäbelten sie das Tier bis auf die Knochen und stopften sich mit dem rohen Fleisch voll, bis ihre Bäuche aussahen wie aufgetriebene Ballons.

Das Fleisch wurde mit Messern aus Flint oder Schiefer zerschnitten. Kickaha fand heraus, daß diese seltenen Steine aus mineralischen Nodulen stammten, die zuweilen auftraten, wenn die Erde sich auftat und sie ausspuckte. Abgesehen von den Felsbrocken waren sie die einzigen festen Mineralien, die hier bekannt waren.

Zur Nahrung dienten auch Früchte und Nüsse der verschiedensten Bäume. Meist wurden sie geerntet, indem die Reiter sie mit den Bumerangs außerhalb der Reichweite der Tentakel oder Pfeile der Bäume herunterholten.

Kickaha war zwar ein begeisterter Linguist mit rascher Auffassungsgabe, doch er benötigte dennoch über eine Woche, um die Grundlagen des Stammesdialekts zu erfassen. Der Stamm besaß ein technisches Wissen, das ein Höhlenmensch der Eiszeit für primitiv gehalten hätte, doch die Sprache war hochkompliziert. Der Wortschatz war nicht bedeutend, aber die Schattierungen, die Bedeutungsvarianten, die meist durch subtile Vokalverschiebungen signalisiert wurden, verwirrten Kickahas Ohren im Anfang. Außerdem besaß die Sprache eine Eigenheit, die ihm früher nie begegnet war: Die Endkonsonanten eines Wortes konnten in einem Satz den Anfangskonsonanten des folgenden Wortes verändern. Es gab natürlich eine Regel, nach der man dies lernen konnte, doch wie in allen lebenden Sprachen gab es auch für diese Regel zahllose Ausnahmen.

Und überdies waren die möglichen Kombinationen ebenfalls zahlreich. Kickaha glaubte sich zu erinnern, daß er etwas Ähnliches über den Konsonantenwechsel in keltischen Sprachen gelesen hatte. Aber wie ähnlich diese Verschiebung war, das wußte er nicht.

In manchen Augenblicken fragte er sich, ob die »Thana«, denn so nannte der Stamm sich selbst, von den alten Kelten abstammen konnte. Wenn dem so war, dann würde jedenfalls kein moderner Kelte der Erde sie verstehen können. Die Sprache mußte sich im Laufe der vielen Jahrtausende beträchtlich gewandelt haben. Ein männliches Elchtier, das zum Reiten verwendet wurde, hieß beispielsweise *hikwu.* Konnte es da vielleicht eine Verwandtschaft zu dem alten lateinischen *equus* für »Pferd« geben? Wenn er sich recht an seine Studien vor so vielen Jahren erinnerte, dann war da eine gemeinsame Sprachwurzel zwischen *equus* und dem vergleichbaren Wort im Keltischen und ebenso zu dem griechischen *hippós.* Er wußte es einfach nicht. Und es spielte auch keine besondere Rolle, höchstens als Kuriosität. Und warum sollte der Urstamm, der auf diese Welt versetzt worden war, ein hirschähnliches Tier nach einem Pferd benannt haben? Vielleicht, weil das *hikwu* in viel stärkerem Maße die Aufgaben eines Pferdes erfüllte als sämtliche anderen Tiere, denen der Stamm begegnet war?

Tagsüber ritt Kickaha entweder mit gefesselten Händen auf einem *merk,* einem weiblichen Reitelchtier, oder er trödelte im Lager herum. Saß er im Sattel, hielt er immer die Augen nach Anana offen. Er beherrschte die Stammessprache noch nicht gut genug, um jemanden zu fragen, ob man bleichgesichtige Fremdlinge wie ihn selbst oder einen schwarzen Mann gesichtet habe.

Am zehnten Tag gelangten sie an einen Bergpaß, der ein unveränderliches Kennzeichen der Landschaft zu sein schien. Und dahinter, jenseits eines weiten Hanges, jenseits einer breiten Ebene, lag der Ozean.

Die Berge auf dieser Seite und auch das Flachland waren von festverwurzelten Bäumen bestanden. Kickaha stiegen beinahe die Tränen in die Augen, als er sie sah. Sie wuchsen über dreißig Meter hoch, und es waren die unterschiedlichsten Arten: koniferenähnliche Pflanzen, Eichen, Pappeln, und viele trugen Früchte oder Nüsse.

Als erstes drängte sich ihm die Frage auf: Wenn dieses Gebiet hier

sich nicht veränderte, warum siedelten dann die Thana nicht hier? Warum streiften sie durch das immer wechselnde Land außerhalb der den Ozean umringenden Berge?
Auf dem Ritt zur Küste bildeten sich Wolken, und ehe sie die Hälfte des Hanges hinter sich gebracht hatten, grollte Donner in der Luft. Die Thana hielten inne, und der Häuptling, Wergenget, beriet sich mit seinen Ratgebern. Dann erteilte er den Befehl, umzukehren und hinter die Berge zurückzureiten.
Kickaha redete mit Lukyo, einer jungen Frau, deren Persönlichkeit, um nicht zu sagen, deren Körper, er als anziehend empfunden hatte.
»Warum kehren wir um?«
Lukyo sah bleich aus, ihre Augen rollten wie die eines scheuenden Pferdes. »Wir sind zu früh dran. Der Zorn des Lords hat sich noch nicht gelegt.«
In diesem Augenblick schlug der erste Blitz ein. Ein Baum, der sechzig Meter weit entfernt stand, wurde mitten hindurch gespalten, die eine Hälfte fiel zu Boden, die andere blieb aufrecht stehen. Der Häuptling brüllte Befehle, alle sollten sich beeilen, aber das war eigentlich unnötig. Der Rückzug artete beinahe zu einer panikartigen Flucht aus. Die Elchtiere bockten, die Reiter versuchten verzweifelt, sie in Linie zu bringen, die Travois hüpften wild auf und ab und verloren ihre Lasten. Kickaha und Lukyo blieben allein zurück. Nicht ganz allein. Unter einem Baum weinte ein sechsjähriges Kind. Vielleicht war das Mädchen einen Augenblick davongelaufen, und die Eltern auf den Reittieren waren in der Panik davongetragen worden.
Es gelang Kickaha, das Mädchen trotz seiner Handfesseln aufzuheben. Er ging so rasch er konnte mit seiner Last. Lukyo rannte vor ihm her. Noch mehr Blitze zuckten, noch mehr Donnerschläge krachten. Hinter ihm schlug ein Blitz ein und blendete ihn fast. Das Kind warf ihm die Arme um den Hals und preßte das Gesicht an seine Schulter.
Kickaha fluchte. Dies war das fürchterlichste Gewitter, das er jemals

erlebt hatte. Und doch, trotz der gefährlichen Blitzschläge, wäre er am liebsten mitten hinein geflohen. Hier bot sich ihm die erste echte Chance zu entkommen. Aber er konnte das Kind nicht verlassen.

Dann kam der Regen heftig hämmernd nieder. Kickaha lief schneller mit gesenktem Kopf dahin, und das Wasser stürzte auf ihn ein, als stünde er unter einer Dusche. Bei den häufigen Blitzen erkannte er, daß Lukyo, von Entsetzen angetrieben, einen Vorsprung gewonnen hatte. Selbst wenn er nicht das Kind hätte tragen müssen und in besserer körperlicher Verfassung gewesen wäre, hätte er Mühe gehabt, mit ihr mitzuhalten. Sie rannte wie eine Olympialäuferin.

Dann glitt sie aus und stürzte und rutschte mit dem Gesicht auf dem Boden ein paar Schritte hangaufwärts. Sie war wieder auf den Beinen, doch nicht lange. Ein Donnerschlag ließ Kickahas Ohren taub werden, blendende Weiße machte ihn blind. Ein paar Sekunden lang war alles schwarz. Dann folgte eine Reihe weiterer Einschläge, glücklicherweise alle nicht so nahe wie der letzte. Er sah Lukyo wieder auf dem Boden liegen, doch diesmal bewegte sie sich nicht mehr.

Als er näherkam, roch er das verbrannte Fleisch. Er setzte das Mädchen ab, obwohl es sich dagegen wehrte, ihn loszulassen. Lukyos Körper war schwarzgebrannt.

Er hob das kleine Mädchen wieder auf und begann so schnell er konnte zu laufen. Dann sah er in dem flackernden Grell-Dunkel von Tag und Nacht eine gespenstische Gestalt. Er hielt inne. Was zum Teufel war das? Plötzlich befand er sich in einem Alptraum. Kein Wunder, daß der ganze Stamm in panischer Furcht geflohen war und sogar das Kind vergessen hatte.

Doch die Gestalt kam näher, und er erkannte, daß sie aus zwei Wesen bestand. Es war Wergenget auf seinem *hikwu*. Es war dem Häuptling gelungen, das Tier wieder in die Gewalt zu bekommen, und er kehrte zurück, um sie zu holen. Es konnte ihm nicht leichtgefallen sein, seine Furcht zu überwinden, und er hatte jedenfalls große Mühe, das Elchtier im Zaum zu halten, das dauernd auszubrechen drohte. Das Tier mußte seinen Herrn für wahnsinnig gehalten haben, daß er es in das krachende, von Tod erfüllte Tal zurückzutreiben versuchte, nachdem sie entkommen waren.

Kickaha verstand nun, warum Wergenget der Häuptling war.

Der Graubart hielt sein Tier an. Der Elchling zitterte heftig, die Oberlippe war gebleckt, die Augen rollten wild. Kickaha rief dem Häuptling etwas zu und deutete auf die Leiche Lukyos. Wergenget nickte, er hatte begriffen. Er hob das Kind zu sich in den Sattel. Kickaha rechnete damit, daß er daraufhin davonstieben würde. Warum sollte er sein Leben und das des Kindes für einen Fremdling aufs Spiel setzen?

Doch Wergenget zügelte das *hikwu,* bis Kickaha hinter ihm in den Sattel steigen konnte. Dann wendete er das Tier und ließ ihm freie Bahn, und das Elchtier zögerte keine Sekunde. Trotz der Last der drei Reiter gewann es an Schnelligkeit. Und dann waren sie im Paß. Hier regnete es nicht; Blitz und Donner krachten, aber in sicherer Entfernung.

Achtes Kapitel

Wergenget reichte das Kind seiner laut jammernden Mutter. Der Vater küßte seine Tochter ebenfalls, aber sein Gesichtsausdruck war mürrisch. Er schämte sich, weil er sich von seiner Furcht hatte überwältigen lassen. »Wir bleiben hier, bis der Lord seine Wut besänftigt hat«, sagte der Häuptling.

Kickaha glitt von dem Reittier. Wergenget folgte ihm. Eine Sekunde lang dachte Kickaha daran, ihm das Messer aus dem Gurt zu ziehen. Damit hätte er in diesem Sturm fliehen können, in den sich kein Mann sonst wagte. Er hätte sich im Wald verstecken können. Und wenn er nicht vom Blitz getroffen wurde, dann würde er so weit fort sein, daß der Stamm ihn niemals würde aufspüren können.

Doch hinter seinem Entschluß, nicht gerade jetzt zu entkommen, steckte mehr. Die Wahrheit lautete, daß er nicht allein sein wollte.

Über lange Strecken seines Lebens hin war er ein Einzelgänger gewesen. Und doch war er weder asozial noch antisozial. Er hatte keinerlei Schwierigkeiten gehabt, mit seinen Spielkameraden, den Kindern der benachbarten Bauern, zurechtzukommen, als er ein Kind war, auch später nicht mit seinen Altersgenossen in dem Dorfschulhaus und in der Gemeindeoberschule.

Wegen seiner ausgesprochen starken Neugierde, seinen Fähigkeiten als Athlet und wegen seiner Sprachbegabung war er stets populär und führend gewesen. Doch war er auch eine Leseratte, und er hatte ziemlich oft, wenn er die Wahl hatte, mit den anderen zu spielen oder zu lesen, sich für die Bücher entschieden. Seine Freizeit war beschränkt, denn auf einem Bauernhof mußten die Jungen kräftig mit zupacken. Außerdem lernte er tapfer, um gute Noten zu bekommen. Schon in jugendlichem Alter hatte er sich entschlossen, kein Bauer zu werden. Er träumte davon, zu exotischen Ländern zu reisen, Zoologe oder Kurator eines Naturkundemuseums zu werden und diese sagenhaften Orte im tiefsten Afrika oder in Südamerika oder Malaya zu besuchen. Doch dazu benötigte man einen Doktorgrad, und um den zu erlangen, mußte man in der Oberschule und an der Universität eben gut sein. Und außerdem – er lernte gern ...

Also las er alles, was ihm unter die Finger geriet.

Seine Schulkameraden triezten ihn, daß er »immer die Nase in einem Buch stecken« habe. Aber sie taten es nicht auf gemeine Weise und auch nicht verächtlich, denn sie wußten seine raschen Temperamentsausbrüche und seine noch rascheren Fäuste zu respektieren. Seine Lust zu lernen begriffen sie allerdings nicht.

Ein Außenstehender, der ihn zwischen seinem siebzehnten und seinem zweiundzwanzigsten Jahr beobachtet hätte, wäre nie auf den Gedanken gekommen, daß er oft mit seinen Altersgenossen zusammen war, aber nicht zu ihnen gehörte. Der Beobachter hätte einen Starathleten und mustergültigen Studenten gesehen, der mit den wildesten Typen herumhing, der auf seinem Motorrad über die Landstraßen brauste, der eine ganz stattliche Zahl von Mädchen wortwörtlich ins Heu legte, der sich gelegentlich abscheulich betrank und der einmal im Kittchen gelandet war. weil er eine Polizeisperre umgefahren hatte. Seine Eltern waren zu Tode beschämt, seine Mutter weinte, der Vater raste. Und daß er aus dem Kittchen ausgebrochen war, nur um zu beweisen, wie leicht dies sei, und dann freiwillig wieder zurückkehrte, das hatte sie nur noch mehr durcheinandergebracht.

Seine männlichen Altersgenossen fanden dies bewundernswert und lustig, die gleichaltrigen Mädchen fanden es faszinierend und dabei ein bißchen beunruhigend, und seine Lehrer hielten es für ein alarmierendes Zeichen. Der Untersuchungsrichter, der mit ihm in seiner Zelle sprechen wollte und ihn dort über der Lektüre von Gibbons *Geschichte vom Niedergang und Sturz des Römischen Reiches* fand, gelangte zu dem Schluß, daß es sich bei Kickaha nur um einen hochgemuten jungen Mann handle, der zu besten Hoffnungen berechtigte, aber in schlechte Gesellschaft geraten war. Die Anklage wurde fallengelassen, doch Paul (Kickaha) erhielt vom Richter die Auflage einer nichtoffiziellen Bewährungszeit. Der junge Mann gab sein Ehrenwort, daß er sich künftig betragen werde, wie es einem anständigen, ehrenwerten Bürger angemessen sei – jedenfalls während seiner Bewährungsperiode –, und er hielt sein Wort.

Während der Bewährungszeit verließ Paul die Farm kaum jemals. Er wollte sich nicht durch jene Kumpane zum Bösen verführen lassen, deren einzige Bosheit wohl darin bestanden hatte, daß sie ihm nur allzu willig bei seinen Eskapaden gefolgt waren. Überdies, er hatte seinen Eltern genug Kummer gemacht. Er arbeitete, studierte und ging manchmal in den Wäldern auf die Jagd. Es machte ihm wenig aus, lange Zeit allein zu sein. Er stürzte sich in die Einsamkeit mit dem gleichen Eifer, mit dem er sich seinen Kumpanen und der Geselligkeit gewidmet hatte.

Und dann enthüllten ihm Mr. und Mrs. Finnegan, seine Eltern, etwas, das ihn zutiefst erschütterte. Vielleicht wollten sie damit erreichen, daß er sich noch mehr zusammennahm, vielleicht hatten sie das unbewußte Verlangen, ihm ebenso weh zu tun wie er ihnen: Er war ein Adoptivkind!

Die Vorstellung ließ ihn innerlich ganz taub werden. Wie die meisten Kinder hatte auch er jene Phase durchlaufen, in der sie glauben, nicht die Kinder ihrer Eltern zu sein. Doch er hatte sich nicht lange an solche Phantasien geklammert, in denen Kinder manchmal glauben, daß ihre Eltern sie nicht liebten. Nur, in seinem Fall war es wirklich so. Und dies wollte er nicht glauben.

Nach Aussage seiner Adoptiveltern war seine leibliche Mutter Engländerin mit dem komischen Namen Philea Jane Fogg-Fog. Unter anderen Umständen hätte ihn dies zum Lachen gebracht. Hier war dies anders.

Philea Janes Eltern stammten aus dem britischen Landadel, aber sein Großvater habe ein Parsi-Mädchen geheiratet. Er wußte, daß die Parsen nach Indien geflohene Perser waren, die sich dort niederließen, als die Moslems ihre Heimat eroberten. Also war er eigentlich zu einem Achtel Inder, Abkömmling naturalisierter Asiaten, denn die Parsen vermählten sich im Normalfall nicht mit ihren hinduistischen Nachbarn.

Die Mutter seiner Mutter, Roxana Fogg, nahm den Namen Fogg-Fog an. Sie heiratete einen entfernten Verwandten, einen Amerikaner namens Fog. Im siebzehnten Jahrhundert war ein Zweig der Foggs in die Kolonie Virginia ausgewandert. Zu Beginn des neunzehnten Jahrhunderts waren einige ihrer Nachkommen in das damals mexikanische Territorium Texas gezogen. Und bis dahin hatte man das zweite »g« im Familiennamen fallenlassen. Pauls mütterlicher Großvater, Hardin Blaze Fog, wurde auf einer Ranch im souveränen Staat »Republic Texas« geboren.

Roxana Fogg hatte mit zwanzig Jahren einen Engländer geheiratet. Er starb, als sie achtunddreißig war, und hinterließ zwei Kinder. Zwei Jahre später ging sie mit ihrem Sohn nach Texas, um die weiten Ländereien zu besichtigen, die er erben würde, wenn er volljährig wurde. Sie traf auch einige ihrer Verwandten, darunter den berühmten Kriegshelden und Western-Pistolenschützen aus den Südstaaten: »Dusty« Edward Marsden Fog. Sie wurde mit Hardin Blaze Fog bekannt gemacht, der mehrere Jahre jünger war als sie. Die beiden verliebten sich ineinander, und er fuhr mit ihr nach England zurück. Sie errang die Zustimmung ihrer Familie – trotz seiner »barbarischen Herkunft« –, indem sie verkündete, sie würde ihn auf jeden Fall heiraten. Außerdem war er ein wohlhabender Schiffsreeder. Blaze ließ sich in London nieder und leitete dort das britische Büro seiner Gesellschaft. Im Alter von dreiundvierzig Jahren überraschte Roxana die Welt (und sich selbst), indem sie schwanger wurde. Das Kind wurde Philea Jane getauft.

Philea Jane Fogg-Fog wurde 1880 geboren. Im Jahre 1900 heiratete sie einen englischen Arzt namens Dr. Reginald Syn. Er verstarb 1910 unter mysteriösen Umständen. Er war kinderlos geblieben. Philea vermählte sich erst 1916 wieder. Sie hatte in London einen gutaussehenden, wohlhabenden Mann aus Indiana kennengelernt:

Park Joseph Finnegan. Die Foggs mochten ihn nicht, denn erstens war er irischer Abstammung, zweitens gehörte er nicht der Episkopalkirche an, und drittens hatte man ihn in Gesellschaft der verschiedensten anrüchigen »Damen« in »Spielhöllen« gesehen, ehe er Philea um ihre Hand bat. Sie heiratete ihn dennoch und zog nach Terre Haute, von dem ihre Familie glaubte, daß es noch immer unter den Überfällen der Rothäute leide.

Während der ersten sechs Ehemonate machte Park Joseph Finnegan Philea glücklich, wenn es ihr auch schwerfiel, sich an das Leben in einem kleinen Provinznest zu gewöhnen. Immerhin, sie bewohnte ein geräumiges Haus, und es fehlte ihr nicht an materiellen Annehmlichkeiten.

Dann wurde ihr Leben zur Hölle. Finnegan begann erneut, sein Vermögen mit Weibern, Alkohol und Pokerspielen zu vergeuden. Nach kurzer Zeit hatte er alles verloren, und als er erfuhr, daß seine achtunddreißig Jahre alte Frau schwanger war, ließ er sie sitzen. Er verkündete, er wolle in den Westen ziehen, um ein neues Vermögen zu erwerben, aber sie hörte nie wieder von ihm.

Da sie zu stolz und zu schamerfüllt war, um nach England zurückzukehren, nahm Philea eine Stellung als Haushälterin für Verwandte ihres Mannes an. Dies war für sie ein schrecklicher Abstieg, doch sie schuftete, ohne zu murren, und behielt ihre britische Überlegenheit bei.

Paul war sechs Monate alt, als der Benzinverbrennungsapparat, in dem man ein Bügeleisen erhitzte, seiner Mutter ins Gesicht explodierte. Das Haus brannte nieder, und der Säugling wäre mit seiner Mutter verbrannt, wenn nicht ein junger Mann in die Flammen gestürzt wäre und ihn gerettet hätte.

Die Verwandte, deren Haus niedergebrannt war, starb kurz darauf an einem Herzschlag. Paul sollte in ein Waisenhaus gesteckt werden. Aber Ralph Finnegan, ein Vetter von Parks, ein Farmer aus Kentucky, und seine Frau beschlossen, Paul zu adoptieren. Und seine Adoptivmutter gab ihm ihren Mädchennamen, Janus, als zweiten Vornamen.

Diese Enthüllungen hatten Paul sehr verstört. Von diesem Moment an empfand er sich als einsam – oder vielmehr so, als habe man ihn verlassen. Sobald er alle Einzelheiten über seine Eltern in Erfahrung gebracht hatte, die er wissen wollte, erwähnte er seine leiblichen Eltern nie wieder. Wenn er anderen gegenüber von seinen Eltern sprach, dann nur über den Mann und die Frau, die ihn aufgezogen hatten.
Zwei Jahre nach der Enthüllung von Kickahas wahrer Abstammung erkrankte Mr. Finnegan an Krebs und starb innerhalb eines Jahres. Dies war ein schwerer Kummer, doch drei Monate nach der Beerdigung erkrankte auch seine Mutter am gleichen Leiden. Sie starb länger vor sich hin. Und Paul hatte nun keine Zeit mehr für anderes, er mußte den Hof bearbeiten, zur Schule gehen und sich um die Pflege der Mutter kümmern. Schließlich starb sie dann nach langem, quälenden Leiden am Tag vor seinem Oberschulabschluß. In seinen Gram mischten sich Schuldgefühle. Irgendwie hatte er das Gefühl, daß die Schmach, die sie empfunden hatten, als er verhaftet worden war, den Krebs hervorgerufen hatte. Wenn man logisch darüber nachdachte, war das zwar nicht sehr wahrscheinlich, aber Schuldgefühle hatten oft irrationale Ursprünge. Tatsächlich durchlebte Paul – Kickaha – Augenblicke, in denen er sich fragte, ob er nicht dafür verantwortlich sei, daß sein wirklicher Vater seine wirkliche Mutter verlassen hatte und daß er vielleicht an ihrem Tod schuld sein könnte.
Seine Pläne, auf die Universität zu gehen und in Zoologie oder in Anthropologie zu promovieren (er war noch nicht festgelegt), mußte er aufschieben. Die Farm war mit Hypotheken belastet, um die enormen Arzt- und Pflegekosten für seine Eltern aufzubringen. Paul mußte die Arbeit auf der Farm erledigen und daneben noch einen Stundenjob als Automechaniker in Terre Haute übernehmen. Doch trotz der langen Arbeitsstunden und des Mangels an Geld blieb ihm immer noch ab und zu die Zeit, seine angeborene Überschwenglichkeit auszudrücken. Gelegentlich schaute er in der »Fisher's Tavern« vorbei, der Kneipe, in der immer noch ein paar von seiner alten Bande herumhingen. Man raste dann mit den

heißen Öfen und den Puppen hinter einem durch die Gegend und landete meist in Indian Meadow, wo dann der Bierbesuff und kleine Rangeleien und die Liebesspiele zu folgen pflegten.
Eines der Mädchen wollte ihn dazu bringen, sie zu heiraten, aber er zuckte vor dem Gedanken zurück. Er liebte sie nicht, und er konnte sich nicht vorstellen, daß er den Rest seines Lebens mit einer Frau verbringen sollte, die nicht die geringsten geistigen Interessen besaß. Dann wurde sie schwanger, aber glücklicherweise nicht von ihm, und zog nach Chicago, um ein neues Leben zu beginnen. Und kurz danach begann sich die Bande aufzulösen.
Wieder war er einsam und allein. Aber er ritt gern in wildem Galopp auf seinem Pferd über die Weiden oder raste mit seinem Feuerstuhl über die leeren Landstraßen. Es waren gute Methoden, Dampf abzulassen.
Ab und zu kam dann ein Onkel zu Besuch, der ein Messerwerfer, Jongleur und Zirkusakrobat war. Paul lernte viel von ihm und entwickelte sich zu einem geschickten Messerwerfer. Wenn er in trüber Stimmung war, ging er hinter das Haus und warf mit den Messern auf Zielscheiben. Er wußte, daß er mit dieser harmlosen Form von Aggressivität seine Depressionen, seine Schuldgefühle und seine Wut über das ihm bestimmte Geschick abreagierte.
Fünf Jahre vergingen wie im Flug. Plötzlich war er dreiundzwanzig Jahre alt. Der Hof warf noch immer nichts ab. Und da er sich nicht lebenslang als Bauer sehen wollte, verkaufte er das Anwesen für einen sehr niedrigen Preis. Aber jetzt war es auch klargeworden, daß seine Erwartungen, an die Uni zu gehen und Anthropologie zu studieren (denn das hatte er sich schließlich als Berufsziel erwählt), erneut aufgeschoben werden mußten. Die USA würden in einem oder zwei Jahren in den Krieg eintreten.
Da er Pferde über alles liebte, meldete er sich zur Kavallerie. Zu seiner Überraschung und zu seinem Kummer fand er sich bald in der Steuerkanzel eines Panzers wieder. Danach kam ein dreimonatiger Kursus, in dem die Offiziersanwärter ausgebildet wurden. Zwar hatte er keinen Oberschulabschluß, aber er hatte eine Prüfung mit-

gemacht, die ihn zur Teilnahme qualifizierte. Der japanische Angriff auf Pearl Harbor zwang die amerikanische Nation in den Konflikt, und Kickaha landete schließlich bei der Achten Armee an der Front. An einem Tag, während im Vormarsch der Truppen Pattons eine kurze Ruhepause eingetreten war, hatte Paul in den Trümmern eines kleinen Museums in einer deutschen Stadt herumgestöbert, die er einzunehmen geholfen hatte. Er hatte einen seltsamen Gegenstand gefunden – einen Halbmond aus irgendeinem silbern schimmernden Metall. Der Stoff war so fest, daß ein Hammer keine Dellen hinterließ, und eine Acetylenflamme konnte ihn nicht zum Schmelzen bringen. Kickaha reihte das Ding unter seine Kriegssouvenirs ein.

Nach seiner Entlassung aus der Armee kehrte er nach Terre Haute zurück, wo er nicht lange zu verweilen gedachte. Ein paar Tage später wurde er zu seiner Überraschung ins Büro seines Anwalts gebeten. Er war verblüfft, als ihm Mr. Tubb einen Scheck über 10 000 Dollar überreichte.

»Das ist von Ihrem Vater«, sagte der Anwalt.

»Meinem Vater? Der hatte doch keinen Nachttopf, um reinzupissen. Das wissen Sie doch!« sagte Paul.

»Nicht der Mann, der Sie adoptiert hat«, hatte Mr. Tubb gesagt. »Es kommt von Ihrem wirklichen Vater.«

»Wo ist er?« hatte Paul gefragt. »Ich bring' ihn um!«

»Sie würden wohl kaum gern dorthin gehen, wo er ist«, hatte der fette alte Tubb gesagt. »Er liegt zwei Meter unter der Erde. Auf einem Kirchhof in Oregon. Er schnappte vor ein paar Jahren die Religiositis auf und verwandelte sich in einen feuerfressenden, schwefelsaufenden, hallelujah grölenden Erweckungsprediger. Aber irgendwie muß der alte Mistkerl so etwas wie ein Gewissen irgendwo versteckt gehabt haben. Er hat Sie zum Alleinerben eingesetzt.«

Einen Augenblick lang überlegte Paul, ob er den Scheck zerreißen solle. Dann sagte er sich, daß der alte Park Finnegan ihm das schuldig sei. Und viel mehr als nur dies, sicherlich. Das Geld würde es ihm erlauben, seinen Doktor zu machen.

»Ich nehme es«, sagte er. »Wird die Bank ihn einlösen, wenn ich draufgespuckt habe?«
»Nach dem Gesetz muß die Bank ihn einlösen, auch wenn Sie darauf geschissen hätten. Trink eine Tasse Bourbon, mein Junge.«
Paul war auf die Universität von Indiana gegangen und hatte sich außerhalb des Campus ein kleines, aber bequemes Apartment gemietet. Dann hatte er einem Freund, einem Zeitungsreporter, von diesem seltsamen Halbmond erzählt, den er in Deutschland gefunden hatte. Die Story landete in der Zeitung in Bloomington und wurde dann von einer Presseagentur aufgeschnappt, die sie im ganzen Land verbreitete. Die Physiker an der Universität dagegen schienen nicht daran interessiert zu sein. Drei Tage nach Erscheinen der Story meldete sich ein Mann, der seinen Namen als Mr. Vannax angab, an Pauls Wohnungstür. Er sprach flüssiges Englisch, aber mit einem leichten ausländischen Akzent. Er bat darum, den Halbmond sehen zu dürfen, und Paul tat ihm den Gefallen. Vannax wurde ungeheuer aufgeregt und bot zehntausend Dollar für das Ding. Dies erregte Pauls Verdacht. Er trieb die Summe auf einhunderttausend Dollar hoch. Vannax wirkte zwar wütend, versprach jedoch, in vierundzwanzig Stunden zurückzukommen. Paul wußte, er hatte da etwas Wertvolles, aber er hatte keine Ahnung, was es war.
»Sagen wir dreihunderttausend Piepen, und es gehört Ihnen«, sagte Paul. »Und weil das so eine große Summe ist, gebe ich Ihnen noch einmal vierundzwanzig Stunden, das Geld aufzutreiben. Aber vorher sagen Sie mir erst einmal, worum es bei der ganzen Sache geht.«
Vannax wurde so lästig, daß Paul ihn zum Gehen zwingen mußte. Gegen zwei Uhr morgens erwischte er dann Vannax in seiner Wohnung. Pauls Halbkreis lag auf dem Fußboden und daneben ein zweiter.
Vannax hatte sie so zusammengelegt, daß die Enden der Halbmonde einander berührten und einen Kreis bildeten. Und er war gerade dabei, in diesen Kreis zu treten.
Paul zwang ihn zum Rückzug, indem er eine Pistole über seinen

Kopf hinweg abschoß. Vannax wich zurück. Er stammelte. Er bot Paul eine halbe Million für seinen Halbkreis.
Während Paul hinter dem Mann durch den Raum herging, trat er zufällig in den Kreis. Und während er dies tat, schrie Vannax laut, er solle sich von den zwei Halbmonden fernhalten. Es war zu spät! Sein Apartment und Vannax verschwanden, und Paul fand sich in einer anderen Welt wieder.
Er stand in einem Kreis von Halbmonden, die jenen glichen, die er soeben hinter sich gelassen hatte. Aber er befand sich in einem riesigen Palast, der so luxuriös war wie ein Traum aus Tausendundeiner Nacht. Der Palast lag wortwörtlich auf der Spitze der neuen Welt, in die Paul versetzt worden war. Es war das Schloß des Herrn, der das Schichtenuniversum, die Welt der vielen Ebenen erschaffen hatte.*
Paul kam zu dem Schluß, daß die Halbmonde eine Art »Tor« oder »Schleuse« bildeten, eine Art zeitweiliger Öffnung durch das, was er in Ermangelung eines besseren Begriffs als »vierte Dimension« bezeichnete. Vannax, das sollte er später herausfinden, war ein im irdischen Universum gestrandeter Lord. Er verfügte über einen Halbmond, benötigte jedoch den zweiten, um eine Schleuse zu bauen, durch die er in ein Taschenuniversum hinübergehen konnte.
Bald war Paul nicht mehr allein. Kreaturen, die als »Gworl« bezeichnet wurden, drangen durch das Dimensionstor. Der Lord einer anderen Welt hatte sie ausgeschickt, um das Horn Shambarimens zu stehlen. Dieses Horn war ein Instrument, das vor zehn Jahrtausenden gebaut worden war, als die Taschenuniversen noch in ihren Anfängen steckten. Man konnte das Horn sozusagen als akustischen Passepartout, als Dietrich, verwenden und damit alle Dimensionstore öffnen. Das wußte Paul natürlich damals noch nicht. Doch während er sich versteckte, sah er, wie ein Gworl ein Tor zu einer der Ebenen dieses Planeten mit Hilfe des Horns öffnete. Paul stieß den Gworl in ein Wasserbecken und tauchte mit dem Horn in der Hand durch die Schleuse.

* Siehe: Farmer, *Meister der Dimensionen,* Knaur-TB. 60511.

In den darauffolgenden Jahren wanderte er von einer der Schichten dieser Welt zur anderen, die Gworl immer auf seinen Fersen, und er machte sich mit vielen Nischen dieses Planeten vertraut. Auf der Ebene des Drachenlandes wählte er sich die Verkleidung eines Barons Horst von Horstmann. Doch auf der amerindianischen Ebene wurde er dann Kickaha, die Figur, unter deren Namen er am liebsten bekannt sein wollte. Und Paul Janus Finnegan war zu einer Person aus seiner nebligen Vergangenheit geworden. Seine Erinnerungen an die Erde verblaßten. Er unternahm keinen Versuch, in sein heimatliches Universum zurückzukehren. Hier hatte er eine Erde, die er liebte, auch wenn sie voller Gefahren steckte.

Und dann untersuchte eines Tages ein Erdenmensch mit dem Namen Robert Wolff, der in Phoenix/Arizona als Pensionist lebte, den Keller eines Hauses, das zum Verkauf stand, und die Kellerwand öffnete sich. Wolff blickte in eine fremde Welt und sah Kickaha, umringt von Gworl, die ihn schließlich doch aufgespürt hatten. Kickaha vermochte nicht durch das Schleusentor zu entkommen, aber er schleuderte das Horn hindurch, so daß die Gworl es nicht in die Hände bekamen. Wolff hätte natürlich glauben können, daß er wahnsinnig geworden sei oder unter Halluzinationen leide, doch das Horn war der Beweis dafür, daß dem nicht so war.

Wolff fühlte sich schon lange unglücklich. Er war mit seinem Leben auf der Erde nicht zufrieden. Also setzte er das Horn an die Lippen, drückte die Klappen und produzierte Töne. Und dann stieg er durch das Tor. Er fand sich auf der untersten Schicht dieses künstlichen Planeten wieder, die ihm zunächst wie der Garten Eden erschien. Im Verlauf der Zeit verjüngte sich sein Körper, und schließlich war er physisch wieder von jener Gestalt, die er besessen hatte, als er fünfundzwanzig Jahre alt gewesen war.

Dann verliebte er sich tief in eine Frau namens Chryseis. Die Gworl verfolgten sie, und sie flohen auf die nächsthöhere Ebene. Dabei trafen sie auf Kickaha. Und schließlich – nach zahlreichen Abenteuern – erreichte Wolff den Palast auf der Spitze dieser Welt. Und

dort wurde ihm bewußt, daß er Jadawin war, der Lord, der dieses kleine Universum erschaffen hatte.
Später wurden er und Chryseis in eine Reihe von Abenteuern verstrickt, bei denen er einigen der anderen Lords begegnete. Außerdem mußte er auch durch eine Reihe von Taschenuniversen ziehen, die alle als Fallen angelegt waren, um andere Lords zu fangen und zu töten.*
Während dieser Zeit kämpfte Kickaha seinen Kampf gegen die Scheller, künstlich erzeugte Wesen, die ihre Hirnmasse in die Körper menschlicher Wesen übertragen konnten. Außerdem verliebte sich Kickaha dabei in einen weiblichen Lord namens Anana.**
Und während Kickaha und Anana den letzten Überlebenden der Scheller verfolgten, wurden sie auf die Erde geschleust. Kickaha gefiel diese Erde sogar noch weniger, als er sie in Erinnerung trug. Dieser Planet war übervölkert, und er war von Giften schon fast verseucht. Alles, was sich seit Kickahas Abwesenheit während der letzten zwanzig Jahre verändert hatte, war seiner Überzeugung nach ein Wandel zum Übleren.
Red Orc, der geheimnisvolle Lord der beiden Erden, hatte herausgefunden, daß Kickaha und Anana sich in seinem Reich befanden. Urthona, ein weiterer Lord, der seit einiger Zeit auf der Erde gestrandet war, fand dies gleichfalls heraus und wurde ebenfalls zu einem Todfeind Kickahas. Kickaha entdeckte, daß Wolff (oder Jadawin) und Chryseis Gefangene von Red Orc waren. Doch waren sie ihm durch eine Schleuse in die Lavalithwelt, die Magmawelt, entronnen.***
Und jetzt trieben sich Jadawin und Chryseis irgendwo auf der ständig sich wandelnden Oberfläche dieser Welt herum. Das heißt, sofern sie noch am Leben waren. Und er, Kickaha, hatte das Horn Shambarimens und Anana verloren. Und er würde niemals dieser abscheulich unangenehmen, nervenzermürbenden Welt entrinnen,

* Siehe: Farmer, *Welten wie Sand,* Knaur-TB. 60512.
** Siehe: Farmer, *Lord der Sterne,* Knaur-TB. 60513.
*** Siehe: Farmer, *Hinter der irdischen Bühne,* Knaur-TB. 60514.

wenn er nicht irgendwo auf ein Dimensionstor stieß. Aber selbst dies würde ihm nicht viel nützen, wenn er nicht über ein »Sesam-öffne-dich« verfügte, das die Schleusen öffnete. Und auch dann konnte er nicht fortgehen, ehe er Anana gefunden hatte. Lebend oder tot.

Ja, eigentlich konnte er sich auch nicht absetzen, ehe er nicht Wolff und Chryseis gefunden hatte. Kickaha war nämlich ein recht schlimmer Feind, aber ein sehr, sehr guter Freund.

Abgesehen davon war er stets äußerst unabhängig, selbstsicher und anpassungsfähig gewesen. Er hatte über zwanzig Jahre lang sozusagen wurzellos gelebt. Er war zwar ein Krieger im Stamm der Hrowakas geworden und hatte sie als sein Volk betrachtet. Doch waren sie nun alle tot, die Scheller hatten sie abgeschlachtet. Er liebte die wunderschöne Anana, die zwar zu den Lords gehörte, die jedoch durch seinen Einfluß menschlicher geworden war.

Seit geraumer Zeit hatte er nun schon dieses unstete Leben mit ständig wechselnden Identitäten aufgeben wollen. Er wünschte sich für Anana und sich selbst einen Ort mit Menschen, die ihn respektieren, ja vielleicht sogar lieben würden. Dort würde er sich mit Anana niederlassen, vielleicht auch Kinder adoptieren. Ein Haus bauen, eine Familie gründen.

Und dann hatte er sie verloren, und das einzige Mittel, mit dem er aus dieser Schreckenswelt entrinnen hätte können, war ebenfalls verloren.

Es war kein Wunder, daß Kickaha, der sonst so unabhängige Mann, der sich stets selbst genügte, der immer anpassungsfähig war, der Mann, der es sich sogar in der Hölle bequem machen konnte, sich nun einsam fühlte.

Und dies war der Grund, warum er sich plötzlich entschloß, diese armen Teufel der Thana zu seinem Volk zu machen. Sofern sie ihn aufnehmen würden, natürlich ...

Er verspürte auch das Bedürfnis, sich nicht gerade umbringen zu lassen. Doch war es hauptsächlich der Wunsch, Teil einer Gemeinschaft zu sein, der ihn am stärksten bewegte.

Neuntes Kapitel

In seinem immer noch holperigen Thana sprach er Häuptling Wergenget darauf an. Der schien nicht erstaunt. Er lächelte, und dies allein bereitete Kickaha bereits Freude.

»Du hättest uns entfliehen können. Du könntest es immer noch«, sagte Wergenget. »Ich habe die Absicht dazu kurz in deinem Gesicht gelesen, auch wenn es sich sofort wieder verschlossen hat wie eine geballte Faust. Ich werde dir sagen, Kickaha, warum du so lange unter uns und noch am Leben bist. Gewöhnlich töten wir Feinde sofort. Oder wenn er oder sie tapfer ist, dann erweisen wir ihm oder ihr die Ehre der Folterung. Doch manchmal, wenn die betroffene Person einem uns nicht vertrauten Stamm angehört, also zu keinem unserer Erbfeinde gehört, dann nehmen wir sie oder ihn in unseren Stamm auf. Der Tod hat eine hastige Hand, und wir haben nicht genügend Kinder als Nachwuchs gegen die Feinde. Unser Stamm ist in letzter Zeit geschrumpft. Darum werde ich entscheiden, daß wir dich in die Gemeinschaft aufnehmen. Du hast großen Mut bewiesen, und wir alle sind dir dankbar dafür, daß du eines unserer kostbaren Kinder gerettet hast.«

Kickaha fühlte sich bereits ein wenig weniger allein.

Einige Stunden später ließ der Sturm nach. Der Stamm wagte sich erneut ins Tal hinunter und nahm dort die Leiche Lukyos auf. Unter großem Klagegeheul der Weiber wurde sie ins Lager getragen. Der Rest des Tages verging damit, daß über ihrem Leichnam geklagt wurde, daß man sie wusch, ihr das Haar richtete und sie auf einen Stapel Häute legte. In der »Dämmerung« wurde sie auf einer Bahre, die auf den Schultern von vier Männern ruhte, zu einem Ort etwa anderthalb Kilometer vom Lager entfernt getragen. Dort wurde der Leichnam auf den Boden gelegt, und Oshullain, der

Schamane, tanzte um ihn herum, sang seine Ritualgesänge und machte mit seinem dreizackigen Stab die vom Ritual geforderten Bewegungen. Danach wanderte der ganze Stamm außer einigen Wächtern auf Reittieren unter Absingen eines traurigen Gesanges ins Lager zurück.

Kickaha hatte sich einmal umgeblickt. Geier glitten auf den Kadaver zu, und eine Horde langbeiniger Paviane kam angerast, um rascher an der Beute zu sein. Etwa vierhundert Meter entfernt trabte eine Familie der mähnenlosen Löwen auf den Körper zu. Sicher würden sie versuchen, die Paviane zu vertreiben, und es würde ein fürchterliches Gemetzel geben. Denn wenn die Affen sich in großer Zahl versammelten, dann gingen sie auch frech die Großkatzen an, bis diese die Beute zwangsläufig liegenließen.

Als sie ins Lager zurückgekehrt waren, stimmte der Medizinmann ein kurzes Gedicht an, das er verfaßt hatte. Es war zu Ehren Lukyos gedacht und sollte die Erinnerung an sie im Stamm wachhalten. Eine Zeitlang würde es auf jedermanns Lippen sein, dann würde kein Mensch es mehr singen. Und nach wieder einer Weile würde sie vergessen sein von allen, außer von ihrem Kind und den Eltern. Und mit der verrinnenden Zeit würde auch das Kind sie vergessen, und die Eltern würden dringlichere Sorgen haben.

Nur jene, die irgendeine Heldentat vollbracht hatten, wurden noch immer in Liedern besungen. Die anderen fielen dem Vergessen anheim.

Der Stamm hielt sich noch einen Tag von der Seelandschaft fern. Wergenget erläuterte, daß die stürmische Jahreszeit nun beinahe vorüber sei. Doch der Lord habe sie diesmal aus irgendeinem unerforschlichen Ratschlag länger walten lassen, und der Stamm hatte eine fatale Fehlberechnung angestellt.

»Oder aber«, sagte der Häuptling, »wir haben irgendwie den Lord beleidigt, und er hinderte seine Blitze einen Tag lang daran, in die Himmel zurückzukehren.«

Kickaha bemerkte dazu nichts. Er verhielt sich gewöhnlich sehr behutsam, wenn es um Religionsfragen ging. Außerdem wäre es wenig sinnvoll gewesen, den Häuptling vor den Kopf zu stoßen, weil dieser dann seine Meinung über die Aufnahme in den Stamm ändern könnte.

Dann rief Wergenget den ganzen Stamm zusammen und hielt eine Ansprache. Kickaha verstand nur die Hälfte der Wörter, doch der Ton und die Gestik ließen sich leicht entschlüsseln. Der Lord habe zwar Lukyo dahingerafft und mit einer Hand dem Stamm entrissen, doch habe er mit der anderen ihnen Kickaha geschenkt. Der Stamm hatte den Lord beleidigt. Oder vielleicht hatte nur Lukyo ihn gekränkt. Wie dem auch immer sei, der Lord haßte den Stamm nicht gänzlich. Indem er Lukyo zu Boden schlug, hatte der Lord seinen Zorn gestillt. Und um dem Stammesvolk zu beweisen, daß es noch immer in seiner Gunst weilte, hatte er ihm Kickaha gesandt, einen Krieger, darum müsse der Stamm ihn nun in seiner Mitte aufnehmen.

Der einzige, der etwas dagegen sagte, war der junge Mann, Toini, der Kickaha ins Wasser gestoßen hatte, als dieser sich über den Kanal gebeugt hatte. Er gab zu bedenken, daß der Lord ja vielleicht Kickaha als Opfer haben wollte. Dies und der Tod Lukyos würden ihn dann vielleicht endgültig versöhnen.

Kickaha hatte keine Ahnung, was Toini gegen ihn haben mochte. Als einzige Erklärung fiel ihm nur eine chemische Unverträglichkeit ein. Manchmal entwickelten Menschen einander gegenüber vom ersten Moment der Begegnung an einen unmittelbaren und rational unerklärbaren Widerwillen.

Toinis Rede erregte nicht unmittelbar wütenden Protest, doch führte sie zu beträchtlichen lauten Auseinandersetzungen. Während des Streites verhielt sich der Häuptling ruhig, doch möglicherweise hatte Toini ihm ja Zweifel in die Brust gelegt.

Kickaha merkte, daß Toini die öffentliche Meinung zu seinen Ungunsten beeinflussen könnte, also fragte er den Häuptling, ob er sprechen dürfe. Wergenget verlangte mit lauter Stimme Ruhe.

Kickaha wußte, daß eine erhöhte Position einem Redenden Vorteile psychologischer Natur brachte, und bestieg ein *hikwu.*

»Ich hatte nicht beabsichtigt, über einen bestimmten Punkt zu sprechen«, begann er, »bevor ich nicht in den Stamm aufgenommen worden bin. Doch nun sehe ich, daß ich darüber sprechen muß.«

Er hielt inne und blickte sich um, wie wenn er etwas zu enthüllen bereit wäre, was er vielleicht besser für sich behalten sollte.

»Aber da es offenbar hier ein paar Leute gibt, die an dem Lord zweifeln, glaube ich, ich muß es euch jetzt sagen und nicht erst später.«

Sie saugten ihm jetzt die Worte von den Lippen. Sein ernstes Betragen und die inhaltsschwangere Stimme vermittelten ihnen die Überzeugung, er wisse etwas, das sie wohl besser auch erfahren sollten.

»Kurz bevor ihr zu mir gestoßen seid«, fuhr Kickaha fort, »traf ich einen Mann. Er kam zu mir, nicht auf der Erde wandelnd, sondern über die Erde gleitend. Er schwebte in der Luft über dem Boden, zweimal so hoch wie ich bin.«

Viele holten tief Luft, und die Augen aller, außer Toinis, weiteten sich. Seine Augen wurden schmal.

»Dieser Mann war sehr groß, der größte Mann, den ich je gesehen habe. Seine Haut war sehr weiß, und sein Haar war rot. Und um ihn herum schwebte ein Lichtschein, wie wenn er in Blitze gehüllt gewesen wäre. Ich wartete natürlich auf ihn, denn er war kein Mann, vor dem man flieht oder den man angreift.

Als er an mich herangekommen war, hielt er inne und ließ sich dann zum Boden herab. Ihr Volk der Thana, ich bin ein tapferer Mann, aber dieser Mann flößte mir Angst ein. Und er erfüllte mich mit Ehrfurcht. Also sank ich auf die Knie und wartete, daß er zu mir sprechen oder etwas tun würde. Ich wußte, daß er kein gewöhnlicher Mann war, denn welcher Mann kann in der Luft schweben?

Er trat zu mir und sagte: ›Fürchte dich nicht, Kickaha. Ich will dir keinen Harm. Du bist erwählt in meinen Augen, Kickaha. Erhebe dich, Kickaha!‹

Ich tat, wie mir geheißen worden war, doch war ich noch immer voller Furcht. Wer konnte dieser Mann sein, dieser Fremde, der durch die Lüfte segelte wie ein Vogel und der meinen Namen kannte, obwohl ich ihn nie zuvor gesehen hatte?«

Einige in der Menge stöhnten, andere murmelten Beschwörungsformeln. Sie wußten, wer dieser Fremde war. Oder sie glaubten es jedenfalls zu wissen.

»Dann sprach der Fremde weiter: ›Ich bin der Lord dieser Welt, Kickaha!‹

Und ich sagte: ›Ich dachte es mir, Lord.‹

Und der Lord sprach: ›Kickaha, das Volk der Thana wird dich bald gefangennehmen. Wenn sie sich freundlich dir gegenüber verhalten, dann werden sie Gnade vor meinem Angesicht erlangen, denn ich habe große Dinge mit dir vor. Du sollst mein Diener sein, Kickaha, das Werkzeug einer Tat, die ich geschehen lassen will ... Doch wenn sie versuchen, dich zu töten oder dich zu quälen, Kickaha, dann werde ich wissen, daß sie Unwürdige sind. Und ich werde sie vom Angesicht der Erde vertilgen. Ja, ich werde zum Zeugnis einen von ihnen verbrennen, auf daß sie wissen, daß mein Auge auf ihnen ruht, und um ihnen meine Macht zu beweisen. Wenn sie dies nicht überzeugt, werde ich noch einen töten, jenen Mann, der versuchen wird, deine Aufnahme in den Stamm zu hintertreiben.‹«

Bis zu diesem Augenblick hatte Toini ein schiefes Grinsen zur Schau gestellt. Es war offenkundig, daß er den Gefangenen als wortverdrehenden Lügner hinstellen wollte, sobald dieser zu sprechen aufhörte. Doch nun wurde er bleich und begann zu zittern, und seine Zähne fingen an zu schnattern. Die anderen schoben sich aus seiner Nähe fort.

Der Schamane blickte als einziger zweifelnd drein. Wahrscheinlich glaubte er wie Toini, daß Kickaha schwindelte, um seinen Hals zu retten. Aber wenn dem so war, so schien er doch die weiteren Ereignisse abwarten zu wollen, ehe er mit seiner Meinung herausrückte.

»Also sagte ich zu dem Lord: ›Herr, ich bin dankbar, daß du mich

als Diener und als dein Werkzeug auserwählt hast. Darf ich fragen, welche Aufgabe du für mich bestimmt hast?‹
Und der Lord sagte: ›Ich werde es dir zur rechten Zeit enthüllen, Kickaha. Inzwischen wollen wir sehen, wie die Thana dich behandeln. Wenn sie dich wirklich aufnehmen, wie ich es wünsche, dann werden sie zu großem Ruhm aufsteigen und werden wachsen und gedeihen wie noch kein Stamm vor ihnen. Doch wenn sie dir Unrecht tun, dann will ich sie vernichten, die Männer, die Frauen und die Kinder und ihre Tiere. Nicht einmal ihre Gebeine sollen übrigbleiben für die Aasfresser, um daran zu nagen!‹
Und dann wendete sich der Lord um und stieg in die Lüfte und schwebte schnell um die Flanke des Berges davon. Ein paar Augenblicke später kamt ihr heran. Und ihr wißt ja, was sich dann ereignete.«
Dieses Lügenmärchen war für die Thana so überzeugend, daß Kickaha beinahe selbst daran zu glauben begann. Die Stammesangehörigen drängten sich um ihn, schubsten sich gegenseitig fort, um ihn zu berühren, als könnten sie dadurch etwas von der Kraft abbekommen, die Kickaha in sich aufgenommen haben mußte, einfach, indem er in der Nähe des Lords gewesen war. Sie flehten ihn an, er möge sie als seine Freunde betrachten. Und als Oshullain, der Medizinmann, sich durch die Menge schob und Kickahas Fuß ergriff und ihn festhielt, als saugte er damit seine Kraft in sich hinein, wußte Kickaha, daß er gewonnen hatte.
Dann sagte der Häuptling laut: »Kickaha! Hat der Lord etwas davon gesagt, daß du uns führen sollst?«
Wergenget war um seine eigene Stellung besorgt.
»Nein. Der Lord hat davon nichts gesagt. Ich glaube, er will, daß ich als einfacher Krieger einen Platz im Stamm einnehme. Wenn er gewollt hätte, daß ich der Führer werden soll, dann hätte er mir das gesagt.«
Wergenget schaute erleichtert drein. Er sprach: »Und was soll mit diesem Schuft Toini geschehen, der gesagt hat, man sollte dich vielleicht besser zum Opfer darbringen?«

»Ich glaube, er hat eingesehen, daß er sich tief vergangen hat«, sagte Kickaha. »Ist dies nicht so, Toini?«
Toini lag auf den Knien und schluchzte: »Vergib mir, Kickaha! Ich wußte nicht, was ich tat.«
»Ich vergebe dir«, sagte Kickaha. »Und nun, Häuptling, was werden wir tun?«
Wergenget sagte, es sei nun deutlich, daß der Zorn des Lords besänftigt sei, also könne man in Sicherheit in das Seeland ziehen.
Kickaha hoffte, daß die Gewitterperiode tatsächlich vorbei sein möge. Wenn es noch einmal einen Sturm geben sollte, würde der Stamm wissen, daß er gelogen hatte. Und das hieß möglicherweise, daß man ihn in Stücke reißen würde.
Für den Augenblick aber war er in Sicherheit. Doch wenn irgend etwas schiefging, wenn es offensichtlich wurde, daß der Stamm nicht die Gunst des Lords genoß, dann würde er sich rasch ein paar neue Lügen ausdenken müssen. Und wenn sie ihm nicht glaubten, dann bedeutete dies das Ende Kickahas.
Und was würde geschehen, wenn sie auf Urthona stießen, den wirklichen Lord dieses Universums?
Nun, er würde sich um diese Sachen kümmern, wenn die Situation eintreten sollte.
Wie auch immer, sollte er irgendwo ein Zeichen von Anana entdecken, irgendeinen Hinweis darauf, daß sie sich im Seegebiet aufhielt, dann würde er die Thana wieder verlassen. Er hatte den Eindruck, daß sie sich in dieses Gebiet aufgemacht haben würde, sofern sie noch am Leben war. Sie würde wissen, daß er genau das ebenfalls tun würde, wenn er am Leben geblieben war.
Und auch Urthona und McKay würden dorthin ziehen, wo die Erde relativ fest blieb und wo es ausreichend Wasser gab. Und wo die zwei sich aufhielten, da war auch das Horn.
Er überlegte, ob Red Orc wohl von der Springflut erfaßt worden war, die ihn selbst davongerissen hatte. Oder war er vielleicht nur ein Stück weit getragen worden, so daß er sich dem Zugriff Urthonas und McKays hatte entziehen können?

Solche Gedanken beschäftigten ihn, bis die Karawane das Ufer erreichte. Dort tranken sie vom Wasser und ließen die Elchtiere ihren Durst stillen. Einige der Frauen und Kinder sammelten Nüsse und Beeren von den Sträuchern und Bäumen. Die Männer wateten in den Wellen herum und stachen mit den Speeren nach den Fischen. Einige machten Beute.

Kickaha erhielt ein kleines Stück rohen Fisch, das er nach Würmern untersuchte, ehe er es verzehrte.

Dann stellten die Thana wieder ihre Karawane zusammen und machten sich über den weißen feinen Sand des Strandes auf den Weg. Sie waren am rechten Ufer des Kanals ans Wasser gelangt, darum wandten sie sich nun nach rechts. Um den Kanal zu überqueren, wo er sich aus dem Meer ergoß, hätten sie ein paar hundert Meter durch tiefes Wasser schwimmen müssen. Sie kamen an zahlreichen Bäumen und Tieren vorbei, die der Blitz getötet hatte. Die Tierleichen waren von schuppigen Amphibien bedeckt, deren Zähne blitzten oder vom Blut trieften und deren Schwänze zuckten, um mögliche Freßkonkurrenten zu verscheuchen. Es grunzte, knackte und schnappte nur so. Auch die Vögel waren eifrig am Werk, und an manchen Stellen war der Lärm fast unerträglich.

Als der Stamm an einer vom Blitzschlag verkohlten Elefantenkuh mit ihrem Jungen vorbeikam, vertrieben sie die unzähligen See-, Land- und Lufttiere und zersäbelten die Beute für sich selbst. Kickaha nahm sich ein paar große Stücke, schob es aber bis später auf, sie zu verzehren. Als die »Nacht« kam, schichtete er Äste und Zweige zusammen und richtete sich einen Drillbohrer her, um ein Feuer zu machen. Die anderen drängten sich um ihn und schauten zu. Er sägte voran, bis die Reibungshitze des Bogens Rauch erzeugte, dann legte er Ästchen hinzu und hatte bald ein kleines Feuer brennen.

Dann borgte er sich ein Flintmesser aus und schnitt sich ein paar kleinere Fleischstücke ab. Nachdem er ein Schenkelstück gebraten und es hatte abkühlen lassen, aß er, als würde er nie wieder aufhören können zu essen. Der Häuptling und der Medizinmann

nahmen seine Einladung zum Mitessen an. Sie betrachteten zwar das gare Fleisch mit Argwohn, aber ihre Befürchtungen wurden durch die angenehmen Düfte zerstreut.
»Hat der Lord dich gelehrt, wie du diese große Hitze machen sollst?« fragte Oshullain.
»Nein. Dort, woher ich komme, wissen alle Leute, wie man so etwas macht ... Ein Feuer. Wir nennen es ›Feuer‹. Übrigens wußten auch eure Ahnen, wie man ein Feuer macht. Nur habt ihr es vergessen.
Ich glaube, eure Urväter sind viele Generationen lang umhergezogen, nachdem sie hierher versetzt worden waren, bis sie ein Meeresland gefunden hatten. Und dabei haben dann eure Leute vollkommen vergessen, wie man Feuer macht, weil das Holz so knapp war. Aber ich begreife noch immer nicht, warum ihr euch nicht die Kunst des Feuermachens neu erfunden habt, als ihr hier an das Meerland gekommen seid, denn hier gibt es ja unendlich viele Bäume.«
Er sagte nicht, daß selbst die allerprimitivsten Menschen das Feuer gekannt hatten. Wergenget hätte das möglicherweise für eine Beleidigung gehalten. Was es natürlich auch war.
Dann dachte er an Urthona. Was war dieses Wesen für ein Sadist! Wenn er schon eine Welt schaffen und sie dann mit Menschen bevölkern mußte, warum mußte es dann eine solch armselige Welt sein? Die Möglichkeiten, die im Homo sapiens lagen, konnten sich doch kaum entwickeln, wenn der Mensch über nahezu nichts verfügte, mit dem er arbeiten konnte. Und dieser beständige Zwang zum Nomadenleben, die sich ständig verändernden geographischen Gegebenheiten, diese Beschränkung aller menschlichen Tätigkeiten auf endlose Wanderungen und Nahrungs- und Wassersuche, all dies hatte die Urmenschen hier fast auf das Niveau von Tieren reduziert.
Und doch, sie waren Menschen und menschlich. Sie hatten sich eine Kultur geschaffen, die wahrscheinlich viel mehr Schichten umfaßte, als Kickaha bisher erkennen konnte. Den Reichtum

dieser Kultur würde er kennenlernen, wenn er die Stammessprache besser beherrschte und wenn er die Bräuche des Stammes und die Eigenheiten der einzelnen Angehörigen besser durchschaute.
Kickaha erklärte: »Feuer sind auch gut, um die großen Tiere nachts fernzuhalten. Ich werde euch zeigen, wie man das Feuer am Leben erhält.«
Der Häuptling schwieg eine ganze Weile. Er mußte nicht nur diese neue Art Nahrung, sondern auch ein völlig neues Begriffskonzept verdauen. Anscheinend verursachte ihm dieser doppelte Aufwand einige innere Verwirrung. Nach einer Weile sagte er: »Da du der Erwählte des Lords bist und da dieser Stamm der deinige sein soll – da wirst du doch kein Unheil über uns bringen? Oder?«
Kickaha beschwor ihn, daß er dies niemals tun würde – es sei denn, der Lord würde es ihm befehlen ...
Der Häuptling erhob sich aus seiner Hockstellung und brüllte einige Befehle. Kurz darauf brannten rings um das Lager über ein Dutzend Feuerstellen. Der Schlaf allerdings stellte sich nicht so rasch ein. Große Katzentiere und Wildhunde streunten mit Augen, in denen sich die Flammen widerspiegelten, um den Rand des Lagers. Und die Thana waren auch nicht sicher, daß das Feuer sie nicht angreifen würde, sobald sie eingeschlafen waren. Aber Kickaha gab ihnen ein gutes Beispiel, indem er die Augen schloß, und seine künstlichen Schnarchlaute überzeugten bald alle, daß zumindest er keine Furcht hatte. Nach einer Weile schliefen die Kinder ein, und dann waren auch die Älteren überzeugt, daß es sicher sei, sich schlafen zu legen.
Am nächsten Morgen zeigte Kickaha den Frauen, wie man das Fleisch braten konnte. Der halbe Stamm übernahm diese neue Methode, Fleisch zu essen, mit Begeisterung ... Die anderen blieben dabei, ihre Ration Fleisch roh zu verzehren ... Doch Kickaha war überzeugt, daß in Kürze der gesamte Stamm – bis auf ein paar Nahrungsfanatiker – die neue Art Ernährung übernehmen würde.
Er war sich allerdings nicht ganz sicher, ob es wirklich klug war,

dem Stamm die Technik des Bratens und Kochens beigebracht zu haben. Wenn wieder die Zeit der Stürme kam, würde der Stamm sich aus dem Großen Tal wieder zurückziehen müssen, und dort würden alle, wegen des fehlenden Feuerholzes, ihr Fleisch wieder roh verschlingen müssen. Vielleicht würden sie dann unzufrieden werden, dann vielleicht verärgert und dann frustriert, weil sie ja nichts unternehmen konnten, um ihr Mißvergnügen zu ändern. Die Prometheuse waren also nicht immer ein Segen!

Aber das war das Problem der Thana. Er hatte nicht die Absicht, tatenlos herumzusitzen, wenn sie das Tal verlassen mußten.

Am »Morgen« setzte sich die Karawane wieder in Marsch. Wergenget trieb sie heftiger voran als am Tag zuvor. Er war nervös, weil andere Stämme sich in das Gebiet drängen würden und weil er nicht wollte, daß seine Leute am Strand auf die feindlichen anderen stießen. Am Ende des »Tages« erreichten sie ihr Ziel. Das war ein hoher Hügel, der etwa achthundert Meter vom Strand landeinwärts lag. Obwohl sich auch hier die Verwandlung auswirkte, wie auch im Tal sonst, fand sie hier nur sehr langsam statt. Und die Struktur blieb immer ein Hügel, auch wenn seine äußere Form Veränderungen durchlief.

Auf der Spitze lag ein Haufen Baumstämme. Sie hatten einmal eine Palisade gebildet, als der Stamm hier zum letzten Mal geweilt hatte. Die Verwandlungen des Hügels hatten die kreisförmige Schutzmauer aus Stämmen mehrmals gehoben und die Lianen zerrissen, mit denen die Stämme zusammengehalten wurden. Der Stamm machte sich sofort an die Arbeit. Man hob mit Grabstöcken und flintbesetzten Schaufeln neue Löcher aus. Dann setzte man die Pfähle wieder ein. Ranken wurden geschnitten, in die Umfriedung gezerrt und die Stämme mit ihnen zusammengebunden. Am dritten Tag abends war der neue Schutzwall fertig. In seinem Innern gab es eine Reihe von Windschutzdächern, unter denen die Familien bei Regen Obdach finden und unter denen sie schlafen konnten.

Für den Rest dieser Jahreszeit würde der Stamm nachts innerhalb

der Umzäunung bleiben. Während der Tage würden verschiedene Gruppen zum Fischen, Jagen und Nüsse- und Beerensammeln ausziehen. Wachtposten würden nach gefährlichen wilden Tieren und nach den noch gefährlicheren Menschen Ausschau halten.
Doch ehe man sich festsetzen und fett werden konnte, bestand die Notwendigkeit, Kickaha zu einem Mitglied des Stammes zu machen.
Dies war eine große Ehre, aber auch eine ziemliche Strapaze für den Einzuweihenden. Nach endlosen Tänzen und dem Absingen zahlreicher Gesänge und Lieder, bei denen die Trommeln dröhnten und die Flöten schrillten, nahm der Häuptling ein Flintmesser und schnitt Kickaha die Stammessymbole in die Brust. Man mußte diese Prozedur ohne Zucken eines Gesichtsmuskels und ohne Schmerzensschrei erdulden.
Dann mußte er durch ein Spalier von Männern laufen, die mit langen Stecken nach ihm hieben. Danach mußte er mit dem kräftigsten Mann des Stammes ringen, einem Kerl namens Mekdillong. Er hatte sich natürlich inzwischen von seinen Verletzungen erholt, und er kannte ein paar hundert Tricks, von denen Mekdillong keine Ahnung hatte. Dennoch wollte er den Mann nicht demütigen, also tat er so, als bereite ihm Mekdillong große Mühe. Als er schließlich dieses Possenspiel leid war, warf er seinen Gegner mit einem Hüftwurf durch die Luft. Der arme Mek lag atemlos und zuckend auf dem Boden und rang nach Luft.
Am schlimmsten unter seinen Prüfungen war der Beweis seiner männlichen Potenz. Denn impotente Männer wurden aus dem Stamm ausgestoßen und mußten allein wandern, bis sie starben. Kickaha dagegen, der nicht im Stamm geboren war, wäre sofort getötet worden. Das heißt, dies wäre der Fall gewesen, wenn es nicht so deutlich sichtbar gewesen wäre, daß er ein Gesandter des Lords war. Aber, wie der Häuptling es ausdrückte, wenn der Lord ihn geschickt hatte, dann würde er ja wohl auch dabei nicht versagen.
Kickaha bemühte sich nicht, gegen diese verquere Logik mit

Gegenargumenten anzugehen. Er fand nur, daß dieser Brauch irgendwie falsch war. Man konnte es doch keinem Mann übelnehmen, wenn er für die Aufgabe zu nervös war, weil er wußte, daß er ausgestoßen oder totgeschlagen werden würde, wenn »es« nicht klappte. Allein schon die Nervosität würde ja möglicherweise die Beweisführung seiner Männlichkeit verhindern. Immerhin verlangten die Thana nicht – wie manche andere Stämme –, daß der Beweis in der Öffentlichkeit geliefert wurde. Man erlaubte ihm, sich in einen Windschutz zurückzuziehen, der von dichten Zweigen umgeben war, die senkrecht in den Boden gesteckt waren. Er wählte sich die bestaussehende Frau für diese Prüfung, und sie kam einige Stunden später aus der Hütte und sah müde, aber glücklich aus, und sie verkündete, daß Kickaha die Prüfung mehr als einmal bestanden habe.

Kickaha selbst verspürte ein paar Gewissensbisse wegen der Geschichte, obwohl (oder weil) er sie ziemlich genossen hatte. Er glaubte allerdings nicht, daß Anana wegen dieser beiläufigen Untreue in Zorn geraten würde, besonders da die Umstände es ihm unmöglich machten, sie zu vermeiden.

Dennoch hielt er es für das beste, ihr nichts davon zu erzählen.

Das heißt, sofern er sie jemals wiederfand.

Und damit waren seine Prüfungen beendet. Der Häuptling und der Medizinmann sangen jeder einen Initiationsgesang, und dann feierte der ganze Stamm ein Fest, bis die Bäuche so prall waren, daß sie sich nicht mehr bewegen konnten.

Ehe er sich zur wohlverdienten Ruhe begab, erklärte Wergenget Kickaha, daß er sich unter den heiratsfähigen Weibern des Stammes eine Gefährtin suchen müsse. Es gab fünf heiratsfähige Frauen, von denen jede einzelne zu erkennen gegeben hatte, daß sie überglücklich sein würde, ihn als Bettgenossen zu haben. Dem Gesetz nach konnte eine Frau jeden Freier ablehnen, doch in der Praxis wirkte sich dies anders aus. Die gesellschaftliche Pression, die der Stamm ausübte, drängte jede gebärfähige Frau zur Heirat, sobald sie die Pubertät hinter sich hatte. War eine Frau mit dem Glück gesegnet, mehr als einen Interessenten zu haben, dann konnte sie wählen. Ansonsten mußte sie den nehmen, der sich für sie interessierte. Aber dieser gleiche Druck galt auch für den Mann. Auch wenn ihm keine der verfügbaren Frauen gefiel, mußte er sich eine aussuchen. Denn es war notwendig, daß der Stamm seine Mitgliederzahl erhielt.

Zwei der Heiratskandidatinnen für Kickaha – es waren insgesamt fünf – waren ansehnlich und hatten Figur. Eine von ihnen sah kühn und frech aus und so, als kochten in ihr die Leidenschaften beinahe über. Also dachte Kickaha, wenn er sich schon mit einem Weib belasten sollte, dann würde er diese wählen. Es war möglich, daß sie ihn ablehnte, aber wie der Häuptling erklärt hatte, hechelten alle fünf nach ihm.

Wenn man ihm die Wahl überlassen hätte, dann hätte er sich die Frau gewählt, mit der er seine Männlichkeit bewiesen hatte. Leider war sie nur für diesen Moment »ausgeborgt«, und ihr Mann würde versuchen müssen, Kickaha zu töten, weil es so der Brauch war, falls dieser die Geschichte weiterzuführen versuchen sollte.

Wie sich herausstellen sollte, bedeutete eben diese Frau, sie hieß Shima, möglicherweise Ärger. Sie hatte Kickaha zu verstehen gegeben, daß sie gern wieder mit ihm zusammenkommen würde. Zwar würde sich dafür wenig Gelegenheit bieten, denn sie konnte kaum in die Wälder verschwinden, ohne daß der halbe Stamm darüber Bescheid wußte.

Nun ja, er würde sich im rechten Augenblick mit der jeweiligen Lage auseinandersetzen.

Kickaha blickte sich um. Abgesehen von einem Wachtposten auf einer Plattform, die auf einem hohen Baumstamm in der Mitte des Forts errichtet war, und einem weiteren Wächter im Wipfel eines Baumriesen, schnarchte der Stamm friedlich vor sich hin. Kickaha würde das Tor öffnen können und würde längst über alle Berge sein, ehe die Wächter die anderen wecken konnten. Und so vollgestopft, wie sie jetzt waren, würden sie ihn niemals einholen können.

Und obwohl er das Verlangen verspürte, das Lager zu verlassen und nach Anana zu suchen, fühlte er gleichzeitig das Bedürfnis, eine sehr widersprüchliche Regung, bei diesen Leuten zu bleiben, so armselig und erbärmlich sie sein mochten. Dieser Anfall von Schwäche, in dem er nach einer Heimat, gleich welcher Art, verlangte, nach Zugehörigkeit, hielt ihn noch immer gefangen. Aber – dieser »Anfall« konnte ja Jahre dauern! Es war logisch anzunehmen, daß Anana hier vorbeikommen würde, wenn er einfach dablieb und abwartete. Und wenn er sich auf die Suche begab, könnte er in die falsche Richtung wandern und würde dann um dieses ganze Wasser herumwandern müssen. Und das war so weit wie der Lake Michigan oder wie das Mittelmeer oder sonstwas, er hatte keine Ahnung. Und Anana konnte in der gleichen Richtung wie er wandern, nur immer hinter ihm her. Sofern sie noch am Leben war ...

Irgendwann würde er den Stamm verlassen müssen. Aber bis dahin würde er sich umschauen. Vielleicht stieß er ja hier in der Gegend auf ein paar Hinweise.

Er gähnte und begab sich zu dem Schutzdach, das ihm der Häuptling angewiesen hatte. Und gerade als er sich dem Unterstand näherte, hörte er hinter sich ein Kichern. Er drehte sich um und sah seine beiden Favoritinnen für die Rolle seiner Gemahlin hinter sich: Shila und Gween. Die sonst flachen Bäuchlein waren prall und ragten nach vorn, aber immerhin hatten sie nicht soviel gefressen, daß sie nicht mehr aus den Augen gucken konnten. Außerdem taten sie so, als seien sie völlig verschlafen.

Shila griente und sagte: »Gween und ich, wir wissen, daß du eine von uns zur Frau nehmen wirst.«

Er lächelte zurück und fragte: »Wie könnt ihr das wissen?«

»Nun, wir sind die zwei, die am besten aussehen. Also haben wir uns gedacht, wir könnten vielleicht ...« Sie kicherte wieder ... »Wir könnten vielleicht dir die Möglichkeit geben herauszufinden, welche von uns dir besser gefällt. Es wird sich nie wieder eine solche Gelegenheit bieten, das herauszufinden.«

»Ihr macht wohl Witze?« sagte Kickaha. »Ich habe einen recht anstrengenden Tag hinter mir. Die Rituale, die Stunden mit Shima und dann das Fest . . .«

»Ach, wir glauben, daß du das Zeug hast. Du mußt ein ganz echter Kerl sein, ein richtiger *wiru!* Und was soll es schon, es schadet ja nichts, es zu versuchen, oder?«

»Ich wüßte nicht, wie das schaden könnte«, sagte Kickaha und ergriff die beiden an der Hand. »Mein Lager ist ziemlich leicht einsehbar. Also, wohin gehen wir?«

Er wußte nicht, wie lange er geschlafen hatte, als er durch ein lautes Gebrüll geweckt wurde. Er richtete sich auf einem Ellenbogen auf und blickte sich um. Die beiden Mädchen schliefen weiter. Er kroch aus seinem Windschutz und schob die als Sichtschutz vorgesteckten Äste beiseite. Dann stand er auf. Alle rannten entweder herum und brüllten oder rieben sich die Augen und fragten, was denn los sei. Der Mann auf der Aussichtsplattform schrie irgend etwas und deutete in Richtung See. Auch der Wachtposten im Baum schrie.

Wergenget hatte die Augen noch voller Schlaf, als er auf Kickaha zutaumelte. »Was ruft Opwel?«

Kickaha sagte, daß man die Stimme des Wächters nicht verstehen könne. Wergenget schrie allen zu, sie sollten ruhig sein, und nach einer Minute schwiegen alle. Opwel konnte sich nun verständlich machen und gab die Nachricht des Wächters im Baum weiter.

»Zwei Männer und eine Frau sind den Strand entlanggelaufen. Und kurz darauf kamen Krieger vom Stamm der Than heran. Sie schienen die zwei Männer und die Frau zu jagen.«

Kickaha rief laut: »Hatte die Frau schwarze Haare? Lang und so schwarz wie der Flügel einer Krähe?«

»Ja!«

»Und war das Haar des einen Mannes gelb und das des anderen rot?«

»Onil sagt, daß der eine Mann gelbes Haar hat. Der andere hat eine schwarze Haut und die lockigsten Haare, die er jemals gesehen hat. Onil sagt, der Mann ist am ganzen Leib schwarz.«

Kickaha stöhnte und sagte: »Anana! Und Urthona und McKay!«
Er rannte zum Tor der Umzäunung und rief: »Anana!«
Wergenget brüllte einen Befehl, und zwei Männer packten Kickaha und hielten ihn fest. Der Häuptling kam keuchend und schnaufend auf ihn zugehopst. »Bist du wahnsinnig geworden! Du kannst doch nicht allein da hinausgehen! Die Thans werden dich umbringen!«
»Laßt mich los!« schrie Kickaha. »Das da draußen ist meine Frau! Und ich werde ihr helfen!«
»Sei doch kein Idiot!« sagte Wergenget. »Du hast nicht die geringste Chance!«
»Ach, ihr wollt wohl einfach so hier herumhocken und sie zu Tode hetzen lassen?« schrie Kickaha.
Wergenget wendete sich um und rief Opwel etwas zu. Dann schrie er zu Onil hinüber, der ihm antwortete. Opwel trug die Botschaft weiter.
»Onil sagt, daß er zwanzig gezählt hat.«
Der Häuptling rieb sich die Hände und grinste. »Gut. Wir sind in der Überzahl.« Und dann teilte er seine Befehle aus. Die Männer griffen nach ihren Waffen und legten den Elchtieren die Sättel auf. Kickaha stieg auf das ihm zugewiesene Tier, und sobald das Palisadentor geöffnet wurde, trieb er dem Tier die Fersen in die Weichen und raste hindurch. Hinter ihm kamen Wergenget und die anderen Krieger.

Zehntes Kapitel

Nachdem sie in den Kanal gestoßen worden war, hatte Anana versucht, wieder herauszuklettern. Das Wasser reichte ihr bereits bis an die Brüste, doch sie krallte sich am Steilufer fest, klammerte sich an Grasbüschel, die ausrissen, packte neue Büschel, um Halt zu finden.
Über ihr erklang Geschrei, und dann traf etwas sie auf den Kopf. Es schmerzte sie nicht sehr, ja, sie verlor nicht einmal den Halt an ihrem Grasbüschel. Sie blickte nach unten, um zu sehen, was sie da getroffen hatte. Es war der Instrumentenkoffer mit dem Horn Shambarimens.
Dann schaute sie auf die Wasserwand, die schwarz auf sie zustürzte. In zehn Sekunden würde das Wasser hier sein. Vielleicht auch noch schneller. Aber das Horn durfte nicht verlorengehen. Denn ohne es würde die Chance, jemals aus dieser miserablen Welt entkommen zu können, wirklich ziemlich mager sein.
Sie ließ sich zurück ins Wasser gleiten und schwamm hinter dem Instrumentenkoffer her. Er dümpelte vor ihr in dem Wasser, das vor der Springflut hergetrieben wurde. Ein paar Schwimmstöße, und sie hatte ihn erreicht. Sie faßte den Griff mit einer Hand und schwamm im Hundstrab mit der anderen ans Ufer. Das Wasser war jetzt mehr als kopftief, doch sie brauchte ja nicht zu stehen. Sie packte ein Grasbüschel, nahm den Koffergriff zwischen die Zähne und begann wieder die Böschung emporzuklettern.
Mittlerweile bebte die Erde von dem Anprall der enormen Wassermengen, die auf sie zuschossen. Aber sie hatte keine Zeit, sich das anzuschauen. Wieder zog sie sich auf das nasse glitschige Ufer hinauf. Den Kopf hielt sie hoch erhoben, damit der Instrumentenkoffer ihre Arme nicht behinderte.

Doch aus dem Augenwinkel heraus erblickte sie kurz einen stürzenden Körper. Inzwischen war das Getöse des heranbrausenden Wassers so laut geworden, daß sie das Aufklatschen nicht hören konnte, das der Körper auf dem Wasser verursachte. Wer war da gefallen? Kickaha? Er war der einzige Mensch, um den sie sich Sorgen machte.

Und im nächsten Augenblick war das röhrende Dröhnen der Wassermassen rings um sie. Gerade noch rechtzeitig konnte sie den Instrumentenkoffer auf die Böschung schieben und wollte sich gerade selber hochziehen, als die Wasserwand sie traf. Ihre verzweifelten Bemühungen, sich in Sicherheit zu bringen, waren vergeblich. Die oberen Schichten der Springflut rissen ihr die Beine fort. Und sie schrie verzweifelt auf und wurde von der Flut fortgespült.

Doch es war ihr gelungen, das Horn festzuhalten. Und wenn sie auch heftig weitergetrieben wurde, so war sie doch nicht in der Hauptmasse der Flutwelle. Sie wurde mehrere Male unter die Oberfläche geworfen, konnte aber immer wieder nach oben gelangen. Vielleicht half ja auch der Auftrieb des Koffers, daß sie sich immer wieder oben halten konnte.

Jedenfalls wurde sie von irgend etwas, vielleicht von einer Strömung, einem Wirbel, der von einem Widerstand auf dem Kanalgrund hervorgerufen wurde, nach oben geschleudert und landete bäuchlings auf dem Ufer. Sekundenlang fürchtete sie, sie würde wieder ins Wasser zurückgleiten, doch sie robbte weiter nach oben, und dann waren ihre Beine aus der Strömung und frei.

Sie ließ den Instrumentenkoffer aus den Zähnen fallen, rollte sich herum und stand mit zitternden Beinen auf.

Ungefähr eine halbe Meile hinter ihr sah sie drei Gestalten: Urthona, Orc und McKay.

Kickaha war nicht dabei. Also war er in den Fluß gestürzt. Und er hatte ihr wohl auch das Horn zugeworfen. Sie erriet, daß er den anderen wohl gedroht hatte, er würde es ins Wasser werfen, wenn sie Anana nicht ans Ufer kommen lassen würden. Und dann hatte er es wohl fallen lassen, weil sie ihn angriffen, und er war

hinterdrein in das Wasser gesprungen. Entweder war er absichtlich gesprungen, und dies war wenig wahrscheinlich, oder er war gestoßen worden.
Sie konnte nirgendwo ein Zeichen von Kickaha entdecken.
Er trieb irgendwo unter dem Wasser. Entweder war er ertrunken, oder er kämpfte noch.
Es fiel ihr schwer, ihn sich als tot vorzustellen. Der Mann hatte soviel durchgestanden, er hatte so verbissen gekämpft, er war so geschickt gewesen. Er war aus dem Stoff derer gemacht, die überleben.
Dennoch, alle Männer und alle Frauen mußten irgendwann einmal sterben.
Aber nein, sie würde die Hoffnung auf sein Überleben nicht aufgeben. Sie würde sich solche Gedanken einfach nicht erlauben. Doch selbst wenn er noch um sein Leben kämpfte, würde er inzwischen natürlich von der Flutwelle außer Sichtweite geschwemmt worden sein.
Es blieb ihr nichts anderes übrig, als dem Kanal bis ans Ende zu folgen und zu hoffen, daß sie unterwegs irgendwo auf Kickaha stoßen würde. Red Orc befand sich mittlerweile auf der Flucht: Er lief unter Aufbietung aller Kräfte in die entgegengesetzte Richtung. McKay hatte ihn kurz verfolgt, aber dann die Jagd aufgegeben. Entweder hatte er gemerkt, daß er ihn nicht einholen konnte, oder Urthona hatte ihn zurückgepfiffen. Was immer geschehen war, die zwei Männer kamen nun auf Anana zugetrabt. Sie war im Besitz des Horns, und sie wollten es haben.
Also begann auch sie zu laufen. Nach einiger Zeit begann sie zu keuchen, aber sie gab nicht auf, und bald pendelte sich ihre Atemtechnik ein. Solange sie sich am Kanal entlang bewegte, konnte sie sie nicht abschütteln. Sie würden einfach weiterrennen, obwohl sie kaum eine Chance hatten, sie einzuholen, da sie einen solchen Vorsprung besaß. Jedenfalls nicht, bevor die völlige Erschöpfung sie zwingen würde zu schlafen. Und wenn die zwei Männer es irgendwie schaffen sollten weiterzulaufen, dann würden sie Anana finden.

Aber sie war überzeugt, daß sie ebenso große Ausdauer besaß wie die zwei Männer. Auch sie würden sich hinlegen und sich ausruhen müssen, wahrscheinlich sogar früher als sie. Doch wenn sie sich zwingen sollten, sich den Schlaf zu beschneiden und früher weiterliefen, dann könnten sie sie überrumpeln, während sie selbst noch schlief.
Solange sie am Kanal blieb, würde sie die zwei nie abschütteln können. Doch quer durch die Prärie und dann in das Gebirge, da könnte sie eine Chance haben. Und danach konnte sie ja wieder zum Kanal zurückkehren.
Und es bestand natürlich auch die Möglichkeit, daß sie sich verirren konnte, besonders wenn die Markierungspunkte in der Landschaft sich weiter veränderten. Aber dieses Risiko mußte sie eben eingehen.
Sie drehte ab und begann auf die Ebene hinauszutraben. Und jetzt würden ihre Verfolger sie abzuschneiden versuchen und so ihren Vorsprung verringern. Nun ja. Zwar fühlte sie den Drang, schneller zu laufen, aber sie ließ sich nicht dazu hinreißen. Solange sie einen gewissen Vorsprung wahren konnte, sich außerhalb der Reichweite des Strahlers halten konnte, würde ihr nichts geschehen.
In dieser Luft war es schwierig, Entfernungen richtig abzuschätzen, denn sie war unglaublich klar, weil es fast überhaupt keine Staubpartikel in ihr gab und weil das Licht so merkwürdig war. Sie schätzte, daß der nächstgelegene Berg ungefähr acht Kilometer entfernt war. Und selbst angesichts der Schnelligkeit, mit der sich hier die Landschaft verwandelte, würde das noch ein ansehnlich hoher Berg sein, wenn sie ihn erreichte.
Zwischen ihr und ihrem Ziel befanden sich Haine der wandernden Bäume. Aber die Baumgruppen waren alle nicht so groß, als daß sie nicht um sie herumlaufen hätte können. Auch gab es Herden äsender Antilopen und Gazellen. Anderthalb Kilometer entfernt weidete eine Gruppe Elefanten und trabte auf die nächstgelegene Baumansammlung zu. In der anderen Richtung, rechts von ihr, setzten sich mehrere Elchtiere der Riesenart ebenfalls auf eine

Baumplantage von Wanderbäumen in Bewegung. Ein paar hundert Meter entfernt sah sie kurz zwei jagende Löwen. Sie benutzten eine Baumansammlung als Deckung, während sie sich an eine Gruppe von Antilopen anschlichen.
In weiter Entfernung sah sie die winzige Gestalt eines »Moa«. Der Vogel schien nicht auf der Jagd zu sein, doch Ananas Fluchtweg würde sie in seiner Nähe vorbeiführen. Also änderte sie die Richtung und strebte dem anderen Ausläufer des Berges zu.
Sie schaute nach links. Die beiden Männer rannten jetzt. Wahrscheinlich hofften sie, aufzuholen und sie in einem Gewaltspurt zu hetzen, bis sie zusammenbrechen würde.
Anana lief etwas rascher, doch sie sprintete nicht. Dieses Tempo würde sie ziemlich lange durchhalten können. In den vielen Tausenden von Jahren ihres Lebens hatte sie eigentlich nur selten ihre Kondition verloren. Sie hatte Lungen wie Blasebälge entwickelt und ein Durchhaltevermögen, das olympische Marathonläufer überrascht hätte. Sie hatte wirklich ihr Körperpotential völlig ausgeschöpft und entwickelt. Aber nun mußte sie herausfinden, wo ihre Grenzen lagen.
Anderthalb Kilometer. Drei Kilometer. Sie schwitzte, doch wenn sie auch nicht gerade leicht atmete, war sie dennoch sicher, daß sie atemtechnisch durchhalten konnte und ziemlich viele Reserven haben würde. Auch die Beine wurden noch nicht bleiern. Sie war überzeugt, daß sie bis zu dem Berg laufen könnte und noch viel Kraft übrig haben würde. Ihr Onkel war zwar ein kräftiger Mann, aber er hatte auch mehr Gewicht als sie, und wahrscheinlich hatte er sich auf der Erde ziemlich gehenlassen. Wenn er Fett angesetzt hatte, dann war dies natürlich durch die Entbehrungen auf dieser Welt bereits abgespeckt worden, weil es hier ja kaum etwas zu essen gab. Aber Anana bezweifelte, daß er sich auf der Erde stets in Spitzenkondition gehalten hatte.
Und der Schwarze war zwar ein kräftiger Bursche, aber ein Langstreckenläufer war er sicherlich nicht. Ja, sie konnte sogar sehen, als sie einen Blick nach rückwärts riskierte, daß der Neger

hinter Urthona zurückgefallen war. Und ihr Onkel hatte keineswegs ihr gegenüber aufgeholt.
Der Instrumentenkoffer und sein Inhalt wogen allerdings gute drei Pfund. Da sie jeden Vorteil benutzen mußte, entschloß sie sich, einiges davon abzuschütteln. Sie rannte langsamer und öffnete die Schließen, nahm das Horn heraus und ließ den Instrumentenkoffer fallen. Dann beschleunigte sie ihren Lauf wieder. Das Horn hielt sie in einer Hand. Zehn Minuten später hatte Urthona fast fünfzig Meter verloren. McKay war nun noch weiter hinter seinen Boß zurückgefallen.
Noch eine weitere Meile. Allmählich wünschte sie sich, sie könnte die Wurfaxt und das Messer fortwerfen. Doch das kam natürlich nicht in Frage. Sie würde die zwei Waffen dringend brauchen, falls es zu einer Konfrontation kam. Ganz abgesehen davon, daß sie die Waffen selbst dann benötigen würde, wenn sie ihren Verfolgern entkommen konnte. Gegen die Raubtiere. Eine Wurfaxt und ein Messer waren zwar nicht gerade viel gegen einen Löwen, aber sie würden Wunden zufügen können, ihn vielleicht abschrecken können.
Wieder fast ein Kilometer. Sie blickte sich um. Urthona rannte etwa achthundert Meter hinter ihr, und McKay war ungefähr fünfhundert Meter hinter Urthona zurückgefallen. Aber beide liefen merklich langsamer. Zwar trabten sie stetig dahin, aber sie hatten nicht die geringste Chance, Anana einzuholen. Andererseits, solange sie sie nicht aus den Augen verlieren würden, würden sie auch nicht aufhören zu laufen.
Die Löwen hatten sich hinter den Wald verzogen. Und der wandernde Wald bewegte sich langsam vorwärts, auf den Kanal zu. Der Wind blies in ihre Richtung und trug ihnen Wassermoleküle in ihre Sensoren. Wenn sie den Kanal erreicht haben würden, dann würden sie sich in einer Reihe am Ufer aufstellen und ihre Tentakel ins Wasser senken, um zu trinken. Die Gazellen und Antilopen hörten auf zu äsen, als Anana sich ihnen näherte. Sie beobachteten sie einen Augenblick lang mit erhobenen Köpfen und schwarz-

leuchtenden Augen, dann stoben sie davon, als hätte ein einziger gemeinsamer Knopfdruck sie in Bewegung gesetzt. Aber sie entfernten sich nur so weit, wie sie es für ihre Sicherheit für nötig erachteten, und begannen dann weiterzugrasen.

Anana befand sich mitten in der Herde der äsenden Antilopen mit dem degenartigen Gehörn, das ziemlich lang war und an dem Ende plötzlich eine Krümmung aufwies. Und da brach die Panik in der Herde aus. Anana hörte auf zu laufen und hockte sich nieder. Ringsum donnerten die großen schwarzbraun gefleckten Tierleiber vorbei oder sprangen über sie hinweg. Anana war sicher, daß nicht sie diese Panik verursacht haben konnte. Die Antilopen hatten sie als etwas begutachtet, das zwar keine direkte Gefahr bedeutete, dem man aber besser aus dem Weg gehen sollte und das man sich besser nicht zu nahe kommen lassen durfte.

Dann hörte sie ein Brüllen und sah einen gelbbraunen Blitz, der eine halbwüchsige Antilope verfolgte.

Einer der Löwen war aus dem wandernden Wald hervorgeschossen und jagte das Jungtier. Der andere Löwe jagte in Parallelposition zu dem Gefährten. Das Tier wirkte etwas kleiner und schneller. Als das Löwenmännchen nach einer Seite abwich, verlagerte das Löwenweibchen seinen Kurs leicht nach innen. Die Beute hatte sich nach links gewandt, um dem wuchtigen Löwenmännchen zu entrinnen, und sah dann die andere Katze, die auf sie zustrebte. Das Tier wich der neuen Gefahr aus und verlor dadurch an Boden.

Das Löwenmännchen brüllte und schreckte die Antilope auf, die wieder die Fluchtrichtung änderte. Das Weibchen schoß quer herüber und auf das Tier zu. Das arme gehetzte Tier wandte sich wieder dem Löwenmännchen zu. Anana rechnete nicht damit, daß die Hetzjagd lange dauern würde. Entweder würden die Katzen ihre Beute in den nächsten Sekunden erwischen, oder ihre Ausdauer würde abflauen, und die Antilope konnte davonlaufen. Wenn das Beutetier nur genügend Hirn haben würde und geradeaus lief, dann konnte es seinen Verfolgern entkommen. Doch soviel Verstand besaß es nicht. Die Gazelle jagte weiter im Zickzack dahin, verlor immer mehr Boden bei jedem Hakenschlag, und dann warf sich das Löwenweibchen auf sie. Es folgte ein Wirbel von zuckenden Beinen, und dann hatte die Löwin der Gazelle das Genick gebrochen. Die Beute war tot.

Das Männchen kam brüllend herangetrottet. Seine Flanken pulsten, Speichel troff ihm aus den Fängen, die Augen waren ein helles Grün. Das Löwenweibchen fauchte ihn an, zog sich aber zurück, bis er die Beute aufgerissen hatte.

Dann ließ sie sich auf der anderen Seite des toten Tieres nieder, und beide begannen Fetzen von Fleisch herauszureißen. Die Herde hatte inzwischen ihre Flucht beendet. Unberührt von dem Geschick der Jungantilope und im sicheren Gefühl, daß für sie nun keine Gefahr mehr bestand, begannen die Tiere wieder zu äsen.

Anana war nur zwölf Meter von den Löwen entfernt, doch sie ging weiter. Die Großkatzen würden sich nicht um sie kümmern, es sei denn, sie käme ihnen zu nahe, und dies beabsichtigte sie keineswegs.

Die Bäume gehörten einer Gattung an, die sie nie zuvor gesehen hatte.

Sie waren etwa vier Meter hoch und hatten eine Rinde, die mit spiralförmigen roten und weißen Streifen bedeckt war, ähnlich wie das Markenzeichen eines Barbierladens.

Die Äste waren kurz und dick und trugen breite, herzförmige grüne Blätter. Jede Pflanze besaß nur vier »Augen«: rund, lidlos, vielfacettiert, grün wie Smaragde. Sie hatten auch Tentakel. Doch waren sie nicht notwendigerweise gefährlich. Die Löwen waren ohne Schaden hindurchgezogen.

Oder gab es da eine besondere Übereinkunft zwischen den Raubtieren und den Bäumen? Hatte Urthona ihnen vielleicht einen bestimmten Instinkt-Mechanismus eingepflanzt, der sie die Großkatzen ignorieren ließ, nicht aber Menschen? Es wäre ganz im Charakter ihres Onkels, so etwas zu tun. Es würde ihn königlich amüsieren zu sehen, wie die Nomaden zu dem Schluß kamen, daß es sicher sei, sich unter die Bäume vorzuwagen, weil sie andere Tiere

dort gesehen hatten. Und daß die Arglosen dann, wenn sie mitten in dem wandernden Wald steckten, plötzlich angegriffen wurden.
Einen Augenblick lang dachte sie daran, es zu riskieren. Wenn sie in diesem beweglichen Hain untertauchte, konnte sie Verstecken mit ihren Verfolgern spielen. Doch war die Sache zu gefährlich, und sie konnte eigentlich nur wenig dabei gewinnen.
Sie blickte sich um. Die beiden Männer hatten ein wenig aufgeholt. Sie beschleunigte ihren Trab. Als sie an den letzten Bäumen vorüber war, wendete sie sich nach links und zog sich hinter den Wald zurück. Vielleicht würden Urthona und McKay versuchen, durch den Wald zu laufen.
Nein, sie taten es nicht. Es erschien ihr als zweifelhaft, daß sich ihr Onkel noch daran erinnerte, von welcher Art diese Bäume genau waren. Vielleicht dachte er, daß Anana sich zwischen den Bäumen verstecken würde. Also würden die zwei sich trennen, um sich zu vergewissern. McKay würde sich um die eine Seite des Wäldchens schleichen, Urthona um die andere. Sie würden durch die Stammreihen spähen, um sich zu vergewissern, daß sie nicht dort steckte, und würden sich dann am anderen Ende wieder treffen.
Doch bis dahin würde sie, indem sie die Bäume zwischen sich und den Verfolgern hielt und direkt auf den Berg zulief, eine Weile aus deren Sicht verschwinden. Und sie würden wieder an Boden verlieren.
Sie wendete und lief auf ihr Ziel zu.
Doch bald verlangsamte sie die Schritte. Etwa achthundert Meter weit weg kam eine Horde Paviane auf sie zu. Es waren zwanzig Tiere, die Männchen sorgten für Flankenschutz, die Weibchen waren in der Mitte, auf manchen klammerten sich Babys auf den Rücken. Würden die Affen sie zur Beute wählen? Oder hatte sie das Löwengebrüll angelockt und kamen sie, um sich an der Beute zu beteiligen?
Sie nahm das Horn in die linke Hand und zog die Axt aus dem Gurt. Der Pfad der Paviane würde ihren Weg kreuzen, wenn sie ihre Richtung beibehielt. Sie blieb stehen und wartete. Die Affen zogen

unbeirrt weiter, stumm, fast lautlos, nur die kurzzehigen Pfoten mit den breiten Flächen klopften auf den Boden im gleichen Rhythmus, als wären sie ausgebildete Soldaten auf dem Marsch. Sie kamen auf ihren langen Beinen ziemlich rasch voran, obwohl sie sich natürlich nicht mit den Huftieren der Prärie an Schnelligkeit messen konnten. Sie wählten sich ihre Beute, ein junges Kalb oder ein verletztes Alttier. Dann streuten sie aus und kreisten es ein. Der Anführer der Horde griff dann die Beute an, und das wilde Heulen und Bellen der anderen würde die Herde in wilde, panische Flucht treiben. Die Affenhorde würde dann zwischen den fliehenden, springenden Antilopen hin und her schießen, manchmal den scharfen Hufen ausweichen müssen, um nicht niedergetrampelt zu werden. Doch das Hauptziel würde immer die gewählte Beute sein, und der Kreis würde sich zusammenziehen, und plötzlich würde das laufende Kalb oder das hinkende Alttier ganz umzingelt sein. Mehrere der schweren, kräftigen männlichen Affen würden es dann anspringen und zu Boden reißen. Und der Rest der Horde, außer den Weibchen mit Babys, würde dann herankommen.
Keine zehn Meter von ihr entfernt bellte der Anführer plötzlich, und das Rudel wurde langsamer. Hatte der Leitaffe beschlossen, daß Anana eine leichtere Beute sein würde, als wenn sie zwei hungrige Löwen verjagen mußten?
Nein. Sie wanderten noch immer weiter und auf die Kante des Baumkarrees der Wanderpflanzen zu.
Sie wartete, bis die Nachhut der Horde vorbei war, dann nahm sie ihren Trab wieder auf.
Plötzlich hörte sie hinter sich Geräusche. Sie lief wieder langsamer und drehte zur Seite ab, um zu sehen, was da vor sich ging. Aber was sie sah, gefiel ihr gar nicht.
Urthona und McKay kamen zwischen den Bäumen hervor. Sie waren also nicht um den Wald herumgelaufen, wie sie es erwartet hatte, sondern waren geradewegs durch ihn hindurch vorgedrungen. Also hatte Urthona sich erinnert, daß diese Bäume für Menschen keine Gefahr darstellten. Und in der Hoffnung, Anana

zu überraschen, waren sie wahrscheinlich mit Spitzentempo gelaufen.
Dies war ihnen gelungen. Aber andererseits waren sie selbst überrascht worden. Sie liefen aus dem Schutz der Bäume direkt in die Pavianhorde hinein. Der Anführer der Affen stürzte sich auf Urthona, und drei große Männchen wirbelten auf McKay zu.
Ihrem Onkel blieb keine andere Wahl – er mußte den Strahler benutzen. Der Pavian stürzte zu Boden. Wäre Urthona etwas langsamer gewesen, dann hätte der Pavian ihm die Zähne in die Gurgel geschlagen.
Zu schade, dachte Anana.

Elftes Kapitel

Und nun war ihr Onkel gezwungen, noch mehr von der kostbaren Strahlerenergie zu verschwenden. Denn McKay würde in ein paar Sekunden von den Affen überwältigt sein. Der Neger kauerte auf dem Boden, kampfbereit, doch er schrie auch gleichzeitig Urthona zu, er solle schießen. Ananas Onkel zögerte einen Augenblick lang – es war ihm verhaßt, den Strahler einzusetzen, weil er sich die Energie für seine Nichte aufheben wollte –, doch andererseits wollte er auch nicht allein die Jagd fortsetzen. Zwei der getöteten Affenmännchen purzelten McKay direkt vor die Füße. Der Neger war unter seiner dunkel pigmentierten Haut grau.

Die anderen Paviane hielten inne und begannen kreischend auf der Stelle auf und ab zu springen. Aber es war nur Wut und Frustration. Angreifen würden sie nicht.

Anana wandte sich um und begann wieder zu laufen. Ein paar Minuten später blickte sie sich erneut um. Ihre Verfolger kamen ihr langsam wieder näher. Allerdings wagten sie nicht, rasch zu laufen, wo die Affen in ihrem Rücken waren. Die kamen in respektvollem Abstand hinter ihnen her und warteten auf eine Möglichkeit zum Angriff. Urthona schrie und wedelte mit dem Strahler gegen die Affen, wohl in der Hoffnung, sie damit zu verscheuchen. Alle paar Augenblicke drehte er sich um und bedrohte die Affenhorde. Die Paviane wichen knurrend und bellend zurück, doch sie gaben die Verfolgung nicht auf.

Anana grinste. Jetzt würde sie vor den zwei Männern einen großen Vorsprung gewinnen können.

Als sie den Fuß des Berges, der sich direkt aus der Prärie erhob, erreicht hatte, hielt sie inne, um sich etwas auszuruhen. Die Paviane hatten die Jagd inzwischen aufgegeben. Noch einer aus der Horde

war getötet worden, und das schien die Horde zur Vernunft gebracht zu haben. Ein paar aus dem Stamm hatten sich um den letzten »Gefallenen« geschart und waren dabei, ihn zu zerfleischen. Und die übrigen rasten dahin und wollten möglichst als erste bei den anderen Leichen ihrer toten Brüder ankommen. Fast einen Kilometer weit weg strebte ein krummschnäbliger »Moa« auf das Getümmel zu. Er würde versuchen wollen, die Halbaffen von irgendeinem Leichnam zu verjagen. Und oben in der Luft schwebten Geier näher und hofften auf ihren Anteil an der Beute.
Der Hang des Berges hatte eine Neigung von etwas mehr als fünfundvierzig Grad zur Horizontalen. Es gab kleinere und größere Schwellungen wie große Gasblasen, die sich an der Kontur des Gipfels ausstülpten. Um die würde Anana herumklettern müssen. Sie beugte sich leicht nach vorn und ging den Hang an. Hier gab es weder Bäume noch Gebüsch, hinter denen sie sich hätte verstecken können. Also würde sie weiterklettern müssen, bis sie den Gipfel erreicht hatte. Und von dort aus würde sie möglicherweise irgendwo ein Versteck entdecken können. Allerdings war das recht zweifelhaft. Wenn sie allerdings auf der anderen Seite des Berges rasch genug absteigen konnte, dann würde es ihr vielleicht gelingen, um den Fuß eines weiteren Berges herumzulaufen, und dann würden ihre Verfolger nicht mehr wissen, wo sie sich befand.
Der Berggipfel erhob sich etwa fünfhundert Meter über der Ebene. Und als sie oben anlangte, ging ihr Atem ziemlich schwer. Ihre Beine fühlten sich an, als hätte sie Zementschuhe an. Sie zitterte vor Erschöpfung. In ihren Lungen schien ein Feuer zu brennen. Aber ihre zwei Verfolger würden in einem ähnlichen, wenn nicht schlechteren Zustand sein.
Als sie mit ihrem Aufstieg begonnen hatte, hatte der Gipfel des Berges ausgesehen wie die Spitze einer scharf hochgezogenen Eiskugel in einer Waffel. Inzwischen wirkte er zusammengefallen und war ein Plateau von etwa zwanzig Metern Durchmesser. Der Boden fühlte sich heiß an, und dies ließ auf eine erhöhte Geschwindigkeit in der Gestaltumwandlung der Landschaft schließen.

Urthona und McKay hatten etwa ein Viertel des Hanges geschafft. Sie ließen sich zu Boden fallen, von Anana abgewendet. Dicht über ihnen schwoll die Erdoberfläche so rasch an, daß Anana sie bald kaum mehr würde sehen können. Und wenn diese Protuberanz sich ausdehnte, dann würden sie um sie herumgehen müssen. Das bedeutete, daß sie noch weiter zurückfallen würden.

Sie vermochte inzwischen weit mehr von der Ebene zu überblicken. Sie schaute den Kanal entlang und hoffte, sie würde eine winzige Gestalt erblicken, die ihr Kickaha war. Aber sie sah keinen Menschen.

Selbst von dieser erhöhten Position aus konnte sie das Ende des Kanals nicht absehen. Etwa dreißig Kilometer von der Stelle entfernt, an der sie vom Kanal abgewichen war, waren junge Berge aus dem Boden gedrungen und blockierten die Sicht. Man konnte nicht schätzen, wie lang dieser Kanal sich erstreckte.

Aber wo war Red Orc? Durch alle diese Aufregungen hatte sie ihn ganz vergessen.

Wo immer er sein mochte, sehen konnte sie ihn nicht.

Sie spähte von ihrem Hochsitz aus in die Gegenden dahinter. Da war eine Bergkette nach der anderen. Doch dazwischen spannten sich – vorläufig – Pässe und Felsbrücken. Auf einem der Kämme zeigte sich ein grünes Band, das in Kontrast zu dem rostroten Gras stand. Das Band bewegte sich langsam, doch nicht so langsam, daß Anana es nicht als eine Armee wandernder Bäume erkannt hätte. Es schien etwa fünf Meilen, acht bis zehn Kilometer, entfernt zu sein. Über den Hängen und in den Tälern gab es dunkle, verstreute Flecken. Das waren wohl Antilopen und andere größere Pflanzenfresser. Diese waren zwar eigentlich Tiere der Prärie, aber sie paßten sich doch geschickt der Situation im Gebirge an. Sie kletterten wie Bergziegen, wenn es die Situation erforderte.

Und wenn sie den Gipfel erreicht hatte, sollte Anana dann eine Weile rasten und abwarten, was ihre Verfolger tun würden? Die Kletterei hinter ihr her war ziemlich anstrengend. Vielleicht dachten ihre zwei Jäger ja, daß sie sich hinter sie schleichen und an der

einen Bergflanke absteigen könnte, wo sie ihren Blicken entzogen sein würde. Eigentlich war das gar keine schlechte Idee.
Wenn die zwei sich trennten und jeder um eine der Bergflanken herumklettern würde, um sich wieder in der Mitte zu treffen, dann konnte sie einfach wieder direkt absteigen, sobald die Männer aus dem Sichtfeld waren.
Wenn sie aber nichts dergleichen unternahmen, würde sie gezwungen sein, bald selbst etwas zu tun. Denn das Plateau, auf dem sie sich befand, wuchs immer mehr nach außen und nach unten. Es sank stetig ab. Und wenn sie hier bleiben sollte, würde sie bald wieder auf einer Ebene sein. Nein. Dieser Wandlungsprozeß würde zumindest einen ganzen Tag dauern. Vielleicht auch zwei. Und inzwischen würden sich ihr Onkel und sein Killer etwas einfallen lassen.
Inzwischen machten sich Hunger und Durst bemerkbar. Als Anana auf den Berg zugelaufen war, hatte sie gehofft, auf der anderen Seite Wasser zu finden. Aber ihre spähenden Blicke sagten ihr, daß sie wohl so lange durstig bleiben müsse, bis sie wieder zu dem Kanal zurückkehrte. Oder bis diese Federwölkchen sich zu dicken, schwarzen, regensatten Wolken verdichtet haben würden.
Sie wartete und beobachtete. Der Rand des Plateaus, auf dem sie saß, streckte sich langsam nach außen. Sie wußte, daß sie schließlich hier würde weggehen müssen. In etwa einer Stunde würde der Rand abzubröckeln beginnen. Die Kegelspitze entwickelte sich mehr und mehr zu einem Pfannkuchen. Es würde ihr ziemlich schwerfallen, davon herunterzukommen, es sei denn, sie wollte sich mit einem abbrechenden Stück den Hang hinabschleudern lassen.
Ein Gutes allerdings hatte die Sache. Die zwei Männer unter ihr würden den abstürzenden Massen ausweichen müssen. Und vielleicht waren die ja so umfangreich, daß die Verfolger sich auf die Prärie zurückziehen mußten. Und wenn Anana Glück hatte, würden die zwei sogar unter einem niederpolternden Bergteil begraben werden.
Anana begab sich ans andere Ende des Bergplateaus. Der Kreis war

inzwischen auf über dreißig Meter gewachsen. Sie ließ die Wurfaxt und das Horn vorsichtig niederfallen, dann neigte sie sich über den Rand. Ihre Beine baumelten einen Moment, dann ließ sie sich fallen. Das war der einzige Weg nach unten, auch wenn sie zehn Meter tief stürzen mußte. Sie prallte gegen die Bergflanke, die noch immer in einem Winkel von fünfundvierzig Grad verlief, dann glitt sie eine lange Strecke abwärts. Das Gras brannte ihr die Handflächen auf, als sie sich hier und dort festzuhalten versuchte, aber die Reibung an ihrem Hosenboden und den Hosenbeinen brachte das Tuch nicht zum Rauchen. Doch sie war sicher: Wenn sie nicht rechtzeitig gebremst hätte, dann würde das Material sich so weit erhitzt haben, daß es in Flammen aufging. Jedenfalls fühlte es sich so an. Nachdem sie das Horn und die Streitaxt aufgehoben hatte, stakste sie den Hang hinab. Diesmal mit dem Rücken nach hinten gelehnt. Ab und zu glitten ihre Sohlen auf dem Gras aus, und sie plumpste schwer auf den Po und rutschte ein paar Meter, ehe sie sich wieder abbremsen konnte. Einmal sauste ein großer Klumpen der dunklen, fettigen Erde mit herausragenden Grasspitzen an ihr vorbei. Wäre sie getroffen worden, sie wäre unter der Masse begraben worden.

Am Fuß des Hanges mußte sie sich mit ihrem Abstieg beeilen. Immer mehr Riesenbrocken rollten den Abhang herunter. Ein Klumpen traf sie nur deshalb nicht, weil er auf eine Erdschwelle rollte und über ihren Kopf hinwegsegelte.

Am Fuß des Berges lief sie quer durch das Tal, bis sie das Gefühl hatte, sicher aus dem Bereich der herabstürzenden Erdmassen herausgekommen zu sein. Inzwischen hatte sich wieder die »Nacht« eingestellt. Sie war so durstig, daß sie das Gefühl hatte, sie würde sterben, wenn sie nicht innerhalb der nächsten halben Stunde Wasser zu trinken bekam. Und sie war auch unendlich müde.

Es blieb ihr nichts anderes übrig, als umzukehren. Sie mußte unbedingt Wasser haben. Glücklicherweise würde niemand sie in diesem Licht auf eine Entfernung von dreihundert Metern, vielleicht nicht einmal auf hundertfünfzig Metern, erkennen können.

Also konnte sie sich zum Kanal zurückschleichen, ohne entdeckt zu werden. Sicher, die zwei Männer konnten sich ja auch ausgerechnet haben, daß sie genau dies versuchen würde, und sie warteten vielleicht auf der anderen Seite des Bergkegels. Doch sie würde sich einfach zwingen und auf einem Umweg zu dem Kanal zurückkehren.

Sie zog durch das Tal und umkreiste den Fuß des Berges hinter dem Kegel, den sie erklommen hatte. Und auch hier lagen überall Bergbrocken von Häusergröße herum, die von dem zweiten Berg herunterfielen. Als sie an einem der Brocken vorbeikam, störte sie etwas auf, das sich unter einem Vorsprung verborgen hatte. Sie schrie auf, riß dann in einer hastigen Bewegung ihre Wurfaxt aus dem Gürtel und warf sie auf das langgestreckte, niedrigbeinige Wesen.

Die Schneide traf, und es drehte sich mehrmals um sich selbst. Dann kam es wieder auf die kurzen, krummen Beine und rannte fauchend davon. Der Aufprall mußte das Tier aber doch verletzt haben, denn es bewegte sich nicht mehr so rasch wie zuvor. Anana lief zu der Stelle, wo ihre Axt lag, nahm sie auf, stellte sich in Position und schleuderte die Wurfwaffe erneut. Diesmal zertrümmerte die Axt das Rückgrat des Wesens.

Sie trank von dem Blut, häutete das Tier, schnitt Stücke aus dem Körper und aß von dem Fleisch. Sie fühlte sich danach sehr viel kräftiger. Zwar war sie noch immer durstig, doch nun hatte sie das Gefühl, durchhalten zu können. Und sie war ja in weit besserer Verfassung als die zwei Männer – es sei denn, auch denen war es gelungen, irgendeine Beute zu finden. Während sie auf die Prärie zustrebte, wuchs die Finsternis um sie herum. Regenwolken und ein kalter Wind waren rasch herangetrieben. Ehe sie zehn Schritte gegangen war, befand sie sich in einer Sintflut mitten auf dem flachen Grund. Die einzige Lichtquelle kam von Blitzen, die immer wieder ringsum einschlugen. Eine Sekunde lang dachte sie daran, sich zurückzuziehen. Aber sie hatte eigentlich stets Chancen wahrgenommen, wenn sie sich boten und die Lage es erforderte.

Also wanderte sie ruhig vorwärts, geblendet zwischen den einzelnen Blitzen, betäubt durch die Donnerschläge. Ab und zu blickte sie sich um. Sie konnte nur Tiere sehen, die wie irrsinnig flüchteten, um den tödlichen Blitzeinschlägen zu entrinnen, die aber keinen Ort fanden, an dem es Schutz gegeben hätte.
Als sie endlich den Kanal erreichte, watete sie knietief im Regen. Dies erhöhte natürlich die Gefahr, durch die Blitzelektrizität getötet zu werden, da ein Blitz sie ja nun nicht mehr direkt zu treffen brauchte. Aber umkehren konnte sie einfach nicht.
Das ihr näher gelegene Ufer hatte sich ein paar Zentimeter abgesenkt. Und der Wasserlauf, geschwollen von dem Wolkenbruch, schwappte über und schob sein Wasser auf die Prärie. Vierfüßige Fische und Geschöpfe mit Fangarmen – alle ziemlich klein – glitten die Böschung hinab. Anana spießte zwei der kleineren Amphibien mit dem Messer auf, häutete eines und aß es auf. Dann nahm sie das andere aus und trug es am Schwanzende mit sich. Es würde eventuell ein Frühstück oder ein Mittagessen oder beides abgeben.
Inzwischen war der Regensturm vorbei, und zwanzig Minuten später waren die Wolken davongetrieben. Bis zu den Knöcheln im Wasser, stand sie am Rand und überlegte. Sollte sie den Kanal aufwärts gehen, um nach Kickaha zu suchen? Oder lieber auf die See zu?
Soweit sie sich vorstellen konnte, war dieser Kanal hundertfünfzig Kilometer oder mehr lang. Und während sie nach ihrem Mann forschte, konnte sich diese Wasserrinne wieder schließen. Oder sich zu einem See verbreitern. Und Kickaha konnte tot oder verletzt, oder am Leben und gesund sein. Wenn er verletzt war, würde er Hilfe benötigen. Und wenn er tot war, würde sie vielleicht sein Skelett finden und sich so Gewißheit über sein Schicksal verschaffen können.
Wenn es ihr andererseits gelang, zu dem Bergpaß ans Meer zu gelangen, konnte sie dort warten, und wenn er dazu fähig wäre, würde er nach einiger Zeit dort anlangen.

Und ihr Onkel und der Neger würden sicherlich zur See streben. Und dann konnte sie sie vielleicht in einen Hinterhalt locken und sich den Strahler aneignen.
Aber während sie noch unentschlossen im Wasser stand, wurde die Entscheidung für sie getroffen. Aus dem Dämmerdunkel tauchten zwei Gestalten auf. Sie waren zu weit entfernt, als daß man sie hätte erkennen können, doch es mußten ihre beiden Verfolger sein.
Der einzige offene Fluchtweg für Anana, wenn sie sich nicht wieder in die Berge schlagen wollte, führte also zur See.
Sie begann wieder zu traben. Das Wasser klatschte ihr bis zu den Knien. Ab und zu blickte sie sich um. Die verschwommenen Figuren kamen ihr zwar nicht näher, aber sie fielen auch nicht zurück.
Es verging eine unmeßbare Zeitspanne, und sie wurde zunehmend müder. Dann erreichte sie den Kanal, der sich inzwischen wieder zu seiner früheren Höhe erhoben hatte. Sie sprang hinein, schwamm an das andere Ufer und kletterte die Böschung hoch. Während sie dort stand, konnte sie hören, wie Urthona und McKay auf sie zuschwammen. Es hatte den Anschein, daß sie niemals einen so großen Vorsprung vor ihnen gewinnen können würde, um sie in der Dunkelheit abzuschütteln.
Sie wandte sich um und ging auf die Berge zu. Sie setzte nun den Wolfstrab ein, lief hundert Schritte und ging danach hundert Schritte langsamer. Das Zählen der Schritte half ihr, die Zeit zu vertreiben, und es zwang sie, ihre Müdigkeit zu vergessen. Die Männer hinter ihr taten vermutlich das gleiche, denn auch sie hatten nicht die Kraft, zu einem plötzlichen Schnellspurt anzusetzen, um sie einzuholen.
Die Ebene war jetzt von Wasser frei, fühlte sich aber schlammig unter den Füßen an. Sie wählte sich eine Kluft zwischen den beiden Bergen und kam auf eine neue Ebene. Nach anderthalb Kilometern auf dieser Fläche stieß sie auf einen weiteren Wasserlauf, der ihr den Weg versperrte. Vielleicht taten sich nun viele Spalten auf, die vom Meer zu den umliegenden Bergen führten und Kanäle bildeten.

Wer hoch genug über der Erde stand, würde die Landschaft als eine Art Tausendfüßler erleben, bei dem die See und die Ringberge der Leib waren, die Wasserläufe die Extremitäten bildeten.
Der eben erreichte Kanal war nur etwa dreihundert Meter breit, doch sie war mittlerweile zu müde, ihn zu durchschwimmen. Sie ließ sich auf dem Rücken treiben und stieß sich rücklings mit einer gelegentlichen Handbewegung und einer Auf-und-ab-Bewegung der Beine voran.
Als sie am anderen Ufer anlangte, merkte sie, daß das Wasser ihr hier nur bis zu den Hüften reichte. Sie stand auf und starrte in die Dunkelheit, während sie wieder zu Atem zu kommen versuchte. Sie konnte ihre Verfolger weder sehen noch hören. Hatte sie sie etwa endlich abgeschüttelt? Wenn ja, würde sie hier ein Weilchen warten und dann zu dem ersten Kanal zurückkehren.
Schätzungsweise fünf Minuten später hörte sie das Keuchen von zwei Männern. Sie glitt ins Wasser, bis nur ihre Nasenspitze über die Oberfläche ragte. Und dann konnte sie sie erkennen: zwei dunklere Flecken in der Dunkelheit der Nacht. Die Stimmen drangen deutlich übers Wasser zu ihr herüber.
Ihr Onkel sagte: »Glaubst du, wir sind ihnen entkommen?«
Ihnen, dachte Anana.
»Nicht so laut«, sagte McKay, und dann konnte Anana die Männer nicht mehr hören.
Sie standen ein paar Minuten lang am Ufer und berieten sich offensichtlich. Dann rief ein Mann laut etwas, aber es war keiner der beiden. Hämmernde Geräusche drangen von irgendwoher, und plötzlich ragten Riesengestalten hinter den beiden Männern auf. Ananas Onkel und McKay blieben einen Augenblick lang unbeweglich stehen. Inzwischen zogen die ersten »Tagesbänder« bleich über den Himmel. McKay sagte laut: »Versuchen wir wegzuschwimmen!«
»Nein!« gab Urthona zurück. »Ich habe es satt, davonzulaufen. Ich werde den Strahler verwenden!«
Der Himmel wurde rasch heller. Die zwei Männer und die

Gestalten hinter ihnen zeichneten sich nun deutlicher ab, doch Anana glaubte, sie sei noch immer nicht entdeckt worden. Sie hockte sich noch tiefer, nur der halbe Kopf ragte aus dem Wasser, mit einer Hand klammerte sie sich an das Ufergras, die andere hielt das Horn hoch. Und dann sah sie, daß die neu angekommenen Figuren keine Riesen waren, sondern Reiter auf Elchtieren. Sie trugen lange Lanzen.

Urthonas Stimme kam mit unverständlichen Worten übers Wasser. Er brüllte irgendeine Warnung. Die Reiter stoben auseinander, und einige verschwanden hinter der Uferböschung. Anscheinend ritten sie im Bogen herum, um den beiden die Flucht abzuschneiden. Die übrigen hielten längs des Kanals in Frontalformation an.

Urthona richtete den Strahler auf sie, und die zwei am nächsten stehenden Elchtiere fielen zu Boden. Einer der Reiter wurde in den Kanal geworfen, der andere rollte sich außer Sichtweite.

Es gab Schreie und Rufe. Die Tiere und die Reiter hinter den getöteten Tieren verschwanden hinter der Uferböschung. Plötzlich tauchten auf der anderen Seite zwei Reiter auf. Ihre Speere waren auf Urthona gerichtet, und sie schrien etwas in einer Sprache, die Anana nicht kannte.

Einer der Reiter fiel. Er hatte ein wenig Vorsprung vor dem anderen. Sein Kopf sackte in den Kanal, der Körper blieb am Uferstreifen liegen. Dann fiel das Tier des zweiten und katapultierte den Reiter kopfüber zu Boden. McKay griff sich den Speer des Mannes.

Und dann stieß Urthona einen Verzweiflungsschrei aus, warf den Strahler weg und packte den Speer des anderen Kriegers.

Die Energieladung des Strahlers war erschöpft. Also standen nun zwei Mann acht anderen gegenüber, und wie das ausgehen würde, war kaum zweifelhaft.

Vier Reiter kamen über die Böschung. McKay und Urthona schleuderten ihre Speere gegen die Reittiere und wurden von den verwundeten Tieren in den Kanal gestoßen. Die Wilden stiegen ab und sprangen ins Wasser, um ihre Opfer zu verfolgen. Die andere Vierergruppe kam herangeritten und rief ihnen Ermutigungen zu.

Anana konnte nicht umhin, den Kampfesmut ihres Onkels und seines Muskelmannes zu bewundern. Aber schließlich waren dann doch beide bewußtlos geschlagen und wurden die Böschung hinaufgeschleppt. Als sie wieder zu sich kamen, hatte man ihnen die Hände auf dem Rücken gefesselt, und sie wurden mit heftigen Stößen der Speerenden in Hinterteil und Schultern vor den Reitern hergetrieben.
Eine Weile später tauchte aus der Dunkelheit der vorderste Reiter einer langen Karawane auf, und dann sah Anana den ganzen Trupp. Ein paar Männer stiegen ab und befestigten die toten Männer und Elchtiere an anderen Reittieren. Die Tierleichen wurden hinter den Reittieren hergeschleift, während die Reiter zu Fuß gingen. Wahrscheinlich sollten sie als Nahrung verwendet werden. Und Anana vermutete, daß sogar die toten Menschen diesem Zweck zugeführt werden sollten. Urthona hatte erwähnt, daß einige seiner Nomadenstämme Kannibalen seien.
Während ihr Onkel und McKay an ihr vorbeigetrieben wurden, spürte sie, wie etwas Schleimiges sie am Knöchel packte. Sie unterdrückte einen Schrei. Doch als sich scharfe Zähne zerfetzend in ihr Bein bohrten, mußte sie etwas unternehmen. Sie tauchte mit dem Kopf unter Wasser, zog ihr Messer, bückte sich und trieb es mehrmals in einen weichen Leib hinein.
Der Fangarm wich zurück, die Zähne hörten auf zu stechen. Doch das Ding war eine Sekunde später wieder da und griff ihr anderes Bein an. Ob sie wollte oder nicht, sie mußte das Horn und ihre amphibische Nahrung fallen lassen, um die zweite Hand frei zu bekommen. Sie fühlte den Tentakel entlang, entdeckte, wo er in den Körper überging und säbelte ihn mit dem Messer ab. Plötzlich war das Ding verschwunden, aber ihre beiden Beine fühlten sich an, als wären sie aufgerissen. Und außerdem brauchte sie dringend frische Luft. Sie tauchte langsam aus dem Wasser und streckte nur die Nase über die Oberfläche. Ein paar Meter neben ihr kam etwas an die Oberfläche und sprudelte dunkles Blut von sich.
Sie tauchte erneut unter, tastete nach dem Horn und kam wieder

nach oben. Inzwischen hatten die Wilden das verwundete Wassergeschöpf bemerkt. Und natürlich sahen sie auch ihren Kopf aus dem Wasser kommen. Sie begannen zu kreischen und auf sie zu zeigen. Dann schleuderten mehrere ihre Speere auf sie, allerdings warfen sie zu kurz. Aber entkommen lassen würden die Wilden sie nicht. Vier Männer glitten die Uferböschung herab und begannen auf Anana zuzuschwimmen.

Sie warf das Horn auf die Böschungskante hinauf und begann sich hochzukrallen. Auf dieser Uferseite konnten sie die Verfolger nicht auf ihren Reittieren jagen. Diese großen Bestien würden niemals das Steilufer erklimmen können. Sie würde einen Vorsprung vor den Männern gewinnen können. Doch als sie über die Uferkante rollte, stellte sie fest, daß ihre Wunden tiefer waren, als sie angenommen hatte. Über ihre Füße quoll das Blut in Stößen. Es war unmöglich, mit solchen Wunden eine längere Strecke zu laufen. Aber dennoch ... Sie nahm die Streitaxt in die eine und das Messer in die andere Hand. Der erste Mann, der sich zeigte, fiel bald tot ins Wasser zurück. Der zweite sackte nach unten und war um zwei abgehackte Finger ärmer. Die beiden anderen entschieden sich, daß es am besten sei, sich zurückzuziehen. Sie gingen wieder ins Wasser und schwammen jeweils hundert Meter in entgegengesetzte Richtung. Sie würden gleichzeitig wieder auftauchen, und sie konnte nur einen angreifen, während der andere sie auf festem Boden attackieren würde.

Inzwischen schwammen auch die übrigen über den Kanal. Einige befanden sich ein paar hundert Meter flußabwärts, andere etwa in gleichem Abstand kanalaufwärts. Sie hatte keine Möglichkeit, ihnen zu entkommen. Die Flucht in die Berge, die auf dieser Seite anderthalb Kilometer weit weg lagen, war ihre einzige Chance, doch würde sie trotzdem gefangen werden, weil sie beständig weiter Blut verlor.

Sie zuckte die Achseln, glitt aus ihrem zerschlissenen Hemd, riß es in Streifen und verband sich ihre Wunden. Sie konnte nur hoffen, daß diese Tentakelbestie ihr nicht irgendein Gift eingespritzt hatte.

Das Horn und die Wurfaxt konnte sie nirgendwo verstecken. Das Messer wanderte in eine Tasche auf der Innenseite ihres rechten Jeansbeines. Diese Geheimtasche hatte sie dort angebracht, kurz nachdem sie durch die Schleuse zur Erde gegangen war. Das war vor etwas mehr als einem Monat gewesen. Doch es erschien ihr wie ein ganzes Jahr.
Dann setzte sie sich zu Boden, verschränkte die Arme und wartete.

Zwölftes Kapitel

Ananas Verfolger gehörten einer kurzbeinigen, schmalen, dunklen Rasse an und sahen aus, als entstammten sie den Genen von Völkern, die Anrainer des Mittelmeers waren. Doch ihre Sprache schien Anana mit keiner anderen ihr bekannten verwandt zu sein. Vielleicht hatten ihre Vorfahren mit einer der zahlreichen Zungen gesprochen, die mit dem Vordringen der Indo-Europäer und der Semiten in den Mittelmeerraum ausgestorben waren.

Der Stamm umfaßte hundert Menschen: zweiunddreißig Männer, achtunddreißig Frauen und zwanzig Kinder. An Tieren gab es hundertzwanzig Elchtiere.

Hauptbekleidung war ein ungegerbter lederner Lendenschurz. Manche Männer trugen allerdings einen mit Federn geschmückten Schurz. Alle Krieger hatten dünne Knochen in der Nasenscheidewand stecken, viele trugen an einer Kordel mumifizierte Menschenhände um den Nacken. Von den Sätteln hingen menschliche Schrumpfköpfe.

Man schleppte Anana an das andere Kanalufer und ließ sie halbertrunken auf die Erde sinken. Die Weiber griffen sie sofort an. Einige schlugen oder stießen sie, doch die meisten waren nur an ihren Stiefeln und an ihren Jeans interessiert. Kurz danach lag sie da auf dem Boden: blutend, voller Prellungen, halb betäubt – und nackt.

Der Mann, dessen zwei Finger sie abgehackt hatte, kam heraufgestolpert. Er preßte sich die Hand, und sein Gesicht war schmerzverzerrt. Er redete eine Weile beschwörend auf den Häuptling ein. Anscheinend bedeutete der ihm, er solle es vergessen, denn der Mann verzog sich.

Urthona und McKay hockten ebenfalls auf dem Boden, und sie sahen noch zerzauster aus als Anana.

Der Häuptling hatte sich Ananas Axt und das Horn angeeignet. Die Frau, der es gelungen war, die anderen aus dem Feld zu schlagen, was die Jeans betraf, hatte sich diese inzwischen auf den Leib gezwängt. Bislang hatte sie dem Messer in dem rechten Hosenbein noch keine Beachtung geschenkt. Anana hoffte, die Frau würde den dicken Wulst nicht näher untersuchen, doch dazu bestand wohl angesichts der allgemeinen menschlichen Neugierde wenig Veranlassung.

Es folgte ein langes Palaver mit schier endlosen Reden von Männern und Frauen. Schließlich sprach der Anführer. Nur ein paar Worte. Die toten Männer wurden auf Schleppbahren zu einer Stelle etwa anderthalb Kilometer entfernt gebracht. Außer ein paar Wachtposten für die Gefangenen folgte der ganze Stamm dem Totenzug. Nach einer guten halben Stunde des Jammerns und Heulens, das von den wilden Sprüngen des Schamanen unterstrichen wurde, nach Ritualgesängen und dem Rasseln eines Flaschenkürbis, der Steinchen oder Samenkörner enthalten mußte, kehrte der Stamm wieder an den Kanal zurück.

Wenn diese Leute Kannibalen waren, so aßen sie doch immerhin nicht ihre eigenen toten Stammesgenossen.

Eine Frau, wahrscheinlich die Gattin eines der Getöteten, stürzte sich auf Anana. Ihre Finger waren Krallen und krümmten sich, um das Gesicht der Gefangenen zu zerfetzen. Anana rollte auf den Rücken und trat der Frau in den Bauch. Der ganze Stamm lachte. Als die Frau sich wieder einigermaßen erholt hatte, stolperte sie auf die Beine und versuchte ihren Angriff zu wiederholen. Der Häuptling befahl einem der Krieger etwas, und der zerrte die rasende Witwe beiseite.

Inzwischen war die »Dämmerung« gekommen. Manche Männer aßen Stücke von dem Fleisch der Elchtiere, die Urthona getötet hatte, tranken dann Wasser und ritten quer über die Prärie weg. Dann säbelten auch die anderen sich Stücke ab und begannen mit kräftigen Zähnen zu mahlen. Zum Fleisch gab es als Beikost Nüsse und Beeren, die in ungegerbten Ledersäcken mitgeführt wurden. Keiner der Gefangenen erhielt etwas zu essen. Anana machte dies weiter nichts aus, da sie erst vor ein paar Stunden gegessen hatte, und die Prügel hatten ihren Appetit keineswegs gesteigert. Außerdem fühlte sie sich etwas weniger trübsinnig. Wenn diese Leute daran dachten, sie aufzufressen, dann würden sie sie aller Wahrscheinlichkeit noch vorher zu mästen versuchen. Das würde Zeit brauchen, und die Zeit war ihr Verbündeter.

Doch diese Überlegung wurde durch einen zweiten Gedanken stark getrübt. Vielleicht hob man sie nur für das Mittagessen auf, und in diesem Falle würde man wohl kaum Nahrung an sie verschwenden. Dann kam mit blutigen Lippen und bluttriefendem Bart der Stammeshäuptling auf sie zu. Sein langes Haar war zu einem Nackenknoten geschlungen, in dem zwei lange rote Federn steckten. Über seinem Bart hing von einem Halsband ein auf einer Lederplatte angebrachter Kreis menschlicher Finger. Die eine Augenhöhle war bis auf ein paar Fliegen leer. Er blieb stehen, rülpste und brüllte dann dem Stamm zu, sich heranzutrollen.

Als Anana sah, wie er seinen Lendenschurz ablegte, wurde ihr übel. Und kurz darauf, unter dem anfeuernden und offensichtlich obszönen Kreischen der Wilden, von dem sie natürlich kein Wort verstand, begann er das zu tun, was sie befürchtet hatte. Da ihr klar war, wie sinnlos es gewesen wäre, sich zur Wehr zu setzen, ließ sie sich einfach zurücksinken. Doch sie stellte sich dabei sechs verschiedene Methoden vor, ihn umzubringen, und hoffte, sie würde eine davon durchführen können.

Nachdem der Häuptling grinsend aufgestanden und sich seinen Rock wieder umgebunden hatte, kam der Schamane heran. Er hatte offensichtlich die Absicht, den Anführer abzulösen. Doch der stieß ihn fort. Also war sie der Privatbesitz des Anführers. Anana war selbst für dieses kleine Geschenk dankbar, denn der Schamane war sogar noch dreckiger und abstoßender als sein Häuptling.

Sie kam irgendwie auf die Beine und trat zu Urthona hinüber. Er zeigte einen angewiderten Gesichtsausdruck. Sie sagte: »Nun, Onkel, du hast Glück, daß du keine Frau bist!«

»Ich bin mein Leben lang dafür dankbar gewesen«, antwortete er.

»Du könntest jetzt loslaufen und dich im Kanal ersäufen, ehe sie dich erwischen. Dies wäre der einzige Weg für dich, wieder sauber zu werden.« Dann zischte er: »Man stelle es sich vor! Ein *Leblabbiy* entehrt einen Lord! Ich wundere mich, daß du nicht vor Schmach gestorben bist!«

Er schwieg, dann lächelte er schief. »Aber schließlich hast du dich ja schon mit einem *Leblabbiy* ganz aus freien Stücken eingelassen, nicht wahr? Du hast nicht mehr Stolz als eine Äffin.«

Anana stieß ihm den blanken Fuß an das Kinn. Es vergingen zwei Minuten, ehe er wieder zu Bewußtsein kam.

Anana fühlte sich ein wenig wohler. Sie hätte natürlich lieber dem Stammeshäuptling etwas zertreten (und damit meinte sie nicht die Zähne), doch sie war einen Teil ihrer rasenden Wut losgeworden.

»Wenn es nicht dich und Red Orc gäbe«, sagte sie, »dann wäre ich nicht in diesem Dreck gelandet.«

Sie drehte sich um und ging fort, ohne auf seine Flüche zu achten.

Kurz darauf setzte der Stamm seine Wanderung fort. Das Fleisch der Elchtiere wurde auf die Schlepptragen geworfen, und es bildete sich eine mehr oder weniger geordnete Karawane. Der Häuptling ritt an der Spitze der Prozession. Da ein Angriff von der Linken aus unmöglich war, wurden alle Flankenposten zur Rechten plaziert.

Etwa drei Stunden vor Einbruch der Dämmerung kehrten die Reiter, die über die Prärie geschickt worden waren, galoppierend zurück. Anana hatte keine Ahnung, was sie zu berichten hatten, doch vermutete sie, daß sie einen der Berge bestiegen und sich nach Feinden umgesehen hatten. Offensichtlich hatten sie keine entdecken können.

Aber warum war der Stamm während der Nacht weitergezogen? Anana vermutete, der Grund könnte sein, daß derzeit zahlreiche Stämme in das Meerland zogen. Und dieser Stamm wollte als erster ankommen, aber sie wußten natürlich, daß andere genauso denken würden. Also strebten sie in gewaltsamen Tages- und Nachtmärschen vorwärts, um durch den Paß zu gelangen, ehe sie auf irgendwelche Feinde stießen.

Gegen »Mittag«, als die Himmelserhellung am kräftigsten war, hielt die Karawane. Alle aßen, auch die Gefangenen. Dann legte man sich nieder, zog sich Felle über das Gesicht, um das Licht fernzuhalten, und schlief. Sechs Männer blieben als Wächter wach. Sie hatten mehrere Stunden lang auf den Schlepptragen schlafen dürfen, obwohl sie beim Aufwachen wirkten, als hätten sie kein Auge zugetan.
Inzwischen hatte man den Gefangenen die Hände vorn zusammengebunden, damit sie allein essen konnten. Zur Stunde der Ruhe schlang man ihnen Fußfesseln um die Beine.
Anana hatte man einen Rock gegeben, ihre Blöße zu bedecken.
Sie legte sich in der Nähe ihres Onkels und McKays nieder. »Diese Wilden haben sicher noch nie einen Schwarzen gesehen«, sagte McKay. »Sie gaffen mich an und reiben mir über den Kopf. Vielleicht glauben die, ich werde denen Glück bringen, die mich anfassen. Wenn ich ’ne Möglichkeit finde, dann werde ich denen zeigen, was ich ihnen für Glück bringe!«
Urthona sprach durch die von einem Speerschaft geschwollenen Lippen: »Sie haben vielleicht noch nie einen Neger gesehen, aber es gibt hier auch schwarze Stämme. Ich habe Exemplare von allen irdischen Rassen hier eingeführt.«
»Ich überlege mir, was die mit Ihnen anstellen würden, wenn die wüßten, daß Sie verantwortlich sind, daß sie hier leben müssen . . .«, meinte McKay.
Urthona wurde bleich. Anana lachte und sagte: »Vielleicht werde ich es ihnen sagen – sobald ich ihre Sprache zu sprechen gelernt habe.«
»Aber so etwas würdest du doch nicht tun, nicht wahr?« flehte Urthona. Er starrte sie an und sagte dann: »Doch, du würdest es tun. Nun, bedenke aber eines: Ich bin der einzige, der uns Zugang zu meinem Palast verschaffen kann.«
»Falls wir ihn jemals finden«, sagte Anana. »Und wenn uns diese Wilden nicht vorher aufgefressen haben.«
Sie schloß die Augen und schlief ein. Es kam ihr vor, als sei nur eine

Minute vergangen, als sie durch einen Tritt in die Rippen geweckt wurde. Es war die grauhaarige Frau, die Ananas Höschen trug, die Frau des Anführers, die Anana besonders zu verabscheuen schien. Oder war dies vielleicht gar nichts Besonderes? Alle Frauen schienen sie zu hassen. Vielleicht war dies ja nur die Art, wie sie alle weiblichen Gefangenen behandelten.

Ganz eindeutig würden die Frauen nicht bereit sein, sie die Sprache zu lehren. Also suchte sie sich einen Jungmann aus, einen kleinwüchsigen, muskulösen Burschen, der sie ständig anstarrte. Da er dermaßen von ihr fasziniert zu sein schien, würde sie ihn dazu bringen, ihr die Stammessprache beizubringen. Es dauerte nicht lange, und sie hatte seinen Namen herausgefunden. Er hieß Nurgo. Und Nurgo war ein eifriger Lehrer. Er ritt auf einem Elchtier, während sie zu Fuß ging, aber er erklärte ihr die Bezeichnungen von Sachen und Wesen, auf die sie zeigte. Als sie am Ende des »Tages« zu einer weiteren zweistündigen Rast anhielten, kannte sie bereits fünfzig Wörter, und sie konnte einfache Fragen konstruieren und hatte die Antworten auswendig gelernt.

Weder Urthona noch McKay interessierten sich für Linguistik. Sie wanderten Seite an Seite dahin und brummelten einander mit gedämpften Stimmen zu. Offensichtlich sprachen sie über mögliche Fluchtwege.

Als sie im Dämmerlicht den Marsch fortsetzten, befahl ihr der Häuptling, ihm zu zeigen, welchem Zweck das Horn diene. Sie blies die Sequenz von Tönen, die eine »Schleuse« geöffnet haben würden – sofern es hier eines dieser Schleusentore gegeben hätte. Nach anfänglichen Mißtönen gelang es ihm, das Instrument zu spielen, und er vergnügte sich eine halbe Stunde lang damit. Dann sagte der Schamane etwas zu ihm. Anana begriff nicht, was er sagte. Wahrscheinlich wies der Zauberer darauf hin, daß die Töne die Aufmerksamkeit von Feinden erregen könnten. Mit einem schafsdummen Ausdruck verstaute der Anführer das Horn in seinem Sattelzeug.

Merkwürdigerweise hatte die Frau, die Ananas Jeans trug, bislang noch kein Interesse für die dicke Stelle im Hosenbein entwickelt. Da sie noch nie ein derartiges Kleidungsstück gesehen hatte, nahm sie wohl an, alle Jeans seien in dieser Art einseitig beschwert.

Am Ende der »Nacht« hielt der Trupp erneut an. Wachtposten wurden aufgestellt, alle anderen legten sich schlafen. Die Elchtiere allerdings blieben wach und mampften Blätter von den Ästen, die man auf Travois oder auf dem Rücken der Tiere mitgeführt hatte. Das Futter war beinahe aufgebraucht, und das bedeutete, daß die Männer bald losziehen mußten, um Nachschub zu besorgen. Das heißt, sie mußten einen Hain oder einen Wald der Wanderbäume finden, ein paar töten und die Äste abhacken.

Am »Mittag« des folgenden Tages schienen die zwei Berge, die den Paß zum Meer bildeten, recht eng zusammengerückt zu sein. Doch Anana wußte natürlich, daß hier Entfernungen stark täuschen konnten. Es konnte noch etwa zwei Tage dauern, bevor der Paß erreicht war. Aber anscheinend wußte der Stamm, wie weit er noch entfernt lag. Die Tiere würden nicht bis zum Meer durchhalten, wenn sie vom Hunger geschwächt waren.

Zwanzig Männer und vier der Jungmannen ritten auf die Prärie hinaus. Und wie das Glück es wollte, kam das dringend benötigte Futter auf sie zugewandert. Ein Quadrat von schätzungsweise tausend Bäumen. Die Reiter warteten, bis die Schar bis auf etwa vierhundert Meter an den Kanal herangekommen war. Dann nahmen sie ihre Lassos aus Fasern und ritten los. In der Nähe der Bäume schwärmten sie im Gänsemarsch aus. Und wie Rothäute einen Wagentreck umzingeln, ritten sie johlend ständig im Kreis herum.

Die Pflanzen waren etwa drei Meter hoch und wirkten wie Nadelbäume, wie Weihnachtsbäume mit außerordentlich breiten Stämmen, die sich am unteren Ende verbreiterten. In ungefähr Zweidrittelhöhe lagen rings um die Stämme Augen, aus der Mitte ragten vier sehr lange und dünne grünliche Tentakel hervor. Als die Wilden näherkamen, hielt der ganze Baumtrupp inne, und jene im äußersten Glied wandten sich auf ihren vier borkenbesetzten Beinen nach außen.

Anana hatte bemerkt, daß eine Herde wilder Elchtiere sich nicht um die Bäume geschert hatte. Dafür mußte es Gründe geben. Und als die Männer etwa sieben Meter von den vorgeschobenen Wächtern vorbeiritten, begriff sie, was der Grund war. Ein Schauer schwerer Geschosse ergoß sich aus Löchern in den Stämmen Obwohl sie sich ziemlich weit vom Schauplatz entfernt befand, konnte sie das Zischen der freigesetzten Luft hören.

Aus langer Erfahrung mit diesen Pflanzen wußten die Menschen dieser Welt genau, wie groß die Reichweite dieser Schußpfeile war. Sie hielten sich gerade außerhalb dieser Reichweite, und die Reiter im Windschatten kamen näher als jene, denen der Wind entgegenblies.

Sie zog den Schluß, daß sie genau wußten, wieviel Schuß Munition ein Baum zur Verfügung hatte. Die Männer riefen einander kurze Worte zu – offensichtlich Zahlen –, während sie um die Baumphalanx herumritten. Dann schrie der Häuptling, der auf der Seite gesessen und gelauscht hatte, plötzlich einen Befehl. Dieser wurde von einem der Einkreisenden zum anderen weitergegeben, so daß auch jene, die außerhalb der Reichweite seiner Stimme waren, ihn erhielten. Die ihm nächsten Reiter wendeten ihre Tiere und ritten auf die Vorpostenkette zu. Inzwischen verhielten sich die Pflanzen wie eine wohlausgebildete Armee, und die Bäume, die ihre Geschosse abgeschickt hatten, traten ins zweite Glied zurück, das ihnen Raum machte.

Es war ganz deutlich, daß die nächste Schlachtreihe ihren Platz einnehmen würde. Aber da stürmten die Reiter vor, wirbelten und schleuderten ihre Lassos aus. Ein paar verpaßten ihr Ziel. Die meisten trafen jedoch, und die Schlingen fingen sich an einem Ast oder an einem Tentakel. Die Reittiere wendeten, die Leinen strafften sich, die Schlingen zogen sich fest, und die Pechvögel unter den Wanderbäumen wurden aus dem Stand gerissen. Die Reiter trieben ihre Tiere weiter, bis die Bäume aus dem Schußbereich der Pfeile gezerrt waren. Die Lassos waren am anderen Ende an Pflöcken am Hinterende des Sattels befestigt. Alle außer einem hielten stand. Dieser Pflock brach, und die Pflanze lag nur drei Meter von dem Baumkarree entfernt. Doch das spielte keine Rolle, denn sie würde sowieso nicht wieder auf die Beine kommen können.

Die Tiere hielten an. Die Reiter sprangen aus den Sätteln und gingen auf die gefallenen Pflanzen zu. Vorsichtig hielten sie sich von den wedelnden Tentakeln fern, lösten ihre Lassos und kehrten in den Sattel zurück.

Noch einmal wurde die Prozedur wiederholt. Danach kümmerten sich die Reiter nicht mehr um die aufrechtstehenden Bäume. Sie nahmen ihre Flint- und Schiefermesser und hackten die Tentakel ab. Ihre Tiere, die nun vor den Pfeilen sicher waren (und Anana vermutete, daß sie giftig waren), machten sich über die hilflosen Pflanzen her. Sie packten die Tentakel mit dem Gebiß und rissen sie los. Und dann, während die Elchtiere einen Ast entlaubten, hackten ihre Reiter mit den Flintschneiden oder den Schiefermessern die Zweige ab.

Der ganze Stamm – Männer, Frauen und Kinder – wieselte um die Baumopfer herum und hievte die abgehackten Äste auf die Travois oder schnürte Bündel von ihnen auf den Rücken der Tiere.

Später, als sie noch ein paar Sprachbrocken mehr gelernt hatte, fragte Anana den Burschen Nurgo, ob die Geschosse giftig seien. Er nickte und grinste und sagte: »*Yu, messt gwonaw dendert assessampt.*« Anana war nicht sicher, ob das letzte Wort »tödlich« oder »vergiftet« bedeutete. Aber es bestand kein Zweifel daran, daß man besser nicht von diesen Pfeilen getroffen wurde. Nachdem die Bäume entlaubt worden waren, hoben die Männer sorgfältig alle Pfeile auf. Sie waren etwa zehn Zentimeter lang, hatten einen schlanken Schaft, trugen eine Befiederung pflanzlichen Ursprungs an dem einen und eine nadeldünne Spitze am anderen Ende. Die Spitze war von einer blaugrünen Flüssigkeit bedeckt. Die Pfeile wurden in einen Ledersack gestopft oder an Speeren als Spitzen befestigt.

Nachdem dies erledigt war, machte sich die Karawane erneut auf den Marsch. Anana wandte sich um. Die Hälfte der überlebenden

Pflanzen hatten sich den Kanal entlang aufgebaut, und aus jedem Baumstrunk reckte sich ein dicker grünlicher Schlauch ins Wasser hinab, mit dem sie Flüssigkeit tankten. Die andere Hälfte der Baumarmee stand Wache.

»Es muß dir ein irrsinniges Vergnügen bereitet haben, so etwas zu entwerfen«, sagte Anana zu Urthona.

»Es war lustiger, sie zu entwerfen, als sie in Aktion zu sehen«, antwortete ihr Onkel. »Überhaupt hat es mir eigentlich mehr Spaß gemacht, diese Welt zu entwerfen, als auf ihr zu leben. Nach vier Jahren begann sie mich zu langweilen, und ich verließ sie. Aber ich bin in den letzten zehntausend Jahren immer wieder einmal herübergekommen und habe mich mit ihr erneut vertraut gemacht.«

»Und wann war das letzte Mal?«

»Ach, es ist so ungefähr fünfhundert Jahre her, glaube ich.«

»Dann mußt du eine andere Welt zu deinem Hauptsitz erwählt haben. Eine vielschichtigere Welt, und ich nehme an, eine schönere.«

Urthona lächelte. »Aber sicher doch. Und ich bin auch noch Lord über drei weitere Welten, die ich übernahm, nachdem ich ihre Erstbesitzer beseitigt hatte. Erinnerst du dich an deinen Vetter Bromion, diese Hure Ethinthus und an Antamon? Nun, sie sind jetzt tot, und ich, ich beherrsche ihre Welten!«

»Beherrschst du sie *jetzt* wirklich?« fragte Anana. »Ich habe nicht den Eindruck, daß du derzeit auf irgendeinem Thron sitzt. Außer natürlich, du bezeichnest Gefangenschaft, die unmittelbare Drohung, gefoltert und getötet zu werden, als königliche Attribute.«

Urthona knurrte: »Ich werde mit dir das gleiche machen, was ich mit ihnen getan habe, meine Nichte, du *Leblabbiy*-Liebchen! Und ich werde hierher zurückkehren und dieses elende Gewürm vernichten! Ja, eigentlich könnte ich auch gleich diese ganze Welt auslöschen. Sie einfach durchstreichen!«

Dreizehntes Kapitel

Anana schüttelte den Kopf. »Onkel, ich war früher einmal genauso wie du. Doch etwas in mir beunruhigte mich. Nennen wir es einen Rest von Mitgefühl, von Mitleidensfähigkeit, von Empathie. Tief unter der Decke von Kälte, Grausamkeit und Arroganz glimmte ein Funken. Und dieser Funken breitete sich aus zu einem heißen Feuer, weil ein *Leblabbiy* namens Kickaha ihn zum Leben erweckte. Er ist zwar kein Lord, dafür ist er aber ein *Mensch!* Und das ist mehr, als du je warst und jemals sein wirst. Und diese elenden tierischen Kreaturen, die dich gefangen haben und die, nicht wissen, daß ihr Gefangener der Herrscher ihrer abscheulichen, verrückten Welt ist ... Sie sind menschlicher, als du es dir jemals vorzustellen imstande wärest. Sie sind nämlich eigentlich nur zurückgebliebene Lords ...«

Urthona starrte sie an und fragte: »Was, im Namen des Großen Webers, willst du damit sagen?«

Anana verspürte das Bedürfnis, ihn zu schlagen. Statt dessen sagte sie nur: »Du würdest es ja doch nicht verstehen. Nein, vielleicht sollte ich das nicht sagen. Schließlich habe ja auch ich es begriffen. Doch dies geschah, weil ich für lange Zeit unter den *Leblabbiys* gelebt habe. Zwangsläufig.«

»Und dieser dein *Leblabbiy*, Kickaha, dieser Abkömmling von einem Kunstprodukt, der hat deinen Geist verdorben. Es ist ein Jammer, daß es den ›Rat‹ nicht mehr gibt! Du würdest in zehn Minuten verurteilt und getötet sein!«

Anana ließ ihre Augen von unten nach oben über seinen Körper gleiten. Ihr Gesicht drückte Verachtung aus. »Vergiß nicht, Onkel, daß auch du selber der Abkömmling eines künstlichen Produkts sein könntest. Von Kreaturen, die in einem Laboratorium hergestellt wurden. Vergiß nicht die Mutmaßungen von Shambarimen, der für seine Behauptungen viele Beweise anführen konnte: daß auch wir Lords, die Lords, in Laboratorien erschaffen wurden, von Wesen, die uns so hoch überlegen sind wie wir den *Leblabbiys*. Oder ich sollte wohl besser sagen, die so weit über uns stehen, wie wir *angeblich* über den *Leblabbiys* stehen.

Schließlich haben wir die *Leblabbiys* ja nach unserem Bild geschaffen. Und das heißt, sie sind weder mehr noch weniger als wir selbst. Sie sind wie wir. Doch sie wissen dies nicht, und sie müssen in Welten leben, die wir erbaut haben. Oder zusammengekleistert haben. Wir sind keine Schöpfer, ebensowenig wie Schriftsteller oder Maler Schöpfer sind. Sie schaffen zwar Welten, aber sie sind niemals fähig, mehr zu schaffen als das, was sie wissen. Sie können nur Welten auf der Grundlage des Bekannten schreiben oder malen und dieses Wissen in verschiedenartiger Weise zusammenfügen, so daß es den Anschein hat, als hätten sie etwas Neues erfunden und erschaffen.

Und wir, die sogenannten Lords, taten auch nicht mehr als Dichter, Schriftsteller, Maler und Bildhauer. Wir waren und sind niemals Götter. Auch wenn wir allmählich begannen, uns für Götter zu halten.«

»Erspare mir deine Vorträge!« sagte Urthona. »Mir liegt nichts an deinen Bemühungen, deine Verkommenheit zu entschuldigen.«

Anana zuckte die Achseln und sagte: »Du bist ein hoffnungsloser Fall. Aber in gewisser Weise hast du recht. Worüber wir reden müssen, ist, wie wir hier entkommen können.«

»Genau«, sagte McKay. »Und wie genau fangen wir das an?«

»Was immer wir anfangen«, antwortete Anana, »wir können nicht ohne das Messer, die Axt und das Horn fliehen. Ohne sie sind wir in dieser grausamen Welt vollkommen hilflos. Der Stammeshäuptling hat die Axt und das Horn, also müssen wir versuchen, ihm beides abzunehmen.« Sie dachte nicht daran, ihnen etwas über das Messer in dem Bein ihrer Jeans zu sagen. Sie hatten bemerkt, daß es verschwunden war, doch sie hatte ihnen erzählt, sie hätte es bei ihrer Flucht vor ihnen verloren.

Ein Mann kam und löste ihre Fußfesseln. Sie machten sich mit den anderen wieder auf die Wanderung. Anana nahm ihren Sprachunterricht mit Nurgo wieder auf.
Als der Stamm an den Paß gelangte, hielt man erneut an. Sie brauchte sich nicht zu fragen, warum. Das hinter dem Paß liegende Land war von schwarzen Wolken verhüllt, die von höllischen Blitzen zerfetzt wurden. Es wäre Selbstmord gewesen, sich in diese Hölle vorzuwagen. Doch nachdem ein ganzer »Tag« und eine ganze »Nacht« vergangen waren und der Gewittersturm noch immer weitertobte, fragte sie den Jungen aus.
»Der Lord schickt Donner und Blitze in dieses Land herab. Er wirft Bäume um und erschlägt Tiere und alle Menschen, die töricht genug sind, ihn herauszufordern.
Darum gehen wir erst dann in das Meerland hinunter, wenn sein Grimm sich besänftigt hat. Sonst würden wir dort immer leben. Die Erde verwandelt sich dort sehr langsam und wenig beschwerlich. Die Wasser sind voller Fische, und die Bäume, die nicht wandern, sind voller Vögel, die gut schmecken. Und die Bäume tragen Nüsse, und es gibt Sträucher, die ebenfalls nicht wandern, die sich unter der Last ihrer Beeren biegen. Und Wild gibt es dort reichlich, und es läßt sich leichter jagen als auf der freien Prärie.
Wenn wir immer dort leben könnten, würden wir fett werden, und unsere Kinder würden gedeihen, und der Stamm würde zahlreicher und mächtiger werden. Doch der Lord hat in Seiner großen Weisheit beschlossen, daß wir dort nur immer eine kurze Frist weilen können. Dann sammeln sich die Wolken, und die Blitze schlagen ein, und das Land ist kein Ort für einen Menschen, der weiß, was gut für ihn ist.«
Natürlich verstand Anana nicht alles, was er sagte. Doch sie konnte aus den inzwischen gelernten Ausdrücken die Bedeutung ganz gut entschlüsseln.
Sie ging zu Urthona und fragte ihn, warum er das Land am Meer so eingerichtet habe.
»Erstens, um mich zu amüsieren. Ich schickte immer gern meinen

Palast in dieses Land, schaute den wilden Blitzen zu und genoß die Verwüstungen. Ich saß sicher und bequem in meinem Palast, aber es machte mir Spaß, wenn die Blitze um mich herumzuckten und die Donner krachten. Dann fühlte ich mich so richtig als Gott.
Und zweitens, wenn diese Menschlinge nicht die Furcht hätten, getötet zu werden, würden sie das Land überfluten. Sicher, es wäre ein Spaß gewesen zuzuschauen, wie sie sich gegenseitig umbringen, um ihr Territorium zu wahren. Das heißt, in den Jahreszeiten ohne Gewitter *war* es eine Lust. Aber wenn nichts sie dazu zwänge, die Ansiedlung dort aufzugeben – dann würden sie ja nie in die Wandelterritorien zurückkehren.
Wenn ich mich recht erinnere, gibt es zwölf derartige Gebiete. Die Meere und die anliegenden Landstriche bedecken ungefähr acht Millionen Quadratkilometer. Also gibt es auf einem Gesamtgebiet von dreihundertfünfzig Millionen Quadratkilometern etwa neunzig Millionen Quadratkilometer mit relativ stabiler Topographie. Diese Gebiete trennen sich nie von der Hauptmasse des Planeten ab, und Abspaltungen passieren niemals in der Nähe der Meere.
Die Gewitterzeit habe ich eingerichtet, um Mensch und Tier – außer während ganz bestimmter Perioden – aus den Meerlanden zu verjagen. Sonst hätte es eine Bevölkerungsexplosion gegeben.«
Urthona blieb stehen und wies auf die Ebene. Anana wendete sich um und sah, daß die Prärie inzwischen von unzähligen Herden von Tieren wimmelte: Elefanten, Elchtiere, Antilopen und zahllose Kleintiere. Die Berge waren schwarz von Vögeln, die sich auf ihnen niedergelassen hatten. Und die Himmel waren schwarz von Myriaden fliegender Geschöpfe.
»Sie ziehen aus allen Richtungen heran«, fuhr Urthona fort. »Sie kommen, um das Meer und die Wälder zu genießen – solange es dauert. Wenn dann die Stürme losbrechen, verziehen sie sich wieder.«
Anana wanderte davon. Solange sie sich nicht allzuweit vom Lager entfernte, hinderte sie keiner, sich umzusehen. Dann trat sie zu dem Häuptling, der auf dem Boden hockte und die Erde mit der Axt bearbeitete. Sie kauerte sich vor ihn nieder.

»Wann wird der Sturm aufhören?« fragte sie.
Seine Augen wurden groß. »Du hast unsere Sprache sehr rasch gelernt. Gut so. Also kann ich dich jetzt etwas fragen.«
»Ich habe dich zuerst gefragt«, sagte sie.
Er runzelte die Brauen. »Der Lord hätte seinen Zorn inzwischen besänftigen sollen und in seinen Palast heimkehren müssen. Normalerweise würden die Blitze vor zwei Helligkeiten aufgehört haben. Aber der Lord ist aus irgendeinem Grund diesmal sehr erzürnt und tobt weiter. Ich hoffe, er wird es bald leid und geht nach Hause. Die Tiere und die Vögel drängen sich. Es ist eine gefährliche Lage. Wenn eine Panik ausbricht, könnten wir zu Tode getrampelt werden. Wir würden ins Wasser springen müssen, um uns zu retten, und unsere *grewigg* und die Vorräte würden verloren sein.«
Grewigg war die Mehrzahl von *gregg*, was Elchtier bedeutete.
»Ich habe mich schon gewundert, warum ihr nicht jagt, wo doch so viele Tiere hier herumlaufen«, sagte Anana.
Trenn, so hieß der Stammesführer, zuckte zusammen. »Wir sind doch nicht verrückt. Also, welches ist dein Stamm? Und ist er hier in der Nähe?«
Anana überlegte sich, ob er wohl die Wahrheit vertragen konnte. Schließlich war es ja möglich, daß sein Stamm eine traditionelle mythische Überlieferung hatte, die besagte, daß sie von einer anderen Welt gekommen seien.
»Wir sind nicht Gebürtige dieses ... Ortes.« Sie strich mit der Hand durch die Luft, um das Universum zu beschreiben, und die aufgestörten Fliegen surrten verärgert um sie herum. Aber sie ließen sich bald wieder auf ihrem Körper, auf den Armen und dem Gesicht nieder. Sie streifte sie fort, wenigstens aus dem Gesicht, während es dem Häuptling nichts auszumachen schien, daß die Insekten überall auf ihm herumkrochen, sogar in seine leere Augenhöhle. Wahrscheinlich bemerkte er sie gar nicht.
»Wir kamen durch ein ...« Sie hielt inne. Sie kannte das Wort für »Schleuse« oder »Tor« nicht. Vielleicht gab es gar keines dafür. »Wir

kamen durch einen Paß zwischen zwei ... Ich weiß es nicht zu sagen. Wir kommen von jenseits des Himmels. Von einem anderen Ort, an dem der Himmel ... die Farbe jenes Vogels dort hat.« Sie deutete auf einen kleinen blauen Vogel, der sich am Kanal niedergelassen hatte.

Die Augen des Häuptlings wurden noch größer. »Ah! Du kommst von dem Ort, an dem unsere Ahnen lebten. Jenem Ort, von dem der Lord unsere Vorväter vor unzählbaren Helligkeiten vertrieben hat, weil sie sündigten. Berichte mir – warum hat dich der Lord ebenfalls vertrieben? Womit hast du gesündigt, und wie hast du seinen Zorn erwirkt?«

Während sie über eine Antwort nachdachte, grölte der Häuptling, der Schamane solle kommen, und Shakann, der kleine Graubart, kam angerannt. In der Hand hielt er einen Stecken, an dessen Ende ein Flaschenkürbis befestigt war, an dem Federn klebten. Trenn redete mit ihm zu rasch, als daß Anana mehr als einige Wörter hätte verstehen können. Shakann hockte sich neben dem Häuptling auf den Boden.

Anana überlegte sich, ob sie erzählen sollte, daß sie zufällig auf diese Welt verschlagen worden waren. Doch sie kannte das Wort für »Zufall« in dem Stammesdialekt nicht. Ja, sie bezweifelte, daß es dafür überhaupt ein Wort gab. Nach allem, was sie von Nurgo gelernt hatte, glaubten diese Leute, daß nichts zufällig geschehe. Alle Ereignisse waren vom Lord verursacht worden – oder durch Hexerei.

Dann kam ihr eine Inspiration. Jedenfalls hoffte sie, daß es funktionieren würde. Lügen würden sie in noch schlimmere Schwierigkeiten stürzen. Da sie keine Ahnung von der Theologie dieses Stammes hatte, würde sie möglicherweise gegen einen der Glaubensartikel verstoßen, irgendein Tabu verletzen, eine Äußerung tun, die gegen ein Tabu verstieß.

»Der Lord war über uns erzürnt. Und er sandte uns hierher, auf daß wir vielleicht irgendeinen Stamm, der es verdiente, etwa den eurigen, von hier fortführen sollen. Zurück an den Ort, an dem eure Ahnen lebten, ehe sie vertrieben wurden.«

Es folgte ein langes Schweigen. Der Häuptling schaute drein, als würden ihm lustvolle Gedanken durch den Kopf gehen. Der Schamane runzelte die Stirn.
Schließlich sagte der Stammesführer: »Und wie sollen wir dies erreichen? Wenn der Lord wünscht, daß wir nach *sembart* heimkehren ...«
»Was ist *sembart?*«
Der Häuptling versuchte es ihr zu erklären. Anana gewann den Eindruck, daß *sembart* etwa als »Paradies« oder »Garten Eden« übersetzt werden könnte. Auf jeden Fall mußte es ein Ort sein, der dieser Welt hier bei weitem vorzuziehen war.
Also, die Erde war zwar kein Paradies, aber wenn man sie wählen lassen würde, so würde sie keine Sekunde lang zögern.
»Wenn der Herr uns nach *sembart* zurückführen will, warum ist er dann nicht gekommen und bringt uns dorthin?«
»Weil er wollte, daß ich euch prüfen soll«, antwortete Anana. »Wenn ihr würdig seid, dann soll ich euch aus dieser Welt hier führen.«
Trenn plapperte hastig auf Shakann ein. Anana begriff nur die Hälfte. Der Kern der Tirade jedenfalls war, daß der Stamm einen schweren Mißgriff getan hatte, als er die Gefangenen nicht als Ehrenwerte Gäste behandelt hatte. Alle sollten sich besser auf die Beine machen und diese Sünde wiedergutzumachen versuchen.
Shakann aber warnte ihn, nichts zu überstürzen. Er selbst wollte erst ein paar Fragen stellen.
»Wenn du wirklich ein Gesandter des Lords bist, warum bist du dann nicht in seinem *shelbett* erschienen?«
Ein *shelbett,* so stellte sich heraus, war etwas, das flog. Die Legenden berichteten, daß in den alten Zeiten der Lord in so etwas herumgereist sei. Anana dachte krampfhaft schnell nach. Dann antwortete sie. »Ich gehorche nur dem Lord, unserem Herrn. Ich wage nicht, ihn zu fragen, warum er das eine tut und das andere läßt. Ohne Zweifel hat er seine Gründe, uns kein *shelbett* zu geben. Ein Grund kann gewesen sein, daß ihr gewußt haben würdet, daß wir vom

Lord kommen, wenn ihr uns in einem *shelbett* gesehen hättet. Und dann hättet ihr uns gut behandelt. Doch der Lord will wissen, wer gut ist und wer böse.«

»Aber es ist doch nicht böse, Gefangene zu machen und sie zu töten oder sie in den Stamm aufzunehmen. Wie hätten wir also wissen können, daß wir Übles tun? Alle Stämme hätten euch genauso behandelt.«

»Es kommt nicht darauf an, wie ihr uns behandelt habt, als ihr uns fandet, sondern wie ihr uns behandelt, nachdem ihr erfahren habt, daß wir vom Lord geschickt wurden«, sagte Anana. »Das wird in den Augen des Lords entscheiden, ob ihr gut seid oder böse.«

»Aber jeder Stamm, der euren Bericht glaubt«, sagte Shakann, »würde euch ja respektvoll behandeln und euch hätscheln wie einen Säugling. Wie wollt ihr denn wissen, ob ein Volk das tut, weil es gut ist – oder weil es ratsam ist, so zu tun, als sei man gut, weil man Angst vor euch hat?«

Anana seufzte. Der Zauberer war ein unwissender Wilder. Aber er war intelligent.

»Der Lord hat mich mit einigen Gaben ausgestattet. Eine davon ist es, daß ich in das ...«

Sie brach ab; was würde denn das Wort »Herz« bedeuten?

»Daß ich in das Innere der Menschen schauen kann und erkenne, ob sie gut sind oder böse. Daß ich sagen kann, wenn ein Mensch lügt.«

»Nun gut«, sagte Shakann. »Wenn du wirklich zu sagen vermagst, wenn ein Mensch lügt, dann sage mir dies. Ich beabsichtige, dieses scharfe harte Ding zu nehmen, das der Häuptling von dir genommen hat, und dir damit den Kopf aufzuschlagen. Ich werde dies sehr rasch tun. Lüge ich – oder sage ich die Wahrheit?«

Der Häuptling machte Einwände, aber Shakann sagte: »Warte! Dies ist eine Sache, die ich, dein Priester, entscheiden muß. Du bestimmst über unser Volk in vielen Dingen, aber alles, was mit dem Lord zu tun hat, ist meine Sache.«

Anana versuchte kühl zu bleiben, aber sie spürte, wie der Schweiß ihr vom Körper troff.

Wenn sie den Gesichtsausdruck des Häuptlings richtig interpretierte, dann würde der dem Schamanen die Kampfaxt wahrscheinlich nicht geben. Und außerdem müßte der Zauberer zwangsläufig sehr unsicher sein. Er konnte wohl ein Heuchler und ein Scharlatan sein, doch sie glaubte dies eigentlich nicht. Diese primitiven, frühkulturlichen Medizinmänner, Hexer, Zauberer, Heiler – oder wie immer sie sich nennen mochten – glaubten wirklich an die Kraft ihrer Magie. Die Heuchelei und der Betrug stellten sich erst mit der Zivilisation ein. Also hatte der dort nur einen Zweifel: War Anana wirklich eine Gesandte des Herrn über diesen miserablen Kosmos? Denn wenn sie log und wenn er zuließ, daß sie damit Erfolg hatte, dann könnte der Lord ja ihn, den Stammespriester, bestrafen. Der Schamane steckte in einer ebenso verzweifelten Lage wie sie selber. Jedenfalls glaubte er dies.

Also ging es darum: Log der Mann, oder wollte er sie wirklich prüfen, indem er versuchen würde, sie zu töten? Denn er mußte ja wissen, daß für den Fall, daß sie wirklich war, was zu sein sie vorgab, er von einem Blitzstrahl vom Himmel vernichtet werden könnte.

»Du weißt doch selbst nicht, ob du die Wahrheit redest oder Lüge sprichst«, sagte Anana. »Du hast dich ja noch gar nicht entschieden, was du tun willst.«

Der Schamane lächelte. Sie entspannte sich ein wenig.

»Das ist wahr. Doch es bedeutet nicht, daß du sehen kannst, was ich denke. Ein sehr schlauer Mensch könnte erraten, daß ich solche Gefühle hege. Ich werde dir noch weitere Fragen stellen.

Also: Eines, das mich fast glauben läßt, daß du vielleicht vom Lord geschickt wurdest, ist dieses Ding, das die Menschen und *grewigg* getötet hat. Der Lord hätte mit ihm den ganzen Stamm töten können. Warum aber hat der Mann es fortgeworfen, nachdem er nur einige wenige tötete?«

»Weil der Lord es ihm so befohlen hat. Es war ihm nur erlaubt, die tödliche Gabe des Lords zu verwenden, um euch zu beweisen, daß er nicht von dieser Welt stammt. Doch der Lord wünschte nicht,

daß er ein ganzes Volk abschlachten sollte. Denn wie sollten wir euch denn sonst von hier nach *sembart* führen?«
»Dies ist wohlgesprochen. Du bist vielleicht wirklich, was du zu sein behauptest. Oder aber du bist eine sehr doppelzüngige Frau. Sage mir, wie willst du uns nach *sembart* führen?«
»Ich habe nicht gesagt, daß ich euch dorthin führen will«, sagte Anana. »Ich sagte, daß ich es vielleicht tun würde. Was geschehen wird, das hängt von euch und dem Rest eures Volkes ab. Erst müßt ihr unsere Fesseln zerschneiden, und dann müßt ihr uns als Gesandte des Lords behandeln. Soviel immerhin werde ich euch sagen: Ich werde euch zu dem Wohnsitz des Lords führen. Wenn wir seinen Palast erreicht haben, werden wir eintreten und dann durch einen Paß nach *sembart* gelangen.«
Der Schamane hob seine dichten fusseligen Augenbrauen. »Du weißt, wo die Wohnung des Lords ist?«
Sie nickte. »Sie ist weit entfernt. Und auf der Wanderung werdet ihr geprüft werden.«
»Wir haben den Wohnsitz des Lords vor unzählbaren Helligkeiten gesehen«, sagte der Häuptling. »Wir waren voller Schrecken, als wir sahen, wie sich sein Haus über die Ebene bewegte. Es war riesengroß und hatte viele ... hm ... Dinge wie große Stangen ..., die von ihm ausgingen. Es glitzerte von vielen Lichtern wie von zahlreichen Steinen. Eine Weile schauten wir es an, dann flohen wir, weil wir befürchteten, der Lord könnte uns zürnen und uns strafen.«
»Wozu ist das Ding gedacht, das Töne von sich gibt?« sagte Shakann.
»Es wird uns in die Wohnung des Lords geleiten. Übrigens, wir nennen seine Wohnung einen ›Palast‹.«
»Einen *bahdahss?*«
»Ja, so ungefähr. Aber das ... Horn ... gehört mir! Ihr habt kein Recht, es zu besitzen. Und der Lord wird es nicht gern sehen, daß ihr es mir fortgenommen habt.«
»Hier! Nimm es!« sagte der Häuptling und drängte ihr das Horn auf.
»Du hast mir Unrecht getan, als du mich vergewaltigt hast. Ich weiß nicht, ob der Lord dir dies verzeihen wird.«

Der Stammesführer reckte verblüfft die Hände von sich. »Aber ich habe nichts Böses getan! Es ist der Brauch, daß der Anführer alle weiblichen Gefangenen besteigt. Alle Häuptlinge tun das.«
Anana hatte eigentlich vorgehabt, eines Tages an dem Mann Rache zu nehmen. Aber wenn dies wirklich vorgeschriebener Brauch war ... dann hatte dem Mann ja das Bewußtsein gefehlt, daß er etwas Böses tat. Und wenn sie ein wenig vernünftiger darüber nachgedacht hätte, dann wäre sie wohl selbst auf diesen Gedanken gekommen.
Außerdem hatte sie zum Glück keinen seelischen Schock erlitten, und es gab hier keine Geschlechtskrankheiten. Und schwängern hätte er sie ja auch nicht können.
»Nun gut«, sagte sie. »Ich werde es dir nicht zur Last legen.«
In dem Gesicht des Häuptlings stand zu lesen: »Warum solltest du das?« Doch er sagte nichts dazu.
Der Schamane meldete sich zu Wort. »Was ist mit den beiden Männern? Sind sie deine Gatten? Ich frage dies, weil in manchen Stämmen, wo die Weiber knapp sind, die Weiber zwei Männer haben dürfen.«
»Nein. Sie stehen unter meinem Befehl.«
Sie konnte ebensogut gleich die Gelegenheit benutzen, die Oberhand zu gewinnen, solange die Zeichen gut standen. Urthona würde zwar toben, aber er würde nicht versuchen, die Führerschaft an sich zu reißen. Er würde sie nicht Lügen strafen wollen, da ihre Geschichte ihm ja das Leben retten würde.
Sie hielt die gefesselten Hände vor, und der Häuptling nahm ein Flintmesser und zerschnitt die Schnüre. Sie stand auf und befahl, daß man die Mutter des Häuptlings herbringe. Thikka kam hoheitsvoll herangewatschelt, doch dann wurde sie bleich unter ihrem dreckverschmierten Gesicht, als ihr Sohn ihr die Lage auseinandersetzte.
»Ich werde dir nichts antun«, sagte Anana. »Ich will nur meine Jeans und meine Stiefel wiederhaben.«
Thikka hatte keine Ahnung, was *Jeans* und *Stiefel* bedeuteten, also griff Anana auf die Zeichensprache zurück. Als die Frau sie ausgezogen hatte, befahl Anana ihr, die Jeans zum Kanal zu tragen

und sie zu waschen. Doch dann sagte sie: »Nein! Ich mache das selbst. Du weißt wahrscheinlich nicht, wie man das macht.«
Sie fürchtete, das Weib könnte beim Waschen das Messer entdecken. Der Stammeshäuptling rief den ganzen Stamm zusammen und erklärte, wer die Gefangenen – die Exgefangenen – in Wirklichkeit waren. Es gab eine Menge von erstaunten und furchtvollen Ausrufen – was immer die Wilden in solchen Fällen zu äußern pflegten –, und dann kamen die Frauen, die Anana mißhandelt hatten, fielen vor ihr auf die Knie und erflehten ihre Vergebung. Anana verzieh ihnen großmütig und segnete sie.
Danach wurden die Fesseln von Urthona und McKay gelöst. Anana berichtete, wie sie sich die Freiheit erschwindelt hatte. Dennoch erwies es sich, daß sie nicht ganz so frei waren, wie sie es sich gewünscht hätten. Der Häuptling gab zwar jedem von ihnen ein Elchtier zum Reiten, aber er beorderte auch Männer als ihre Leibwächter ab. Anana argwöhnte, daß der Schamane dafür verantwortlich war.
»Wir können bei der nächstbesten Gelegenheit versuchen zu entkommen«, sagte Anana zu ihrem Onkel. »Aber wir sind in größerer Sicherheit, wenn wir uns bei ihnen halten, während wir nach deinem Palast suchen. Sobald wir ihn gefunden haben – falls wir ihn jemals finden – können wir sie immer noch austricksen. Ich hoffe allerdings, daß die Suche sich nicht allzu lange ausdehnt. Sie könnten auf den Gedanken kommen, sich zu fragen, warum die Boten des Lords so lange brauchen, seine Wohnung zu finden.«
Sie lächelte. »Ach, übrigens: Ihr seid meine Untergebenen, also benehmt euch gefälligst entsprechend. Ich habe den Eindruck, der Schamane ist von meiner Geschichte nicht so restlos überzeugt.«
Urthonas Gesicht verriet stumme Wut. McKay sagte: »Also für mich sieht das wie 'ne saubere Sache aus, Miß Anana. Keine Prügel mehr, wir können reiten, anstatt latschen zu müssen. Wir kriegen genug zu essen. Und drei Frauen ... also, die haben bereits gesagt, sie möchten Kinder von mir haben. Eines muß man zu ihren Gunsten sagen: Die haben keine Rassenvorurteile. Das ist aber auch das einzige, was in meinen Augen für sie spricht.«

Vierzehntes Kapitel

Es vergingen ein weiterer Tag und eine weitere Nacht. Es sah nicht so aus, als würden die Donner und Blitze aufhören. Anana, die sich diese Hölle vom Paß aus anschaute, vermochte sich nicht vorzustellen, wie irgend jemand, wie Tiere oder Pflanzen lebendig aus diesem tobenden Wirbel hervorgehen konnten. Der Häuptling hatte ihr erklärt, daß nur etwa ein Sechzehntel der Bäume umgeworfen wurden und daß die neuen Bäume sehr rasch nachwuchsen. Und viele Kleintiere, die sich jetzt in Spalten und Höhlen versteckt hatten, würden herauskriechen, sobald die Stürme vorbeigezogen waren.

Inzwischen war die Prärie voller Leben, die Berge hatten dunkle Streifen von eben herangekommenen Wandertieren. Die Räuber, die Paviane, Wildhunde, Moas und Großkatzen, konnten nach Gelüst töten. Die Ebene füllte sich so sehr, daß es nirgendwo Raum gab, um den Jägern zu entkommen. Eine panikartige Stampede war unvermeidbar. Hin und wieder rasten die zu Tode erschreckten Antilopen und Elefanten auf die Raubtiere zu und trampelten sie nieder.

Das Tal war von einem babylonischen Geschrei von Tierlauten und Vogelgekreisch erfüllt, von Trompeten und Röhren, von Quäken und Kreischen, von Muhen und Brüllen.

An dieser Stelle lagen die Ufer des Kanals etwa drei Meter über dem Boden. Das Terrain stieg von dort aus zu dem Paß zum Meerland an, wo die Ufer ihre größte Höhe erreichten, etwa fünfunddreißig Meter. Der Stammeshäuptling erteilte den Befehl, im Fall einer Panik unter den Wildtieren, die sich in die Richtung seiner Leute ausbreiten würde, sollten die Elchtiere zurückgelassen werden und alle über den Kanal schwimmen. Die Frauen und Kinder sprangen ins Wasser, planschten an das andere Ufer und krabbelten die Böschung hinauf. Die Männer blieben zurück und versuchten die verschreckten *grewigg* unter Kontrolle zu halten. Die Tiere blökten, rollten die Augen, bleckten die langen Zähne und tänzelten herum. Ihre Reiter hatten alle Hände voll zu tun, sie zu beruhigen, doch war es offensichtlich, daß die Tiere auf der Prärie in Panik zu fliehen versuchen würden, wenn sich die Stürme nicht bald legten – und mit ihnen natürlich auch die Reittiere. Im Grunde waren die Reiter kaum weniger nervös als die Tiere. Zwar wußten sie, daß die Blitzschläge nicht über den Paß herüberkommen und sie treffen würden, aber die »Tatsache«, daß der Lord diesmal seinem Zorn so lange freien Lauf ließ, wirkte auf sie beunruhigend.

Anana war mit den Kindern und Frauen über den Kanal geschwommen. Sie hatte ihr *gregg* nur ungern am anderen Ufer zurückgelassen. Aber es war hier sicherer, falls eine Panik ausbrechen sollte. An diesem Ufer gab es nur jene Tiergattungen, die fähig waren, die steile Böschung zu erklimmen: Paviane, Ziegen, Gazellen, Füchse. Aber es gab Millionen Vögel auf diesem Ufer, und es kamen immer noch mehr herüber. Das Kreischen und Krächzen erlaubte es kaum, jemanden zu hören, der über einen Meter entfernt war, selbst wenn er brüllte.

Urthona und McKay saßen auf ihren Reittieren, da es als selbstverständlich galt, daß jeder Mann damit umzugehen verstand. Urthona wirkte beunruhigt. Nicht wegen der drohenden Gefahr, sondern weil Anana das Horn hatte. Er rechnete damit, daß sie einfach damit fliehen würde. Auf ihrer Seite des Kanals würde kein Mensch sie aufhalten können. Und natürlich würde es ganz unmöglich sein, daß jemand auf der anderen Seite den Kanal entlangrannte, in der Hoffnung, ihren Fluchtweg abzuschneiden. Wer immer sie verfolgte, würde niemals durch die Tiermassen hindurchgelangen können, die sich vom Kanal bis an den Fuß der Berge drängten.

Irgend etwas mußte und konnte in der nächsten Sekunde passieren. Die kleinste Kleinigkeit konnte einen Tornado von Hunderttausenden von Hufen entfesseln. Anana überlegte sich, daß sie etwas für den Stamm tun müsse. Nicht, daß sie sich viele Gedanken wegen der Männer gemacht hätte. Und noch vor zwei Jahren wäre ihr auch das Schicksal der Kinder und Frauen gleichgültig gewesen. Doch nun würde sie sich – auf eine seltsame, sehr undeutliche Art – für sie verantwortlich fühlen. Und außerdem hatte sie nicht die Absicht, sich mit ihnen zu belasten.

Sie schwamm also über den Kanal zurück. Das Horn steckte in ihrem Gurt. Sie kletterte die Uferböschung hinauf. Sie schrie dem Häuptling ins Ohr, was zu geschehen habe. Sie bat ihn nicht, sondern sie befahl und verlangte es, als wäre sie wirklich die Gesandte des Lords. Und falls Trenn verärgert war, daß sie den Befehl übernahm, war er doch taktvoll genug, es sich nicht anmerken zu lassen. Er brüllte weitere Befehle, und die Männer stiegen von ihren *grewigg* ab. Und während ein Teil davon die Tiere hielt, rutschten die anderen den Hang hinab und schwammen ans andere Ufer. Anana schwamm mit ihnen und erklärte dann den Frauen, was sie tun sollten.

Sie half, die Kante der Böschung mit ihrem Messer abzutragen. Der Häuptling war anscheinend zu grandios, als daß er sich zu körperlicher Arbeit herablassen konnte, selbst wenn es sich um einen Notfall handelte. Aber er reichte seiner Frau seine Steinaxt und befahl ihr, sich ans Werk zu machen.

Die anderen benutzten ihre Flintwerkzeuge und die Schieferwerkzeuge oder einfache Grabstöcke. Dies war nicht leicht, denn die Grassoden waren zäh, und die Wurzeln reichten bis tief unter die Erdoberfläche. Aber schließlich gaben der Rasen und das Wurzelwerk nach. Eine halbe Stunde später hatten sie einen Graben in die Böschung gegraben, etwa fünfundvierzig Grad zur Waagerechten.

Dann schwammen Anana und die Männer wieder zurück, und man trieb die Elchtiere das andere Ufer hinab und ins Wasser. Die Männer schwammen neben den Tieren her und zwangen die Tiere, auf die geschlagene Schneise zuzuschwimmen. Die *grewigg* waren intelligent genug zu begreifen, wozu dieser Graben angelegt war. Sie strebten darauf zu und kletterten ihn hinauf. Manchmal rutschten sie auch ab. Die Frauen auf der Uferkrone packten die Zügel und halfen den einzelnen Tieren herauf, während die Männer von hinten nachschoben.

Glücklicherweise war die Strömung im Kanal nur gering und die *grewigg* wurden nicht von der Schneise abgetrieben.

Noch bevor alle – auch alle Elchtiere – wieder zu Atem gekommen waren, brach die Panik los. Man hätte nicht sagen können, was sie ausgelöst hatte. Jedenfalls mischte sich plötzlich das Donnern unzähliger Hufe unter die bisher vernehmbaren Laute, übertönte sie mit Macht. Es war keine geschlossene Bewegung, die sich in einer bestimmten Richtung erstreckte. Etwa die Hälfte der Tiere strebte auf den Paß zu, die anderen rasten zu den Bergen hin, die außerhalb der Kette lagen, die das Meerland umringten. Diese Berge hatten wieder die Kegelform angenommen, die sie vor zwei Tagen gehabt hatten.

Als erste trommelte eine Herde von mindestens hundert Elefanten durch den Paß. Sie stoben, Schulter an Schulter, trompetend vorbei, und die weiter hinten laufenden Tiere stießen die vor ihnen mit den Leibern voran. Einige, die dem Kanalufer am nächsten kamen, wurden ins Wasser gedrängt und begannen auf den Paß zuzuschwimmen.

Nach den Dickhäutern kam eine wogende Masse von Antilopen mit rötlichbraunen Leibern, schwarzen Beinen, roten Hälsen und Köpfen und langen schwarzen Hörnern. Die größten waren etwa von der Gestalt eines Rennpferdes, und sie waren weitaus zahlreicher als die Elefanten – es mußten mindestens tausend sein. Die Vorfront kam durch, dann glitt eines der Tiere aus, und die hinter ihm stolperten über es, und in einer Minute lagen dort mindestens hundert Tierleiber auf einem Haufen. Viele wurden auch einfach in den Kanal gestoßen.

Anana hatte erwartet, daß die Nachhut abdrehen und am Fuß des rechtsgelegenen Berges dahinstürmen würde. Aber die Tiere kamen immer weiter heran, stürzten und wurden von den anderen dahinter zertrampelt. Der Paß auf dieser Seite des Kanals war bereits verstopft, doch die von Panik erfaßten Tiere sprangen auf die gestürzten Leiber und versuchten über ihre Herdengenossen hinwegzuspringen, die verzweifelt blökten, kämpften, um auf die Beine zu gelangen, das Gehörn schüttelten und mit den Läufen ausschlugen. Doch auch sie stürzten, und die hinter ihnen trampelten über sie und fielen ebenfalls zu Boden. Und über ihre Leiber kamen die anderen hinter ihnen.

Das Wasser wirbelte von wahnsinnig gewordenen Antilopen, die herumschwammen, bis andere Körper auf sie prallten. Und dann mehr und mehr.

Anana kreischte dem Stammeshäuptling etwas zu. Er konnte sie jedoch nicht verstehen, weil der Lärm so entsetzlich war, so laut, daß er das Grollen des Donners und die krachenden Blitzeinschläge auf der anderen Seite des Passes übertönte. Sie rannte zu ihm und kam ganz dicht an sein Ohr.

»Der Kanal wird in wenigen Augenblicken voller Kadaver sein! Und dann springen die Tiere über sie hinweg und kommen hierher! Und wir werden überrollt!«

Trenn nickte, dann wandte er sich um und begann die Arme zu schwenken und zu schreien. Sein Volk konnte zwar nicht hören, was er brüllte, aber es verstand seine Gesten. Die Elchtiere wurden bestiegen, die Travois in aller Eile am Geschirr befestigt, die Felle und sonstigen Güter auf die Schleifbahren getürmt. Dies war nicht leicht, da die *grewigg* mittlerweile kaum mehr unter Kontrolle zu halten waren. Sie bockten und schlugen gegen die Leute aus, die sie zu halten versuchten, und einige bissen ihre Wärter in die Hände und ins Gesicht, wenn sie ihnen zu nahe kamen.

Inzwischen ergoß sich die Flut der Tiere in den Kanal, so weit man sehen konnte. Tausende von Tieren – und nun nicht nur Antilopen, sondern Elefanten, Paviane, Wildhunde, Raubkatzen – wurden, trotz verzweifelter Gegenwehr, ins Wasser gedrängt. Anana sah einen mächtigen Elefantenbullen kopfüber die Böschung hinab-

stürzen. Auf seinem Nacken klammerte sich ein Löwe fest, dessen Krallen die Haut zerfetzten.
Und in das Kreischen und Dröhnen mischte sich nun das Schnattern von Millionen Vogelschwingen, als die Vögel sich in die Lüfte erhoben. Einige davon waren die größten Flugwesen, die Anana jemals gesehen hatte – darunter ein kondorähnliches Wesen, dessen Flügelspannweite sie auf über vier Meter schätzte.
Viele der Vögel strebten den Bergen zu. Aber etwa die Hälfte der Flugwesen waren Aasverwerter und ließen sich auf den Bergen von Tierleibern im Wasser oder in der Schlucht nieder. Sie begannen die Körper zu zerreißen oder verteidigten ihre Beute gegen andere Aasfresser und vertrieben sie.
Anana hatte in ihrem Leben so etwas noch nicht sehen müssen, und sie hoffte, es auch niemals wieder erleben zu müssen. Und es war ja durchaus möglich, daß dieser Wunsch in Erfüllung ging. Dieser Wirbelsturm der plötzlich aufsteigenden Vögel war für das Nervensystem der Elchtiere zuviel gewesen. Sie brachen aus. Einige rasten auf die Vogelhorden zu, andere in die Berge, viele auf den Paß zu. Die Männer und Frauen klammerten sich an das Zaumzeug, wurden hochgerissen, niedergeworfen, die nackten Füße schleiften über die Erde, bis sie schließlich die Zügel loslassen mußten. Diejenigen, die sich noch im Sattel halten konnten, griffen mit aller Kraft in die Zügel, doch dies nützte nichts. Die Felle und sonstigen Wertgegenstände rollten von den Travois, die hinter den wild gewordenen Tieren herschleuderten.
Anana sah, wie Urthona, mit blutrotem Gesicht, schreiend, die Zügel seines Tieres an sich zog und dann in Richtung auf den Paß davongetragen wurde. McKay hatte sein Elchtier losgelassen, als es auszubrechen begann. Er stand da und starrte Anana an. Wahrscheinlich wartete er auf ihre Reaktion. Sie entschloß sich, in die Berge zu laufen. Sie drehte sich nur einmal um und sah, daß der Schwarze ihr folgte. Entweder hatte er von ihrem Onkel den Befehl, sie nicht aus den Augen zu lassen, oder er besaß soviel Vertrauen zu ihr, daß er ihrem Beispiel folgte, weil sie wissen würde, wie man Gefahren mied.

Aber vielleicht wollte er ihr ja auch nur das Horn abnehmen. Und dies konnte er nur tun, wenn er sie umbrachte. Er war größer und kräftiger als sie. Doch sie hatte ja ihr Messer. Und er mußte wissen, wie geschickt sie mit einem Wurfmesser umgehen konnte, ganz zu schweigen von ihren sonstigen Kampftechniken.
Und außerdem – wenn er versuchen sollte, sie unter den Augen des Stammesvolkes zu töten, dann würde er ja ihre Lüge entlarven, daß sie Abgesandte des Lords seien. Und so dumm war der Mann sicherlich nicht.
Der nächstgelegene Berg auf diesem Kanalufer lag nur etwa anderthalb Kilometer entfernt. Es handelte sich um eine der selteneren Formationen, um einen Monolithen mit vier Flanken, der etwa fünfzehnhundert Meter hoch war. Der Boden an seinem Fuß war um etwa hundert Meter abgesunken und bildete einen etwa zweihundert Meter breiten Graben. Anana hielt an dessen Rand inne und drehte sich um. McKay hatte sie in etwa fünf Minuten eingeholt, aber er brauchte eine ganze Weile länger, bis er wieder normal atmen konnte.
»Schöne Scheiße, was?«
Sie mußte ihm zwar recht geben, aber sie sprach es nicht aus. Es war nicht ihre Art, sich mit offensichtlichen Dingen aufzuhalten.
»Warum halten Sie sich an mich?«
»Weil Sie das Horn haben und weil das die einzige Art ist, wie man von diesem verdammten Ort wegkommen kann. Und außerdem, wenn hier irgendwer überlebt, dann sind Sie es. Ich bleibe bei Ihnen, dann habe ich vielleicht auch 'ne Chance zu überleben.«
»Heißt das, daß Sie sich Urthona nicht länger verpflichtet fühlen?«
McKay lächelte. »Er hat mir in letzter Zeit nichts bezahlt. Und schlimmer, er wird mir nie mehr was bezahlen. Versprochen hat er mir eine ganze Menge, aber ich weiß ganz genau, daß er mich beseitigen wird, sobald er in Sicherheit ist.«
Anana schwieg eine Weile. McKay war ein bezahlter Killer. Man konnte ihm nicht trauen. Aber man konnte ihn verwenden.
»Ich werde mein Bestes tun, Sie auf die Erde zurückzuschaffen«,

sagte sie schließlich. »Aber ich kann es nicht versprechen. Vielleicht werden Sie mit irgendeiner anderen Welt zufrieden sein müssen. Vielleicht der Kickahas.«
»Jede Welt ist mir lieber als diese hier!«
»Sie würden das nicht sagen, wenn Sie ein paar andere gesehen hätten. Ich gebe Ihnen mein Wort, ich werde mein Bestes tun. Aber für die nächste Zeit tun Sie wohl besser so, als stünden Sie im Dienst meines Onkels.«
»Und sage Ihnen dann, was er vorhat? Besonders, wenn er üble Tricks plant?«
»Natürlich.«
Wahrscheinlich war der Mann ehrlich, doch es konnte auch sein, daß Urthona ihm genau dies befohlen hatte.
Mittlerweile waren auch ein paar von den Wilden am Fuß des Berges angelangt. Der Rest bestand überwiegend aus Berittenen, denen es bisher nicht gelungen war, ihre Tiere wieder unter Kontrolle zu bringen. Ein paar waren verletzt, einige tot.
Die Stampede war zu Ende. Was von den Tieren noch auf Huf oder Pfote laufen konnte, hatte sich zerstreut. Auf der Ebene gab es nun mehr Raum für sie. Die Vögel hockten auf den Kadaverbergen wie Fliegen auf den Exkrementen eines Hundes.
Anana begann zum Kanal hinabzugehen. Der Stamm folgte ihr. Manche schnatterten über das unerwartete Geschenk, soviel Fleisch zu finden. Es lag genug herum, daß sie sich zwei Tage lang bis zum Platzen vollstopfen konnten, ehe die Tiere zu verwesen begannen. Vielleicht sogar drei Tage lang. Anana hatte keine Ahnung, wie delikat die Gaumen der Leute waren. Aber nach allem, was sie erlebt hatte, wohl nicht übermäßig.
Als sie die Hälfte der Strecke bis zum Kanal zurückgelegt hatten, blieb McKay stehen und sagte: »Dort kommt der Häuptling.«
Sie blickte zum Paß. Über den Hang herunter kam Trenn. Sein *gregg* war zwar durchgegangen und hatte ihn bis ins Tal getragen, doch hatte er das Tier nun wieder vollkommen unter Kontrolle. Anana sah mit Erstaunen, daß die schweren schwarzen Wolken

über dem Meerland davondrifteten. Und die Blitze hatten aufgehört.

Eine Weile später kamen weitere *grewigg* nebst Reitern über den Kamm der Anhöhe. Als Anana am Kanal anlangte, waren sie nahe genug herangekommen, daß sie sie erkennen konnte. Einer der Reiter war ihr Onkel. Die Elchtiere waren bisher im Trab gegangen. Nun zwang Urthona sein Tier zum Galopp. Er brachte das schweißüberströmte, speicheltriefende Tier mit scharfem Zügel zum Stehen, als er bei ihr war, und sprang rasch aus dem Sattel. Das Tier stöhnte, brach in die Knie, rollte auf die Flanke und starb.

In Urthonas Gesicht zeigte sich ein seltsamer Ausdruck. Die grünen Augen waren groß, er wirkte bleich.

»Anana! Anana!« schrie er. »Ich habe es gesehen! Es ist da!«

»Was hast du gesehen?« fragte sie.

»Meinen Palast! Er trieb über dem Meer! Und von der Küste fort!«

Fünfzehntes Kapitel

Es war ganz offensichtlich, daß Urthona nicht hier sein würde, wenn er seinen Palast hätte erreichen können.

»Wie schnell zieht das Schloß dahin?« fragte sie.

»Wenn die Antriebe auf Automatik stehen, einen Kilometer pro Stunde.«

»Ich kann mir nicht vorstellen, daß du nach so langer Zeit noch eine Ahnung hast, in welche Richtung es treiben wird?«

Er spreizte die Hände und zuckte mit den Achseln.

Die Lage war hoffnungslos. Sie hatten keine Zeit, sich ein Segelboot zu bauen, selbst wenn sie die dazu nötigen Werkzeuge besessen hätten, um dann das Schloß einzuholen. Doch es war möglich, daß der Palast über der See kreisen und in dieses Gebiet zurückkehren würde.

»Irgendwann«, sagte Urthona, »zieht der Palast aus dieser Region fort. Durch einen der Paßwege. Allerdings nicht durch diesen hier. Der ist zu schmal.«

Anana hielt diese Auskunft nicht unbedingt für die absolute Wahrheit. Soweit sie wußte, enthielt die Burg maschinelle Einrichtungen, die Einfluß auf die Landschaftsverwandlung nehmen konnten. Aber wenn Urthona einen Grund hatte zu hoffen, daß sein Palast durch diesen Paß kommen würde, dann hätte er ihr sicherlich nicht gesagt, daß er ihn entdeckt hatte.

Im Moment jedenfalls konnte man nichts wegen seines Palastes unternehmen. Sie vertrieb den Gedanken daran aus ihrem Gehirn, aber ihr Onkel war ein Sorgenkauer. Er konnte nicht aufhören, dauernd darüber zu sprechen, und wahrscheinlich würde er sogar davon träumen. Und um ihm noch mehr Pfeffer ins Hirn zu streuen, sagte sie zu ihm: »Vielleicht hat Orc ja dein Haus erreicht,

als es in Küstennähe war. Vielleicht sitzt er jetzt in deinem Palast. Nein, wahrscheinlich hat er sich bereits in eine andere Welt hinübergeschleust.«
Urthonas bleiche Haut wurde noch weißer. »Nein! Das konnte er nicht! Es wäre unmöglich! Erstens würde er sich während des Sturms nicht in das Meerland vorwagen. Und zweitens würde er nicht an das Schloß gelangen. Er hätte schwimmen müssen ... glaube ich jedenfalls. Und drittens kennt er den Code nicht, mit dem man hineinkommt.«
Anana lachte.
Urthona verzog finster das Gesicht. »Das hast du nur gesagt, um mich zu ärgern.«
»Natürlich. Aber wenn ich es mir jetzt so recht überlege, dann könnte Orc es sehr gut geschafft haben, falls er das Risiko der Blitze eingehen wollte.«
McKay, der in der Nähe stand und zuhörte, sagte: »Warum hätte er das Risiko eingehen sollen – außer er wußte, daß der Palast dort war? Und wie hätte er wissen können, daß er dort ist, wenn er nicht zuvor in das Meerland vordrang? Und das würde er wiederum nicht tun, außer er wußte ...«
»Er hätte es ja vom Paß aus sehen können«, sagte Anana rasch, »und dann genügte ihm das, sich zu entschließen.«
Das glaubte sie zwar selbst nicht, aber so ganz sicher war sie auch nicht. Sie ließ ihren Onkel stehen und ging fort. Dabei fragte sie sich, ob Red Orc nicht genau das getan haben würde. Ihre Bemühungen, Urthona einen Floh ins Ohr zu setzen, fielen nun auf sie selbst zurück. Denn jetzt war *sie selbst* beunruhigt.
Ein paar Minuten später hatte sich der Sturm gelegt. Der Donner hörte auf zu grollen, die Wolken glitten ins Nichts, als hätte ein gigantischer Staubsauger sie verschluckt. Der Schamane und der Häuptling berieten sich eine Weile, dann kamen sie auf Anana zu.
»Botin des Lords, wir haben eine Frage«, sagte Trenn. »Ist der Lord nicht mehr im Zorn? Können wir sicher in das Meerland ziehen?«
Sie wagte nicht zu zögern. Ihre Rolle verlangte, daß sie aufs engste

mit den Absichten des Lords vertraut war. Und wenn sie sich irrte, dann hatte sie ihre Glaubwürdigkeit verloren.
»Der Groll des Lords ist besänftigt«, sagte sie. »Das Land ist nun sicher.«
Falls die Wolken zurückkehren sollten, falls wieder Blitze fallen sollten, würde sie eben so rasch wie möglich fliehen müssen.
Der Aufbruch fand allerdings nicht sogleich statt. Die ausgerissenen Tiere mußten wieder eingefangen werden, man mußte die verstreut herumliegenden Besitztümer einsammeln, die Totenrituale mußten abgehalten werden. Aber etwa zwei Stunden später machte sich der Stamm zum Paß auf. Anana genoß es, in einer Gegend zu sein, in der es keine Wanderbäume gab und wo dichtes Gehölz und die offene See zwei bequeme Fluchtmöglichkeiten boten.
Der Wendow-Stamm zog den weiten Hang hinab, der zu den sandigen Strandbuchten führte. Der Häuptling wandte sich nach links, und seine Horde folgte ihm. Nurgo hatte gesagt, daß ihr Ziel eine halbe Tagesreise entfernt lag. Ihr Kral lag etwa fünfzehn Minuten Fußmarsch landeinwärts von der See.
»Was ist mit den anderen Völkern, die diesen Paß durchqueren?« fragte sie.
»Ach, die kommen während der nächsten paar Helligkeiten. Sie wandern sogar noch weiter den Strand hinauf zu ihren Lagern. Wir haben Glück gehabt, daß keine anderen Völker am Paß warteten, weil der Sturm diesmal länger als gewöhnlich gedauert hat.«
»Greift ihr sie an, wenn sie an eurem Kral vorbeikommen?«
»Nur wenn wir stark in der Überzahl sind.«
Auf weitere Fragen hin erfuhr Anana etwas über die ortsübliche Art der Kriegführung, was für sie sehr hilfreich war. Normalerweise vermieden die einzelnen Stämme möglichst die direkte Schlacht. Kriegerische Auseinandersetzungen beschränkten sich auf Raubzüge von einzelnen oder Trupps von drei bis fünf Mann. Solche Beutezüge wurden in der Dunkelheitsperiode vorgenommen, und die Beteiligten waren hauptsächlich junge Männer, die noch keine

Blutehre aufzuweisen hatten, manchmal auch eine junge Frau in Begleitung eines Mannes. Der Jungmann mußte einen Feind töten und seinen Kopf als Beweis seiner Mannhaftigkeit zurückbringen. Ebenso das Jungweib. Doch die höchste Ehre brachte nicht der Kopf eines Feindes, sondern ein Kind. Ein Kind zu stehlen und zurückzubringen, damit es in den Stamm aufgenommen werden konnte, das war der absolute Gipfel an Leistung, der möglich war.
Nurgo selbst war solch ein adoptiertes Kind. Er war geraubt worden, als er kaum laufen konnte. Er erinnerte sich nicht im geringsten mehr daran. Allerdings träumte er manchmal schwer von einer Frau ohne Gesicht, von der er fortgerissen wurde.
Die Karawane gelangte an eine Stelle, die für Ananas Augen keine besonderen Merkmale gegenüber dem restlichen Terrain aufwies. Aber der Stamm erkannte den Ort mit Freudengeschrei. Trenn führte sie in die waldige Hügellandschaft, und nach einiger Zeit langten sie bei einem Hügel an, der höher war als die anderen. Baumstämme lagen auf der Spitze und an den Hängen verstreut herum – die Reste einer ehemaligen Palisade.
Während der nächsten paar Tage vertrieb man sich die Zeit mit Fischen, dem Sammeln von Beeren und Nüssen, Essen und Schlafen und dem Wiederaufbau des Krals. Anana futterte sich ein bißchen Fleisch auf die Knochen, und sie begann sich allmählich erholt zu fühlen. Aber als sie dann wieder ihr normales Energiepotential zurückgewonnen hatte, wurde sie ruhelos.
Urthona war ebenfalls sehr nervös. Oft sah sie, wie er leise auf McKay einredete. Es war ihr klar, worum es dabei gehen mußte. Und McKay berichtete ihr detailliert über die Gespräche.
»Ihr Onkel will bei der erstbesten Gelegenheit abhauen. Aber er will auf gar keinen Fall ohne das Horn gehen.«
»Will er versuchen, es mir jetzt fortzunehmen, oder erst, wenn er seinen Palast gefunden hat?« fragte sie.
»Er sagt, daß wir zwei, also er und ich, meint er, eine bessere Überlebenschance haben, wenn Sie mit uns kommen. Aber er sagt auch, daß Sie so voller Tricks stecken, daß Sie uns unterbut-

tern könnten, sobald wir den Palast zu sehen bekommen. Also hat er wohl noch nicht entschieden, was er machen will. Aber er wird es bald tun müssen. Mit jeder Minute zieht der Palast weiter fort.«
Sie schwiegen beide. McKay sah aus, als kaue er an etwas herum und wisse nicht, ob er es ausspucken oder hinunterschlucken sollte. Kurz darauf veränderte sich sein Gesicht.
»Ich muß Ihnen was sagen.«
Er schwieg. Dann redete er weiter: »Urthona hat Ihnen und Kickaha erzählt, daß dieser Wolff – oder Jadawin – und seine Frau – Chryseis? – in diese Welt hier geschleust worden sind. Also, das war gelogen. Sie sind ihm irgendwie entkommen. Und sie sind immer noch auf der Erde!«
Anana antwortete nicht gleich. McKay mußte ihr diese Information nicht geben. Also warum tat er es? Wollte er ihr versichern, daß er wirklich und »ehrlich« die Seiten gewechselt hatte? Oder hatte Urthona ihm dies aufgetragen, damit sie glauben sollte, er sei dabei, Urthona zu verraten? Wie auch immer. War die Geschichte wahr?
Sie seufzte. Die Lords waren allesamt (und sie selbst ebenfalls) dermaßen paranoid, daß sie niemals zwischen Realität und Einbildung unterscheiden konnten. Ihr Argwohn gegenüber den Motiven anderer erlaubte ihnen dies nicht.
Sie zuckte die Achseln. Für den Augenblick immerhin tat sie so, als glaube sie McKays Geschichte. Sie lugte um den Stamm des großen Baumes, hinter dem sie saßen, dann sagte sie: »Oje! Da kommt mein Onkel und sucht uns. Wenn er uns zusammen findet, wird er Verdacht schöpfen. Sie verschwinden besser.«
McKay kroch ins Unterholz zurück. Als Urthona sie aufgespürt hatte, sagte sie: »Hallo, Onkel. Solltest du nicht beim Fischespießen helfen?«
»Ich habe ihnen gesagt, daß ich heute keine Lust hätte, Fische zu spießen. Und da ich ja ein Gesandter des Lords bin, hat niemand etwas dagegen einzuwenden gewagt. Aber ich habe schon gemerkt,

daß es ihnen nicht paßte. Übrigens habe ich dich gesucht. Und McKay. Wo ist er?«

Sie zuckte die Achseln.

»Nun ja, es ist nicht wichtig.«

Er hockte sich neben ihr nieder.

»Ich glaube, wir haben genug Zeit verschwendet. Wir sollten bei der erstbesten Gelegenheit fliehen.«

»Wir?« fragte sie mit hochgezogenen Augenbrauen. »Wie kommst du auf den Gedanken, daß ich mit dir gehen möchte?«

Er schaute verzweifelt drein. »Du hast doch wohl nicht die Absicht, den Rest deines Lebens hier zu verbringen?«

»Nein, die Absicht habe ich nicht. Aber zuvor beabsichtige ich, mich zu vergewissern, ob Kickaha lebt oder tot ist.«

»Ach, dieser *Leblabbiy* bedeutet dir also *sooo* viel?«

»Ja. Und schau nicht so verächtlich drein. Wenn sich in dir jemals soviel Gefühl für ein anderes menschliches Wesen regen sollte, was ich allerdings stark bezweifle, dann wirst du wissen, warum ich mich um sein Geschick sorge. Aber wie die Dinge jetzt sind, werde ich vorläufig ...«

Er starrte sie ungläubig an. »Du wirst doch nicht hierbleiben?«

»Nicht für immer. Aber wenn er lebt, dann kommt er bald hier herunter. Ich werde eine Weile warten, ob er kommt. Und wenn nicht, dann werde ich nach seinem Gebein suchen.«

Urthona biß sich auf die Unterlippe.

»Also kommst du jetzt nicht mit uns mit?«

Sie gab ihm keine Antwort. Und er begriff.

Sie schwiegen ein paar Minuten lang. Dann stand er auf.

»Aber du wirst doch wenigstens dem Häuptling nicht weitersagen, was wir geplant haben?«

»Es würde mir keinen übergroßen Spaß bereiten«, gab sie zurück.

»Nur, wie erkläre ich ihn, daß ihr euch auf französisch empfehlt? Wie soll ich es verteidigen, daß ein Abgesandter des Lords, der mit einer Sondermission beauftragt wurde, um den Stamm der Wendows zu prüfen, daß mein Untergebener sich davonschleicht?«

Ihr Onkel kaute erneut auf den Lippen. Das hatte er bereits zehntausend Jahre lang so gemacht; sie erinnerte sich, daß sie ihn als Kind daran herumnagen sehen hatte.

Schließlich lächelte er. »Du könntest ihnen ja sagen, daß McKay und ich in einem geheimen Auftrag unterwegs sind, dessen Ziel du ihnen noch nicht enthüllen kannst, weil es ein Befehl des Lords ist. Tatsächlich wäre das eine feine Sache, denn dann brauchten wir uns nicht heimlich fortzustehlen. Wir könnten einfach davongehen, und sie würden es nicht wagen, uns aufzuhalten.«

»Sicher, das könnte ich machen«, sagte sie. »Aber warum sollte ich es tun? Wenn ihr durch pures Glück den Palast sofort findet, würdest du ja sofort mit ihm hierherkommen und mich umbringen. Oder einen von deinen Fliegern einsetzen. Ich bin jedenfalls sicher, daß du ein ganzes Arsenal von Waffen in deinem Palast hast.«

Er wußte, daß es sinnlos sein würde zu beteuern, daß er ihr nichts tun würde. Er sagte: »Na, wo liegt schon der Unterschied? Ich gehe auf jeden Fall. Du kannst dem Häuptling nicht sagen, daß ich türme, weil du dann erklären müßtest, warum ich gehe. Du kannst also gar nichts dagegen tun.«

»Du kannst tun und lassen, was du willst«, sagte sie. »Aber das hier wirst du nicht mitnehmen können!«

Sie hob das Horn hoch.

Seine Augen wurden schmal, die Lippen kniffen sich zusammen. Und daran erkannte sie, daß er nicht die Absicht hatte, ohne das Horn fortzugehen. Dafür gab es zwei Gründe, und einer von ihnen war ein Faktum. Der andere konnte vielleicht existieren.

Kein Lord würde sich die Chance entgehen lassen, dieses Passepartout, diesen Allroundschlüssel zu den Schleusentoren sämtlicher Welten in die Hände zu bekommen.

Und das Horn konnte auch die Fahrkarte zu einer Reise von einem Ort auf diesem Planeten zu seinem Palast darstellen. Es war durchaus denkbar, daß in den Felsblöcken verschlossene Tore steckten. Nicht in allen natürlich, nur in einigen. Sie hatte das

Horn an den vier größeren Formationen ausprobiert, auf die sie bisher gestoßen war, aber in keiner war eine Schleuse gewesen. Aber es konnte gut Tore in anderen Felsen geben.
Und wenn dem so war, dann würde er es nicht riskieren wollen, daß sie eine der Dimensionsschleusen entdeckte und vor ihm in seinen Palast gelangte.
Zweifellos – oder zumindest wahrscheinlich – würde er McKay sagen, wann er Anana im Schlaf überraschen und töten wollte, um das Horn zu bekommen. Aber würde McKay sie warnen? Sie durfte sich nicht darauf verlassen, daß er es tun würde.
»Nun gut«, sagte sie. »Ich komme mit. Meine Chance, Kickaha zu finden, ist anderswo genausogut. Und ich bin es leid, hier herumzuhocken.«
Urthonas hübsches Gesicht überzog jetzt ein Lächeln. In diesem jahrtausendealten tödlichen Spiel, das die Lords spielten, wurden immer noch Listen eingesetzt, die nicht zum Tragen kamen und von denen die Lords wußten, daß sie nicht funktionieren würden. Die Duelle waren zum Teil ritualisiert worden.
»Gut. Dann tun wir es heute nacht«, sagte Anana.
Urthona war einverstanden. Er machte sich auf die Suche nach McKay und entdeckte ihn kurz darauf, denn McKay hatte sie beobachtet und ihr Signal verstanden. Sie sprachen eine Viertelstunde miteinander, dann machten sich die zwei Männer zum Strand auf und halfen beim Fischen. Anana ging Beeren und Nüsse sammeln. Als sie von ihrem ersten Gang zurückkehrte, hatte sie zwei Ledersäcke voll. Sie stand eine Weile herum, ohne sich sofort wieder ans Sammeln zu machen. Es gelang ihr, drei lederne Wasserschläuche zu stehlen, die sie in ihrem Windschutz versteckte. Jetzt konnte sie nicht mehr viel unternehmen, bis es tiefe Nacht sein würde.
Das Volk feierte an diesem Abend ein Fest und tanzte. Der Schamane sang Bittgebete für ein Anhalten dieses Wohlstandes. Der Sänger sang Balladen von Helden aus grauer Zeit. Aber allmählich krochen die Leute mit prallen Bäuchen unter ihre

Schutzdächer und fielen in den Schlaf. Die einzigen, die – vielleicht – wach blieben, waren die Wachtposten, einer in einem Baumwipfel nahe der Küste, einer auf einer Plattform in der Mitte des Krals und zwei weitere Männer längs des Pfades, der zum Kral führte.
Urthona, Anana und McKay hatten sich beim Essen zurückgehalten. Sie arbeiteten heftig in ihrem Windschutz, als sie geräucherten Fisch, Antilopenfleisch, Früchte und Beeren und Nüsse in ihre Vorratssäcke stopften. Die Wasserschläuche würden sie am Seeufer füllen.
Als Anana nur noch überall Schnarchen, das ferne Rufen von Vögeln und das Husten eines Löwen hörte, kroch sie vorsichtig unter dem wackligen Schutzdach hervor. Den Wächter auf der Plattform konnte sie nicht sehen. Sie hoffte, daß auch er eingeschlafen war. Jedenfalls hatte er sich so vollgestopft, daß er leicht einnicken konnte, wie gut auch seine Absichten gewesen sein mochten.
Urthona und McKay krochen gleichfalls aus ihren Winddächern hervor. Anana winkte ihnen zu. Sie stand auf und ging durch das dunkelrote Licht der »Mitternacht«, bis sie weit genug von der Plattform entfernt war und den Wächter sehen konnte. Er lag dort oben flach ausgestreckt auf dem Rücken. Ob er schlief oder nicht, das konnte sie nicht feststellen, aber sie vermutete, daß er schlief. Seine Pflicht wäre es gewesen, auf den Beinen zu bleiben und die umliegenden Wälder unter Beobachtung zu halten, bis er abgelöst wurde.
Die zwei Männer gingen zu dem Pferch mit den Elchtieren. Sie holten die drei Reittiere ohne allzu großen Aufruhr heraus und begannen sie zu satteln. Anana trug die Wasserschläuche und einen vollen Proviantsack hinüber. Sie wurden auf dem ledernen Deck hinter dem Sattel verschnürt.
Anana flüsterte: »Ich muß noch meine Axt holen.«
Urthona verzog das Gesicht, aber er nickte. Er hatte mit seiner Nichte zuvor einen kurzen Streit darüber gehabt. Urthona hielt es für richtiger, die Axt zu vergessen, doch sie hatte darauf bestanden,

daß sie lebenswichtig sein würde. Während die zwei Männer die Tiere zum Tor führten, schlich sie sich zum Windschutz des Häuptlings, der größer war als die anderen. Sie bog die Äste beiseite, die ringsherum standen, und kroch ins Innere. Es war hier so finster wie in einem Kohlenschacht. Das laute Schnarchen Trenns, seiner Frau und seines Sohnes, eines halbwüchsigen Jungen, war so laut, daß es beinahe die vollkommene Abwesenheit von Licht ersetzte. Auf allen vieren tastete sie herum und berührte zuerst die Frau. Dann spürte Ananas Hand das Bein Trenns. Sie zog sie von der nackten Haut fort und tastete über das Gras daneben. Dann spürten ihre Finger plötzlich kaltes Eisen.

Eine Sekunde später hatte sie die Hütte verlassen. Die Wurfaxt trug sie in einer Hand. Einen kurzen Augenblick lang war sie versucht gewesen, Trenn zu töten, als Rache für die Vergewaltigung. Doch sie hatte dies unterdrückt. Er hätte Geräusche machen können, und außerdem hatte sie ihm bereits vergeben, wenn sie auch die Sache selbst nicht vergessen hatte. Und doch ... irgendein mörderischer Instinkt hatte sie auf einmal gepackt, ganz kurz nur, und sie wünschen lassen, das Unrecht auszulöschen, indem sie den Übeltäter auslöschte. Dann aber hatte die Vernunft über das irrationale Gefühl gesiegt.

Das Tor war eine einfache Konstruktion aus senkrechten Latten, an die quer verlaufende und diagonale Latten mit Lederschlaufen verschnürt waren. Als Angeln dienten weitere Lederbänder, die das Tor mit der Palisadenwand verbanden. Und mehrere dicke Lederschnüre dienten als Schloß. Sie knüpften sie auf, und dann hievten sie alle drei das schwere Tor nach innen.

Bisher hatte noch keiner Alarm geschlagen. Aber der Wächter konnte jeden Augenblick erwachen. Andererseits war es möglich, daß er auch die ganze Nacht weiterschlief. Er sollte nach einer zweistündigen Wache abgelöst werden. Zwar gab es in der Sprache dieser Wilden kein Wort für »Stunde«, aber sie besaßen ein grobes Gefühl für die verstrichene Zeit. Wenn der Posten das Gefühl haben würde, er sei lange genug auf Wache gestanden, würde er von seiner Plattform herunterklettern und den Mann aufwecken, der ihn ablösen sollte.

Sie führten die Tiere heraus, hoben das Tor zurück und verschnürten es wieder. Dann saßen die drei auf und ritten langsam hügelabwärts durch das Halblicht. Die Elchtiere grunzten ab und zu; sie waren ärgerlich darüber, daß sie zu dieser unmöglichen Zeit unter dem Sattel gehen mußten. Als sie etwa dreihundert Meter von der Stelle entfernt waren, an der ihrer Kenntnis nach der erste Wächter plaziert war, hielten sie an. Anana stieg ab und glitt durch das Unterholz, bis sie auf eine fahle Gestalt stieß, die mit dem Rücken gegen einen Baumstamm hockte. Sägendes Schnarchen drang zu ihr.

Es war ganz leicht, auf den Mann zuzugehen und die Breitseite ihrer Axt auf seinen Schädel zu hämmern. Er fiel um, aber das Schnarchen hörte nicht auf. Sie lief zurück und erklärte den beiden anderen, daß sie sicher weitergehen könnten.

Der zweite Posten stapfte auf und ab, um sich wachzuhalten. Er stakte fünfzig Schritte den Hang hinab, kehrte um und kletterte die zwanziggradige Steigung wieder herauf. Er murmelte irgendein Lied vor sich hin, etwas über die Heldentaten eines gewissen Sheerkun.

In der relativen Stille wäre es schwierig gewesen, einen Umweg zu machen, ohne daß er sie hätte hören müssen. Er mußte aus dem Weg geräumt werden.

Anana wartete, bis er sich am oberen Ende seines Pfades wieder umdrehte, rannte dann schnell hinter ihn und legte ihn mit der flachen Axt schlafen. Dann kehrte sie zu den anderen zurück und erklärte ihnen, daß nun der Weg für eine Weile frei sei.

Als sie den bleichen weißen Sandstrand und die dunkle See dahinter erkennen konnten, hielten sie an. Der letzte Wachtposten hockte in einem riesigen Baum dicht am Strand. Anana sagte: »Es hat keinen Sinn, an ihn ranzukommen. Aber er kann brüllen, so laut er will. Es gibt keinen, der seine Nachricht ins Dorf weitergeben könnte.«

Also ritten sie kühn auf den Sand hinunter. Der erwartete Aufschrei blieb aus. Entweder schlief der Posten, oder er erkannte sie nicht und hielt sie für Stammesgenossen, die hier rechtmäßig einen Auftrag erfüllten. Oder aber er erkannte sie doch, wagte es aber nicht, die Gesandten des Lords anzuhalten.
Als sie außerhalb seiner Sichtweite waren, hielten die drei Reiter an. Sie füllten ihre Wasserschläuche und setzten ihre Flucht fort. Sofern man ein gemütliches Tempo als Flucht bezeichnen kann. Sie trotteten stumm und stetig voran, und jeder war mit seinen eigenen Gedanken beschäftigt. Trenns Stamm schien kaum eine Gefahr darzustellen. Wenn die betäubten Männer aufwachten und Alarm schlugen, würden die Flüchtigen einen zu großen Vorsprung haben, als daß man sie einholen konnte. Die einzige unmittelbare Gefahr, die ihr drohte, kam für Anana von Urthona und McKay. Ihr Onkel könnte ja versuchen, sie jetzt umzubringen, um das Horn in die Hand zu bekommen. Doch ehe sie nicht seinen Palast gefunden hatten, war sie immer noch ein dicker Trumpf: Urthona brauchte sie – zu seinem eigenen Überleben.
Die »Dämmerung« tauchte mit den ersten bleichen Himmelsbändern auf. Unter dem stärker werdenden Licht ritten sie weiter. Sie hielten nur an, um sich zu erleichtern, um zu trinken und um die Tiere ihren Durst im Meer stillen zu lassen. In der Abenddämmerung zogen sie in die Wälder. Sie fanden eine von Bäumen umstandene Senke und schliefen dort den Großteil der Nacht. Mehrmals wurden sie durch das Heulen von Hunden und das Fauchen von Großkatzen aufgeschreckt. Aber keines der Raubtiere kam in ihre Nähe. In der »Morgendämmerung« setzten sie ihre Reise fort. Gegen »Mittag« erreichten sie die Stelle, von der aus sie zum Paß hinaufreiten konnten.
Hier zügelte Anana ihr Elchtier. Sie vergewisserte sich, daß die zwei Männer ihr nicht zu nahe waren, ehe sie zu reden begann. Ihre linke Hand lag nahe bei dem Messer in der Scheide (sie war mit beiden Händen gleich geschickt), und wenn es nötig sein sollte, konnte sie die Zügel fallen lassen und ihre Axt aus dem Gürtel ziehen. Die

zwei Männer hatten Speere mit Flintspitzen und auch ein paar schwere Kriegsbumerangs.

»Ich gehe zum Paß hinauf und werde mir das Tal von dort oben anschauen«, sagte sie. »Um nach einer Spur von Kickaha zu suchen – natürlich.«

Urthona machte den Mund auf, als wolle er dagegen protestieren. Dann aber lächelte er und sagte: »Das bezweifle ich sehr! Schau!« Und er wies den Hang hinauf.

Sie folgte seinem Wink nicht sofort. Vielleicht versuchte er sie ja dazu zu bringen, daß sie den Kopf wendete, um dadurch die Chance zum Angriff zu haben.

McKays Gesichtsausdruck dagegen ließ erkennen, daß ihr Onkel ihr etwas zeigen wollte, das man sich besser ansah. Oder hatte er sich vorher mit McKay abgesprochen, daß McKay ein solches Gesicht ziehen sollte, wenn sich die Gelegenheit bot?

Sie riß ganz schnell ihr Tier herum und ritt mehrere Meter davon. Dann blickte sie hinüber.

Vom Kamm des Hanges bis zum Strand erstreckte sich eine breite Bahn, die von dem rostfarbenen Gras bedeckt war. Es war kein Pfad von Menschenhand. Die Natur – oder vielmehr Urthona – hatte ihn entworfen. Ihr Blick umfaßte ungehindert die winzigen Gestalten, die aus dem Paß hervorkamen. Männer auf Elchtieren. Dahinter Frauen und Kinder und weitere Tiere.

Ein zweiter Eingeborenenstamm zog in das Meerland hinab.

Sechzehntes Kapitel

»Trennen wir uns!« sagte McKay.

Anana sagte: »Ihr könnt das machen, wenn ihr wollt. Ich werde mich vergewissern, ob Kickaha bei ihnen ist. Vielleicht haben sie ihn gefangen.« Urthona biß sich auf die Lippen. Er schaute den Neger an, dann seine Nichte. Anscheinend kam er zu dem Entschluß, daß dies nicht der richtige Zeitpunkt sei, sie zu töten. Er sagte: »Nun gut. Was hast du vor? Willst du zu ihnen hinaufreiten und sie fragen, ob du sie mal schnell überprüfen darfst?«

Anana antwortete: »Sei nicht sarkastisch, Onkel. Wir verstecken uns im Gehölz und beobachten sie.«

Und sie drängte ihr *gregg* zwischen die Bäume. Die beiden folgten ihr, aber sie achtete darauf, daß sie in ihrem Rücken nicht allzu nahe herankommen konnten. Als sie eine Erhöhung erreicht hatte, von der man einen guten Ausblick bekam, hielt sie an. Urthona lenkte sein Tier auf sie zu, aber sie warnte ihn: »Bleib mir vom Leib, Onkel!«

Er lächelte und brachte sein Elchtier unterhalb von ihr zum Stehen. So saßen sie alle drei eine Weile auf ihren *grewigg* da, dann wurde es ihnen zu langweilig, und sie stiegen ab.

»Es wird eine Stunde dauern, bis sie hier sind«, sagte Urthona. »Und was ist, wenn diese Wilden sich nach rechts wenden? Dann stecken wir zwischen ihnen und den Wendow fest. In der Falle.«

»Wenn Kickaha nicht bei ihnen ist«, sagte Anana, »werde ich zum Paß hinaufgehen, sobald sie vorübergezogen sind, und nach ihm Ausschau halten. Es ist mir gleichgültig, was du vorhast. Ihr könnt ja weiterreiten.«

McKay grinste. Urthona schnaubte. Es war allen dreien klar, daß sie zusammenbleiben würden, solange Anana das Horn hatte.

Ihre *grewigg* hieben die Zähne in Sträucher und niedere Baumäste, zerrten sie herab und zermalmten das Laub zu Brei. Die leeren Bäuche kollerten, als das Futter in die großen Mägen wanderte. Fliegen stießen über den Tieren und Menschen herab und ließen sich surrend auf ihnen nieder. Die großen grünen Insekten waren hier nicht ganz so zahlreich wie in den Ebenen, aber es gab immerhin genug von ihnen, um die drei zu ärgern. Und da sie bisher noch nicht die Gleichmütigkeit der Eingeborenen erlernt hatten, waren ihre Hände und Köpfe und Schultern in ständiger Bewegung und schlugen, ruckten und zuckten unablässig.

Dann wurden sie die teuflischen Plagegeister eine Weile lang los. Ein Dutzend kleiner Vögel, blau, mit weißen Brüsten und mit breiten, flachen, fast entenhaften Schnäbeln, kamen herabgeschossen. Sie wirbelten um die Menschen und Reittiere, schnappten die Insekten, verschlangen sie und vermieden bei ihren Kreisen nur knapp Zusammenstöße in der Luft. Sie wagten sich ziemlich dicht an die drei heran, berührten sie mehrmals sogar mit den Flügeln. Zwei Minuten später zogen es die noch nicht gefressenen Fliegen vor, sich in eine weniger gefährliche Gegend abzusetzen.

»Ich freue mich, daß ich diese Vögel erfunden habe«, sagte Urthona. »Aber wenn ich gewußt hätte, daß ich je in eine solche Lage kommen könnte, dann hätte ich die Fliegen niemals gemacht.«

»Der ›Herr der Fliegen‹«, sagte Anana, »dein Name lautet Beelzebub!«

Urthona fragte: »Wie?« Dann lächelte er. »Ah ja, nun erinnere ich mich.«

Anana wäre gern auf einen Baum geklettert, um einen besseren Ausblick zu gewinnen. Aber sie wollte nicht riskieren, daß ihr Onkel ihr *gregg* nahm und sie ohne Reittier zurückließ. Aber selbst wenn er dies nicht tun sollte, würde sie im Nachteil sein, wenn sie wieder herunterkletterte.

Das Warten erschien ihr unerträglich lang, denn es war ja immerhin möglich, wenn auch nicht wahrscheinlich, daß Kickaha bei ihnen war, wenn die Vorhut in Sicht kam. Kurz darauf ritten dunkelhäutige Männer mit gefiedertem Kopfschmuck vorüber. Sie trugen die gleichen Waffen und die gleiche Kleidung wie der Stamm der Wendow. Um den Hals hingen an Schnüren menschliche Fingerknochen. Ein großer Mann schleppte aufrecht eine Stange, auf der ein Löwenkopf steckte. Da er der einzige war, der sich so hervorhob, und da er an der Spitze ritt, mußte er wohl der Stammeshäuptling sein.

Die Gesichter allerdings waren verschieden von denen der Wendow, die Haut war sogar noch dunkler. Der Gesichtsschnitt war breit, die Nasen waren größer und noch adlerhafter, und die Augen hatten eine leichte mongolische Schrägstellung. Sie sahen aus wie Amerindianer und waren es wohl auch. Der Häuptling hätte Sitting Bull sein können, wenn er anders angezogen gewesen wäre und auf einem Pferd gesessen hätte.

Die Vorhut kam außer Sicht. Der Flankenschutz und die Frauen mit den Kindern, die zum großen Teil zu Fuß gingen, zogen vorüber. Die Frauen trugen das rabenflügelschwarze Haar zu schimmernden Türmen auf dem Kopf hochgesteckt. Ihr einziges Kleidungsstück waren knöchellange Lederröcke. Viele trugen Halsbänder aus Muschelschalen. Ein paar schleppten Säuglinge, die auf den Rücken geschnürt waren.

Plötzlich stieß Anana einen leisen Schrei aus. Ein Mann auf einem *gregg* war aufgetaucht. Er war hochgewachsen und viel hellhäutiger als die anderen, und er hatte leuchtendrotes Haar.

»Das ist nicht Kickaha! Das ist Red Orc!« sagte Urthona.

Anana wurde es vor Enttäuschung beinahe schlecht.

»Mein lieber Bruder, dein werter Onkel, steckt ganz schön in der Tinte, meine Teure«, sagte Urthona. »Er sieht vollkommen niedergeschlagen aus. Was meinst du, was seine Feinde mit ihm vorhaben? Vielleicht wollen sie ihn ein bißchen foltern? Es wäre beinahe der Mühe wert, hierzubleiben und sich das anzuschauen.«

»Er ist nicht gefesselt«, sagte McKay. »Vielleicht haben sie ihn adoptiert, genau wie wir aufgenommen wurden.«

Urthona zuckte mit den Achseln. »Vielleicht. Auf jeden Fall wird er leiden müssen. Er kann den Rest seines Daseins mit diesen elenden Geschöpfen verbringen, mir ist es egal. Der Schmerz wird nicht ganz so groß sein, aber dafür wird er sehr viel länger dauern.«

»Was machen wir jetzt, wo wir wissen, daß Kickaha nicht unter ihnen ist?« fragte McKay.

»Wir haben noch nicht den ganzen Stamm gesehen«, sagte Anana. »Vielleicht ...«

»Es ist ziemlich unwahrscheinlich, daß dieser Stamm alle beide gefangen hat«, sagte Urthona ungeduldig. »Ich denke, wir sollten uns jetzt aufmachen. Wenn wir schräg durch den Wald gehen, können wir lange vor denen am Strand sein.«

»Ich warte«, sagte Anana.

Urthona schnaufte verächtlich und spuckte dann aus. »Deine krankhafte Lust auf diesen *Leblabbiy* erregt bei mir Übelkeit.«

Sie nahm sich nicht die Mühe, darauf etwas zu antworten. Aber dann, als die Nachhut vorbeizog, seufzte sie.

»Nun, bist du jetzt bereit?« fragte Urthona grinsend.

Sie nickte, sagte aber: »Es ist möglich, daß Orc Kickaha gesehen hat.«

»Was? Du denkst doch wohl nicht daran ...? Bist du wahnsinnig?«

»Ich werde sie verfolgen, und wenn sich eine Chance bietet, werde ich Red Orc fliehen helfen.«

»Und nur, weil der vielleicht etwas über deinen geliebten *Leblabbiy* wissen könnte?«

»Genau.«

Urthonas rotes Gesicht verzerrte sich vor Wut. Sie wußte, dies kam nicht nur von seiner Frustration. Auch Unverständnis, Ekel und Furcht verkrampften seine Züge. Er konnte nicht begreifen, wieso sie so lieben konnte – und noch dazu eine solche Kreatur, den bloßen Abkömmling von Wesen, die in Labors geschaffen worden waren, ja, warum sie überhaupt liebte. Daß seine Nichte, aus dem Geschlecht der Lords, sich von einem Wesen wie Kickaha hinreißen lassen konnte, das erfüllte ihn mit Abscheu ihr gegenüber. Und seine Furcht rührte nicht daher, daß sie sich geweigert hatte, mit ihnen zu reiten, auch nicht von der Gefahr her, die sie bei einem Angriff für ihn bedeuten würde. Es war die Angst – zumindest glaubte sie das –, daß er eines Tages selbst so weit herunterkommen könnte, daß auch er sich in einen *Leblabbiy* verlieben würde. Er hatte Angst vor sich selbst.

Aber vielleicht war ja ihre Analyse bis zur Verrücktheit überkandidelt. Was immer mit Urthona passiert war, es hatte ihn über die Grenzen der Vernunft hinausgetrieben. Mit bleckenden Zähnen, die Haut blutrot, die Augen tigerhaft, keuchend, sprang er sie an. In beiden Händen, die weiß waren vor Verkrampfung, hielt er den Flintspeer.

Als er losrannte, war er zehn Schritte von ihr entfernt. Aber bevor er fünf davon geschafft hatte, fiel er rücklings zu Boden. Der Speer glitt ihm aus den Händen, und er prallte mit Kopf und Rücken ins Gras. In seinem Brustbein steckte die Wurfaxt.

Und ehe die wirbelnde Axt sich noch in Urthonas Brust gesenkt hatte, hatte Anana das Messer gezogen.

McKay war zu langsam gewesen. Es würde niemals entschieden werden, ob er ihrem Onkel hatte helfen wollen oder ihr.

Er schaute bestürzt drein. Natürlich nicht wegen dem, was ihrem Onkel geschehen war, sondern wegen der Schnelligkeit, mit der es geschehen war.

Wie immer seine früheren Treuegefühle gewesen sein mochten, jetzt war es klar, daß er Anana helfen mußte, weil er von ihr abhängig war. Er konnte den Palast nicht ohne sie finden, und wenn er ihn finden sollte, würde er nicht wissen, wie er hineingelangen sollte. Und selbst wenn es ihm irgendwie gelingen sollte, sich den Zugang zu erzwingen, würde er nicht wissen, was er drinnen tun mußte.

Sein Gesicht verriet allerdings, daß er an so etwas im Augenblick gar nicht dachte. Er fragte sich nur, ob sie ihn ebenfalls umbringen würde.

»Wir stecken beide in der Sache drin«, sagte sie. »Bis zum Hals.«

Er verlor ein wenig von seiner Gespanntheit, aber es dauerte eine Weile, ehe seine blaugrau gewordene Haut wieder normal aussah.
Sie ging nach vorn und zog die Wurfaxt aus Urthonas Brust. Sie war nicht sehr tief eingedrungen. Aus der Wunde lief das Blut. Der Mund stand offen, und die Haut hatte einen grauen Ton. Aber er atmete noch.
»Das Ende einer langen und unangenehmen Bekanntschaft«, sagte sie und säuberte die Axt im Gras. »Aber dennoch ...«
»Was?« murmelte McKay.
»Als ich ein kleines Mädchen war, habe ich ihn geliebt. Er war damals nicht so, wie er später geworden ist. Ich im übrigen auch nicht. Unendliche Langlebigkeit ... Egozentrik ... Langeweile ... die Gier nach einer Macht, wie ihr Erdenwürmer sie nie gekannt habt ...«
Ihre Stimme verwehte, als zöge sie sich in eine unvorstellbare ferne Vergangenheit zurück.
McKay rührte sich nicht vom Fleck. Er sagte einfach: »Was werden Sie jetzt machen?« Er wies auf die bewegungslose Gestalt.
Anana blickte hinunter. Fliegen schwirrten über Urthona, besonders über der Wunde. Es würde nicht lange dauern, bis Raubtiere, von dem Blutdunst angelockt, herankommen würden. Urthona würde möglicherweise noch bei lebendigem Leib zerfleischt werden.
Aber sie vermochte einfach diese Abende auf ihrem Heimatplaneten nicht zu vergessen, an denen Urthona sie in die Luft geworfen hatte, sie geküßt hatte, ihr Geschenke mitgebracht hatte. Oder als er seine erste Welt geschaffen hatte und sie besuchte, ehe er sich nach dorthin aufmachte. Und nun war der Lord mehrerer Welten hier angelangt ... lag da auf dem Rücken, die Fliegen saugten sein Blut auf, sein Leib würde bald von Zähnen und Klauen zerfetzt sein ...
»Wollen Sie ihn nicht aus seinem Elend erlösen?« fragte McKay.
»Er ist nicht tot. Noch nicht. Das bedeutet, daß es für ihn noch Hoffnung gibt«, sagte sie. »Ich werde sein *gregg* und seine Waffen

hierlassen. Vielleicht schafft er es. Allerdings bezweifle ich das. Und vielleicht bedaure ich es ja einmal, nicht hier einen Schlußstrich gezogen zu haben, aber ich kann einfach nicht so ...«

»Ich mochte ihn nicht«, sagte McKay, »aber er wird leiden. Mir kommt das nicht richtig vor.«

»Wie viele Menschen haben Sie kaltblütig umgebracht? Für Geld?« fragte Anana. »Und wie viele gefoltert – und wieder nur für Geld?«

McKay schüttelte den Kopf. »Das spielt keine Rolle. Damals gab es Gründe. Aber das hier, das hat keinen Sinn.«

»Im allgemeinen sind es Gefühle, nicht der Verstand, die uns Menschen bestimmen«, sagte sie. »Kommen Sie!«

Sie streifte McKay mit der Schulter und gab ihm so die Möglichkeit, sie anzugreifen, falls er dies beabsichtigte. Sie glaubte zwar nicht, daß er dies wollte. Und er trat auch einen Schritt zurück, als scheue er aus irgendeinem Grund vor der Berührung mit ihr zurück.

Sie stiegen in den Sattel und ritten quer auf den Strand zu. Anana wandte sich nicht um.

Als sie aus dem Wald hervorkamen, waren die einzigen Geschöpfe am Strand Vögel, tote Fische – die einzigen echten Fische in dieser Welt gab es in der Seeregion –, Amphibien und einige Füchse. Die *grewigg* atmeten schwer. Der lange Ritt, ohne ausreichend Rast und Nahrung, hatte sie erschöpft.

Anana ließ die Tiere im Meer trinken. »Wir gehen wieder in die Wälder zurück«, sagte sie. »Wir sind nahe genug am Treckpfad und können sehen, wohin sie sich wenden. Aber wie immer sie ziehen, wir werden ihnen in sicherem Abstand folgen.«

Und dann brach der Stamm am rechten Ufer des Kanals über den Strand herein. Mit Freudengekreisch rannten die Wilden in die Wellen, tauchten unter und planschten vergnügt herum. Eine Weile später begannen sie Fische aufzuspießen, und als sie genügend davon erjagt hatten, feierten sie ein großes Fest.

Als die »Nacht« hereinbrach, zog sich der Stamm in die Wälder zurück – auf der Seite des Pfades und ganz in der Nähe, wo sich die beiden Beobachter versteckt hielten. Als es klar wurde, daß die Wilden sich anschickten, schlafen zu gehen, zogen sich Anana und McKay noch etwas weiter in das Gehölz zurück. Anana kam zu dem Schluß, daß der Stamm sich mindestens bis zur »Dämmerung« nicht vom Fleck rühren würde. Aber es war auch nicht sehr wahrscheinlich, daß man diese Stelle zu einem mehr oder weniger festen Lagerplatz wählen würde. Die Wilden würden Angst davor haben, daß andere Stämme in diese Region kommen könnten.

Sie glaubte zwar nicht mehr, daß McKay ihr etwas anzutun versuchen würde, aber sie verzog sich dennoch ins Unterholz und suchte sich eine Schlafstelle, wo er sie nicht sehen konnte. Wenn er allerdings darauf aus war, würde er sie finden können. Aber dazu mußte er auf einen Baum klettern. Ihr Bett bestand aus ein paar Ästen und Zweigen, die sie abgehackt und über eine Astgabel gelegt hatte.

»Nacht«, wie alle anderen Nächte hier, bedeutete keineswegs, daß man ungestört durchschlafen konnte. Das Kreischen von Vögeln und Tieren schreckte sie auf, und zweimal erwachte sie durch ihre eigenen Träume. Der erste Alptraum handelte von ihrem Onkel, der, nackt und aus einer länglichen Wunde in seiner Brust blutend, in ihrem Baumnest über ihr stand und sie gerade mit den Händen packen wollte. Sie erwachte unter entsetzlichem Stöhnen.

Der zweite Traum betraf Kickaha. Sie wanderte durch die öde und wechselhafte Landschaft dieser Welt, als sie plötzlich auf seinen totenbleichen Körper stieß, der in einem flachen Tümpel lag. Sie begann in ihrem Traum zu weinen, doch als sie ihn berührte, setzte sich Kickaha plötzlich auf, griente und rief: »April, April!« Er stand auf, und dann stürzten sie einander in die Arme, und dann ritten sie rasch auf einem Pferd davon, das mehr zu hüpfen als zu laufen schien, mehr wie ein riesengroßes Känguruh. Anana wachte auf, und ihre Hüften vollführten die Bewegung des Auf und Ab im Sattel, und ihr ganzes Wesen war von Freude erfüllt. Danach weinte sie ein wenig, weil der Traum nicht Wirklichkeit war.

McKay schlief noch immer, wo er sich niedergelegt hatte. Fünfzig

Meter entfernt zerrten die aneinandergekoppelten Elchtiere Äste von den Bäumen. Anana bückte sich und berührte McKay an der Schulter. Er schreckte aus dem Schlaf auf wie eine Forelle, die nach einer Libelle springt.

»Machen Sie das nie wieder!« sagte er finster.

»Gut, gut. Wir müssen frühstücken und uns dann um die Wilden kümmern. Haben Sie etwas gehört, was darauf schließen läßt, daß die wach und wieder unterwegs sind?«

»Nichts«, gab er mürrisch zurück.

Aber als sie an den Waldrand vordrangen, entdeckten sie keine Spur von den Neuankömmlingen, von Exkrementen, Tierknochen und Fischgräten einmal abgesehen. Als sie auf den weißen Sand hinausritten, sahen sie rechts von sich das Schwanzende der Karawane verschwinden: winzige Gestalten.

Sie warteten, bis die Amerindianer außer Sichtweite waren, dann folgten sie ihnen. Etwas später stießen sie auf einen weiteren Kanal, der zum Meer hin verlief. Dies mußte die Wasserstraße sein, an die sie ursprünglich gekommen waren, der Fluß, der bei seinem Durchbruch Kickaha fortgeschwemmt hatte. Der Kanal führte direkt von der großen Wasserfläche zwischen den zunehmend ansteigenden Ufern des Hanges hinauf zu dem Paß zwischen den beiden Bergen.

Sie zwangen ihre Tiere in den Kanal und schwammen im Sattel mit ihnen hinüber. Am anderen Ufer mußten sie absteigen, auf die Böschung klettern und an den Zügeln zerren, um den Elchtieren auf den Sand heraufzuhelfen. Noch immer sah man nichts von den Amerindianern.

Anana blickte den Hang hinauf. »Ich gehe zum Paß hinauf und schaue mich mal um. Vielleicht ist er ja irgendwo dort unten auf der Ebene.«

»Wenn er auf ihren Spuren war«, sagte McKay, »dann müßte er schon lange hiergewesen sein und ist wahrscheinlich schon lange wieder verschwunden.«

»Ich weiß, aber ich gehe trotzdem dort rauf.«

Sie trieb ihr Elchtier den Hang hinauf. Zweimal blickte sie sich um. Beim ersten Mal saß McKay stumm auf seinem bewegungslosen *gregg*. Beim zweiten Mal kam er langsam hinter ihr hergeritten.

Als sie die Paßhöhe erreicht hatte, hielt sie ihr Tier an. Die Prärie hatte sich beträchtlich verwandelt. Zwar war der Kanal auf beiden Seiten noch bis zu dreißig Metern von flachem Land begrenzt, doch der Grund dahinter war abgesunken. Der Kanal verlief jetzt zwischen Deichen, unter denen sich sehr tiefe breite Senken erstreckten. Sie waren etwa anderthalb Kilometer breit. An ihren Rändern hatten sich Berge von der verschiedenartigsten Gestaltung aufgetürmt, größere und kleinere, und sie ragten empor, als wären sie Skulpturen. Und noch während sie zuschaute, begann der Gipfel einer der pilzförmigen Erhöhungen am Rand der Spitze abzubrechen. Die großen Trümmer glitten und rollten den steilen Hang herunter, und einige erreichten den Fuß des Berges, wo sie in die Senken fielen.

Es gab am Rand des Kanals jetzt nur wenige Tiere. Aber auch sie setzten sich in Bewegung und trotteten oder rannten davon, als die ersten großen Bruchstücke des Pilzgipfels abzubröckeln begannen.

Auf der anderen Flanke des Berges verlief ein Steilhang, der von den Kanaldeichen gekreuzt wurde. Auf Ananas Seite lag ein Knochenberg von großen und kleinen Knochen, der sich breit bis in die Ebene erstreckte. Nirgendwo war ein menschliches Wesen zu erblicken.

Leise sagte sie vor sich hin: »Kickaha?«

Es war schwer, sich vorzustellen, daß er vielleicht tot sein könnte.

Sie wandte sich um und winkte McKay zu, er solle anhalten. Er hielt, und sie ritt auf ihn zu. Und dann spürte sie, wie die Erde ringsum zu beben begann. Ihr *gregg* blieb stehen, obwohl sie es vorwärtszwang, und es versteifte die Beine und stand zitternd und wie festgewurzelt da. Sie stieg ab und versuchte es am Zügel vorwärtszuziehen, doch das Tier stemmte die Hufe in den Boden und legte sich mit dem ganzen Körper nach rückwärts. Sie stieg erneut in den Sattel und wartete.

Der Hang verwandelte sich nun sehr rasch und fiel etwa pro Minute um dreißig Zentimeter ab. Der Kanal schloß sich immer mehr, seine Ufer rückten einander immer näher. Anscheinend hob sich auch der Grund der Wasserstraße nach oben, denn das Wasser lappte bereits über die Uferböschungen.
Hitze stieg aus dem Boden auf.
McKay hatte mit den gleichen Schwierigkeiten zu kämpfen. Sein Elchtier weigerte sich, ihm zu gehorchen, obwohl er es mit dem Speerschaft prügelte.
Anana wandte sich im Sattel um und schaute nach rückwärts. Der Kamm war zu einer Bergkette hochgewachsen, zwar nur zu einer winzigen, doch es wurde deutlich, daß er sich zu einem langgestreckten, riesenhaften Berg entwickeln würde, wenn der Umwandlungsprozeß kein Ende fand. Die Tiere an seinen Flanken rasten die Hänge herab in Richtung auf die immer tiefer werdenden Senken zu beiden Seiten.
Die zwei Berge dagegen, die den Paß bildeten, verharrten unbeweglich und fest.
Anana seufzte. Es blieb ihr nichts anderes übrig, als dazusitzen und die Sache bis zum Ende abzuwarten. Es sei denn, sie wollte absteigen. Ihr *gregg* dürfte aus langer Erfahrung wohl wissen, was zu tun das Rechte war.
Sie fühlte sich, als stünde sie in einem langsam gleitenden Fahrstuhl in dem die Temperatur anstieg, je weiter der Lift nach unten sank. Aber eigentlich hatte sie das Gefühl, die Berge ringsum wüchsen in die Höhe, und nicht, daß der Boden unter ihr wegsank.
Der gesamte Verwandlungsprozeß dauerte ungefähr eine Stunde. Danach war der Kanal verschwunden, die Kämme waren nicht weitergeschwollen, sondern waren abgesunken, die Senken hatten sich gefüllt, und die ebene Prärie lagerte wieder zu Füßen der Berge direkt vor und außerhalb des Meerlandes. Die Tiere, die sich verzweifelt kletternd an die Erdverschiebungen anzupassen versucht hatten, grasten nun wieder friedlich. Die Raubtiere schlichen sich wieder an ihre Beute an. Das Geschäft der Natur ging im alten Fahrwasser weiter.

Anana klickte und schnalzte ihrem *gregg* zu, und es trottete brav zur See hin. McKay wartete, bis sie ihn eingeholt hatte. Er fragte nicht, ob sie eine Spur von Kickaha gesehen hatte. Er wußte, daß sie es ihm gesagt haben würde, wenn es der Fall gewesen wäre. Er schüttelte nur den Kopf und sagte: »Ein verrücktes Land, was?«

»Damit haben wir über eine Stunde verloren, wenn man alles in Betracht zieht«, sagte sie. »Aber ich sehe keinen Grund, die *grewigg* zu hetzen. Sie haben sich noch nicht genug erholt. Wir werden gemütlich reiten. Wir werden irgendwann nach Einbruch der Dunkelheit auf diese Indianer stoßen, weil sie sicher die Nacht über irgendwo lagern werden.«

»Ja, irgendwo in den Wäldern«, antwortete McKay. »Und wir reiten schön an ihnen vorbei, und am nächsten Morgen sitzen die uns auf den Spuren.«

Etwa drei Stunden, nachdem sich die hellen Himmelsbänder verdunkelt hatten, blieb Ananas *gregg* stehen und gurgelte leise in der Kehle. Sie zwang es mit sanften Worten voran, bis sie in dem Dämmerlicht eine undeutliche Gestalt entdeckte. Sie zog sich mit McKay hundert Meter zurück und besprach sich kurz mit ihm. McKay hatte keine Einwände, als sie entschied, daß sie selbst sich des Wachtpostens annehmen werde, während er zurückbleiben solle.

»Ich hoffe bloß, der Posten macht keinen Lärm, wenn Sie sich mit ihm befassen«, sagte er. »Was soll ich machen, wenn er Alarm schlägt?«

»Abwarten und sehen, ob ihn sonst jemand gehört hat. Wenn ja, dann kommen Sie wie der Teufel mit meinem *gregg* zu mir, und wir reiten in der gleichen Richtung zurück, aus der wir gekommen sind. Außer natürlich, wenn sich die Mehrzahl der Indianer in den Wäldern befindet. Vielleicht gibt es ja am Strand selbst nur ein oder zwei Wachtposten. Aber ich denke nicht daran, einen Fehler zu machen . . .«

»Sie sind der Boß«, sagte McKay. »Viel Glück!«

Sie drang in den Wald vor. Sie bewegte sich rasch, wenn nichts sich ihr in den Weg stellte, und behutsam, wenn sie sich ihren Weg durch dichtes Gestrüpp bahnen mußte. Dann hatte sie den Wachtposten erreicht. Sie war nahe genug, um zu erkennen, daß es sich um einen kleinwüchsigen, breitgebauten Mann handelte. In der Dunkelheit konnte sie sein Gesicht nicht erkennen, doch sie hörte, wie er in sich hineinmurmelte. Er hielt einen Speer mit Steinspitze in der Hand, und in seinem Gürtel steckte ein Kriegsbumerang. Der Mann stapfte auf und ab, jeweils etwa zwanzig Schritte in jeder Richtung.

Anana spähte den Strand entlang, um zu sehen, ob es da noch weitere Wachen gab. Sie konnte keine entdecken, aber sie war sicher, daß am Rand des Waldes weitere Posten aufgestellt sein würden. Ja, sie konnte sich sogar vorstellen, daß ein weiterer Posten knapp in Sichtweite aufgestellt war.

Anana wartete, bis der Posten an ihr vorbei und in Richtung auf McKay zugegangen war. Dann erhob sie sich hinter dem Busch, der ihr Deckung bot, und schlich hinter ihm her. Der glatte Sand dämpfte fast alle Geräusche. Die Breitseite ihrer Wurfaxt traf den Hinterkopf des Mannes. Grunzend fiel er nach vorn. Anana wartete eine Minute, um sicherzugehen, daß niemand etwas gehört hatte, dann rollte sie den Mann auf den Rücken. Sie mußte sich tief zu ihm hinabbücken, um die Gesichtszüge zu erkennen. Und dann fluchte sie leise.

Der Mann war Obran, einer der Wendow-Krieger.

Es würde ziemlich lange dauern, bis er wieder zu Bewußtsein gelangte.

Eilig ging sie zu McKay zurück, der auf seinem Reittier hockte und ihres am Zügel hielt.

»Haben Sie mir eine Scheißangst eingejagt!« sagte er. »Ich habe nicht damit gerechnet, daß Sie so schnell wieder zurückkommen. Ich hab' zuerst gedacht, es sei einer von den Indianern.«

»Schlechte Nachrichten! Es sind Trenns Leute. Also haben sie uns doch noch verfolgt.«

»Aber wie zum Teufel sind die an uns vorbeigekommen, ohne daß wir sie gesehen haben? Oder die Indianer?«

»Ich weiß es nicht. Vielleicht sind sie ja in der letzten Nacht an den Indianern vorbeigeschlichen, ohne entdeckt zu werden, und haben sich dann entschlossen, ihren Spuren zu folgen, in der Hoffnung, ein paar Trophäen zu ergattern. Aber nein, wenn sie dies getan hätten, würden sie hier nicht ihr Nachtlager aufgeschlagen haben. Dann würden sie sich jetzt an das Lager der Indianer anschleichen. Ich weiß es wirklich nicht. Es ist möglich, daß sie nach unserer Flucht ein großes Palaver abgehalten haben und daß es den ganzen Tag gedauert hat, bis sie sich genügend in Hitze geredet hatten, um hinter uns herzureiten. Irgendwie sind sie dann an uns vorbeigezogen, als wir oben im Paß waren, ohne daß sie uns oder wir sie gesehen hätten. Wichtig ist nur eines: Sie sind hier, und wir müssen an ihnen vorbeikommen. Bringen Sie die *grewigg* bis zu dem Wachtposten und passen Sie auf, daß er nicht aufwacht. Ich gehe voraus und kümmere mich um die übrigen Posten.«
Das Ganze dauerte etwa eine Viertelstunde. Dann kehrte sie zurück, stieg auf ihr Tier, und sie ritten langsam über den weißen, im Licht rötlich schimmernden Sand an einem weiteren bewußtlosen Mann vorbei. Als sie glaubten, sich außer Hörweite der im Wald schlafenden Wendows zu befinden, galoppierten sie eine Strecke weit. Nach zehn Minuten zügelten sie ihre Tiere und ließen sie in einen Trab fallen.
Und erneut entdeckten sie den Wachtposten, ehe der sie ausmachen konnte. Anana glitt von ihrem *gregg* und legte nacheinander drei Amerindianer schlafen, die in weiten Abständen in der Nähe des Waldrandes postiert waren.
Als sie zurückkehrte, schüttelte McKay den Kopf und murmelte: »Lady, Sie sind wirklich 'ne Wucht!«
Als der Zufall sie zusammengeworfen hatte, war McKay Anana ziemlich verächtlich begegnet. Darin hatte sich seine Einstellung gegenüber Frauen im allgemeinen widergespiegelt. Anana hatte dies als merkwürdig empfunden, denn schließlich gehörte er zu einer Rasse, die unter Vorurteilen und Unterdrückung zu leiden gehabt hatte – und dies in den siebziger Jahren noch immer tat. Seine

eigenen Erfahrungen hätten doch eigentlich seinen Instinkt für die Vorurteile gegenüber anderen unterdrückten Minoritäten schärfen müssen, besonders gegenüber Frauen, zu denen ja auch farbige Frauen gehörten. Doch er schien von allen Frauen – gleich welcher Hautfarbe – zu glauben, daß sie minderwertige Geschöpfe seien, die nur einem Zweck dienten: der Ausnutzung und der Benutzung. Anana hatte diese Einstellung beträchtlich erschüttert, obwohl McKay sich natürlich klarmachte, daß sie ja schließlich keine Erdenfrau war.

Sie antwortete ihm nicht. Sie ritten ihre *grewigg* bis zu dem letzten bewußtlosen Wachtposten. Dort banden sie sie an zwei große Sträucher, an denen sie äsen konnten. Anana und McKay robbten auf dem Bauch in den Wald hinein und stießen auch bald auf die ersten Schläfer: eine Frau mit ihrem Kind.

Glücklicherweise hatte dieser Stamm keine Hunde, die einen Warnlaut hätten geben können. Anana vermutete, daß die Amerindianer zwar Hunde hielten, aber wenn man die Magerkeit der Leute in Betracht zog, dann hatte der Stamm wohl seine Hunde während der Wanderung in das Meerland gezwungenermaßen aufessen müssen.

Sie schlängelten sich durch ein Dutzend schnarchender Leiber hindurch, hielten bei jedem an und schauten ihn genau an.

Einmal setzte sich eine Frau abrupt auf, und die zwei, die nur ein paar Fuß hinter ihr standen, erstarrten zu Salzsäulen. Die Frau schmatzte ein paarmal, dann sank sie wieder zu Boden und schlief weiter. Kurz darauf entdeckten sie Red Orc. Er lag auf der Seite in einem Kreis von fünf Wächtern, die abgrundtief schnarchten. Seine Hände waren auf dem Rücken gefesselt, die Knöchel mit einem Strick gebunden.

Anana preßte ihrem Onkel die Hand auf den Mund, und McKay drückte ihn gleichzeitig mit seinem schweren Körper flach zu Boden. Red Orc wehrte sich, und es wäre ihm fast gelungen, sich herumzurollen, doch dann flüsterte ihm Anana in ihrer Muttersprache zu: »Still!«

Orc entspannte sich, obwohl er heftig zitterte.
»Wir sind gekommen, um dich hier rauszuholen!« sagte Anana.
Sie nahm die Hand von seinem Mund. Der Neger stand auf. Sie zerschnitt die Lederschnüre, und Red Orc stand auf, schaute sich um, trat über einen der Schläfer hinweg und hob den neben ihm liegenden Speer auf. Die drei verließen das Camp, allerdings sehr langsam, bis sie auf ein ungesatteltes *gregg* stießen. Behutsam besorgten sie sich Sattel und Zaumzeug und legten dem Tier die Zügel an. Orc trug den Sattel, Anana führte das Reittier. Als sie bei ihren beiden an die Büsche gebundenen *grewigg* ankamen, berichtete Anana Red Orc in groben Zügen, was geschehen war.
Das Licht am Strand war ein wenig heller. Da sie nahe bei Orc stand, konnte sie sehen, daß sein Gesicht und sein Körper von schweren Prellungen bedeckt waren.
»Sie haben mich verprügelt, als sie mich erwischt hatten«, sagte er. »Auch die Weiber. Das dauerte den ganzen ersten Tag lang, aber danach versetzten sie mir nur ab und zu noch einen Tritt, wenn ich nach ihrem Gefühl nicht schnell genug weiterkam. Ich hätte gute Lust, umzukehren und ein paar von ihnen die Gurgel durchzuschneiden.«
»Das kannst du gern tun, wenn du magst«, sagte Anana. »Sobald du mir eine Frage beantwortet hast. Hast du Kickaha gesehen oder irgend etwas von ihm gehört?«
»Nein. Ich habe ihn nicht gesehen, und wenn diese Wilden irgend etwas über ihn gesagt hätten, so hätte ich es ja doch nicht verstanden. Ich war nicht lange genug bei ihnen, um mehr als ein Dutzend Wörter zu begreifen.«
»Weil du es gar nicht versucht hast«, sagte Anana. Sie war enttäuscht, obgleich sie natürlich nicht wirklich mit einer positiven Auskunft gerechnet hatte.
Anana wartete, bis Red Orc sein Tier gesattelt hatte und aufgestiegen war. Dann nahm sie ihr Tier nach vorn an die Spitze, und nach zehn Minuten in langsamer Gangart trieb sie ihr *gregg* zum Galopp an. Nach fünf Minuten nahm sie das Tier zurück und ließ es traben, und die anderen folgten ihrem Beispiel.

Orc kam an ihre Seite geritten.

»War dies der Grund, warum du deinen geliebten Onkel gerettet hast? Nur um mich über deinen *Leblabbiy*-Geliebten auszufragen?«

»Das war der einzige Grund«, sagte sie. »Natürlich.«

»Nun, ich glaube, dafür schulde ich dir etwas, ganz zu schweigen davon, daß du mich nicht getötet hast, nachdem du erfahren hattest, was du wissen wolltest. Dafür meinen Dank, und Dank auch, daß du dich um Urthona gekümmert hast, auch wenn du es nicht meinetwegen getan hast. Aber du hättest sichergehen sollen, daß er auch tot ist. Er ist ein zäher Bursche.«

Anana zog ihre Axt aus dem Gurt und hieb sie ihm flach gegen den Kiefer. Er fiel von seinem *gregg* und landete schwer im Sand.

»Was soll ...?« fragte McKay.

»Ich kann ihm nicht trauen«, sagte Anana. »Ich wollte ihn nur außer Hörweite der Indianer haben.«

Orc stöhnte und versuchte sich aufzurichten, doch er vermochte sich nur aufzusetzen, mußte sich aber mit einem Ellbogen seitlich abstützen. Mit dem anderen Arm bedeckte er die getroffene Gesichtshälfte.

»Nehmen Sie sein *gregg* mit!« befahl Anana McKay. Dann trieb sie ihr eigenes Tier zum Galopp an. Fünf Minuten später ließ sie das Tier wieder traben. Dann holte der Neger auf. Am Zügel führte er Orcs Tier mit. »Warum haben Sie ihn nicht ebenfalls ausgelöscht?«

»Es gab einmal eine Zeit, in der ich es getan hätte. Ich nehme an, Kickaha hat mich menschlicher gemacht. Das heißt, so, wie Menschen eigentlich sein sollten!«

»Ich möchte Sie nicht gern sehen, wenn Sie wirklich böse sind«, sagte McKay. Und danach schwiegen beide für eine sehr lange Zeit. Anana hatte es aufgegeben, nach Kickaha zu suchen. Es war sinnlos, herumzurennen »wie ein kopfloses Huhn« – wie er es ausgedrückt hätte. Sie würde am Ufer des Meeres entlangreiten, in der Hoffnung, daß der Palast sich irgendwo zeigte. Wenn es ihr gelang, ins Innere zu kommen, würde sie eine der Flugmaschinen nehmen, die die Wendows als *shelbett* bezeichneten, und aus der Luft nach

Kickaha suchen. Die Chance, daß sie auf den fliegenden Palast stoßen würden, schien jedoch recht mager zu sein.
Nun, wie auch immer. Was sonst hätte sie tun können, als danach zu suchen?
Eine Weile lenkten sie ihre *grewigg* durch das seichte Uferwasser. Dann ritten sie quer über den Strand in die Wälder. Dort schnitt Anana einen Ast ab und verwischte mit dem Laub ihre Spuren. Für den Rest der Nacht ließen sie sich auf einer Anhöhe tief im Forst nieder.
Am Morgen wurden die *grewigg* widerspenstig. Sie waren müde und hungrig. Und nachdem sie selbst und McKay beinahe gebissen und mit Hufschlägen traktiert worden wären, beschloß Anana, den Tieren ihren Willen zu lassen. Während eines guten Teils des Tages fraßen die Tiere. Die zwei Reiter wechselten sich währenddessen ab und hielten Ausschau aus der Krone eines hohen Baumes. Anana hatte erwartet, daß die Indianer sich in wildem Galopp an die Verfolgung machen würden. Doch die Helligkeitsperiode war zur Hälfte verflossen, ehe Anana sie in der Ferne auftauchen sah. Es war ein Trupp von Kriegern auf dem Kriegspfad, etwa zwanzig Mann.
Sie rief McKay zu, er solle die *grewigg* reisefertig machen, ob das den Tieren passe oder nicht.
Es wurde ihr nun klar, daß sie mit den Tieren im Wasser hätten reiten müssen, sobald sie aus dem Lager herauskamen, denn auf diese Weise würden die Indianer nicht entdeckt haben, in welche Richtung sie sich entfernten und in welche Richtung sie sie verfolgen sollten. Und dann hätten sie vielleicht die Verfolgung ganz aufgegeben. Aber – wie so viele Dinge im Leben – war diese Vorsicht im nachhinein nutzlos und kam zu spät.
Die Krieger ritten vorbei. Allerdings nicht weit. Ungefähr zweihundert Meter über die Stelle hinaus, an der die Flüchtenden in den Wald eingedrungen waren, hielten die Verfolger an. Zwischen zwei Männern schien sich ein heftiger Streit zu entspinnen. Einer davon war der Mann, der auf einer Stange den Löwenschädel trug. Wer immer von den beiden wollte, daß der Trupp umkehr-

te, blieb Sieger. Sie wendeten ihre *grewigg* und trabten zum Lager zurück.
Nein, nicht zu ihrem Lager. Denn nun konnte Anana die Spitze der Karawane erkennen. Sie zog mit dem Tempo des langsamsten Fußgängers im Stamm dahin, und nun stieß der Kriegertrupp auf sie. Der ganze Stamm hielt an, und man hielt ein Palaver ab. Dann wurde die Reise wieder aufgenommen.
Sie berichtete McKay, was sich ereignete. Er fluchte und sagte: »Und das bedeutet, daß wir hier hocken müssen und ihnen reichlich Zeit geben müssen, bis sie vorbei sind.«
»Oh, wir haben es gar nicht eilig«, antwortete Anana. »Aber wir brauchen eigentlich gar nicht auf sie zu warten. Wir ziehen quer durch den Wald und kommen weit vor ihnen wieder an den Strand.«
Soviel zur Theorie und so gut. In der Praxis hatte ihr Plan einen ganz anderen Ausgang. Sie kamen aus dem Waldrand gerade in dem Moment hervor, als sie zwei Reiter erblickten und von ihnen entdeckt wurden. Entweder waren sie als Späher vorangeschickt worden, oder aber es waren einfach zwei junge Burschen, die aus lauter Spaß sich ein Wettrennen lieferten. Was immer der Grund für ihre Anwesenheit sein mochte, sie kehrten um und galoppierten auf ihren großen Reittieren davon.
Anana konnte den Rest des Stammes noch nicht ausmachen. Sie vermutete, daß er nicht weit entfernt sein konnte und daß nur eine Biegung des Strandes ihn noch verbarg. Wie auch immer, sie und McKay würden einen Vorsprung von zwanzig Minuten haben. Mindestens.
Es blieb ihnen nichts anderes übrig, als die übermüdeten Tiere zum Galoppieren zu zwingen. Sie ritten eine Weile mit höchstem Tempo, ließen die Tiere eine Strecke traben, setzten dann wieder zum Galopp an. So ritten sie, mit einigen Ruhepausen, bis zum Einbruch der Nacht fort. Dann zogen sie wieder in die Wälder und wechselten sich in den Wach- und Schlafstunden ab. Am Morgen weigerten sich die Tiere erneut, weiterzugehen. Aber es gelang den

beiden nach einigen wilden Rangeleien, die *grewigg* wieder in Gang zu setzen. Allerdings war es eindeutig sichtbar, daß sie nicht mehr als einen ruhigen Tagesritt, wenn überhaupt, durchstehen können würden.
Gegen Mittag kamen die ersten ihrer Jäger in Sicht. Sie rückten langsam, aber stetig immer mehr auf, je länger der Tag wurde.
»Die armen Viecher haben gerade noch einen guten Galopp in den Beinen«, sagte Anana. »Und der wird nicht lang sein.«
»Vielleicht sollten wir uns zu Fuß in den Wald schlagen«, sagte McKay. Daran hatte sie auch bereits gedacht. Aber wenn diese Indianer ebenso gute Fährtenleser waren, wie man es ihren Gegenstücken auf der Erde nachsagte, dann würden sie früher oder später ihre Beute aufspüren.
»Sind Sie ein guter Schwimmer? Ausdauernd?« fragte sie.
McKays Augen wurden groß. Sein Daumen zuckte auf die Wasserfläche zu. »Sie meinen ... dort hinaus?«
»Ja. Ich bezweifle sehr stark, daß die Indianer schwimmen können.«
»Schön, aber Sie *wissen* es auch nicht genau! Ich kann zwar schwimmen, und ich kann mich über Wasser halten und treiben, aber nicht einen ganzen Tag lang. Außerdem, vielleicht gibt's ja Haie oder noch schlimmeres Zeugs da draußen.«
»Wir reiten weiter, bis die Tiere nicht mehr können, dann schlagen wir uns zur See durch. Ich jedenfalls werde das tun. Sobald wir außerhalb ihrer Sichtweite sind, können wir weiter unten wieder zum Strand zurückkehren. Ein paar Kilometer weiter.«
»Ich nicht«, sagte McKay. »Nie! Ich geh' in den Wald.«
»Wie Sie wollen.«
Sie griff in eine Tasche und zog das Horn hervor. Sie mußte es über die Schulter streifen, aber es wog ja nicht viel und würde also keine große Behinderung sein.
Eine Stunde später waren die Verfolger so nahe herangekommen, daß es sich als nötig erwies, die *grewigg* zur Höchstleistung anzuspornen. Aber dies ließ sich nicht mit der Geschwindigkeit der weniger erschöpften Tiere ihrer Verfolger vergleichen. Es wurde

sehr rasch deutlich, daß die Indianer in wenigen Minuten an ihrer Flanke reiten würden.
»Es hat keinen Sinn mehr, weiterzureiten!« rief Anana. »Steigen Sie ab, ehe Ihr Tier zusammenbricht und Sie sich das Genick brechen!« Sie zog die Zügel an. Als ihr schluchzendes, keuchendes Tier in den Trab fiel, rollte sie aus dem Sattel. Der weiche Sand milderte den Aufprall, und sie war sofort wieder auf den Beinen. Ein paar Sekunden später folgte McKay ihrem Beispiel. Er stand auf und rief: »Und was jetzt?«
Der Kriegertrupp war etwa hundert Meter hinter ihnen und holte rasch auf. Die Männer johlten, als sie sahen, daß ihre Beute ohne Reittiere war. Einige preschten zum Wald hinüber, weil sie wohl annahmen, daß die Gejagten dorthin zu laufen versuchen würden. Anana sprang mit platschenden weiten Sätzen in das seichte Wasser, und als es ihr bis zur Hüfte reichte, streifte sie ihre zerfetzten Jeans und die Stiefel ab. McKay watete dicht hinter ihr.
»Ich dachte, Sie wollten sich in die Büsche schlagen?«
»Ach nee, da wäre es mir zu einsam!«
Sie begannen mit langen, ruhigen Zügen zu schwimmen. Anana blickte zurück und sah, daß ihre Verfolger noch immer am Ufer standen. Sie kreischten vor Enttäuschung und Wut. Ein paar wirbelten ihre Bumerangs und schossen Speere nach ihnen ab. Aber sie erreichten sie nicht mehr.
»Recht haben Sie immerhin mit einem gehabt«, sagte McKay, während sie im Hundstrab dahinpaddelten. »Schwimmen können die nicht. Aber vielleicht haben die ja auch bloß Angst. Diese Haifische und so ...«
Anana begann wieder richtig zu schwimmen, und zwar auf den Horizont zu. Doch als sie sich erneut umschaute, hielt sie inne.
Die Entfernung war zwar zu groß, als daß sie hätte sicher sein können. Aber wenn dieser rothaarige Mann auf einem *gregg,* der dort ganz allein die Indianer angriff, nicht Kickaha war, dann litt sie an Halluzinationen. Es konnte nicht Red Orc sein, denn der würde so etwas Verrücktes niemals unternehmen.

Dann sah sie die anderen Reiter aus dem Wald hervorstoßen. Es war ein gewaltiger Trupp. Rasten die hinter Kickaha her, um ihm zu helfen, sobald sie ihn eingeholt hatten, oder hatten sie es auf seinen Skalp abgesehen?
Vielleicht griff ja Kickaha die Indianer gar nicht im Alleingang an, wie sie zunächst geglaubt hatte. Vielleicht rannte er nur vor den Männern hinter ihm davon und hatte jetzt die Wahl zwischen Skylla und Charybdis oder zwischen dem Krokodil im Wasser und dem Tiger am Ufer?
Wie auch immer, sie würde ihm helfen, wenn sie konnte. Sie begann wieder ans Ufer zurückzuschwimmen.

Siebzehntes Kapitel

Als Kickaha aus dem Wald ritt, rechnete er damit, daß die Männer, die Anana jagten, weit vor ihm sein würden. Zu seinem Erstaunen jedoch entdeckte er sie nur hundert Meter vor sich. Die meisten waren von den Tieren abgestiegen und standen am Strand oder halb im Wasser, und sie brüllten und gestikulierten zu etwas draußen im Meer hin.

Weder Anana noch McKay waren zu sehen.

Es wäre das vernünftigste gewesen, sein *hikwu* so rasch wie möglich zu wenden und in entgegengesetzter Richtung davonzureiten. Aber der einzige Grund, warum diese fremden Wilden – die er sofort als Amerindianer erkannte – hier anhielten und sich so aufgeregt verhielten, konnte nur sein, daß sich ihre Jagdbeute ins Meer geflüchtet hatte. Er konnte sie nicht sehen, aber sehr weit hinausgeschwommen konnten die Verfolgten ja nicht sein. Und dann mußte auch sein Stamm, die Thana, ziemlich dicht hinter ihm sein.

Also unterdrückte er seinen Kampfschrei, ritt näher heran und wirbelte seinen Kriegsbumerang gegen den Kopf des grauhaarigen rotäugigen Mannes, der auf seinem *hikwu* sitzen geblieben war. Ehe die schwere hölzerne Waffe den Mann an der Schläfe traf und ihn aus dem Sattel warf, hatte Kickaha den Speer aus der linken Hand in die rechte genommen. Inzwischen hatten die paar Krieger, die noch im Sattel saßen, seine Gegenwart bemerkt. Sie wirbelten ihre Tiere herum, doch einer, ein weiterer Grauschopf, war nicht schnell genug für Kickaha. Er verwendete den Schaft als Keule, die er diesem und danach einem anderen, der auf sein *merk* zurannte, gegen den Kopf hieb.

Nachdem er an allen Kriegern vorbeigeprescht war, hielt er sein Tier an und griff erneut an. Diesmal attackierte er nicht das Zentrum, sondern ritt auf die Flanke zwischen den Kriegern und dem Waldrand zu. Einer schleuderte seinen Bumerang, aber Kickaha duckte sich, und die Waffe surrte vorbei, ein Flügel hätte beinahe seine Schulter gestreift. Geduckt, den Speer zwischen Oberarm und Flanke gepreßt, raste Kickaha los und setzte einen Mann außer Gefecht, der soeben aufgesessen war, aber Schwierigkeiten hatte, sein Tier unter Kontrolle zu bringen. Der Mann sackte nach vorn und fiel über den Hals seines *hikwu.*

Inzwischen waren die ersten Thana aufgetaucht, und dann begann das Handgemenge.

Eigentlich hätte es ein kurzer Prozeß sein müssen. Die Amerindianer standen einer Überzahl gegenüber und waren bereits entmutigt, saßen in der Falle und hatten keine Reittiere, was für sie das gleiche wie Hilflosigkeit bedeutete. Aber während sich die letzten fünf noch wild zur Wehr setzten, obwohl sie keine Chance mehr hatten, mischte sich in das Kampfgetümmel neues Kreischen und Schrillen.

Kickaha schaute auf und fluchte. Da kam ein großer Trupp von Amerindianern, genug, um die Übermacht über die Thana zu erringen. Und in anderthalb Minuten würden sie auf die Thana zum Angriff losreiten.

Er stand in den Steigbügeln auf und blickte auf die Meereswellen hinaus. Zunächst entdeckte er nichts anderes als ein paar Amphibien. Dann sah er einen Kopf und Arme, die wild ins Wasser schlugen. Ein paar Sekunden später machte er den zweiten Schwimmer aus.

Er blickte den Strand hinunter. Eine Reihe reiterloser *hikwus* waren ausgebrochen, als er zwischen sie hineingejagt war, und drei standen nun am Waldrand und zerrten an den Ästen. Auch ihnen stand ihr Bauch näher als die Treue zu ihren Herren.

Aber Treue, was war das schon? War er den Thana irgend etwas schuldig? Nein, eigentlich nichts. Gut, es stimmte, daß sie ihn in den Stamm aufgenommen hatten und zu einer Art Blutsbruder gemacht hatten. Aber er hatte ja nur die Wahl gehabt, mitzuspielen oder zu sterben, und dies war keine faire Wahlmöglichkeit gewesen. Also schuldete er diesem Stamm überhaupt nichts.

Immer noch hochaufgerichtet in den Steigbügeln, schwenkte er seinen Speer in Richtung auf die zwei Köpfe in den Wellen. Ein weißer Arm tauchte auf und winkte zurück. Es war Anana, er hatte nicht den geringsten Zweifel daran. Er benutzte den Speer und deutete ihnen an, sie sollten zu einer Stelle weiter unten am Strand schwimmen. Und Anana und McKay folgten seinem Hinweis sofort.

Gut. Sie würden in einiger Entfernung vom Kampfgetümmel aus dem Wasser kommen und konnten sich dann zwei der äsenden Elchtiere nehmen. Doch dazu würden sie eine Weile benötigen, und bis dahin konnten vielleicht die Amerindianer gesiegt haben. Also mußte er versuchen, Anana die nötige Zeit zu verschaffen.

Mit einem gellenden Schrei trieb er sein *hikwu* zum Galopp an. Sein Speer traf den Nacken eines Rothäutigen, der gerade einen Thana aus dem Sattel gehoben hatte, indem er ihm einen dicken Knüppel über den Kopf hämmerte. Kickaha nahm den Speer wieder an sich. Er fluchte. Die Flintspitze hatte sich von dem Schaft gelöst. Na, wenn schon. Er rammte das stumpfe Ende einem anderen Indianer gegen den Hinterkopf, und der Mann fiel aus dem Sattel.

Dann traf etwas Kickaha auf den Kopf, und er fiel halb bewußtlos in den Sand. Einen Augenblick lang lag er so da, während ringsum Hufe den Sand aufwirbelten, um ihn herumstampften, ihn mehrmals nur um Haaresbreite verpaßten, und dann fiel ein Körper neben ihm in den Sand. Es war ein Thana, Toini, der Jungkrieger, der es ihm so schwergemacht hatte. Er war tot.

Kickaha stand auf. Erst jetzt bemerkte er, daß er blutete. Was immer es gewesen war, was ihn auf den Kopf traf, es hatte die Kopfhaut aufgerissen. Aber er hatte jetzt keine Zeit, sich darum zu kümmern. Er sprang auf einen Indianer im Sattel zu, der auf einen Thana mit seinem schweren Bumerang einhieb, packte den Mann am Arm und riß ihn aus dem Sattel. Kreischend fiel der Krieger über Kickaha her, und sie rollten beide in den Sand.

Kickaha packte die Nase der Rothaut mit den Zähnen und biß fest zu. Schreiend rollte der Mann von Kickaha. Kickaha ließ seine Nase los, rollte sich auf den Rücken, hob den Kopf, um seinen Feind zu sehen, und stieß ihm heftig die Faust unter das Kinn. Der Mann wurde schlaff und stumm.

Ein Huf kam scharf herunter und zerfetzte ihm die Haut am Oberarm. Er rollte sich ab, um nicht zertrampelt zu werden. Er wurde von Elchtierkot bedeckt, und Sand spritzte ihm in die Augen. Er raffte sich auf und kroch auf Händen und Knien, halb erblindet, durch das Getümmel, wurde einmal umgerannt – er wußte nicht, von was, wahrscheinlich von einem ausschlagenden *hikwu*-Bein –, er stand auf und kroch weiter, hielt inne, als ein Speer sich dicht vor seinem Gesicht in den Sand bohrte – und dann war er endlich im Wasser.

Hier öffnete er die Augen weit und tauchte den Kopf ins Wasser. Er kam rechtzeitig wieder an die Oberfläche, um zu sehen, daß zwei berittene Krieger auf ihn zukamen, ein Thana und ein Amerindianer, die mit Kriegsbumerangs aufeinander einhieben. Der Elchhengst des einen stieß die Elchstute des anderen ins Wasser. Wenn Kickaha verblieb, wo er war, würde er wahrscheinlich von den trampelnden Hufen zertreten werden. Er tauchte weg. Sein Gesicht und seine Brust wurden von dem Sand auf dem Grund aufgerieben. Als er wieder auftauchte, war er etwa sieben Meter weit weg. Und dann erkannte er den Thana, der von der Küste weggedrängt wurde: Es war der Häuptling, und er hielt in einer Hand Kickahas Stahlmesser, in der anderen einen Bumerang. Aber er war dem jüngeren Krieger nicht gewachsen. Seine Arme arbeiteten langsam, als sei er sehr müde, und die Rothaut grinste bereits in Vorwegnahme des Sieges.

Kickaha stand auf, sah sich hüfttief im Wasser und watete auf die Kämpfenden zu. Er erreichte den Häuptling in dem Augenblick, in dem ein Hieb mit dem Bumerang, den der junge Mann ausführte, den Arm des Älteren gefühllos machte. Er ließ seinen Bumerang fallen; die linke Hand stieß mit dem Messer zu, verfehlte aber ihr

Ziel; die hölzerne Waffe seines Feindes prallte ihm zweimal auf den Schädel.

Wergenget ließ das Messer ins Wasser fallen. Kickaha tauchte hinterher. Er tastete über den Grund, und dann packte seine suchende Hand die Messerschneide. Dann fiel etwas, sicherlich Wergenget, über ihn. Der Aufprall trieb die Luft aus Kickahas Lungen. Er keuchte, Wasser drang ihm in den Hals. Hustend und halberstickt kam er an die Oberfläche. Und sofort wurde er wieder untergetaucht, denn die Rothaut sprang von dem *hikwu* direkt auf ihn drauf. Kickaha war eindeutig im Nachteil, denn er rang noch nach Luft und tastete gleichzeitig nach dem Messer, das ihm wieder entglitten war.

Sein Gegner war nicht ganz so groß wie er selbst, aber er war ganz zweifellos flink und kräftig. Seine Linke schloß sich um Kickahas Kehle, die rechte Hand hob den Bumerang. Durch das Wasser, das ihm über die Augen rann, konnte Kickaha den nahen Tod erkennen. Er schob das rechte Bein zwischen die Beine seines Gegners und trieb ihm das Knie in die Leistengegend. Da aber sein Bein aus dem Wasser kam, war die Wucht nicht so heftig, wie Kickaha erhofft hatte. Trotzdem verursachte das Knie der Rothaut einigen Schmerz. Einen Augenblick lang ließ die Hand Kickahas Kehle los. Er stand auf, das Gesicht von Schmerz verzerrt.

Kickaha lag immer noch rücklings im Wasser, und er keuchte noch immer und rang nach Luft. Aber seine linke Hand berührte etwas, etwas Hartes, die Finger öffneten sich und schlossen sich um die Messerklinge. Die Finger tasteten weiter und packten den Griff. Der Indianer griff nach unten, um erneut die Kehle eines – wie er glaubte – schwer benachteiligten Gegners zu fassen. Er stand allerdings seitlich, so daß Kickaha den Knietritt zwischen die Beine nicht noch einmal anwenden konnte.

Kickaha stieß dem Jungen das Messer in den Leib. Der Jungkrieger ließ seinen Bumerang fallen, und die Hand, die nach Kickahas Kehle gegriffen hatte, sackte weg. Der Junge hatte einen erstaunten Gesichtsausdruck, er preßte die Hände auf den Bauch, und dann fiel er mit dem Gesicht nach vorn ins Wasser.

Kickaha brauchte eine Weile und hustete sich sozusagen die Lungen aus der Brust. Dann überprüfte er die Lage. Die beiden Elchtiere, die der Häuptling und der Indianer geritten hatten, waren davongeprescht. Anana und McKay waren noch immer gute hundertzwanzig Meter vom Strand entfernt, aber sie schwammen tapfer weiter. Das Gemetzel am Strand hatte sich zugunsten der Amerindianer gewendet. Aber plötzlich rückten weitere Thana an, darunter auch Frauen und Onil und Opwel, die von ihren Wachplattformen heruntergestiegen waren. Kickaha bezweifelte, daß die Rothäute dem Anprall widerstehen würden.

Kickaha nahm Wergenget den Gurt mit der Scheide ab und wand sie sich selbst um die Hüften. Er hob einen der Bumerangs auf und watete, bis das Wasser ihm nur noch bis an die Knie reichte. Dann stakte er den Strand entlang, an dem Kampfgetümmel vorbei, stieg an den Strand und rannte über den Sand. Als er in die Nähe einiger reiterloser Elchtiere gelangte, verlangsamte er seine Schritte, näherte sich ihnen vorsichtig, packte die Zügel und befestigte sie an den Büschen. Dann kam noch ein *hikwu* herangetrottet, und als Kickaha ihm beruhigend zurief, fiel es in den Schritt, und er konnte es am Zügel fassen und ebenfalls festbinden. Dann watete er hinaus in die Brandung, um den Schwimmern zu helfen. Ein paar Minuten später tauchten sie auf. Sie waren atemlos und sehr müde. Er mußte beiden auf den Strand helfen, sonst wären sie zusammengebrochen. Sie ließen sich auf den Sand fallen und fauchten wie die Blasebälge eines Hufschmieds.

»Ihr müßt aufstehen und auf die *hikwu* steigen!« sagte Kickaha.

»Hikwu?« Anana brachte das Wort kaum heraus.

»Die Elchtiere. Eure Pferde sind gesattelt, um euch aus der Gefahr davonzutragen.« Und er wies mit dem Daumen auf die Tiere.

Anana gelang ein Lächeln. »Kickaha, kannst du denn niemals aufhören, mich auf den Arm zu nehmen?«

Er zog sie zu sich herauf, und sie legte ihm die Arme um den Hals und weinte ein bißchen. »O Kickaha, ich hatte solche Angst, daß ich dich niemals mehr wiedersehen würde!«

»Ich war nie im Leben so glücklich«, sagte er, »aber ich wäre eigentlich noch glücklicher, wenn wir jetzt hier verschwinden könnten!«

Sie rannten zu den Tieren, banden sie los, stiegen auf und galoppierten davon. Das Kampfgeschrei und der Lärm wurden leiser, und als sie um eine weitere Biegung geritten waren, blieben die Kampfhandlungen ganz hinter ihnen zurück, sie sahen und hörten nichts mehr davon. Sie nahmen die Tiere zu einem raschen Trab zurück. Kickaha berichtete Anana, was ihm inzwischen widerfahren war, wobei er allerdings diskret einige Einzelheiten überging. Dann erzählte sie ihre Erlebnisse, und auch sie nahm ein paar Zensurschnitte vor. Beide glaubten, die ausgesparten Einzelheiten später nachtragen zu können, denn im Augenblick schien es dafür nicht der rechte Zeitpunkt zu sein.

»Hast du irgendwann, während du oben in deinem Baum hocktest, irgend etwas gesehen, was aussah wie der Palast?« fragte Kickaha.

Sie schüttelte den Kopf.

»Also, ich glaube, wir sollten auf einen von diesen Bergen am Meer steigen und uns umsehen. Ein paar sind mindestens fünftausend Fuß hoch. Wenn wir auf einen der Gipfel klettern, könnten wir sehen ... hmmm, es ist so lange her, daß ich mich nicht mehr erinnere. Moment, ich glaube aus dieser Höhe beträgt die Sichtweite bis zum Horizont ungefähr hundertfünfzig Kilometer.

Aber das spielt keine Rolle. Wir können ziemlich weit sehen, und der Palast ist ja wirklich ziemlich groß, nach allem, was Urthona so geprahlt hat. Andererseits liegt der Horizont dieses Planeten vielleicht nicht so weit weg wie auf der Erde. Aber einen Versuch ist es jedenfalls wert.«

Anana stimmte ihm zu. McKay sagte nichts dazu, denn die beiden würden ja sowieso tun, was sie wollten. Also ritt er brav hinter ihnen her in die Wälder.

Sie brauchten drei Tage, um auf den Gipfel des konischen Berges zu gelangen. Der Aufstieg war schon recht schwierig gewesen, und dann hatten sie unterbrechen müssen, um zu jagen, und sie hatten sich und den Tieren eine Rast gönnen müssen. Nachdem sie die Tiere mit Beinfesseln versehen hatten, machten sich Kickaha und Anana zu Fuß auf. McKay ließen sie zurück, um darauf zu achten, daß die Reittiere nicht zu weit weg wanderten. Die letzten paar Meter waren am schwersten. Der Berg endete in einer scharfen Spitze, die hin und her schwankte, je nach den leichten Massenveränderungen im Gesamtkörper. Die Spitze selbst hatte von unten nadeldünn ausgesehen, aber in Wirklichkeit war es dann eine Lehmplattform von der Größe eines geräumigen Eßtischs. Sie standen da und suchten mit den Blicken das Meer ab und wünschten sich nur, sie hätten ein Fernglas zur Verfügung.

Nach einer Weile sagte Kickaha: »Nichts!«

»Ja, leider«, sagte Anana. Sie drehte sich um und spähte über das Terrain außerhalb des Meerlandes, und dann packte sie seinen Arm. »Schau!«

Kickahas Augen justierten sich auf der Linie, die ihr Arm ihnen wies.

»Ich weiß nicht«, sagte er. »Es sieht aus wie ein großer dunkler Felsen oder wie ein Hügel. Mehr kann ich nicht erkennen.«

»Nein, es bewegt sich! Warte doch mal!«

Der Gegenstand hätte sehr leicht hinter einem der zwei Berge verschwinden können, wenn er ein wenig weiter rechts oder links geschwebt wäre, nur eine halbe Meile, aber er trieb gerade über einen sehr breiten Paß und einen sanften langen Hang hinauf. Kickahas Schätzung nach befand sich das Objekt ungefähr zwanzig Meilen weit weg und war von enormer Größe.

»Das *muß* sein Palast sein!« rief er aus. »Und er muß vom Meerland durch den Paß gelangt sein!«

Nur eines trübte seine Freude: Das Ding war so sehr weit entfernt. Bis sie den Berg wieder hinabgestiegen, zum nächsten Paß geritten und durch ihn auf die andere Seite gelangt waren, würde der Palast noch weiter fortgetrieben sein. Und das war nicht alles. Sie konnten sich nicht darauf verlassen, daß die zwei Berge als Landmarken verläßlich bleiben würden. Zu dem Zeitpunkt, an dem sie bei diesen Bergen ankommen würden, konnten diese schon verschwunden sein, oder sie konnten sich gespalten haben und vier sein oder zu einem verschmolzen sein. Es war in dieser Welt so leicht, die Orientierung zu verlieren, besonders weil es weder Süd noch Nord, noch Ost, noch West gab.

Aber die Bergkette, die das Meerland umringte, würde hinter ihnen bleiben; und sie immerhin veränderte sich ja nur wenig.

»Also gehen wir!« sagte Kickaha und ließ sich rücklings über den Rand ihres kleinen Plateaus gleiten.

Achtzehntes Kapitel

Es war elf Tage später. Das Trio hoffte, daß sie in einigen weiteren Tagen in Sichtweite des Palastes gelangen würden. Die Berggipfelzwillinge, zwischen denen die Burg hindurchgedriftet war, hatten sich zu einem einzigen Riesenberg verwandelt, der einer weiblichen Brust glich. Ringsum hatten sich tiefe Senken gebildet, die von dem schweren Regen tags zuvor voll Wasser standen. Es erwies sich als nötig, einen Umweg von etwa fünfzehn Kilometern um diesen gewaltigen Graben zu machen.

Aber ehe sie die Strecke geschafft hatten, formte sich der Berg zu einem Kegel um, die Senken stiegen an, das Wasser floß fort. Sie beschlossen in diesem Moment, den Berg zu besteigen, um vielleicht wieder Urthonas ehemalige Behausung in das Blickfeld zu bekommen. Zwar würde die Kletterei sie noch länger aufhalten, doch sie hielten sie für nötig. Das flutende Gebäude konnte sich in gerader Linie weiterbewegt haben, es konnte in die beiden möglichen Richtungen abgetrieben sein, oder es konnte sogar einen großen Bogen geschlagen haben und nun hinter ihnen liegen. Ananas Onkel hatte erklärt, daß der Kurs des Palastes willkürlich sei, wenn die Instrumente auf Automatik geschaltet waren.

Auf dem Berggipfel spähten sie in alle Himmelsrichtungen. Unter ihnen breiteten sich Prärien und Hügelkämme aus und wechselten langsam die Gestalt. Es gab Wild in großer Zahl, hier und da sah man dunkle Massen: die Haine und Wälder der Wanderpflanzen. Weit hinten rechts tauchten winzige Gestalten auf, eine Schlange von irgendwelchen Wilden auf dem Marsch in das Meerland.

Die drei strengten ihre Augen an, bis dann Kickaha plötzlich einen Punkt in der Ferne sah, der sich langsam vorwärtsbewegte. War das ein Heer von Wanderbäumen, oder war es der Palast?

»Ich glaube nicht, daß du es sehen könntest, wenn es aus Pflanzen bestünde«, sagte Anana. »Sie wachsen ja nicht sehr hoch, wie du weißt. Und auf diese Entfernung hin gesehen, müßte das Objekt ziemlich groß sein.«

»Na, hoffen wir mal, du hast recht«, sagte Kickaha.

McKay stöhnte. Er war es leid, sich selbst und sein Reittier bis zur Erschöpfung antreiben zu müssen.

Aber sie konnten ja wirklich nur weitersuchen. Sie bewegten sich zwar in einem rascheren Tempo vorwärts als ihr Ziel, doch sie mußten anhalten, um zu jagen, um zu essen, zu trinken und zu schlafen. Der Palast driftete in seinem sanften Tempo weiter, einen Kilometer pro Stunde etwa, wie eine riesige, hirnlose, nie ermüdende Schildkröte, die in träger Geilheit nach einem Paarungspartner sucht. Und der Bau hinterließ keine Spuren, da er einen halben Meter über dem Boden dahintrieb.

Während der nächsten drei Tage regnete es heftig. Sie trabten tapfer weiter, erduldeten die kalten Duschen, aber es bildeten sich auch zahlreiche breitflächige Senken, die vom Wasser gefüllt wurden, und sie mußten ihnen ausweichen.

So verloren sie viel Zeit und Terrain.

Am sechsten Tag, nachdem sie den Palast wieder gesichtet hatten, verloren sie Ananas Reittier. Während sie schliefen, griff ein Löwe es an, und es gelang ihnen zwar, den Löwen zu vertreiben, doch mußten sie das schwer verstümmelte *hikwu* aus seinem Elend erlösen. Damit hatten sie für mehrere Tage genügend Fleischvorrat, bis das Fleisch zu verderben begann und sie es nicht mehr essen konnten. Aber nun mußte Anana eben abwechselnd hinter den beiden Männern im Sattel sitzen. Und das hielt sie auf.

Am sechzehnten Tag kletterten sie wieder auf einen Berg, um sich einen Überblick zu verschaffen. Diesmal konnten sie den Palast klar erkennen, doch schien er nicht näher gerückt zu sein als beim letzten Mal, da sie ihn erblickt hatten.

»Da können wir ja endlos durch die ganze Welt hinter dem Ding herlaufen«, sagte McKay mürrisch.

»Wenn wir das müssen, dann werden wir es eben tun«, antwortete Kickaha fröhlich. »In letzter Zeit, mein lieber Mac, nörgelst du ganz schön herum. Du gehst mir allmählich auf die Nerven, Junge. Gut, es ist ein ziemlich anstrengendes Leben, und du hast seit vielen Monaten keine Frau mehr gehabt, aber es wäre wirklich vernünftiger, wenn du mal ein Grinsen versuchtest und es einfach erträgst. Mach doch mal einen Witz, tanz ein paar Stepschritte . . .«

McKay blickte weiter mürrisch drein. »Das hier ist keine Niggershow.«

»Stimmt. Aber Anana und ich bemühen uns weidlich, die Geschichte nicht so schwer zu nehmen. Ich schlage dir vor, Junge, daß du eine andere Einstellung findest. Du könntest nämlich ziemlich viel schlimmer dastehen. Du könntest beispielsweise tot sein. Wir haben eine Chance, eine recht gute, hier rauszukommen. Vielleicht kannst du sogar auf die Erde zurückkehren, obwohl ich glaube, es wäre für die Leute dort besser, wenn das nicht der Fall wäre. Du warst ein Dieb, und du hast Menschen gequält, getötet, vergewaltigt. Doch wenn du in einer anderen Umwelt wärest, könntest du dich ja möglicherweise ändern. Darum meine ich, es wäre keine gute Idee, wenn du auf die Erde zurückkehren würdest.«

»Wie zum Teufel sind wir von meiner Meckerei auf dieses Thema gekommen!« murrte McKay.

Kickaha grinste. »Eins führt zum anderen. Was ich andeuten will: Du bist für uns eine Last. Anana und ich könnten viel rascher vorankommen, wenn wir dich nicht auf unserem Elchtier mitschleppen müßten.«

»Eurem?« brüllte McKay, seine Verdrossenheit brach in offenem Zorn aus. »*Sie* reitet doch auf *meinem gregg!*«

»Also eigentlich gehört es einem Indianer. Gehörte, sollte ich besser sagen. Nun gehört es dem, der die Stärke besitzt, es sich zu nehmen. Habe ich mich klar ausgedrückt?«

»Ihr würdet mich einfach sitzenlassen?«

»Logischerweise sollten wir das tun. Aber das werden Anana und ich eben nicht tun, solange Sie uns helfen, McKay.« Und plötzlich brüllte er: »Also lassen Sie Ihr verdammtes Gejammere und Geklage sein!«

McKay grinste. »In Ordnung! Ich glaube, Sie haben recht. Ich bin ja eigentlich auch kein Jammerlappen, aber das hier ...« Er strich mit der Hand durch die Luft, als wollte er die ganze Welt umfassen. »Das ist sogar mir zuviel. Aber ich verspreche Ihnen, ich höre auf herumzumaulen. Ich nehme an, ich war für Sie beide nicht gerade eine Wonne.«

»Also schön«, sagte Kickaha. »Ziehen wir weiter. Habe ich euch jemals die Geschichte erzählt, wo ich mich in einem musterhaft bestückten Weinkeller verstecken mußte, in irgendeiner französischen Stadt, als die Deutschen sie wieder eingenommen hatten?«

Zwei Monate später hatten sie den wandernden Palast noch immer nicht eingeholt. Aber sie waren ihm viel näher gekommen. Wenn sie ab und zu einen Blick auf den Palast erhaschten, schien er in etwa fünfzehn Kilometern Entfernung zu schweben. Und selbst auf diese Entfernung wirkte der Bau riesig. Er ragte schätzungsweise zweitausendsechshundert Fuß hoch, knapp eine halbe Meile. In der Länge und Breite war das Gebäude jeweils ungefähr vierhundert Meter weit. Die Basis war flach.

Kickaha konnte die Umrisse erkennen, doch natürlich vermochte er keine Einzelheiten auszumachen. Nach dem, was Urthona erzählt hatte, würde der Palast in der Nähe wie ein Alptraum aus Tausendundeiner Nacht aussehen, wie eine orientalische Stadt mit Hunderten von Türmen, Minaretten, Kuppeln und Torbögen. Und in Abständen veränderten sich die Oberflächenfarben, und einmal war der Palast angeblich sogar von Regenbögen umhüllt gewesen.

Inzwischen trieb die Burg am anderen Ende einer riesigen Ebene, die sich gebildet hatte, während sie einen Berghang hinunterritten. Die Hügelkette um die Prärie verflachte sich, die Tiere, die zuvor an den Bergflanken gewesen waren, bildeten nun große Herden auf der flachen Weite.

»Zirka zehn Meilen weit weg«, sagte Kickaha. »Und das Ding muß noch etwa fünfzig Kilometer weitertreiben, ehe es den Rand der

Ebene erreicht. Ich würde sagen, wir sollten versuchen, hier und jetzt hinzukommen. Wir treiben unsere Tiere an, bis sie nicht mehr können, dann versuchen wir es zu Fuß einzuholen. Wir ziehen weiter, ganz egal, was passiert.«

Seine beiden Gefährten stimmten ihm zu, aber sie waren keineswegs begeistert. Alle hatten Gewicht verloren, die Wangen waren eingefallen, um die Augen zeichneten sich die dunklen Ringe einer fast völligen Erschöpfung ab. Dennoch mußten sie auch diese Anstrengung auf sich nehmen. Denn sobald der Palast zu den Bergen gelangte, würde er ganz leicht über sie hinwegschweben und dabei mit der gleichen Geschwindigkeit treiben, wie er sie über der Ebene innehielt. Nur die Verfolger würden natürlich langsamer werden.

Sobald sie auf dem flachen Land angelangt waren, trieben sie die armen Tiere zum Galopp an. Die Reittiere spielten mit, so gut sie es vermochten, doch sie waren keineswegs in bester Kondition. Dennoch verschwand die Erde hinter ihnen. Die Herden teilten sich vor ihnen, die Antilopen und Gazellen rissen in panischem Schrecken vor ihnen aus. Und die Raubtiere nutzten diese Panik und Verwirrung und holten sich Beute. Die Wildhunde, Paviane, Moas und Löwen rissen das fliehende Wild und brachten es zur Strecke. Knurren, Brüllen und Kreischen begleiteten sie, während sie auf ihr entschwindendes Ziel zuritten.

Und dann entdeckte Kickaha vor sich ein paar sehr seltsame Geschöpfe. Es waren bewegliche Pflanzen – vielleicht! –, und sie ähnelten keinem Wesen, das er je zuvor erblickt hatte. Eigentlich sahen sie nur aus wie riesige Baumstämme auf Beinen. Die Baumstümpfe wanderten horizontal, waren fahlgrau, und sie hatten kurze, stoppelige Zweige, auf denen sechs oder sieben rhombusförmige Blätter von schwarzgrüner Farbe wuchsen. Aus den Enden wucherten Razeme, die wie Kandelaber aussahen. Doch als Kickaha an einer dieser Pflanzen vorbeiritt, sah er, daß Augen, riesige Augen, fast von der Form menschlicher Augen, an den Enden der Kandelaberspitzen saßen. Die Augen folgten ihnen, als die zwei Elchtiere vorübergaloppierten.

Vor ihnen lagen weitere dieser erschreckend wirkenden Dinge. Sie alle hatten ein offenes und ein geschlossenes Ende.

Kickaha lenkte sein *hikwu* von ihnen fort, und McKay schloß sich ihm an. Kickaha rief Anana zu, die hinter ihm saß. »Mir gefällt nicht, wie die Dinger aussehen!«

»Mir auch nicht!«

Eines der baumähnlichen Wesen lag etwa fünfzig Meter seitlich von ihnen und begann plötzlich sein offenes Ende aufzurichten, das ihnen zugewandt war. Das Hinterende blieb auf dem Grund, während die Vorderbeine sich zu recken begannen.

Kickaha gewann den beunruhigenden Eindruck, daß das Ding sehr einer Kanone ähnele, deren Rohr sich zum Feuern aufrichtete.

Einen Moment später stieß das dunkle Loch am erhobenen Ende schwarzen Rauch hervor. Aus dem Rauch fiel etwas Schwarzes und Undeutliches in einem Bogen ungefähr sieben Meter zu ihrer Rechten auf die Erde. Als es auf das rostrote Gras prallte, explodierte es.

Das Elchtier kreischte und beschleunigte seinen Galopp, als gewänne es von irgend etwas in seinem Innern neue Energie.

Kickaha war halb taub für ein paar Sekunden. Aber nicht so betäubt, daß er nicht den Geruch des Rauchs erkannt hätte. Es war Schwarzpulver! »Kickaha, du blutest!« sagte Anana.

Er spürte keinen Schmerz und außerdem war jetzt keine Zeit, anzuhalten und herauszufinden, wo er verletzt worden war. Er brüllte seinem *hikwu* weitere anfeuernde Rufe ins Ohr. Aber sein Rufen ging unter, als im nächsten Augenblick mindestens ein Dutzend weiterer Explosionen ringsum erfolgten. Der Rauch blendete ihn momentan, dann war er wieder in klarer Luft. Aber jetzt konnte er überhaupt nichts mehr hören. Anana umklammerte noch immer seine Hüften, also wußte er, daß sie noch hinter ihm saß.

Er blickte über die Schulter zurück. Da kam McKay auf seinem Tier in wilder Flucht aus dem Rauch geritten. Und hinter ihm her kam ein Projektil, ein geschoßähnlicher Gegenstand, schwarz, der allem Anschein nach langsam dahinschwebte. Das Ding fiel hinter McKay und explodierte dröhnend in einer Rauchwolke, in deren Mitte Feuer loderte. Das *hikwu* des Negers stürzte Hals über Kopf. McKay wurde aus dem Sattel geworfen, landete auf der Erde und rollte sich ab. Der wuchtige Leib seines Tieres taumelte vorbei und rammte ihn beinahe.

Aber McKay war auf den Beinen und rannte.

Kickaha nahm sein *hikwu* an den Zügeln und brachte es zum Halten. Durch die Rauchschwaden konnte er sehen, daß ein gutes Dutzend der Pflanzen ihr offenes Vorderende aufgerichtet hatten und auf die Menschen zielten. Aus den kanonenrohrähnlichen Öffnungen von zweien drang wieder Rauch, kam Knallen und flogen Geschosse. Sie explodierten etwa fünfzehn Meter hinter McKay. Er warf sich zu Boden, natürlich zu spät, um der Wirkung zu entgehen, war aber sofort nach der Detonation wieder auf den Beinen und rannte.

Hinter ihm zeigten sich im Boden zwei kleine Krater.

Wunderbarerweise hatte McKays Elchtier sich weder den Hals noch ein Bein gebrochen. Es erhob sich wieder auf die Beine. Die Lefzen waren zurückgezogen und legten sämtliche großen, langen Zähne bloß, die Augen wirkten doppelt so groß wie sonst. Das Tier raste an McKay vorbei, der mit offenem Mund Flüche brüllte, die Kickaha nicht hören konnte.

Anana hatte bereits begriffen, was zu tun war. Sie war aus dem Sattel gesprungen und winkte Kickaha zu, da sie ja wußte, daß er sie nicht hören konnte. Er stieß seinem Tier die Fersen in die Weichen und schrie es an, obwohl er annahm, daß es ebenso taub war wie er selbst. Das Tier gehorchte und lief hinter dem ausreißenden Tier McKays her. Allerdings entwickelte sich dies zu einer langen Jagd, die erst ein Ende fand, als McKays Reittier zu laufen aufhörte. Aus dem Maul troff ihm der Schaum und lag in Flocken auf der Brust, die Flanken gingen wie Blasebälge. Es brach zusammen, rollte auf die Seite und verendete.

Kickaha ritt an die Stelle zurück, wo Anana und McKay standen.

Auch sie waren verletzt, hauptsächlich am Rücken. Aus zahllosen kleinen, in die Haut gebohrten Gegenständen floß Blut. Und nun bemerkte er auch, daß auch aus seinem Oberarm direkt über dem Ellbogen Blut floß.
Er packte das Ding, das in seiner Haut steckte, und zog es heraus. Er rieb das Blut von der Oberfläche fort und besah es sich. Es war ein sechszackiger Kristallstern.
»Das seltsamste Schrapnell, das ich jemals gesehen habe«, sagte er. Aber keiner hörte ihn.
Die Pflanzen, die er sofort mit dem Namen »Kanonenbaum« bedacht hatte, hatten wahrgenommen, daß ihr Bombardement die Vorbeiziehenden nicht niedergestreckt hatte. Sie begannen nun davonzuziehen, wanderten langsam auf ihren Hunderten von schmalen, großfüßigen Beinen davon. Eine Viertelstunde später sah Kickaha, wie mehrere ihre explosiven Eier so nahe bei einem Elefantenkalb deponierten, daß es verendete. Danach kletterten ein paar dieser Wesen über den Kadaver und begannen ihn mit Klauen zu zerfetzen, die aus dem Inneren der Füße hervortraten. Die vordersten Füße stopften Fleischstücke in eine Öffnung auf der Seite.
Anscheinend lag McKays totes Reittier zu weit weg, als daß sie es hätten bemerken können.
Anana und McKay verbrachten die nächsten zehn Minuten damit, sich die schmerzhaften »Schrapnells« aus der Haut zu zupfen. Dann legten sie Grashalme auf die Wunden, um die Blutungen zu stoppen.
»Es würde mir ein Vergnügen sein, Urthona in so einen Kanonenbaum zu stopfen«, sagte Kickaha. »Und es wäre ein Genuß zu sehen, wie er auf einem der Geschosse reiten würde. Er muß einen ziemlich großen sadistischen Spaß gehabt haben, als er dieses Zeug dort entwarf.«
Er wußte nicht, wie die Geschöpfe ihre Nahrung in Schwarzpulver verwandeln konnten. Dazu waren Holzkohle, Chilesalpeter oder Kaliumnitrat und Schwefel nötig, wenn man Explosivstoff auf-

bauen wollte. Es war ein Rätsel. Ein weiteres war, wie die Dinger ihre Geschoßhülsen »bauten«. Und ein drittes, wie sie die Zündung fertigbrachten, die die Geschosse antrieb.

Aber sie hatten keine Zeit, dies zu erforschen. Bei der Hetzjagd hatten sie eine halbe Stunde verloren ... und McKay war ohne Reittier.

»Also, ich will jetzt von euch beiden keine Einwände hören«, sagte er und stieg von seinem *hikwu.* »Anana, du reitest sofort wie der Teufel hinter dem Palast her. Du kommst viel schneller ohne mich voran, und du bist von uns am leichtesten, also bist du am wenigsten eine Belastung für das *hikwu.* Ich habe kurz daran gedacht, daß McKay und ich vielleicht neben dir herrennen und uns am Sattel festhalten könnten. Aber wir würden wieder zu bluten anfangen. Also geht das nicht. Darum ziehst du jetzt am besten gleich los. Wenn du den Palast einholst, kannst du vielleicht hineingelangen und ihn anhalten. Groß ist die Chance ja nicht, aber uns bleibt nichts anderes übrig. Und wir zwei bummeln halt hinter dir her.«

»Sinnvoll, was du sagst«, sagte Anana. »Wünscht mir Glück!«

Dann sagte sie: *»Heekhu!«,* das wendowische Wort für »Los, lauf!«, und das Elchtier trabte los. Und nachdem sie es eine Weile angetrieben hatte, begann das Tier sogar zu galoppieren.

McKay und Kickaha machten sich auf den Marsch. Die Fliegen ließen sich auf ihren Wunden nieder. Hinter ihnen dröhnten Explosionen, als die Kanonenbäume ein Artilleriesperrfeuer in eine Antilopenherde abschossen.

Eine Stunde verging. Sie liefen nun im Trab, doch ihre bleischweren Beine und die Kurzatmigkeit überzeugten sie bald, daß sie das Tempo nicht durchhalten konnten. Dennoch, der Palast wirkte jetzt größer. Sie kamen ihm näher. Die winzige Gestalt von Anana auf ihrem Tier war mit dem rostroten Gras dieser scheinbar endlosen Prärie verschmolzen.

Sie hielten inne und tranken von dem übelschmeckenden Wasser aus dem Schlauch, den McKay von seinem toten *hikwu* genommen hatte. Er sagte: »Mann, wenn sie den Palast nicht erwischt, dann hocken wir hier für den Rest unseres Lebens.«

»Na, vielleicht ändert er ja den Kurs und kommt zurück«, sagte Kickaha. Aber es klang nicht allzu überzeugt.

Und als er sich eben noch einen Schluck Wasser in die Kehle gießen wollte, fühlte er, wie die Erde zu beben begann. Er hatte keine Lust, sich unterbrechen zu lassen, und stillte seinen Durst. Doch als er den Wasserschlauch absetzte, wurde ihm klar, daß es sich hier nicht um ein gewöhnliches Zittern handelte, das durch die Gestaltumwandlung bewirkt wurde. Es war ein echtes, ehrliches Erdbeben. Der Grund hob und senkte sich, und Kickaha fühlte sich, als stünde er auf einem Teller in einer riesigen Schüssel von Gelee, die ein Riese herumschüttelte. Das Ergebnis war furchterregend und machte ihn schwindlig.

McKay hatte sich auf die Erde geworfen. Kickaha beschloß, es ihm gleichzutun. Es wäre unsinnig gewesen, Energie zu vergeuden, indem man auf den Beinen blieb. Er blickte in Richtung auf den Palast, einfach weil er sehen wollte, was sich dort abspielte. Sie hatten wirklich unglaubliches Pech. Während dieser schweren Erdstöße würde Anana nicht hinter dem Palast herreiten können.

Die Erde stieß immer weiter auf und ab. Die Tiere waren in die Berge geflohen, was der schlimmste Ort für sie sein würde, falls das Beben sich fortsetzte. Die Vögel machten sich davon. Millionen von ihnen sprenkelten den Himmel, dann fanden sie zu einer immensen gewaltigen Wolke zusammen. Alle strebten sie in Richtung auf den Palast zu.

Und dann sah Kickaha einen Punkt, der sich ihnen näherte. Kurz darauf wurde es eine winzige Anana auf ihrem *hikwu.* Dann brachen die zwei Figuren auseinander, rollten beide über den Boden, und nur Anana stand auf. Sie kam auf ihn zugelaufen, das heißt, sie versuchte es. Das Gewoge der grasbedeckten Erde war wie die schwere Dünung der See. Die Wogen stiegen unter Anana auf, warfen sie vorwärts in das nächste Wellental, wo sie auf das Gesicht stürzte. Wieder stand sie auf und lief wieder ein paar Schritte, und

einmal verschwand sie ganz hinter einem Erdwall. Wie ein winziges Boot in schwerer See.
»Ich fürchte, mir wird schlecht«, sagte McKay und ließ der Ankündigung die Tat folgen. Bis zu diesem Moment war es Kickaha gelungen, seine eigenen Würgegefühle unter Kontrolle zu halten, doch als der Neger zu keuchen und zu spucken begann, konnte er sich plötzlich nicht mehr beherrschen und begann ebenfalls zu würgen.
Und dann hörte er hinter seinem eigenen Keuchen ein Geräusch, einen Lärm, der so laut war, als wäre die Welt dabei, auseinanderzubrechen. Er verspürte tiefere Angst als jemals zuvor in seinem Leben, aber er zwang sich, sich auf Knien und Händen aufzurichten, und er blickte hinüber zu der Stelle, an der Anana sich zuvor befunden hatte. Zwar konnte er nicht sehen, wo sie jetzt war, doch vermochte er gerade noch das Gebiet zu überblicken, wo sie vorher gewesen war.
Der Boden unter ihm rollte sich auf wie eine Schriftrolle, die gleich zusammengerollt werden soll. Der Rand der Rolle lag ein wenig über dem Punkt entfernt, an dem er Anana zuletzt erblickt hatte. Aber es konnte ja sein, daß sie in diesen riesigen Erdbruch hineingestürzt war.
Er stolperte auf die Füße und begann zu schreien: »Anaaana! Anaana!« Er versuchte auf sie zuzulaufen, wurde dabei jedoch so heftig hochgeschleudert, daß er einen halben Meter in die Luft hochsprang. Als er wieder landete, fiel er vornüber auf das Gesicht und rutschte bäuchlings einen der Erdwellenkämme hinab.
Er kam mühsam wieder auf die Beine. Einen Augenblick lang war er sogar noch mehr durcheinander und verwirrt, und das Gefühl der Unwirklichkeit in ihm wuchs noch mehr an. Die Berge schienen abwärts zu gleiten, als hätte der Planet seinen Schlund geöffnet, um sie zu verschlingen.
Und dann wurde ihm bewußt, daß sie ja gar nicht nach unten fielen.
Der Boden, auf dem er sich befand, bewegte sich im Gegenteil nach

oben. Er befand sich auf einer Erdmasse, die von dem Gesamtplaneten abgerissen wurde und wohl den nächsten Satelliten auf Zeit bilden würde.

Den Palast konnte er nun nicht mehr sehen. Doch hatte er immerhin erkannt, daß er sich noch über dem Mutterplaneten befand. Der große Aufbruch hatte anderthalb oder zwei Kilometer entfernt stattgefunden und so den Palast und seine Verfolger knapp verfehlt.

Neunzehntes Kapitel

Die Erdabspaltung befand sich inzwischen etwa hundertsechzig Kilometer über ihrem Mutterplaneten und in einem stabilen, wenn auch nur zeitweiligen solchen Umkreis. Es würde noch etwa vierhundert Tage dauern, ehe die kleinere Masse in die größere stürzen würde. Und dieser Niedergang würde ein sehr langsamer sein.

Die Luft dort war anscheinend von der gleichen Dichte wie auf der Oberfläche des Planeten. Der atmosphärische Druck betrug in dieser Höhe genausoviel wie auf Meereshöhe. Urthona hatte dieses physikalische Phänomen nicht weiter erläutert. Wahrscheinlich begriff er die zugrunde liegenden Prinzipien nicht. Er hatte zwar die Umrisse für sein Taschenuniversum entworfen, es aber einem Wissenschaftlerteam überlassen, seine Welt in einen funktionsfähigen Zustand zu versetzen. Diese Wissenschaftler waren seit Jahrtausenden bereits tot, und ihr Wissen war seit langem vergessen. Doch ihre Maschinerie funktionierte noch immer und würde dies vermutlich auch so lange noch weiter tun, bis alle Universen abgelaufen waren wie alte Uhren.

Die Beben hatten nicht aufgehört, nachdem die Abspaltung stattgefunden hatte. Diese hatte sich umzuformen begonnen, sich von einem keilförmigen Klotz zu einem kugelförmigen Ding verändert. Dieser Prozeß des Umsturzes und der Verwandlung hatte zwölf Tage gedauert, während derer das auf der Abspaltung gestrandete Leben gezwungen war, sich heftig und rasch zu bewegen, um nicht verschüttet zu werden. Viele Wesen hatten dabei keinen Erfolg. Die während der Verwandlung freigesetzte Hitzeenergie war schrecklich gewesen, doch war sie auch von einem Wolkenbruch nach dem anderen gedämpft worden. Fast einen halben Monat lang hatten Kickaha und seine Gefährten wie in einem türkischen Bad gelebt. Sie hatten eigentlich nur einen Wunsch: sich hinzulegen, um irgendwo Luft zu bekommen. Aber sie waren gezwungen gewesen weiterzugehen, und das zuweilen recht gewaltsam.

Auf der anderen Seite bewirkte die viel geringere Schwerkraft, die nur ein Sechzehntel der des Mutterplaneten betrug, daß ihr Energieeinsatz sie weit rascher und weiter voranbrachte, als dies auf dem Planeten selbst der Fall gewesen wäre. Und es lagen so viele tote Tiere und Pflanzen umher, daß sie nicht nach Nahrung suchen oder jagen mußten. Eine weitere Nahrungsquelle waren die Flugsamen. Als die Abspaltung begonnen hatte, hatte jede Pflanze auf dem Mond Hunderte von Samen abgestoßen, die vom Wind an dünnen Gewebefäden davongetragen wurden. Diese Schwebfäden hoben sie in die Luft, manche trieben auf die Mutterwelt zu, andere sanken wieder auf den Satelliten zurück. Es waren winzige Dinge, doch eine Handvoll ergab einen Mundvoll Nahrung und damit eine stark proteinreiche pflanzliche Diät. Sogar die glasigen Flügel und Fäden konnte man essen.

»Die Natur – oder Urthona – haben so dafür gesorgt, daß die verschiedenen Pflanzenarten die Katastrophe überleben können«, sagte Kickaha. Doch als dann die Umwandlung des Terrains beendet war und die Tierleichen und Pflanzenreste in Verwesung überzugehen begannen, so daß man sie nicht mehr essen konnte, mußten sie doch auf die Jagd gehen.

Und wenn die Menschen auch rascher laufen und springen konnten, die Tiere waren fast genauso schnell, sobald sie einmal die neuen Bewegungsmechanismen gelernt hatten. Kickaha erfand jedoch eine neue Art *bola,* eine Art Lasso, indem er zwei, drei Antilopenschädel mit einer Schnur aus Rohleder verknüpfte. Das Ganze wirbelte er mehrmals durch die Luft und ließ es dann sausen, bis es die Beine der Beute einfing. McKay und Anana fertigten sich ihre eigenen *bolas* an, und alle drei waren recht geschickt mit ihnen. Sie fingen sogar ein paar der wilden Elchtiere damit ein.

Die Samen, die auf das abgespaltene Stück zurücksanken, trieben

Wurzeln, und sehr rasch wuchsen neue Pflanzen. Um sie herum bleichten das Gras und der Boden aus, je mehr Nahrung sie aufsaugten. Dann trieb die Jungpflanze ein paar Beine, zog die Hauptwurzel aus dem Boden – oder brach sie ab – und bewegte sich zu reicherem Boden weiter. Die Beine fielen dann ab, doch ein neues längeres und kräftigeres Paar wuchs bald nach. Nach dreimaligem Standortwechsel verhielten die Pflanzen an einer Stelle, bis sie ihre volle Größe erreicht hatten. Nach irdischen Maßstäben erfolgte dieser Reifungsprozeß unglaublich rasch.
Natürlich wurden viele der Pflanzen von den Elefanten, den Elchtieren und anderen Tieren aufgefressen, die sich vorwiegend von Pflanzen ernährten. Aber es überlebten genug, um zahllose Gehölze von wandernden Bäumen und Büschen zu bilden.
Die drei hatten die gewohnten Schwierigkeiten mit den Pavianen, den Wildhunden und den Raubkatzen. Dazu gesellte sich ein Riesenvogel, wie sie ihn noch nie gesehen hatten. Die Spannweite der Flügel betrug fast zwanzig Meter, obgleich der Leib vergleichsweise klein war. Der Kopf war scharlachrot; die Augen hatten ein kaltes Gelb; der grüne Schnabel war lang und gekrümmt und scharf. Schwingen und Leib waren bläulich, und die kurzen, dicken Beine mit den scharfen Greifkrallen waren ockerfarben. Der Vogel stieß vom Himmel herab, kaum daß die Dämmerung hereingebrochen war, schlug seine Beute und trug sie davon. Da hier die Schwerkraft vergleichsweise gering war, hätte er auch einen Menschen in die Luft davontragen können. Zweimal packte einer dieser Vögel beinahe Anana. Nur weil sie sich auf Kickahas Warnungsschrei hin zu Boden geworfen hatte, wurde sie nicht fortgeschleppt.
»Ich kann mir nicht vorstellen, was die tun, wenn es keinen Satelliten gibt«, sagte Kickaha. »Die könnten doch nie einen größeren Körper von der Oberfläche des Mutterplaneten hochheben. Also, wovon leben sie in den Zwischenperioden?«
»Vielleicht treiben sie einfach durch die Luft und leben von dem angesammelten Körperfett, bis der Planet wieder eine Abspaltung ausspuckt«, sagte Anana.

Sie schwiegen daraufhin eine Weile und malten sich aus, wie diese riesigen Geschöpfe in achtzig Kilometern Höhe dahinglitten, meist halb im Schlaf, und darauf warteten, daß der Mutterplanet ihnen ihre Fleischmahlzeit auf einem mondgroßen Teller heraufkatapultierte.

»Ja, aber sie müssen doch irgendwo auf dem Satelliten landen, um zu fressen und um sich zu paaren«, sagte er. »Ich würde gern wissen, wo.«

»Warum willst du das wissen?«

»Ich habe eine Idee, aber sie ist so verrückt, daß ich vorläufig noch nicht darüber sprechen möchte. Ich habe sie in der vergangenen Nacht geträumt.«

Anana packte ihn plötzlich am Arm und wies nach oben. Kickaha und McKay blickten aufwärts. Dort, etwa achthundert Meter entfernt, driftete der Palast vorbei.

Sie standen schweigend da und sahen ihm nach, bis er hinter einigen hohen Bergen verschwunden war.

Kickaha seufzte und sagte: »Ich vermute, wenn er auf Automatik gestellt ist, umkreist der Palast den Satelliten. Urthona hat das wahrscheinlich so gemacht, um den Mond betrachten zu können. Verdammt! So nahe und doch so fern!«

Es muß dem Lord ein Vergnügen gewesen sein, die Erdverschiebungen und die Anpassungsweisen der Menschen und Tiere an sie zu beobachten. Aber sicher hatte er doch nicht allein in seiner Burg gelebt. Wie hatte er es mit Gesellschaft und Sex gehalten? Von Zeit zu Zeit Frauen entführt, sie benutzt und sie dann auf der Oberfläche ausgesetzt? Oder aus dem Palast gestoßen, damit er zuschauen konnte, wie sie hundert Meilen tief stürzten? Und vielleicht hatte er sie mit seinem Schloß dabei sogar noch begleitet, während sie fielen, um ihr Entsetzen zu genießen, ihre Schreie zu hören?

Dies spielte jetzt keine Rolle mehr. Urthona und seine Opfer waren inzwischen alle tot. Wichtig war jetzt allein, wie sie die Wiedervereinigung von Primärplaneten und Satelliten überleben würden.

Anana erklärte, ihr Onkel habe ihr gesagt, daß einen Monat vor

diesem Ereignis der Satellit erneut seine Gestalt verändern würde. Er würde sich dann aus einer Kugel in ein grobgeschnittenes Erdrechteck verwandeln, fünfmal um den Mutterplaneten kreisen und sinken, bis er sich wieder mit der Mutterwelt vereint hätte.
Nur die Tiere an der Oberseite hatten eine Überlebenschance bei diesem Zusammenprall. Die auf der Unterseite würden zermalmt und verbrannt werden. Und diejenigen, die in dem Gebiet des Mutterplaneten lebten, auf das der Satellit fiel, würden ebenfalls getötet werden.
Aber Urthona hatte denen dort unten eine Chance gelassen, sich zu retten. Einigen wenigstens. Er hatte einen Instinktmechanismus in sie eingebaut, der sie mit höchster Geschwindigkeit aus Gebieten fliehen ließ, denen sich der Satellit zu sehr näherte. Es gab einen vorprogrammierten Orbitalrhythmus vor dem Aufprall, und wenn der Mond jeden Tag näher herankam, »wußten« die Tiere, daß sie jetzt das Gebiet verlassen mußten. Unseligerweise hatten jedoch nur jene in den Außenbezirken des Aufschlagsgebietes Zeit genug zu fliehen.
Die Pflanzen waren zu langsam, um sich rechtzeitig zu retten, doch ihre eingebauten Instinkte veranlaßten sie dazu, ihre luftgetragenen Samen abzusondern.
Dies alles interessierte Kickaha sehr. Seine Hauptsorge allerdings war es, herauszufinden, auf welcher Seite des Mondes er und die zwei anderen sich befinden würden, wenn die Verwandlung vom Globus zum Rechteck stattfinden würde. Ob sie sich also auf der Oberseite, der dem Planeten abgewandten, oder auf der Unterseite befinden würden.
»Es gibt keine Möglichkeit, dies herauszufinden«, sagte Anana. »Wir können nur auf unser Glück vertrauen.«
»Darauf habe ich mich früher schon immer verlassen«, antwortete er. »Aber jetzt möchte ich das nicht so gern tun. Man verläßt sich nur auf sein Glück, wenn es gar keine andere Möglichkeit mehr gibt.«
Während die Tage und Nächte vorüberglitten, dachte er ziemlich

viel über ihre Lage nach. Der Mond kreiste langsam; er brauchte etwa dreißig Tage, um eine Umdrehung zu vollführen. Die Riesenmasse des Planeten, die im Himmel hing, zeigte bereits Anzeichen dafür, daß die Wunde zu heilen begann, die durch die gewaltige Abspaltung gerissen worden war. Das einzige, wofür sie Dankbarkeit empfanden, war, daß sie sich auf dem Satelliten befanden und nicht in dem Gebiet der größten Gestaltänderungen, das sich nahe dem Loch erstreckte, welches bis zum Mittelpunkt des Planeten führte. Wenn die Wolken sich verzogen, sahen sie, wie die Kraterwände einbrachen, sie sahen unglaubliche Lawinen von kaum faßbaren, aber deutlich sichtbaren Ausmaßen. Und dann, vor ihren Augen, schrumpfte die Masse, während überall sonst auf dem Planeten ein Ausgleich vor sich ging. Sogar die Meeresländer mußten unter erschreckend heftigen Beben zu leiden haben, stark genug, daß die Seelen und das Gehirn der dort Wohnenden ebenso schwankten wie der Boden.

»Urthona hat sicher dieses Schauspiel genossen, wenn er in seinem Palast herumfuhr«, sagte Kickaha. »Manchmal wünsche ich mir, du hättest ihn nicht getötet, Anana. Dann wäre er jetzt dort drunten und würde herausfinden, zu welchem Entsetzen er seine Geschöpfe verurteilt hat.«

An einem Morgen berichtete Kickaha seinen Gefährten von einem Traum, den er geträumt hatte. Der Traum begann damit, daß er ihnen begeistert von seinem Plan berichtete, wie sie von dem Mond herunterkommen könnten. Die zwei anderen fanden die Idee wundervoll, und sie alle drei machten sich sofort ans Werk. Zuerst wanderten sie zu einem Berg, auf dessen Gipfel sich die Schlafplätze der Riesenvögel befanden. Sie nannten sie »Rockvögel«. Dann kletterten sie auf den Gipfel, wo sie eine Senke fanden, in der die Rocks sich tagsüber ausruhten.

Im Traum war dann jeder der drei in die Senke hinabgeglitten und hatte sich an einen schlafenden Rock herangeschlichen. Dann hatte jeder seinen schlafenden Vogel getötet und sich unter den Schwingen des toten Vogels verborgen, bis die anderen davongeflogen

waren. Schließlich hatten sie die Schwingen und die Schwanzfedern abgeschnitten und in ihr Lager zurückgetragen.
»Und warum taten wir das?« fragte Anana.
»Damit wir die Flügel und Federn zum Bau von Gleitern verwenden konnten. Wir befestigten sie an hölzernen Rümpfen, und wir ...«
»Verzeih«, sagte Anana lächelnd. »Du hast mir nie erzählt, daß du irgendwelche Erfahrungen mit Gleitern hast.«
»Ja, eben weil ich keine habe. Aber ich habe über Gleiter gelesen, und ich habe ein paar Privatstunden Unterricht in einer Piper-Cub gehabt, gerade genug, daß ich einen Alleinflug machen durfte. Aber ich mußte es aufgeben, weil mir das Geld ausging.«
»Ich habe seit ungefähr dreißig Jahren in keinem Segelflugzeug mehr gesessen«, sagte Anana. »Aber ich habe viele gebaut und habe außerdem dreitausend Flugstunden hinter mir.«
»Phantastisch! Dann kannst du ja Mac und mir beibringen, wie man das macht. In meinem Traum jedenfalls befestigten wir die Flügel an dem Gestell, und um zu verhindern, daß sie sich verbogen, banden wir Holzlatten an die Flügelknochen, und wir verwendeten Lederstreifen anstatt Draht ...«
Erneut unterbrach Anana: »Und wie hast du deinen hausgemachten Gleiter gesteuert?«
»Durch Gewichtsverlagerung. Genau wie es John Montgomery, Percy Pilcher und Otto Lilienthal gemacht haben. Sie hingen unter oder zwischen den Tragflächen an Gurten oder in Sitzen, und das ging ganz gut. Hm ... bis John und Otto und Percy tödlich abstürzten, natürlich ...«
»Ich bin froh, daß das bloß ein Traum war«, sagte McKay.
»Ach ja? Träume sind das Sprungbrett in die Wirklichkeit.«
»Das hab' ich mir doch fast gedacht, daß Sie das im Ernst meinen«, stöhnte McKay.
Anana sah aus, als würde sie gleich in ein Gelächter ausbrechen, doch sie sagte nur: »Nun, ich glaube, wir könnten uns Segler aus Holz und Antilopenhaut bauen. Sie würden zwar nicht mehr

funktionieren, sobald wir in das Schwerkraftfeld des Planeten geraten, auch wenn sie hier brauchbar wären. Also kann man die Geschichte nicht ernst nehmen.«

Sie fuhr fort: »Auf jeden Fall – selbst wenn wir von einem Berghang hier starten könnten und Aufwind bekämen, wir würden nicht sehr hoch steigen können. Die Mondoberfläche besitzt nicht genug Variationen in der Bodenstruktur, um Thermalströmungen zu erzeugen, keine gepflügten Felder, keine glatten Straßen und so weiter.«

»Was hat es dann für einen Sinn, darüber überhaupt zu sprechen?« fragte McKay.

»Ach, damit die Zeit vergeht«, antwortete sie. »Also, Kickaha, wie hast du es dir vorgestellt, daß wir die Segler hoch genug in die Luft kriegen, um aus dem Schwerkraftfeld des Mondes herauszukommen?«

»Schau mal«, sagte Kickaha, »wenn wir nach oben steigen, dann fallen wir vom Standpunkt der Leute auf dem Planeten aus gesehen effektiv nach unten. Wir müssen nur in die Gravitation des Mutterplaneten gelangen, und wir werden fallen.«

McKay wirkte verstört und fragte: »Was wollen Sie damit sagen – *fallen?*« Er hatte gute Gründe, beunruhigt zu sein. Denn der Rotschopf hatte ihn bereits in eine Reihe von gefährlichen Situationen hineinmanövriert, weil er so bereitwillig Risiken einging.

»Also, in meinem Traum sah es so aus: Wir machten eine Truppe von Kanonenbäumen aus, töteten vier davon und schleppten sie in unser Lager. Wir schnitten die Äste und die Jungtriebe ab, um die Stämme zu glätten. Dann ...«

»Warte mal einen Moment«, unterbrach Anana. »Ich glaube, ich weiß, worauf du hinauswillst. Du willst sagen, daß du diese Kanonengeschöpfe in Raketen verwandeln willst? Daß du sie mit dem Gleiter verbindest und dann die Raketen startest – und sobald der Gleiter hoch genug ist, schneidest du die Raketen ab?«

Kickaha nickte. Anana lachte heftig und lange.

»Es ist doch bloß ein Traum«, sagte McKay. »Oder?«
Kickahas Gesicht war rot, als er sagte: »Hört mal, ich habe das alles genau ausgeknobelt. Es ist möglich. Was ich gemacht habe ...«
»In einem Traum würde es funktionieren«, sagte sie. »Aber in der Wirklichkeit würde es keine Möglichkeit geben, die Zündung des Schießpulvers zu kontrollieren. Wenn du hoch genug hinaufkommen willst, müßtest du den Lauf bis zur Öffnung mit Schwarzpulver vollstopfen. Aber wenn dann der Treibstoff explodiert, alles auf einmal – und das würde bestimmt passieren –, dann würde der Segler von der Rakete fortgerissen, die ganze Flugstruktur und die Tragflächen würden zerstört, und du würdest dabei getötet werden.«
»Schau mal, Anana«, sagte Kickaha – und sein Gesicht war noch röter geworden –, »gibt es denn keine Methode, die wir uns einfallen lassen können, wie wir die Explosionen unter Kontrolle bekommen?«
»Nicht mit dem Material, das wir zur Verfügung haben. Nein. Gib den Gedanken auf! Es war zwar ein hübscher Traum, aber ... ach, hahahaha!«
»Ich bin froh, daß Ihre Frau ein bißchen Verstand hat«, sagte McKay. »Wie ist es Ihnen gelungen, so lange zu überleben?«
»Ich nehme an, weil ich nicht allen meinen Wahnsinnsideen gefolgt bin und sie zu verwirklichen versuchte. Ich bin nur leicht verrückt, nicht ein Vollidiot. Aber wir müssen hier irgendwie wegkommen. Wenn wir beim Strukturwandel auf der Unterseite landen, dann sind wir erledigt.«
Es folgte ein sehr langes Schweigen. Schließlich sagte Anana: »Du hast recht. Irgend etwas müssen wir tun. Wir müssen uns nach Material umschauen und Segler bauen, die auch im Schwerkraftfeld des Mutterplaneten einsatzfähig sind. Aber wie wir aus der Mondanziehung freikommen werden, das ist was anderes. Ich sehe nicht, wie ...«
»Ein Heißluftballon!« schrie Kickaha. »Damit könnten wir und die Gleiter aufsteigen und von hier fortdriften!«

Wenn man das richtige Material finden konnte, den Ballon und die Segler zu bauen, überlegte sich Kickaha, dann müßte der Start erfolgen, nachdem der Mond seine Gestalt zu wandeln begonnen hatte. Dann nämlich würde sich der Körper abgeflacht haben und die Verdünnung würde die örtliche Schwerkraft noch mehr abschwächen, so daß ihr Ballon größeren Auftrieb bekäme.
Anana sagte, da habe er ein gutes Argument gebracht. Doch die Gefahren bei der umwälzenden Verwandlung seien zu hoch. Die würden sie vermutlich nicht überleben können. Und falls sie es überstehen würden, dann wahrscheinlich ihr Ballon nicht. Und nach der Gestaltumwandlung würden sie keine Zeit mehr haben, sich neues Material zu besorgen.
Schließlich mußte Kickaha ihr recht geben.
Dann folgte eine weitere langwierige Diskussion über die Segler. Nach einigem Nachdenken sagte Anana, sie sollten statt dessen »Parawings«, fallschirmähnliche Flügel, anfertigen. Sie erklärte, daß Parawings eine Art Fallschirm sei, ein Halbgleiter, dessen Bewegungen in gewissem Maß kontrolliert werden konnten.
»Das Hauptproblem sind immer noch die Bauteile«, sagte sie. »Ein Ballon aus halbgegerbter Antilopenhaut könnte uns hoch genug tragen – angesichts der geringeren Schwerkraft. Aber wie wollen wir die einzelnen Bahnen zusammenhalten? Wir haben kein Klebemittel. Und sie zusammenzunähen, das wird wahrscheinlich nicht funktionieren. Die Heißluft würde durch die Säume entweichen. Dennoch ...«
McKay, der etwas zur Seite stand, rief laut. Sie blickten in die Richtung, in die er deutete.
Um einen pagodenförmigen Berg herum trieb ein riesiges Objekt langsam auf sie zu. Urthonas Palast. Er driftete etwa sechzig Meter hoch in majestätischer Ruhe über die Ebene.
Sie warteten auf den Palast, und zwei Stunden später hatte er sie erreicht. Sie waren zur Seite gewichen, weit genug, um das Schloß zur Gänze von oben bis unten sehen zu können. Es schien aus einem einzigen Block weichen Steins geschnitten zu sein – oder aus

einem Material, das wie Stein aussah. Das Material wechselte ungefähr alle fünfzehn Minuten die Farbe. Es glühte hell, von einer Spektralfarbe zur anderen wechselnd, bis es schließlich mit einem regenbogenartigen Schimmer von Blau, Weiß, Grün und Rosarot endete. Und danach begann der Zyklus erneut.

Es gab am Palast Türme, Minarette und Erker auf den Wällen, Tausende davon, und in ihnen Fenster und Türen, rechteckige, runde, rhombische, sechseckige, achteckige. Auch auf dem flachen Boden gab es Fenster. Kickaha zählte zweihundert Balkone, dann gab er auf.

»Ich weiß, wir können ihn nicht erreichen«, sagte Anana. »Aber ich werde dennoch das Horn versuchen.«

Die sieben Noten schwebten nach oben. Wie sie erwartet hatten, zeigte sich nicht das geringste schimmernde Vorspiel zu der Öffnung einer Schleuse in den Wänden.

»Wir hätten Urthona zwingen müssen, uns das Codewort zu verraten«, sagte Kickaha.

»Das würde uns in unserer jetzigen Lage auch nichts helfen«, antwortete Anana.

»Hallo!« sagte McKay. »He! Schaut mal!«

Aus einem Fenster im Erdgeschoß starrte ein Gesicht. Das Gesicht eines Mannes.

Zwanzigstes Kapitel

Das Fenster war rund und höher als der Mann dahinter. Doch selbst auf diese Entfernung hin und obwohl der Mann sich bewegte, konnten sie erkennen, daß es sich nicht um Urthona oder Red Orc handelte. Ohne Vergleichsmaßstab war es unmöglich, zu sagen, wie groß dieser junge Mann war. Sein Haar war braun und straff zurückgelegt, wie wenn es in einem Pferdeschwanz gebunden wäre. Die Gesichtszüge waren angenehm. Er trug Kleidung, wie sie Kickaha nie zuvor gesehen hatte, doch Anana erklärte ihm so nebenbei, daß dies ein Stil sei, den die Lords vor langer Zeit geschätzt hätten. Die Jacke schimmerte, als wären die Webfäden pulsierende Neonröhren. Das Hemd hatte Biesen und war am Hals offen.

Inzwischen war der Mann an ihnen vorbeigedriftet, doch eine Minute später erschien er an einem anderen Fenster. Dann sahen sie ihn an den anderen Fenstern vorbeieilen. Am Ende preßte er, offensichtlich atemlos, das Gesicht an eines der Erkerfenster. Eine Weile später entglitt er ihren Blicken.

»Hast du ihn erkannt?« fragte Kickaha.

»Nein. Aber das bedeutet gar nichts«, antwortete Anana. »Es gab so viele Lords, und selbst wenn ich ihn eine Weile lang gekannt habe, könnte ich ihn ja in all diesen Jahren vergessen haben.«

»Nicht bösartig genug, wie?« sagte Kickaha. »Aber wenn er nicht einer von denen ist, was hat er dann in Urthonas Palast zu schaffen? Wie ist er dort hingekommen? Und wenn er sich für uns interessiert, was ja klar aus seinem Verhalten ersichtlich war, warum hat er dann nicht die Kontrollmechanismen auf Handschaltung gestellt und den Palast angehalten?«

Sie zuckte die Achseln. »Woher soll ich das wissen?«

»Ich habe auch nicht damit gerechnet, daß du es wissen würdest. Vielleicht hat er keine Ahnung, wie man die Kontrollen bedient. Vielleicht sitzt er in einer Falle. Ich meine – er ist in den Palast geschleust worden und hat keine Ahnung, wie er wieder herauskommen kann.«

»Oder er hat den Kontrollraum gefunden und hat Angst hineinzugehen, weil er weiß, daß er voller Fallen steckt.«

»Vielleicht tüftelt er sich eine Methode aus, wie er hineinkommt, ohne erwischt zu werden«, sagte McKay.

»Bis dahin wird er uns nicht finden können, selbst wenn er die Absicht dazu hätte«, sagte sie.

»Der Palast wird wieder vorbeikommen«, sagte Kickaha, »und vielleicht wird bis dahin ...«

Anana schüttelte den Kopf. »Ich bezweifle, daß der Palast auf der gleichen Umlaufbahn verbleibt. Wahrscheinlich verfolgt er einen Spiralkurs.«

Auf dem Primärplaneten driftete der Palast nur wenige Meter über dem Boden, hier dagegen gute dreißig Meter über der Oberfläche. Anana stellte die Überlegung an, Urthona habe die Kontrollen so eingerichtet, daß er in dieser Höhe schwebte, weil der Palast den Mond begleiten würde, wenn dieser hinunterfiel.

»Er würde mit abstürzen, aber immer noch weit genug entfernt sein, um nicht durch den Aufprall beeinträchtigt zu werden.«

»Wenn du recht hast, dann kann der Aufprall nicht allzu heftig sein. Denn sonst könnte ja das Terrain leicht ein paar hundert Fuß hochschleudern, oder sogar noch mehr. Aber was dann, wenn ein Berg über den Palast fällt?«

»Das weiß ich nicht. Aber Urthona hatte sicher einen guten Grund, alles so einzurichten. Unseligerweise raubt uns dies jede Möglichkeit, den Palast zu erreichen, während er über dem Satelliten schwebt.«

Dann konnten sie den Palast nicht mehr sehen. Er folgte anscheinend einem Spiralkurs.

Die Tage – und zuweilen auch die Nächte – nach dem Auftauchen des Palastes waren voller Aktivitäten.

Zusätzlich zu ihrem Jagen, das zeitraubend war, mußten sie Bäume umstürzen und töten und die Antilopen aushäuten, die sie erjagt hatten. Sie hackten Äste von den Bäumen und schnitten sie mit Axt und Messer zurecht. Die Häute wurden geschabt und enthaart, aber Anana war nicht mit dem Ergebnis zufrieden. Sie fertigte sich Nadeln aus Holz und nähte die Häute zusammen. Dann schnitt sie Teile weg, um genau die Form zu erhalten, die sie benötigte. Danach nähte sie die Dreiecksstücke an das hölzerne Gestell.

Das Ergebnis war eine dreieckige Drachenform. Die Bänder aus ungegerbter Tierhaut dienten als Takelage und wurden an die Gleiter gebunden.

Anana hatte gehofft, für die Flugkontrolle ein dreieckiges Trapez verwenden zu können. Doch ihre Bemühungen, aus drei Holzteilen so etwas herzustellen, das an den Kanten zusammengebunden war, waren fehlgeschlagen. Es hielt einfach nicht fest genug zusammen. Sicherlich würde ihre Konstruktion unter stärkerer Beanspruchung auseinanderbrechen.

Also begnügte sie sich mit einem Arrangement von parallelen Balken. Der Pilot mußte die Arme in den Achseln darüberhängen und sich an den senkrechten Streben festhalten. Die Flugkontrolle, so hoffte sie, würde durch die Gewichtsverlagerung des Piloten ausgeübt werden.

Als die Streben und die Vertikalträger angebracht waren, runzelte Anana die Stirn.

»Ich weiß nicht, ob das unter Belastung standhalten wird. Na ja, es gibt nur einen Weg, das herauszufinden.«

Sie nahm die Pilotenposition unter dem Segler ein. Dann, anstatt zu laufen, wie sie dies auf dem Planeten hätte tun müssen, hockte sie sich nieder und sprang dann in den Aufwind. Sie stieg zwölf Meter in die Luft, richtete die Nase des Gleiters nach oben, um den Aufwind einzufangen, und glitt eine kurze Strecke durch die Luft dahin. Sie bremste das Fluginstrument kurz vor der Landung und kam sanft auf den Boden zurück.

Die zwei anderen waren hinter ihr hergelaufen. Sie verzog das

Gesicht zu einem Grinsen und sagte: »Der erste Segler aus Antilopenhaut in der Geschichte hat soeben seinen Jungfernflug erfolgreich hinter sich gebracht ...«
Sie unternahm weitere kurze Versuchsflüge und hielt inne, als sie es bis auf eine Strecke von über drei Kilometern gebracht hatte. Dann wanderten die drei wieder zurück, und danach gab sie Kickaha erneute Instruktionen – zum zwanzigsten Mal –, und dann versuchte er sein Glück. Dann versuchte sich auch McKay, ebenfalls ohne Bruchlandung, und danach beschlossen sie, es für diesen Tag genug sein zu lassen.
»Morgen versuchen wir es noch einmal auf der Ebene«, sagte Anana. »Übermorgen steigen wir einen Berghang ein Stück hinauf und versuchen es von dort aus. Ich möchte, daß ihr zwei ein bißchen Übung mit einem Segler bekommt, wenn es um etwas weitere Strecken geht. Ich rechne nicht damit, daß ihr Experten werdet, aber ich halte es für nötig, daß ihr das richtige Gefühl bekommt, wie man damit umgeht.«
Am fünften Übungstag versuchten sie ein paar Kurven. Anana hatte sie warnend darauf vorbereitet, daß sie eine ziemlich hohe Geschwindigkeit haben müßten, ehe sie dies versuchten, da der tiefergelegene Flügel dabei Geschwindigkeit verlieren würde. Und wenn er zu langsam würde, müsse der Gleiter abtrudeln. Sie befolgten ihre Anweisungen brav, und sie landeten sicher.
»Es wäre fein«, sagte sie, »wenn wir von einer Klippe starten und segeln könnten. Dabei würdet ihr wirklich etwas lernen. Aber hier gibt es keine Thermalströmungen. Trotzdem, ihr könntet viel höher segeln. Vielleicht sollten wir es versuchen.«
Die beiden Männer sagten, sie würden es gern einmal ausprobieren. Aber sie mußten warten, bis ein Berg in der Nähe sich genau zu der dafür nötigen Struktur verformt hatte. Das heißt, es mußte ein Berg sein, der an einer Flanke genau jene Neigung besaß, die sie hinaufsteigen konnten, und der auf der anderen Seite mehr oder weniger vertikal im rechten Winkel abfiel. Als dies sich dann ereignete, hatte Anana ihren eigenen Gleiter konstruiert. Dieser war nicht so gebaut,

daß er sich öffnete, wenn der Segler seinen Sprung unternahm. Die Antilopenhaut war dazu zu steif. Sie hatten Leichtholz für die Verstrebungen verwendet, um ein starres Fluggerüst zu bauen.

Sie kletterten auf den Berggipfel hinauf. Anana zögerte nicht, als sie den Flugapparat packte. Sie hielt ihn über dem Kopf, aber mit der Nase nach unten, um zu verhindern, daß der Wind sich unter den Flügeln fangen konnte. Sie sprang von der viertausend Meter hohen Bergnase, ließ den Griff los und fiel, wurde von den Gurten aufgefangen ... und segelte. Die zwei Männer traten gerade noch rechtzeitig von dem Erdüberhang zurück, ehe er mit einem leichten Geräusch absackte und in die Tiefe stürzte.

Sie beobachteten, wie Anana nach unten flog, rascher als in dem Gleiter, sahen, wie sie das Frontleitwerk zog, um rascher zu fallen, wie sie es losließ, damit die Nase sich wieder aufrichten konnte, und wie sie dann mit dem Seitenleitwerk arbeitete, um ein paar Kurven zu drehen.

Als sie sie landen sahen, wandten sie sich um und stiegen den Berghang wieder hinab.

Am Tag darauf wagte McKay den Sprung, und einen Tag später startete Kickaha von dem Berghang. Beide landeten ohne den geringsten Unfall.

Anana freute sich über ihre erfolgreichen Erstlingsflüge. Dennoch sagte sie: »Die Tragfläche ist zu schwer, als daß wir sie über dem Planeten benutzen könnten. Wir müssen leichteres Holz finden und etwas für die Flügel, das sehr viel leichter ist als Antilopenhaut.«

Inzwischen stank die Flügelbespannung ziemlich scheußlich. Sie warfen sie fort und ließen sie für die Insekten und Hunde, die sich daran gütlich taten.

Aber Anana konstruierte eine neue Tragfläche. Und diesmal baute sie Steuerklappen und Klappen gegen überzogene Geschwindigkeit ein. Sie schleppten das Gerät auf einen anderen Berg, dessen Steilseite nur an die dreihundert Meter hoch war. Wieder sprang Anana als erste, und es schien, als würde alles gutgehen, bis plötzlich ein Vogel Rock aus dem Himmel stürzte und seine Fänge in die Tragfläche schlug. Dann stieg er auf. Seine Flügel, die eine Spannweite von guten fünfzehn Metern besaßen, schlugen wild. Der Vogel schwenkte zu dem Berg hinüber, auf dem sein Horst lag. Anana warf ihre Schleuderaxt nach oben. Die Spitze drang dem Vogel unten am Hals durch das Gefieder und fiel dann zu Boden. Doch das Tier mußte zu der Überzeugung gelangt sein, daß es hier eine zähe Beute hatte. Der Vogel ließ den Gleitflügler los, und Anana schwebte rasch abwärts. Einige Minuten lang folgte ihr der Vogel nach. Wenn er sie angegriffen hätte, während sie sich auf dem Boden befand, dann wäre sie wohl in einer Lage gewesen, in der sie sich nicht hätte verteidigen können. Doch der Vogel schoß über sie hinweg, stieß einen rauhen Laut aus und stieg dann nach oben, um vertrautere und weniger gefährliche Beute zu suchen.

Anana suchte eine ganze Stunde lang nach ihrer Wurfaxt, konnte sie nicht finden und rannte dann zur Basis zurück, weil sich in der Ferne ein Moa gezeigt hatte. Am Tag darauf gingen sie alle drei auf die Suche nach dem Beil. Nachdem ein halber Tag verstrichen war, fand McKay die Axt hinter einem Felsblock, der aus dem Boden gewachsen war, während sie noch suchten.

Der nächste Schritt bei der Verwirklichung ihres Plans war, einen kleinen Testballon anzufertigen. Doch zunächst mußten sie einen Windschutz errichten. Denn der Wind, der durch die Drift des Mondes bei einer geschätzten Geschwindigkeit von über fünfzehn Stundenkilometern entstand, ließ niemals nach. Und dies bedeutete, daß sie den Ballon nicht voll aufblasen konnten, bevor er ihnen davonwehte.

Diese Arbeit dauerte vier Wochen lang. Sie hoben den Boden mit den Messern, der Axt und zugespitzten Stöcken aus. Als sie einen Halbkreis von Erde, einen Wall von etwa acht Metern Höhe, errichtet hatten, setzten sie ein Dach darüber, das von den Stämmen toter Pflanzen der Riesenart getragen wurde.

Danach kam die Jagd auf die Antilopen. Am Ende einer zweitägigen, äußerst anstrengenden Jagd, wobei sie die Häute von weit verstreuten Orten zusammenschleppen mußten, hatten sie schließlich einen hohen Stapel von Fellen. Allerdings befanden diese sich in unterschiedlichem Grad bereits im Zustand der Verrottung.

Sie hatten nicht die Zeit, eine Ruhepause einzulegen. Sie schabten die Fettpartikel von der Unterseite der Felle und enthaarten sie, so gut es ging. Dann zerschnitten sie sie, und Anana und Kickaha nähten die Teilstücke zusammen. McKay schnitt Streifen und verflocht sie zu einem Netz.

In der Morgendämmerung waren sie erschöpft und hatten rote Augen. Dennoch setzten sie das Feuer auf dem Lehmboden des kleinen Ballonkorbes in Gang. Sie errichteten einen Holzgalgen und hoben die Ballonhülle hinauf, wo sie schlaff hing, so daß die Heißluft von dem Feuer direkt in den offenen Schlauch der Hülle steigen konnte. Nach und nach füllte sich der Ballon. Als es den Anschein hatte, daß die Heißluftkugel zu steigen beginnen wollte, packten sie die Stricke, die von der Netzstruktur, welche die Ballonhülle umschloß, herabhingen, und zogen den Ballon unter seinem Dach hervor. Der Wind erfaßte ihn und trieb ihn schlitternd über die Ebene. Der Korb hing dabei schräg zur Seite. Ein paar brennende Holzscheite fielen von dem Feuerherd, der Korb fing Feuer. Doch der Ballon füllte sich mehr und mehr und begann zu steigen. Blaßblau stieg Rauch aus den Nähten auf.

Anana schüttelte den Kopf. »Ich wußte ja, daß das nicht dicht genug sein würde.«

Dennoch begann sich der Ballon zu heben. Der Korb, der an den Fellschnüren hing, fing Feuer, löste sich an einer Seite und schaukelte schließlich lose herum und verstreute den Rest des Feuers. Der Ballon stieg noch ein paar Fuß, dann begann er zu sinken und schließlich zu stürzen. Inzwischen allerdings war er mindestens acht Kilometer weit weg und etwa anderthalb Kilometer hoch. Er trieb an einer Bergflanke vorbei und versetzte dort zweifellos die Tiere in Aufregung, wodurch die Wildhunde und Paviane und vielleicht auch die Löwen Nahrung bekamen.

»Ich wollte, ich hätte eine Kamera«, sagte Kickaha. »Das ist der einzige Fellballon in der Geschichte der Menschheit gewesen ...«

»Selbst wenn wir den geeigneten Stoff für die Hülle finden könnten«, sagte Anana, »so wird es immer irgendwas Tierisches sein müssen. Und das vergammelt viel zu rasch.«

»Die Eingeborenen haben eine Methode, wie sie Felle halbgerben können«, sagte Kickaha. »Und sie wissen wahrscheinlich auch, wo wir das passende Holz und die Bespannung finden könnten, die wir brauchen. Also suchen wir uns ein paar Eingeborene und fragen sie aus!«

Vier Wochen später hätten sie es beinahe aufgegeben, nach menschlichen Mitgeschöpfen zu suchen. Sie beschlossen, es noch drei Tage länger zu probieren. Am zweiten Tag sahen sie von der Flanke eines sich abflachenden Berges aus einen kleinen Stamm Wilder auf die anschwellende Prärie reiten. Hinter ihnen, etwa anderthalb Kilometer entfernt, hockte eine winzige Gestalt inmitten der unendlichen Weite.

Mehrere Stunden später stießen sie auf diese Gestalt. Sie war mit einer ungegerbten Felldecke bedeckt. Kickaha trat zu ihr hin und zog die Decke fort. Da saß eine uralte Frau, die verschrumpelten Beine waren gekreuzt, die Arme lagen über den schlaffen Brüsten verschränkt, in einer Hand hielt sie einen Schaber aus Flintstein. Die Augen waren geschlossen gewesen, doch sie öffneten sich, als die Frau spürte, wie die Decke fortgezogen wurde. Die Augen wurden riesengroß. Der zahnlose Mund öffnete sich voller Entsetzen. Doch dann lächelte sie zu Kickahas Erstaunen und schloß die Augen wieder, und dann stimmte sie einen hohen, wimmernden Gesang an.

Anana wanderte um die Frau herum, betrachtete den verkrümmten Rücken, die hervorstehenden Rippen, den aufgetriebenen Leib, die dünnen weißen Haarsträhnen – und besonders einen der Füße der Frau. Den hatte offensichtlich vor langer Zeit einmal ein Löwe angefallen. Zwei Zehen fehlten, er war voller Narben, und er ragte in einem unnatürlichen Winkel vom Bein weg.

»Sie ist zu alt für die Arbeit und für das Herumziehen«, sagte Anana.

»Also lassen sie sie einfach hier zurück, lassen sie verhungern oder von den Wildtieren gefressen werden?« sagte Kickaha. »Aber sie haben ihr immerhin diesen Kratzer gelassen. Was meinst du, wozu der gut sein soll? Damit sie sich die Pulsadern aufschneiden kann?«

Anana antwortete: »Es ist möglich. Vielleicht hat sie deshalb gelächelt, als sie die Furcht überkommen hatte. Sie hofft vielleicht, daß wir sie sofort aus ihrem Elend erlösen werden.«

Sie betastete die Felldecke. »Aber sie irrt sich. Sie kann uns zeigen, wie man die Häute präpariert, und vielleicht kann sie uns noch eine ganze Menge mehr sagen. Falls sie nicht vollkommen senil ist.«

Sie ließen McKay als Wächter bei dem alten Weib zurück und gingen jagen. Sie kamen an diesem Tag erst spät zurück und schleppten jeder eine tote Gazelle. Außerdem hatten sie einen Sack voller Beeren, die sie von einem Baum gepflückt hatten, den sie sich aus einem Hain ausgesucht hatten. Allerdings befand sich auf Kickahas Haut eine lange rote Narbe von einem der wirbelnden Tentakel. Sie boten dem uralten Weiblein Wasser und Beeren an, und nach einigem Zögern nahm sie beides an.

Kickaha klopfte ein Lendenstück weich, damit es für den Gaumen der Alten leichter zu beißen sein würde, und sie mümmelte tapfer daran herum. Später hob er ein Loch in der Erde aus, goß Wasser hinein, erhitzte ein paar Steine, ließ diese ins Wasser gleiten und tat kleine Fleischstücke hinzu. Die Brühe war nicht heiß genug, und sie schmeckte auch nicht gut, doch war sie wenigstens warm und kräftig, und die Alte konnte sie trinken.

Während einer von ihnen die Nacht hindurch Wache stand, schliefen die anderen. Am Morgen bereiteten sie noch ein bißchen mehr von der Suppe zu. Experimentierfreudig taten sie eine Handvoll Beeren hinzu, und die Alte trank die ganze Suppe, die sie ihr in einem halben Flaschenkürbis reichten. Dann begannen sie mit dem Sprachunterricht. Die Alte war eine eifrige Lehrerin – sobald sie begriffen hatte, daß man sie nicht mästete, um sie danach aufzufressen.

Am nächsten Tag machte sich Kickaha auf die Spur der Leute, die dieses alte Weib zurückgelassen hatten. Zwei Tage später kehrte er zurück. Er hatte Speerspitzen aus Flintstein, Äxte, Handschaber und mehrere Kriegsbumerangs bei sich.

»Es war ganz einfach. Ich habe mich nachts herangeschlichen, während die herumschnarchten, weil sie sich an einem Festmahl mit madigem Elefantenfleisch überfressen hatten. Ich suchte mir aus, was ich brauchte, und verdrückte mich. Sogar die Wächter schliefen fest.«

Sie lernten die Sprache der alten Frau sehr rasch. Nach drei Wochen erzählte ihnen »Shoobam«, so hieß sie, bereits Witze. Und sie war eine Fundgrube an Informationen. Ein echter verborgener Schatz eigentlich ...

Nachdem die drei sich mit Fakten vollgestopft hatten, machten sie sich an die Arbeit. Während einer der drei Shoobam bewachte, machten sich die andern zwei auf die Suche nach den nötigen Materialien. Sie legten die Pflanzen um, von denen sie gesagt hatte, daß sie wahrscheinlich »Gallotannin« oder etwas Vergleichbares enthalten würden, wo sich bestimmte pathologische Wucherungsformen zeigten. Eine andere Baumform, die sie jagten und töteten, verfügte über besonders leichtes Holz, das aber sehr widerstandsfähig war.

Kickaha schnitzte eine Krücke für Shoobam, so daß sie sich fortbewegen konnte, und Anana massierte der alten Frau täglich eine Weile lang die halbgelähmten Beine. Und sie konnte sich nicht nur besser bewegen, sie nahm sogar ein wenig zu. Doch wenn sie es auch genoß, mit den drei Wohltätern zu sprechen, und wenn sie sich bedeutender vorkam als seit sehr langer Zeit, so war sie doch nicht glücklich. Das Leben mit ihrem Stamm fehlte ihr; und besonders fehlten ihr die Enkelkinder. Dabei besaß sie allerdings jene unbeirrbare Abhärtung der Eingeborenen, mit der man einen Luxus aus etwas machen konnte, das den anderen drei nur als die magerste Notwendigkeit erschien.

Es vergingen einige Monate. Kickaha und seine Begleiter arbeiteten schwer vom Morgengrauen bis zur Abenddämmerung. Am Ende hatten sie drei Fluggleiter, die sehr viel leichter waren, sehr viel stabiler und dauerhafter als die zuerst von Anana entworfene Flugmaschine. Hier verwendeten sie anstatt der Faltflügel hölzerne Verstrebungen, und die Konstruktion war starr.

Da Shoobam ihnen von einer Baumart berichtet hatte, die in der Borke ein starkes Gift enthielt, machten sich Kickaha und Anana auf die Suche nach einem Hain solcher Bäume. Als sie einen entdeckt hatten, holten sie ein Dutzend Pflanzen mit ihren Lassos heraus und töteten sie. Dabei wären sie jedoch beinahe gefangen und von dem Gift versengt worden, das aus den Tentakeln triefte. Das alte Weib lehrte sie, wie man das Gift aus dem Baum holte.

Kickaha war ziemlich beglückt, als er feststellte, daß die Zweige der Giftbäume denen des Taxus ähnelten. Er fertigte sich Bögen an und bespannte sie mit Antilopendärmen als Sehnen. Die Pfeile bestückte er mit Spitzen aus den Flintköpfen, die er bei Shoobams Stamm gestohlen hatte. Dann tunkte er sie in das Baumgift.

Und nun konnten sie sich auf die Elefantenjagd begeben.

Und wenn die Dickhäuter auch gegen das Gift immun waren, das bestimmte Pflanzen mit ihren Pfeilspitzen abschossen, so konnten sie doch dem Derivat der »Taxus«-Bäume nicht widerstehen. Nach einem Jagdmonat hatten sie mehr Elefantenmagenhaut, als sie benötigten. Diese Häute wogen pro Quadratmeter zwei Drittel weniger als die Gazellenfelle. Anana zerrte die Tierhäute von den Gleitflügeln und ersetzte sie durch die Hautmembranen.

»Ich glaube, die Flügel werden jetzt leicht genug sein, um im Schwerkraftfeld des Planeten zu funktionieren«, sagte sie. »Das heißt, ich bin sicher. Bei den Häuten war ich es nämlich nicht.«

Dann lieferte eine weitere Pflanze, nach schwerer Arbeit und einigen anfänglichen Fehlschlägen, eine klebrige Flüssigkeit. Damit konnten sie die Säume der Streifen versiegeln, die die äußere Ballonhülle bilden würden. Sie klebten einige der Streifen aneinander und überprüften sie über einem Feuer. Auch nach zwanzig Teststunden wurde der Kleber nicht schwach. Doch nach dreißig Stunden stetiger, gleich hoher Temperatur begann sich die Klebemasse zu zersetzen.

»Das ist ganz hübsch so«, sagte Anana. »Wir werden uns kaum länger als eine Stunde in dem Ballon aufhalten. Hoffe ich jedenfalls. Jedenfalls können wir auf keinen Fall mehr Holz mitnehmen, als uns für eine Flugstunde reichen wird.«
»Es hat den Anschein, als könnten wir es nun doch noch schaffen«, sagte Kickaha. »Aber was wird mit ihr?«
Er machte eine Handbewegung in Richtung Shoobam.
»Sie hat unser Leben gerettet. Oder sie hat uns wenigstens eine faire Chance gewiesen. Aber was tun wir mit ihr, wenn wir aufsteigen? Wir können sie doch nicht einfach hier hocken lassen. Und mitnehmen können wir sie auch nicht.«
»Mach dir darüber keine Gedanken!« sagte Anana. »Ich habe mit ihr darüber gesprochen. Sie weiß, daß wir eines Tages fortgehen werden. Aber sie ist glücklich, daß sie *so* lange hat leben dürfen. Ganz zu schweigen davon, daß wir ihr mehr zu essen gegeben haben, als sie seit langem bekommen hat.«
»Ach ja? Und was passiert, wenn wir fort sind?«
»Ich habe ihr versprochen, ihr die Pulsadern aufzuschneiden.«
Kickaha zuckte zusammen. »Du bist ein besserer Mann als ich, Gunga Din. Ich glaube nicht, daß ich das fertigbrächte.«
»Weißt du etwas Besseres?«
»Nein. Wenn es geschehen muß, dann soll es so sein. Ich glaube, ich würde es auch tun, aber ich bin froh, daß es mir erspart bleibt.«

Einundzwanzigstes Kapitel

Anana gelangte zu dem Entschluß, es sei besser, drei kleinere Ballons statt eines großen zu bauen.

»Es geht um folgendes: Um eine gleichmäßige Druckbelastung zu erreichen, muß das Material für einen großen Ballon sehr viel stärker und schwerer pro Quadratzentimeter sein als für einen kleineren. Wenn wir drei kleinere bauen, können wir leichteres Material verwenden und verlieren an Gewicht. Also wird jeder in seinem eigenen Ballon aufsteigen.« Und sie fügte hinzu: »Außerdem bieten die kleineren Flugkörper dem Wind weniger Angriffsfläche und sind deshalb leichter zu lenken.«

Kickaha hatte zu oft in Argumenten gegen sie verloren, also machte er keine Einwände.

McKay nahm es übel, von einem Weib »herumkommandiert« zu werden, aber er sah schließlich ein, daß sie hier der Fachmann war.

Sie arbeiteten besessen an den letzten Vorbereitungen. Sogar Shoobam half ihnen, und das Wissen darum, was am Tage des Starts geschehen würde, überschattete ihren freudigen Eifer keineswegs. Oder, falls sie Kummer oder Furcht empfand, so ließ sie nichts dergleichen sichtbar werden.

Schließlich war die Zeit gekommen. Die drei Ballonsäcke lagen ausgestreckt und schlaff hinter dem Wall des Windschutzes. Ein Geflecht von dünnen, aber festen, gegerbten Hautmembranen umhüllte jeden Ballonsack. Die Tragseile waren direkt mit dem Tragekorb verbunden. Anana hätte lieber einen Hängereifen unter dem Ballon mit den Seilen verbunden, an dem der Korb dann hing. Dieser würde dem Korb bessere Stabilität verleihen.

Aber es erschien ihr als nahezu unmöglich, drei Ringe aus Holz zu schnitzen. Überdies würden die Ringe ziemlich wuchtig sein müssen, wenn sie das Gewicht des Korbes, des Ballonfahrers und des Treibstoffs aushalten sollten, und sie würden also ziemlich schwer sein müssen.

Die Enden der Tragseile wurden an den Ecken und längs der Kanten einer Gondel oder eines Korbes befestigt, die man rechtwinklig aus zusammengeklebter Borke gefertigt hatte. Mitten in der Gondel lag eine dicke Schicht Erde, über der Holz aufgestapelt war. Holzspäne waren unter dem Scheiterhaufen zurechtgelegt, so daß sie leicht ein Feuer entzünden konnten. Eine Schicht Spanholz würde durch Funken von einem Flintstein und dem Messer oder der Axt zum Brennen gebracht werden.

Der Erdwall, der ihnen als Windschutz diente, war viermal zusammengebrochen, weil sich der Grund ständig veränderte. Der fünfte Wall war beinahe doppelt so hoch und viermal länger als jener, den sie für den Testballon errichtet hatten. Er war von einem Dach aus Zweigen über Kreuzbalken bedeckt, die auf Stützbalken ruhten.

Drei Galgen, primitive Kräne, standen am offenen Ende der Umfriedung. Ein Kabel aus gedrehten Hautschnüren lief über den oberen Teil des horizontalen Armes zur Spitze der Ballons. Ein Ende war dort befestigt.

Die drei zogen nacheinander die drei Ballonhüllen hoch, bis alle drei Hüllen schlaff unter dem Galgenbalken hingen. Die Enden der Hebeseile wurden an Pollern in der Nähe vertäut. McKay, der als erster starten wollte (möglicherweise weil ihm das Warten zu sehr auf die Nerven ging), entzündete sein Feuer. Rauch begann in den kreisförmigen Hautschlauch zu steigen, der am Unterende des Ballons hing.

Als sich die Hülle durch die aufsteigende Heißluft zu füllen begann, entzündete Anana das Feuer unter ihrem Ballon. Kickaha wartete ein paar Minuten, dann machte auch er Feuer in seiner Gondel.

Die Bänder des »Dämmerungshimmels« begannen zu glühen. Schnaufen und Bellen und vereinzeltes Röhren drangen von den Tieren auf den Ebenen herüber, die wieder zu einem weiteren Tag des Fressens und Gefressenwerdens erwachten. Der Wind, so schätzten sie, hatte eine Minimalgeschwindigkeit von acht Meilen in der Stunde, und er war nicht böig.

McKays Ballonhülle begann sich zu füllen. Sobald ersichtlich war, daß der Ballon sich aus eigenen Stücken in der Luft halten konnte, sprang McKay hoch und hieb mit der Axt das Seil durch, das an der Ballonspitze befestigt war. Er fiel mit dem Seil zu Boden. Als er wieder auf den Füßen stand, wartete er noch eine Minute, dann zerrte er den Ballon am Korb unter dem Galgen weg.

Als Ananas Ballon sich genügend gefüllt hatte und frei schweben konnte, zerschnitt auch sie das Seil, und bald darauf tat auch Kickaha dies bei seinem eigenen Fahrzeug.

Shoobam, die etwas abseits hockte, zog sich an ihrer Krücke hoch und humpelte zu Anana hinüber. Sie sprach mit leiser Stimme auf sie ein. Anana umarmte sie und zerschlitzte ihr dann die ausgestreckten Handgelenke. Kickaha wollte nicht hinsehen, doch schließlich dachte er sich, wenn schon jemand anderer die schmutzige Arbeit machte, dann müsse er zumindest den Mut aufbringen und hinschauen.

Die alte Frau setzte sich neben Ananas Ballonkorb und begann eine jammernde Totenklage zu singen. Sie schien es nicht wahrzunehmen, daß er ihr zum Abschied zuwinkte.

Über Ananas Wangen rannen Tränen. Doch sie war eifrig damit beschäftigt, ihr Feuer zu schüren.

»Tschüs!« brüllte McKay. »Wir sehen uns dann später! Hoffe ich wenigstens!«

Er zog den Ballon nach draußen, bis er außerhalb des Windschutzes war. Dann kletterte er in die Gondel, warf hastig mehr Holz auf das Feuer und wartete. Der Ballon neigte sich ein wenig zur Seite, als der Wind, der über das Dach strich, seine Spitze traf. Dann begann er sich zu erheben, wurde von der Kraft der bewegten Luft erfaßt und stieg in einem Winkel empor.

Ananas Fahrzeug erhob sich ein paar Minuten später, und Kickahas Ballon folgte nach dem entsprechenden Zeitintervall ebenfalls.

Er blickte die Schwellung der Hülle hinauf. Der Gleiter war noch fest mit dem Netz verbunden und schien unbeschädigt zu sein. Sie hatten ihn an der Oberseite verschnürt, als die Hülle noch flach auf dem Grund gelegen hatte. Aus der Entfernung hätte ein Beobachter meinen können, es handle sich um eine Riesenmotte, die an einer Riesenglühbirne klebte.

Der Flug in einem Aerostat erregte ihn. Es gab kein Gefühl der Fortbewegung; er hätte ebensogut auf einem fliegenden Teppich sitzen können. Allerdings verspürte er keinen Wind im Gesicht. Der Ballon trieb mit der gleichen Geschwindigkeit wie der Wind.

Über ihm schwebten, etwas entfernt, die beiden anderen Ballons. Anana winkte ihm einmal zu, und er erwiderte den Gruß. Dann kümmerte er sich um sein Feuer.

Ein einziges Mal blickte er zu dem Windschutz zurück. Shoobam war eine undeutliche, winzige Gestalt, die seinem Auge entschwand, als sich das Dach über sie schob.

Das Sichtfeld vergrößerte sich, der Horizont schien nach außen zu fliehen. Szenerien von Bergen und Ebenen und hier und da weite Wasserflächen, wo die Regen sich in momentanen Senken gesammelt hatten, breiteten sich vor seinem Auge aus.

Über ihm hing die enorme Masse des Primärplaneten. Die gewaltige Wunde, die die Abspaltung ihm geschlagen hatte, war verheilt. Der Mutterplanet war bereit, das Baby zu empfangen, wartete auf einen neuen Kataklysmus.

Schwärme von Vögeln und kleinen Flugsäugern trieben an Kickaha vorbei. Sie strebten dem Planeten zu, und dies bedeutete, daß die Gestaltumwandlung des Mondes nicht mehr lange auf sich warten lassen würde. Die drei waren gerade noch rechtzeitig aufgebrochen.

Eine kurze Weile lang trieb sein Fahrzeug durch eine Schicht der geflügelten oder fadenbestückten segelnden, wirbelnden Samen.

Die Flammen fraßen gierig das Holz und Kickaha gewann den Eindruck, daß sein Brennstoffvorrat allmählich recht knapp aussah. Der einzige Trost war, daß durch das Verbrennen des Treibstoffs der Ballon leichter wurde. Also mußte er nicht mehr soviel Gewicht tragen und stieg dementsprechend rascher auf.

Bei einer geschätzten Höhe von fünfzehn Meilen überschlug Kickaha seine Vorräte und schätzte, daß er noch Brennstoff für weitere fünf Meilen hatte.
McKays Ballon driftete von den beiden anderen fort. Ananas Fahrzeug schwebte etwa eine halbe Meile von dem Kickahas entfernt, doch hatte es den Anschein, als treibe es nun nicht mehr weiter weg.
In einer Höhe oder Tiefe von zwanzig Meilen – dies war selbstredend nur seine Schätzung – warf Kickaha den letzten Ast auf das Feuer. Als er verbrannt war, scharrte er die heiße Asche auf der windabgewandten Seite über den Rand und schob dann die Erde hinterher. Dann schloß er den Heißlufttrichter aus ungegerbter Haut, der als Auffänger gedacht gewesen war. Dies würde dazu beitragen, daß sich die Heißluft nicht so rasch abkühlen konnte.
Da er im Augenblick weiter nichts tun konnte, lehnte er sich gegen die Wand seiner Gondel. Bald würde der Ballon rasch zu sinken beginnen. Wenn dies eintrat, dann würde er die Gleitflügel benutzen müssen, um zum Satelliten zurückzuschweben. Und dann würde seine einzige Überlebenschance darin bestehen, Glück zu haben und auf der oberen Seite zu landen, nachdem die Gestaltveränderung eingetreten war.
Plötzlich war er von warmer Luft umhüllt. Grinsend winkte er Anana zu, obgleich er nicht damit rechnete, daß sie ihn sehen konnte. Dieser rasche Temperaturwechsel mußte bedeuten, daß der Ballon die Zone erreicht hatte, die Urthona als »Schwerkraft-Zwischenfeld« bezeichnet hatte. Hier verdünnte sich oder »sickerte« die Energie der entgegenwirkenden Kraft weg. Und der aufsteigende Luftstrom würde die Aerostate eine Weile im Schweben halten. Er hoffte, daß sie lange genug driften würden.
Als die Hitze zunahm, öffnete er den Heißlufttrichter und schnitt ihn schließlich mit seinem Messer ganz fort. Die Lage war nicht eindeutig. Tatsächlich sank der Ballon, doch die heiße Luft drängte ihn rascher nach oben, als er sank. Eine gewisse Menge drang in den Ballonschlund, als die heißere Luft in der Ballonhülle sich langsam

abkühlte. Doch die Hülle begann zusammenzusacken. Der Ballon würde sicher nicht völlig erschlaffen, aber er würde trotzdem sinken.

Da sich der Ballon jetzt nicht mehr mit Windgeschwindigkeit bewegte, konnte Kickaha den Wind spüren. Wenn der Fall schneller wurde, würde er ihn in der Takelage singen hören. Er hatte keine Lust, dies zu hören.

Der Boden seiner Gondel begann sich leicht zu neigen. Er warf einen Blick zu Ananas Ballon hinüber. Ja, auch ihre Gondel schwang sanft aufwärts, und der Ballon begann ebenfalls zu kreisen. Sie hatten den Bereich der Umkippung erreicht. Er mußte rasch handeln, ohne Zögern, ohne Fehler ...

Einige Vögel kamen vorbei, sie wirkten verwirrt, flatterten aber entschlossen hinunter.

Er kletterte die Stricke hinauf und dann auf das Fesselnetz, und die Luft wurde sogar noch heißer. Ihm wollte scheinen, daß sie sich von vierzig Grad Celsius innerhalb von sechzig Sekunden auf gute fünfundfünfzig Grad erhitzt hatte. Der Schweiß triefte ihm in die Augen, als er seinen Fluggleiter erreichte und die Stricke zu zerschneiden begann, die ihn an den Ballon fesselten. Die Hülle war heiß, aber nicht so heiß, daß er sich die Handflächen oder die Füße verbrannt hätte. Er wischte den Schweiß fort und zerschnitt die Stricke, die den Tragharnisch sicherten. Dann kroch er langsam hinein. Dies war nicht leicht, weil er sich mit einer Hand und einem Fuß beständig an das Ballonnetz klammern mußte. Mehrmals verlor sein Fuß den Halt, doch gelang es ihm immer wieder, ihn zwischen das Seil und die Hülle des Ballons zu schieben.

Er blickte sich um. Während er hier geschuftet hatte, war die Umkehrung erfolgt. Die weite Krümmung des Planeten lag direkt unter ihm, die kleinere Krümmung des Mondes war nun über ihm.

McKays Ballon war irgendwo im roten Himmel verschwunden. Anana konnte er nicht ausmachen, und dies bedeutete, daß auch sie die Ballonhülle hinaufkletterte und versuchte, in den Flugharnisch zu gelangen. Plötzlich wurde die Luft kühler. Und er wurde sich des Windes sogar noch stärker bewußt. Der Ballon stürzte mit atemberaubender Geschwindigkeit dem Boden zu.

Er hatte sich im Harnisch festgebunden, zwischen den Beinen waren die Tragbänder festgezurrt. Er zerschnitt den Strick, mit dem die Nase des Gleiters an das Ballonnetz gebunden war. Er mußte einen zweiten Strick zertrennen, der das abwärts gerichtete »Heck« an das Netz band. Anana hatte ihn mehrere Male gewarnt und ihn beschworen, zuerst die Fronthalterung zu zertrennen, erst dann die Heckhalterung. Sonst würde die herauftreibende Luft den Flügler auf der Unterseite treffen. Und der Flugapparat würde sich erheben, obwohl er mit der Nase noch an den Ballon gefesselt war. Er würde am Endstück der Bespannung nach außen geschleudert werden und dort zappeln. Der Gleiter würde mit seiner Oberseite gegen den Ballonsack gedrückt werden, weil der Fallwind ihn in wachsendem Maße dagegenpreßte.

Er würde dann vielleicht nicht mehr zu den Stricken zurückklettern können, um den letzten Schnitt auszuführen.

»Natürlich hast du ziemlich viel Zeit«, hatte Anana gesagt. »Es wird achtzig Meilen über dem Boden sein, und du wirst möglicherweise während dieser langen Fahrt Wunder vollbringen können. Nur würde ich darauf keine Wette eingehen.«

Also kletterte Kickaha an den Stricken zum Heck des Fluggerätes, packte den Knoten, der das Heck an das Ballonnetz knüpfte, und zerschnitt ihn mit dem Messer in der anderen Hand. Sofort wurde er mit einer atemberaubenden Geschwindigkeit nach oben geschleudert. Die Hülle schoß an ihm vorbei, und er schwang am Ende der Haupttaue. Die Schenkelhalterung schnitt ihm scharf in die Beine.

Er zerrte an den Leitseilen, um die Nase der Gleitmaschine nach unten zu bringen. Und dann stieg er in raschem Gleitflug nach unten. Oder – um es anders auszudrücken – er fiel relativ langsam.

Wo aber war Anana? Ein paar Minuten lang schien sie in dem rötlichen Himmel verschwunden zu sein. Dann aber machte er ein winziges Objekt aus, konnte jedoch nicht sicher sein, ob sie es war oder ein vereinzelter Vogel. Der Gegenstand schwebte links unterhalb von ihm. Kickaha gab Seitenruder und glitt auf sie – oder es – zu. Es verging eine unendlich lang erscheinende Zeit. Dann wuchs der Punkt, und eine Weile später erkannte er die Oberseite eines Flugschirms.

Er zog die Kontrollseile, um weniger Luft unter den Flugkörper zu bekommen, und fiel rascher, und nach einiger Zeit befand er sich auf gleicher Höhe mit Anana. Als sie ihn erblickte, kurvte sie, und nachdem sie beide eine Weile herummanövriert hatten, befanden sie sich nur noch sechs, sieben Meter voneinander entfernt.

»Bist du in Ordnung?« kreischte er.

»Ja!« schrie sie.

»Hast du McKay gesehen?«

Sie schüttelte den Kopf.

Zwei Stunden später machte Kickaha ein großes vogelähnliches Objekt aus, das schätzungsweise zweitausend Fuß unterhalb von ihm schwebte. Entweder war es McKay oder ein Vogel Rock. Doch nachdem er lange mit zusammengekniffenen Augen ausgespäht hatte, gelangte er zu der Überzeugung, daß es ein Vogel sein müsse. Auf jeden Fall stieß das Ding rasch nach unten, und wenn es seinen Landungswinkel beibehielt, würde es den Grund lange vor ihnen erreichen müssen.

Wenn es McKay war, dann würde er eben auf sich allein gestellt sein. Weder Anana noch er schuldeten ihm etwas.

Ein paar Sekunden später schwand McKay völlig aus seinem Hirn. Die Vorhut einer Massenemigration von dem Mond kam an ihm vorüber. Es waren große gänseähnliche Vögel, die dort zu Millionen flogen. Etwas später mischten sich andere Vogelarten unter sie, große und kleine. Die Luft ringsum war verdunkelt von Leibern, und die Luft war erfüllt vom Lärm der schlagenden Schwingen, der quakenden, krächzenden, zwitschernden und pfeifenden Stimmen.

Ihre Fluggleiter schossen durch einen Keil von Kranichen, der auseinanderstob, ein fliegender Leib nach links, der andere nach rechts. Kickaha nahm an, daß ihre Flugmaschinen sie erschreckt

hatten, doch eine Sekunde später war er sich dessen nicht mehr so sicher. Vielleicht hatte sie das Auftauchen einer Eskadron von Rockvögeln verschreckt.
Diese sportflugzeuggroßen Vogeltiere begleiteten sie nun, als wollten sie eine fliegende Eskorte bilden. Das Anana am nächsten schwebende Tier kam näher und stierte sie mit einem kalten gelben Auge an. Als es zu dicht herankam, schrie sie ihm entgegen und gestikulierte mit ihrem Dolch. Ob sie ihn nun abgeschreckt hatte oder nicht, der Vogel glitt jedenfalls davon. Kickaha stieß einen Seufzer der Erleichterung aus. Wenn eines von diesen riesigen Flugtieren sie angreifen sollte, so würden sie eine hilflose Beute sein.
Aber die Riesenvögel hatten offensichtlich anderes im Sinn. Sie behielten die gleiche Flughöhe bei, während die Fluggleiter abwärts glitten. Und nach einer Weile waren die Vogelriesen nur noch kleine Tupfer weit über und vor ihnen.
Anana hatte Kickaha erklärt, daß dies wohl nicht der längste, aber sicherlich der anstrengendste Trip sein würde, den er jemals unternommen hatte. Und er würde ihm als der allerlängste erscheinen. Sie hatte ihm ausführlich klargemacht, was sie erwartete und was sie tun müßten. Er hatte gut zugehört, aber es hatte ihm gar nicht besonders gefallen, was er da zu hören bekommen hatte. Aber seine Vorstellungskraft war von der Wirklichkeit meilenweit überrundet worden.
Wenn man den Fluggleiter als Segler benutzte, betrug die Fallgeschwindigkeit etwas über einen Meter pro Sekunde. Schätzungsweise. Dies bedeutete, sie würden zwanzig Stunden brauchen, um auf dem Boden zu landen, wenn sie im Gleitflug abstiegen. Und bis dahin würden ihre Beine gangränös geworden sein.
Wenn man aber den Gleiter als Fallschirm benutzte, würde er mit einer Fallgeschwindigkeit von etwa sechs Metern pro Sekunde absacken. Der Abstieg würde sich dadurch auf, grob geschätzt, bloße sechs Stunden verkürzen.
Also hatten die beiden, nachdem sie einander gefunden hatten, ein paar Klappen gezogen, und von diesem Zeitpunkt an fielen sie wie an einem Fallschirm. Kickaha bewegte Arme und Beine, um die

Blutzirkulation in Gang zu halten, und ab und zu ließ er ein bißchen Luft unter dem Flügel absausen, damit er rascher fallen konnte. Allerdings konnte man dieses Manöver nur in kurzen Intervallen ausführen. Wenn man zu rasch sank, konnten die Wanten brechen, sobald der Gleiter wieder in langsameren Flug kam.

Als sie dann schätzungsweise dreitausend Meter über dem Boden waren, hatte Kickaha das Gefühl, daß seine Arme und Beine dabei wären, zu dem Mond zurückzufliegen. Er hing wie eine Puppe in der Halterung, außer wenn er den Kopf drehte, um sich nach Anana umzusehen. Sie mußte eigentlich über ihm schweben, da sie ja leichter war und darum nicht so rasch fiel. Das heißt, dies wäre so gewesen, hätte sie es nicht so eingerichtet, daß ihre Fallklappen ein wenig größer waren als die seinen. Aber auch sie hing wie ein unbelebter Körper in den Seilen.

Etwas hatte ihn die ganze Zeit beunruhigt: Daß sie nämlich einer starken Aufwärtsdrift begegnen könnten, die ihre Landung noch weiter verzögern würde. Aber bisher waren sie gleichmäßig und stetig gesunken.

Unter ihnen lagen Berge und ein paar kleine, ebene Flächen. Doch als sie bis auf viertausend Fuß heruntergekommen waren, näherten sie sich einem großen Gewässer. Es war eine jener riesigen Senken, die sich zeitweilig mit Regenwasser anfüllten. Derzeit schien sich der Boden der Senke zu verschieben, und das Wasser lief an einem Ende durch eine Schlucht zwischen zwei Bergen ab. Die Tiere auf dem Trockenen am Unterende flüchteten, um nicht von dem steigenden Wasser eingeholt zu werden. Wesen, die wie Amphibien aussahen, taumelten ans Ufer oder watschelten, so rasch sie konnten, auf höhergelegenes Gelände.

Kickaha überlegte, warum wohl die Amphibien so überstürzt den See verließen. Dann entdeckte er einige Hundert riesenhafter Tiere. Sie hatten die Gestalt von Krokodilen, und sie schäumten mit wilden Schwanzschlägen das Wasser. Sie trieben ihre flüchtende Beute zusammen.

Er brüllte Anana etwas zu und deutete auf die Bestien. Sie schrie

zurück, sie sollten Luft unter den Flügeln wegnehmen. Schließlich wollten sie ja nicht gerade irgendwo in der Nähe dieser Ungeheuer landen.
Mit großer Anstrengung zerrte er an den Wanten. Zehn Sekunden später fiel er in Strandnähe ins Wasser, und Anana kam zwei Sekunden später nach. Er hatte die Wanten gerade rechtzeitig gekappt, um sich aus der Halterung des Harnischs zu befreien. Das Wasser schlug über ihm zusammen, er sank hinab, dann berührten seine Füße den Grund, und er mühte sich, sich mit ihnen nach oben abzustoßen.
Seine Beine gehorchten ihm nicht.
Sein Kopf kam über die Wasseroberfläche, als er sich mit seinen von Müdigkeit tauben Armen nach oben zu stemmen begann. Anana schwamm bereits auf das Ufer zu, das nur gute zehn Meter weit entfernt lag. Ihre Beine trieben bewegungslos hinter ihr drein.
Sie krochen wie eine Seejungfrau und ein Triton auf den grasigen Strand. Ihre Beine schleppten sie hinter sich her. Dann folgte eine lange, schmerzhafte Zeitspanne, bis sich die Blutzirkulation langsam wieder einstellte. Als sie sich dazu in der Lage fühlten, standen sie auf und taumelten auf höhergelegenes Gelände hinauf. Lange, vierbeinige Wesen mit Flossen, deren Leiber schleimbedeckt waren, überholten sie. Ein paar schnappten nach ihnen, versuchten jedoch nicht zuzubeißen. Die stärkere Schwerkraft – nach so vielen Monaten in dem leichteren Feld auf dem Mond – wirkte sich stark auf sie aus. Dennoch, sie mußten weiter. Die nilpferdgroßen Krokodile waren inzwischen auf festem Boden angelangt.
Sie hatten keine Hoffnung, daß sie es über den Hang eines Berges schaffen würden. Doch genau dies taten sie. Und dann ließen sie sich zu Boden fallen. Sobald ihr keuchender Atem sich beruhigt hatte, schlossen beide die Augen und schliefen. Es wäre eine allzugroße seelische Anstrengung gewesen, sich wegen der Krokodile, Löwen, Wildhunde oder irgendwelcher anderer Wesen Sorgen zu machen, die vielleicht ein Interesse daran hatten, sie zu verzehren. So, wie sie sich jetzt fühlten, war ihnen alles gleichgültig, selbst wenn der Mond auf sie herunterstürzen sollte.

Zweiundzwanzigstes Kapitel

Kickaha und Anana liefen in einem Tempo, das sie kilometerweit durchhalten konnten, ohne zu ermüden. Sie waren so nackt wie bei ihrer Geburt, wenn man davon absah, daß sie Gürtel trugen, an denen die Messer und das Horn hingen, und Anana trug den Mehrzweckapparat am Handgelenk. Sie keuchten und schwitzten heftig, aber sie wußten, diesmal würden sie den Palast einholen können – falls nichts dazwischenkam.

Noch jemand jagte hinter dem Gebäudekoloß her. Er ritt auf einem Elchtier. Obgleich er sich noch eine halbe Meile weit entfernt befand, konnte man ihn an seiner Größe und an seinem bronzeroten Haar erkennen. Es mußte Red Orc sein.

Kickaha verschwendete einen Teil seines kostbaren Atems. »Ich habe keine Ahnung, wie er hierherkommt, und ich kann mir nicht vorstellen, was er sich erhofft, wenn er den Palast einholt. Er kennt doch die Codeworte nicht.«

»Nein«, keuchte Anana. »Aber vielleicht wird ihm der Mann, den wir gesehen haben, die Tore aufmachen.«

Bisher hatte Red Orc sich nicht umgeblickt, und dies war ein glücklicher Zufall. Zehn Minuten später öffnete sich ihm ein Fenster – oder vielmehr eine bodentiefe französische Tür. Er packte den Sims und wurde von zwei hilfreichen Armen hineingehievt. Das Elchtier brach sofort seinen Galopp ab und steuerte auf eine Gruppe von Wanderpflanzen zu. Die Tür schloß sich.

Kickaha hoffte, der unbekannte Bewohner werde sich auch ihnen gegenüber als so hilfreich erweisen. Doch wenn Red Orc sie entdeckte, dann würde er sicherlich jeden Versuch blockieren, ihnen zu helfen.

Langsam näherten sie sich dem hoch aufragenden Baukomplex.

Ihre nackten Füße stampften über das Gras. Ihr Atem flog zischend ein und aus. Der Schweiß brannte ihnen in den Augen. Die Beine verweigerten mehr und mehr ihrem Willen den Gehorsam. Sie fühlten sich, als steckten sie voller Gifte, die ihre Muskeln absterben ließen. Was auch genau der Fall war.

Um die Sache noch zu verschlimmern, trieb der Palast nun auf einen Berg zu, der ein oder zwei Meilen weit entfernt lag. Wenn die Burg den Hang hinaufzog, würde das mit unverminderter Geschwindigkeit geschehen. Aber die beiden Verfolger würden klettern müssen.

Schließlich war die untere rechte Ecke in ihrer Reichweite. Sie verlangsamten keuchend ihr Tempo. Sie konnten einen Kilometer pro Stunde im Schrittempo durchhalten, vorausgesetzt, sie blieben auf flachem Gelände. Aber wenn der Gebäudekomplex den Berghang hinaufzuschweben begann, würden sie Reserven benötigen, die sie nicht mehr besaßen.

Direkt übereck gab es ein großes Fenster, dessen Glas oder Plastikglas einen zweiseitigen Erker bildete. Doch das Fenster war plan in die Wand eingelassen. Es gab nichts, woran man sich hätte hochziehen können.

Sie zwangen sich, aus dem Schritt in Trab zu fallen. Die Fenster, an denen sie vorüberkamen, zeigten ihnen einen erleuchteten Korridor. Die Wände waren mit unterschiedlichsten leuchtenden Farben bedeckt. Es hingen dort viele Gemälde, und in Abständen standen in natürlichen Farben bemalte Statuen an den Seiten von Türen, die zu weiteren Räumen im Inneren führten. Dann erreichten sie mehrere Fenster, die zu einem größeren Raum gehörten. Möbel standen umher, und es gab einen riesigen offenen Kamin am entgegengesetzten Ende, in dem ein Feuer loderte.

Ein Roboter, ungefähr einen Meter dreißig hoch, kuppelförmig, auf Rollen, staubte einen enormen Tisch ab. Ein vielgelenkiger Arm aus Metall reckte sich und fuhr mit einer dicken Scheibe über die Tischfläche. Ein zweiter Arm bewegte etwas, das wie eine Staubsaugerdüse aussah, über den Teppich hinter dem Tisch.

Kickaha beschleunigte seine Schritte. Anana blieb dicht bei ihm. Er wollte an die Vorderseite gelangen, bevor der Palast aufzusteigen begann. Die Vorderseite mußte sich nur ein paar Fuß über dem Hang befinden, wenn der Aufstieg begann, doch wenn das Bauwerk nach oben trieb, würde – da es ja seine horizontale Lage beibehalten würde – die Rückfront zu weit vom Boden entfernt sein, als daß sie sie hätten erreichen können.

Und gerade in jenem Augenblick, als die Vorderseite am Fuß des Berges anlangte, fanden die zwei endlich, was sie erstrebten. Doch nun mußten sie klettern.

In keinem der Fenster, an denen sie vorbeigekommen waren, hatte sich ein lebendiges Wesen gezeigt.

Sie rannten um die Ecke, die das Gegenstück der hinteren Ecke war. Und hier entdeckten sie das erste hoffnungsvolle Anzeichen, einen Halt zu finden. Über die Hälfte der Vorderfront verlief ein breiter Balkon. Zweifellos hatte Urthona ihn anbringen lassen, damit er an die frische Luft treten und die Aussicht genießen konnte. Allerdings bot der Balkon ihnen keinen Zugang. Es sei denn, ein Fremder im Innern des Palastes hatte die Türen leichtsinnigerweise unverriegelt gelassen. Dies schien wenig wahrscheinlich zu sein, aber auf jeden Fall konnten sie nun aufhören zu rennen.

Beinahe wäre es ihnen mißlungen. Die Aufwärtsdrift des Gebäudes und die Tatsache, daß sie davor herliefen, bewirkte eine Schrägbewegung den Hang empor. Doch sie hielten es durch, wenn auch Kickaha einmal stolperte. Er packte die Unterkante, hielt sich fest, ließ sich mitschleifen, löste dann seinen Griff, rollte heftig ab, war ein Stück voraus, wurde von Anana am Handgelenk gepackt und nach vorn und oben gezogen. Sie fielen zurück, doch irgendwie schafften sie es, wieder aufzustehen, und nahmen ihr Rennen wieder auf, wobei sie darauf achteten, daß der Palast nicht über sie hinwegglitt.

Dann ergriffen sie den Rand des Balkons, zogen sich hinauf und über die Brüstung. Eine lange Zeit lagen sie auf dem kühlen, metallischen Boden und keuchten nach Luft, als wäre jeder

Atemzug ihr letzter in dieser Welt. Als sie wieder normal atmen konnten, setzten sie sich auf und blickten sich um. Zwei bodentiefe Türen führten zu einem riesigen Raum, aber sie waren für sie unzugänglich. Kickaha drückte gegen die grifflosen Türen, ohne Erfolg zu haben. Auch auf der Innenseite schien es keine Griffe zu geben. Zweifellos öffneten sie sich auf Knopfdruck oder bei einem bestimmten Codewort.

Kickaha hoffte, daß es keine Sensoren geben möge, die Alarm auslösten, und hämmerte heftig mit dem Griff seines Dolches gegen das durchsichtige Material. Es zeigten sich keine Sprünge, und die Scheibe zerbrach nicht. Er hatte auch nicht damit gerechnet.

»Na ja, immerhin werden wir transportiert«, sagte er. Er schaute zu dem darübergelegenen Balkon empor. Er lag gute sechs Meter über dem ihrigen, war also außer Reichweite.

»Jetzt sitzen wir fest. Was für eine Ironie! Wir schaffen es endlich, und wir können weiter nichts tun, als vor verschlossenen Türen zu verhungern!«

Sie waren erschöpft und litten heftigen Durst. Dennoch konnten sie nicht einfach diesen langersehnten Ort wieder verlassen. Aber andererseits – was blieb ihnen denn schon anderes übrig?

Kickaha blickte erneut nach oben. Diesmal sah er, wie sich dunkle Wolken zusammenballten.

»Es wird bald regnen. Zu trinken werden wir immerhin bekommen. Was hältst du davon, wenn wir heute nacht hierbleiben? Vielleicht haben wir morgen früh eine Idee.«

Anana stimmte ihm zu, daß dies wohl das beste sein würde. Zwei Stunden später begann es zu schütten, und es hörte mehrere Stunden lang nicht eine Minute lang auf zu regnen. Sie konnten ihren Durst stillen, aber sie kamen sich vor wie halbersäufte junge Hunde, als der Regen endlich aufhörte. Sie froren, waren naß und zitterten. Als die »Nacht« anbrach, waren sie wieder trocken und schliefen Arm in Arm eng aneinandergeschmiegt.

Gegen Mittag des folgenden Tages murrten ihre Mägen wie

hungrige Löwen in einem Käfig, vor dem ein Stapel von Steaks liegt. »Wir werden auf die Jagd gehen müssen, Anana, ehe wir zu sehr entkräftet sind«, sagte Kickaha. »Wir können dieses Monstrum hier immer wieder einholen, obwohl mir die Vorstellung zuwider ist. Ich könnte ein Seil mit einem Widerhaken machen, und wenn das möglich ist, dann können wir uns vielleicht auf den Balkon über uns hinaufhangeln. Vielleicht ist dort die Tür nicht verriegelt. Wozu sollte sie das auch sein?«

»Sie wird verschlossen sein, weil Urthona einfach kein Risiko eingehen würde«, sagte sie. »Wie auch immer, bis wir ein solches Seil anfertigen könnten, wäre der Palast uns weit voraus. Wir könnten dabei sogar seine Spur verlieren.«

»Du hast recht«, sagte er. Er drehte sich zur Tür und hämmerte mit der Faust dagegen. Drinnen lag ein weiter Raum mit einem großen Brunnen in der Mitte. Ein Marmortriton blies Wasser aus einem Horn, das er an die Lippen hielt.

Er wurde plötzlich steif und sagte: »Oje, oje! Keine Bewegung, Anana! Da kommt jemand!«

Anana erstarrte zur Salzsäule. Sie stand an der Seite der Tür und war für jemanden im Raum nicht sichtbar.

»Es ist Red Orc! Und er hat mich entdeckt! Es ist zu spät, ich kann mich nicht mehr ducken! Los, geh über die Balkonbrüstung! Dort sind Ornamente, an denen du dich festhalten kannst! Ich weiß nicht, was er mit mir anstellen wird, aber wenn er hier herauskommt, kannst du ihn vielleicht überraschend angreifen. Ich spiele zwangsläufig das Opferlamm!«

Aus dem Augenwinkel sah er, wie sie über die Brüstung glitt und verschwand. Er blieb, wo er stand, und schaute ihrem Onkel ruhig entgegen. Orc war in ein prächtiges Gewand aus einem glitzernden Material gekleidet. Die wadenlangen Hosen waren sehr eng, die Jacke zweireihig, mit Mandarinärmeln, die Stiefel scharlachrot mit nach oben gebogenen Spitzen, das Hemd mit Rüschen besetzt und auf dem breiten Spitzenkragen edelsteinbestickt.

Er lächelte. In einer Hand hielt er einen bösartig aussehenden

Strahler. Einen Augenblick lang blieb er dicht hinter der Balkontür stehen. Dann bewegte er sich von Seite zu Seite, um den ganzen Balkon überblicken zu können. Eine Hand bewegte sich zur Wand, offensichtlich drückte er auf einen Knopf. Die Türen verschwanden senkrecht nach oben in der Wand.

Er hielt die Waffe ruhig auf Kickahas Brust gerichtet.

»Wo ist Anana?«

»Sie ist tot«, sagte Kickaha.

Orc lächelte und schoß. Kickaha wurde quer über den Balkon gegen die Brüstung geschleudert. Er lag halb sitzend da, und er war mehr als nur halbbetäubt. Unklar nahm er wahr, wie Red Orc auf den Balkon heraustrat und über die Brüstung blickte. Der rothaarige Mann sagte: »Komm rauf, Anana, ich bin euch auf die Schliche gekommen. Aber wirf erst dein Messer fort!«

Einen Augenblick später kletterte sie langsam über die Brüstung. Orc zog sich in die Tür zurück, den Strahler auf Anana gerichtet. Sie schaute zu Kickaha hin und fragte: »Ist er tot?«

»Nein. Der Strahler ist auf niedrige Betäubung eingestellt. Ich habe euch zwei gestern nacht gesehen, als der Alarm ertönte. Dein *Leblabbiy*-Hengst war dumm genug, gegen die Tür zu hämmern. Die Sensoren sind sehr empfindlich.«

»Also hast du uns einfach beobachtet? Du wolltest sehen, was wir tun würden?« fragte Anana.

Orc lächelte erneut. »Ja. Ich wußte ja, daß ihr gar nichts tun konntet. Aber es hat mir Spaß gemacht, euch dabei zuzuschauen, wie ihr euch etwas aus den Fingern zu saugen versuchtet.«

Er blickte zu dem Horn, das um ihre Schulter gehängt war.

»Endlich habe ich es. Jetzt kann ich von hier fort.«

Er drückte auf den Auslöseknopf, und Anana sank gegen die Brüstung. Kickaha hatte mittlerweile seine Sinne fast wieder vollständig beisammen, obwohl er sich schwach fühlte. Doch wenn Red Orc sich in die Reichweite seiner Hände begeben sollte . . .

Doch der Lord dachte nicht daran, dies zu tun. Er trat zurück, sagte etwas, und zwei Roboter kamen durch die Tür. Auf den ersten Blick wirkten sie wie lebendige Menschen. Doch ihre toten Augen und ihre Bewegungen, die nicht so ästhetisch angenehm waren, wie sie bei Wesen tierischen Ursprungs sind, bewiesen, daß Metall oder Plastikstoffe unter der vorgetäuschten Menschenhaut lagen. Der eine nahm Kickaha das Messer fort und warf es über die Brüstung. Der andere schnallte den Mehrzweckapparat von Ananas Handgelenk ab. Dann packte jeder einen der beiden an den Knöcheln, und man zerrte sie ins Innere. Dort stand auf einer Seite auf einem Podest eine große Halbkugel aus Maschendraht auf sechs Rädern. Der eine Roboter packte Anana und schob sie durch ein Türchen in den Käfig. Der zweite tat das gleiche mit Kickaha. Die Tür fiel zu, und sie waren beide Gefangene in dieser riesigen Mausefalle.

Orc bückte sich und tastete unter dem Käfig herum. Als er sich wieder aufrichtete, sagte er: »Ich habe gerade die Voltspannung eingestellt. Berührt die Drähte nicht. Es würde euch zwar nicht töten, aber besinnungslos machen.«

Er befahl seinen humanoiden Robotern und dem Käfig, ihm zu folgen. Das Horn, das er von Ananas Schulter genommen hatte, in der Hand, ging er mit langen Schritten durch den Raum und trat in einen breiten, hohen Korridor.

Kickaha kroch zu Anana hin. »Bist du in Ordnung?«

»In einer Minute«, sagte sie. »Ich habe im Augenblick nicht eine Spur Kraft übrig. Und ich habe Kopfschmerzen.«

»Ich auch«, sagte er. »Na ja, jedenfalls sind wir nun drinnen.«

»Du gibst wohl nie auf, wie? Manchmal macht mich dein Optimismus ... Ach, schon gut, vergiß es. Was glaubst du, ist mit dem Mann passiert, der Red Orc hereingelassen hat?«

»Wenn er noch lebt, dann bedauert er jetzt sicherlich seine Freundlichkeit. Er kann kein Lord sein. Wenn er einer wäre, hätte er sich nicht dermaßen überrumpeln lassen.«

Kickaha rief Red Orc und fragte ihn, wer der Fremde sei. Red Orc gab keine Antwort. Er blieb am Ende des Korridors stehen, der sich hier in zwei andere verzweigte. Er sagte mit leiser Stimme etwas zu der Wand, ein Codewort, und ein Teil der Wand wich zurück und

glitt dann in einen Schlitz. Es zeigte sich ein Raum, etwa sechs mal sechs Meter groß – ein Aufzug.
Orc drückte auf einen Knopf auf einem Schaltbord. Der Lift schoß rasch nach oben. Als er anhielt, zeigte die Leuchttafel, daß er im vierzigsten Stockwerk gehalten hatte. Orc drückte auf zwei weitere Knöpfe und ergriff einen kleinen Schalthebel. Der Lift bewegte sich in einen sehr breiten Korridor hinaus und glitt ihn entlang. Orc bewegte den Hebel, der Lift wirbelte um eine Ecke und schoß einen weiteren Korridor, etwa siebzig Meter weit, hinunter. Dann hielt er mit der geöffneten Tür vor einer anderen Tür.
Orc zog ein kleines schwarzes Büchlein aus einer seiner Taschen, öffnete es, studierte eine Seite, sprach irgend etwas, das wie Kauderwelsch klang, und die Tür öffnete sich. Er steckte das Büchlein wieder ein und trat beiseite, als der Käfig in einen großen Raum rollte. Er hielt genau in der Mitte an.
Orc murmelte weiter in seinem Kauderwelsch. Mechanismen, die an den Wänden etwa drei Meter hoch montiert waren, reckten ihre Metallarme vor. Jeder hatte an seinem Ende einen Strahler. In jeder Wand waren zwei davon, und sie waren alle auf den Käfig gerichtet. Über den Waffen lagen kleine, runde Bildschirme. Zweifellos Videolinsen.
»Ich habe dich prahlen hören, Kickaha, daß es kein Gefängnis und keine Falle gibt, die dich festhalten könnten«, sagte Orc. »Ich glaube nicht, daß du eine solche Prahlerei jemals wieder von dir geben wirst.«
»Würdest du die Güte haben, uns zu sagen, was du mit uns vorhast?« fragte Anana mit gelangweilter Stimme.
»Ach, ihr werdet nur ein bißchen verhungern«, sagte Red Orc. »Ihr werdet nicht verdursten, das nicht! Ihr werdet genug Wasser erhalten, damit ihr weiterlebt. Nach einer gewissen Zeit – und ich werde euch nicht sagen, wie lange es dauern wird – werden euch die Strahler in Fetzen schneiden, ob ihr dann noch lebt oder nicht.
Und selbst wenn es euch gelingen sollte – was ganz undenkbar ist –, aus dem Käfig zu entrinnen und unter den Strahlern hindurchzu-

kommen, dann kommt ihr doch hier nicht heraus. Es gibt nur einen einzigen Zugang – die Tür, durch die ihr hereingekommen seid. Und die könnt ihr ohne das Codewort nicht öffnen.«

Anana öffnete den Mund, und ihr Gesichtsausdruck verriet deutlich, daß sie um Gnade bitten wollte. Der Mund schloß sich, und der Ausdruck auf ihrem Gesicht verwischte sich. Wie verzweifelt die Lage auch sein mochte, nein, sie würde sich nicht demütigen, wenn es sowieso umsonst war. Aber immerhin, sie hatte einen Augenblick der Schwäche gehabt.

»Immerhin könntest du unsere Neugier befriedigen«, sagte Kickaha. »Wer war der Mann, der dich hereingelassen hat? Was ist mit ihm?«

Orc verzog das Gesicht zu einer Grimasse. »Er ist mir entwischt. Ich fand einen Strahler und wollte ihn zu meinem Gefangenen machen. Aber er hechtete durch eine Falltür, von der ich nicht wußte, daß sie vorhanden war. Ich nehme an, er hat sich inzwischen in eine andere Welt geschleust. Jedenfalls geben die Sensoren kein Anzeichen für seine Anwesenheit.«

Kickaha grinste und sagte: »Danke. Aber wer war der Mann?«

»Er behauptete, von der Erde zu sein. Er sprach Englisch, aber ein seltsames Englisch. Mir kam es wie das aus dem achtzehnten Jahrhundert vor. Seinen Namen hat er mir nicht genannt. Er brabbelte endlos vor sich hin und berichtete, daß er sich hier seit geraumer Zeit eingeschlossen sah, nachdem er sich aus Valas Welt ausgeschleust hatte, um ihr zu entkommen. Er hat angeblich eine ganze Weile gebraucht, bis er herausfand, wie man ein Tor zu einem anderen Universum aktiviert, ohne dabei getötet zu werden. Und genau das wollte er gerade tun, als er mich herangaloppieren sah. Er entschloß sich, mich hereinzulassen, weil ich nicht wie ein Eingeborener dieser Welt hier aussah. Ich glaube, er war da schon halb wahnsinnig.«

»Das muß er wohl in der Tat gewesen sein – nein, er muß völlig verrückt gewesen sein, wenn er dir, einem Lord, vertraute«, sagte Anana. »Hat er irgendwas darüber gesagt, daß er Kickaha, McKay

und mich gesehen hat? Er trieb über uns hinweg, als wir auf dem Mond waren.«
Red Orcs Augenbrauen zogen sich nach oben. »Ihr wart auf dem Mond? Und ihr habt den Absturz überlebt? Nein, er hat nichts über euch gesagt. Aber das heißt natürlich nicht, daß er nicht interessiert gewesen wäre oder daß er mir nicht bei Gelegenheit doch noch von euch berichtet haben würde.«
Er hielt inne, lächelte und sagte dann: »Ach, fast hätte ich es ja vergessen! Wenn euch der Hunger allzu sehr plagt, dann kann ja einer den anderen fressen.«
Kickaha und Anana vermochten ihr Entsetzen nicht zu verbergen. Und dann begann Orc schallend zu lachen. Als sein Blöken sich gelegt hatte, zog er aus der Scheide an seinem Gürtel ein Messer. Es war etwa fünfzehn Zentimeter lang und sah aus, als sei es aus Gold gefertigt. Er schob es durch die Drahtmaschen bis vor Ananas Füße.
»Ihr werdet etwas zum Schneiden brauchen, natürlich, um Lendensteaks und Rippchen und so weiter zu tranchieren. Mit dem hier müßtet ihr zurechtkommen. Aber denkt auch nicht eine Sekunde lang daran, daß ihr es verwenden könntet, einen Kurzschluß im Draht zu bewirken. Das Material ist nichtleitend.«
»Wenn es nicht Anana gäbe«, sagte Kickaha heftig, »dann würde ich glauben, daß alle Lords total unverbesserlich sind und deshalb erbarmungslos bekämpft werden müßten. Aber eines weiß ich mit Sicherheit: Du hast nicht den geringsten Funken von Anstand in dir. Du bist vollkommen unmenschlich.«
»Wenn du damit meinst, daß ich in keiner Weise die Natur eines *Leblabbiy* besitze, dann hast du recht.«
Anana hob das Messer auf und betastete die Klinge, die sich irgendwie körnig anfühlte, obwohl die Oberfläche stahlglatt war.
»Wir müssen nicht den Hungertod sterben«, sagte sie. »Wir können uns vorher noch immer selbst töten.«
Red Orc zuckte die Achseln. »Das ist eure Sache.«
Er sagte etwas zu den humanoiden Robotern, und sie trotteten

hinter ihm her durch die Tür und in den Lift. Er wandte sich um und winkte ihnen zum Abschied zu, als die Tür aus dem Wandschlitz hervorglitt und sich schloß.

»Vielleicht ist der Engländer noch hier«, sagte Kickaha. »Er könnte uns ja herausholen. Aber inzwischen gib mir mal das Messer.«

Doch Anana hatte seine Idee bereits vorweggenommen. Sie sägte an einem Draht dicht über dem Boden des Käfigs. Nachdem sie zehn Minuten lang gearbeitet hatte, legte sie die Klinge beiseite.

»Nicht ein einziger Kratzer. Das Metall des Gitters ist weit härter als das des Messers.«

»Natürlich. Aber versuchen mußten wir es ja. Also schön, es wäre sinnlos, die Sache aufzuschieben, bis wir zu schwach sind, sogar nur noch Fleisch zu zerschneiden. Wer von uns beiden soll es sein?«

Schockiert wandte sie sich um und blickte ihn an. Er griente.

»Ach, Mann, du! Mußt du sogar *darüber* deine Witze reißen?«

Sie sah, wie sich hinter ihm ein Teil des Käfigbodens zu heben begann. Als sie aufschrie, wandte er sich um. Ein Würfel hatte sich dort mehrere Zoll hoch erhoben. An einer Seite klappte die Oberfläche aufwärts, obgleich keine Angeln oder Schrauben sichtbar waren. Darunter befand sich ein Bassin mit Wasser.

Sie tranken hastig, da sie nicht wußten, wie lange der Würfel so bleiben würde. Zwei Minuten später schloß sich der Deckel wieder, und der Kubus sank wieder glatt in den Boden zurück.

Er tauchte ungefähr alle drei Stunden wieder mit Wasser gefüllt auf. Es gab keine Trinkbecher, darum mußten sie sich auf Hände und Knie niederlassen und das Wasser schlabbern wie Tiere. In jeder vierten Stunde kam der Kubus leer herauf. Offensichtlich war beabsichtigt, daß sie dann ihre Notdurft dort deponieren sollten. Als der Kubus beim nächsten Mal wieder auftauchte, zeigte sich deutlich, daß er nicht völlig gesäubert worden war.

»Orc muß einen Riesenspaß an dieser kleinen Vorstellung haben«, sagte Kickaha.

Sie hatten keine Möglichkeit, den Zeitablauf zu bemessen, da das Licht ständig gleich hell blieb. Doch Ananas Zeitgefühl verriet ihr, daß sie seit mindestens achtundfünfzig Stunden in dem Käfig eingesperrt sein mußten. Ihre Bäuche wurden hohl, die Eingeweide knurrten und grollten und machten dann donnernde Geräusche. Die Rippen traten vor ihren Augen immer stärker hervor. Ihre Wangen fielen ein; Arme und Beine wurden dünn, und sie fühlten sich immer schwächer. Die vollen Brüste Ananas begannen herabzuhängen.

»Wir können nicht von unserem Körperfett leben, weil wir keines haben«, sagte Kickaha. »Wir waren sowieso schon ganz schön abgespeckt nach all den Strapazen, die wir durchgemacht haben.«

Es folgten lange Perioden, in denen sie kein Wort sprachen, obwohl beide bemüht waren, etwas zueinander zu sagen, wann immer einem etwas einfiel. Stumm zu sein – das war dem Schweigen der Toten zu nahe verwandt, und tot würden sie ohnehin bald sein.

Sie hatten versucht, das Messer in den Spalt am Fuß des Wasserkubus zu treiben. Zwar wußten sie nicht, was das bewirken sollte, aber es gab ihnen etwas Beschäftigung. Aber das Messer ließ sich nicht in den Spalt drücken.

Anana schätzte, daß sie sich nun seit etwa siebzig Stunden in dem Käfig befanden. Sie machten beide keine Bemerkung darüber, daß Red Orc angedeutet hatte, daß der eine den anderen auffressen solle. Sie waren stumm übereingekommen, daß sie eine derartige Scheußlichkeit nicht einmal in Erwägung ziehen könnten. Außerdem fragten sie sich, ob Red Orc sie über Video beobachtete und ihnen zuhörte.

Ihre Träume waren von Essen erfüllt, wenn dies auch ihrem Magen nichts half. Kickaha schlummerte unruhig vor sich hin: Er träumte davon, daß er Schweinebraten mit Kartoffelpüree und dicker Soße und danach Rhabarberkuchen aß, als ihn ein abruptes Klicken weckte. Er blieb noch eine Weile auf dem Rücken liegen und überlegte sich, wieso er von einem solchen Geräusch träumen sollte. Und gerade als er schon fast wieder in seine traumhafte Eßorgie zurückzusinken drohte, schoß ihm ein Gedanke durch den Kopf, der ihn veranlaßte, sich aufzurichten – als hätte ihm jemand ein warmes Pastrami-Sandwich unter der Nase vorbeigeführt.

Hatte Red Orc eine neue Variante in seine Folterungen eingebracht? Er hielt dies kaum für möglich, aber ...

Kickaha kroch auf Händen und Knien auf die kleine Tür zu. Er stieß dagegen, und sie schwang nach außen.

Das Klicken war die Entriegelung des Käfigschlosses gewesen.

Dreiundzwanzigstes Kapitel

Während sie aus dem Käfig hinunterkletterten, erspähten die Strahler an der Wand sie. Kickaha begann auf die Tür zuzulaufen. Alle vier Waffen spuckten sofort los: leuchtendrote Strahlen, die vor ihm und hinter ihm dahinschossen. Normalerweise waren diese Strahlen unsichtbar, doch Orc hatte sie farbig gestaltet, auf daß seine Gefangenen sehen konnten, wie nahe sie waren. Schönheit hing – wie der Schrecken – vom Standpunkt des Betrachters ab.

Anana stöhnte: »O nein! Er hat uns bloß freigelassen, um uns weiterzuquälen!«

Kickaha löste sich aus der Erstarrung.

»Sicherlich. Aber diese Strahler müßten uns eigentlich treffen.«

Wieder machte er einen Schritt vorwärts. Und wieder trafen ihn die Strahlen – beinahe.

»Ach, zum Teufel! Sie sind so eingerichtet, daß sie uns um Haaresbreite verpassen! Schon wieder eine von seinen Raffinessen!«

Dann ging er mit ruhigen Schritten auf die Tür zu, und Anana folgte ihm. Zwei der Strahler richteten sich auf sie, und die Ladung schoß nur Millimeter von ihr entfernt an ihr vorbei. Dennoch war es nervenzermürbend zu sehen, wie die scharlachroten Lichtbündel dicht vor den Augen vorbeiblitzten. Als sie sich der Tür weiter genähert hatten, richteten sich die Strahler so, daß sie an ihren Wangen und genau am Hinterkopf vorbeischossen. Eigentlich hätten sie den Boden und die Wände mit Löchern übersäen müssen, doch diese waren aus einem Material gefertigt, das sogar ihrer Vernichtungskraft widerstand.

Als er nur noch ein paar Schritte von der Tür entfernt war, drehten die Strahler sich und besprühten die direkt vor ihm liegende Tür.

Beim Aufprall erfolgte ein leichtes zischendes Geräusch, wie das von einer Giftschlange, die zum Angriff ansetzt.
Die beiden blieben ganz still stehen, während Scharlachrot über die Tür blitzte und spritzte.
»Wir fassen das nicht an – sollen es nicht«, sagte Kickaha. »Oder ist das nur ein weiterer Schachzug in dem Spiel, das er mit uns spielt, um uns zu foltern?«
Er drehte sich um und ging auf den nächstgelegenen Strahler zu. Der legte eine Leuchtspur vor ihn hin und zwang ihn so, sich ganz langsam zu bewegen. Doch der Strahl hielt sich stets knapp vor ihm.
Als er direkt vor dem Strahler stehenblieb, war dieser auf seine Brust gerichtet. Er bewegte sich zur Seite, bis die Waffe ihm nicht länger zu folgen vermochte. Aber er befand sich natürlich in der Schußlinie der anderen drei Waffen. Doch diese hatten inzwischen das Feuer eingestellt.
Die Waffe ließ sich leicht entsichern, indem man einen dicken Dorn aus einer Kerbe am Hinterende zog. Er hob sie hoch und riß sie von den Drähten los, die mit der Unterseite verbunden waren. Anana hatte ihm zugeschaut und tat nun mit der auf sie gerichteten Waffe das gleiche. Die beiden anderen Strahler begannen erneut zu schießen, und wieder schossen die Strahler um Millimeterbreite an ihnen vorbei. Aber auch diese zwei Waffen wurden rasch entschärft.
»Wir tun bisher nur, was Red Orc geplant hat«, sagte er. »Er hat dieses ganze Arrangement vorhergeplant. Aber warum?«
Dann gingen sie zur Tür und drückten dagegen. Die Tür öffnete sich auf einen Korridor, in dem nichts Lebendiges und auch keine Roboter zu sehen waren. Sie gingen bis zu der Verzweigung und dann um die Ecke. Am Ende dieses Ganges lag die offene Tür des Fahrstuhlschachts. Der Fahrstuhlkorb stand bereit, als hätte ihn Red Orc geschickt, um auf sie zu warten.
Sie zögerten, ihn zu betreten. Was wäre, wenn Orc hier eine Falle für sie angelegt hatte und der Fahrstuhl sich auf halbem Weg arretierte oder ganz einfach auf den Schachtgrund abstürzte?

»In diesem Fall«, sagte Kickaha, »würde er sich wohl ausgemalt haben, daß wir die Treppen nehmen. Also würde er auch dort Fallen eingebaut haben.«
Sie betraten den Lift und drückten den Knopf ins Erdgeschoß. Nachdem sie sicher dort angelangt waren, wanderten sie durch mehrere Gänge und Zimmer, bis sie in einem riesigen, luxuriös ausgestatteten Raum ankamen. Die zwei Roboter standen neben einem gewaltigen Tisch mit polierter Onyxplatte. Anana bestellte in der Sprache der Lords eine Mahlzeit. Sie wurde innerhalb von fünf Minuten serviert. Sie stopften sich so voll, daß sie sich übergeben mußten, doch nachdem sie sich ein wenig Ruhe gegönnt hatten, aßen sie erneut, aber nur leichte Gerichte. Zwei Stunden später aßen sie wiederum. Sie befahl einem Roboter, sie zu einem Appartement zu führen. Sie nahmen ein heißes Bad und schliefen danach auf einem Bett ein, das einen Meter über dem Boden schwebte, während kühlende Luft und leise Musik sie umspielten.
Als sie erwachten, ging die Tür zu ihrem Zimmer auf, bevor sie aus dem Bett springen konnten. Ein Roboter rollte einen Tisch herein, auf dem Schüsseln mit köstlichen warmen Speisen und Gläser mit Saft von Orangen oder Cantaloupmelonen standen. Sie aßen, gingen ins Badezimmer, duschten und verließen den Raum. Der Roboter erwartete sie mit Kleidung, die ihnen haargenau paßte.
Kickaha hatte keine Ahnung, wie man ihnen Maß genommen hatte, aber er war auch nicht neugierig, es herauszufinden. Er hatte an Wichtigeres zu denken.
»Diese VIP-Behandlung beunruhigt mich. Orc baut uns wohl bloß auf, um uns noch heftiger auf den Kopf hauen zu können.«
Der Roboter klopfte an die Tür. Er blieb vor Kickaha stehen und überreichte ihm eine Nachricht. Kickaha öffnete sie und sagte: »In Englisch. Ich kenne die Handschrift nicht, aber es muß ja wohl die von Orc sein.« Er las laut vor: »Schauen Sie aus einem der Fenster!«
Voll Furcht, was sie da erblicken würden, aber zu neugierig, um widerstehen zu können, eilten sie durch mehrere Räume und einen langen Korridor hinunter. Das Fenster an seinem Ende bot eine

Szenerie, die vorwiegend aus leerer Luft bestand. Doch durch sie zog langsam von links nach rechts ein winziger Globus: die Welt der schmelzenden und wachsenden Berge, die Lavawelt.

»Das schlägt dem Faß die Krone ins Gesicht!« sagte Kickaha. »Orc hat den Palast in den freien Raum gebracht! Und uns hat er hier stranden lassen, natürlich, und wir haben keine Chance, auf festem Boden zu landen!«

»Und natürlich hat er auch sämtliche Tore desaktiviert«, sagte Anana. Ein Roboter, der ihnen gefolgt war, gab einen Laut von sich, wie ihn wohl ein diskreter Butler äußern würde, der die Aufmerksamkeit seiner Herrschaft auf sich zu lenken beabsichtigt. Sie wandten sich um, und der Roboter-Butler reichte Kickaha eine weitere Nachricht. Dann sagte er auf Englisch: »Der Herr hat mir befohlen, Sir, Ihnen zu sagen, daß er hofft, Sie werden dies genießen.«

Kickaha las vor: »Der Palast befindet sich in abfallender Umkreisung.« Er sprach zu dem Roboter: »Hast du sonst noch eine Nachricht für uns?«

»Nein, Sir!«

»Kannst du uns zum zentralen Kontrollraum bringen?«

»Ja, Sir.«

»Dann voran, MacDuff!«

»Was bedeutet ›MacDuff‹, Sir?« fragte das Ding.

»Streich das Wort! Mit welchem Namen wirst du angesprochen? Ich meine, welches ist deine Bezeichnung?«

»Eins, Sir.«

Sie folgten Eins in einen großen Raum, in dem ein offenes Fahrzeug auf Rädern wartete, das für vier Personen geräumig genug war. Der Roboter setzte sich ans Steuer. Sie ließen sich im Heck nieder. Dann fuhr das Fahrzeug sacht und geräuschlos an. Sie fuhren durch mehrere Korridore, dann steuerte der Roboter in einen riesigen Aufzug hinein. Er stieg aus und drückte verschiedene Knöpfe, und der Lift stieg dreißig Stockwerke hinauf. Der Roboter hockte sich wieder hinter das Steuer und führte das Fahrzeug einen fast eine Viertelmeile breiten Gang hinunter. Dann hielt er vor einer Tür.

»Der Eingang zum Kontrollzentrum, Sir«, sagte er.
Der Roboter stieg aus und stellte sich neben die Tür. Sie folgten ihm. Die Tür war in die Wand geschweißt oder mit ihr nahtlos verbunden.
»Ist dies der einzige Zugang?«
»Ja, Sir.«
Es war offensichtlich, daß Orc dafür gesorgt hatte, daß sie nicht hineingelangen konnten. Und zweifelsohne waren sämtliche Instrumente, auch die Strahler, mit denen man diese Tür hätte aufbrechen können, aus dem Palast über Bord geworfen worden. Oder wollte Red Orc es ihnen nur schwerer machen? Vielleicht hatte er bewußt und absichtlich ein paar Instrumente herumliegen lassen, und wenn sie dann in den Kontrollraum vordrangen, würden sie feststellen, daß die Kontrollanlagen zerstört waren?
Sie entdeckten ein Fenster und blickten in den rotleuchtenden Weltraum hinaus. Kickaha sagte: »Es dürfte eine Weile dauern, bis der Palast auf den Planeten hinabfällt. Inzwischen können wir essen, trinken, uns lieben und schlafen. Damit wir wieder zu Kräften kommen. Und wir werden ganz irrsinnig nach einem Ausweg suchen, wie wir aus dieser Scheiße herauskommen. Wenn Orc sich einbildet, daß wir leiden, während wir zugrunde gehen, dann hat er keine Ahnung, wer wir sind.«
»Ja, aber die Wände und die Tür müssen aus dem gleichen Material, *Impervium,* einem undurchdringlichen Material, gemacht sein wie das Zimmer mit dem Käfig«, sagte sie. »Strahler können da nichts ausrichten. Ich weiß nicht, wie es ihm gelungen ist, die Tür in die Wandung zu schweißen, aber er hat es jedenfalls irgendwie geschafft. Also scheint es ganz unmöglich, da hinein und an die Kontrollen zu gelangen.«
Als erstes mußten sie nun den ganzen Palast durchsuchen. Und das würde Tage beanspruchen, selbst wenn sie den kleinen Wagen benutzten. Sie entdeckten den Hangar, der einst fünf Flugobjekte beherbergt hatte. Orc hatte sich nicht einmal die Mühe gemacht, die Hangartore zu schließen. Er mußte die Flieger auf Automatik eingestellt haben.

Dann entdeckten sie auch die riesige Energieversorgungszentrale. Darin befanden sich die Schwerkraftmaschinen, die derzeit im Palast das künstliche Schwerkraftfeld aufrechterhielten. Denn sonst würden sie in freiem Fall durch die Luft treiben.

»Es ist ein Wunder, daß er die nicht abgeschaltet hat«, bemerkte Anana. »Das wäre doch eine weitere Möglichkeit gewesen, uns zu foltern.«

»Niemand ist vollkommen!« sagte Kickaha.

Auf ihrer Suche stießen sie auf keinerlei Werkzeuge, mit denen sie sich den Weg in das Kontrollzentrum hätten freisprengen können. Aber sie hatten eigentlich auch nicht damit gerechnet.

Kickaha beriet sich mit Anana, die von Fallschirmen weit mehr als er verstand. Dann erteilte er einigen Robotern mit sehr präzisen Angaben den Befehl, daß sie zwei Fallschirme aus den Seidendraperien fertigen sollten.

»Wir brauchen nur abzuspringen und hinunterzugleiten«, sagte er. »Aber die Vorstellung, daß ich den Rest meines Lebens auf dieser elenden Welt verbringen soll, kommt mir nicht gerade verführerisch vor. Es ist zwar besser, als tot zu sein, aber nicht *viel* besser.«

Es gab in den Wänden, den Fußböden und wohl auch in den Decken wahrscheinlich tausend, vielleicht sogar zweitausend Schleusentore. Aber ohne die Codewörter, die sie aktivierten, konnten sie sie weder finden noch sie benutzen.

Sie überlegten, wo wohl die Wandtäfelung sein mochte, die der Engländer benutzt hatte, um Red Orc zu entkommen. Die Suche danach allerdings würde mehr Zeit beanspruchen, als ihnen zur Verfügung stand. Dann kam Kickaha auf die Idee, die Roboter Nummer Eins und Nummer Zwei zu befragen, ob sie seine Flucht beobachtet hätten.

Zu seinem größten Ergötzen hatten sie dies getan. Beide. Sie führten die Menschen an die Stelle. Kickaha stieß gegen das Paneel und sah eine Metallrutschbahn, die eine Strecke weit gerade abwärts führte und dann umbog.

»Hier kommt die Lawine«, sagte er zu Anana, sprang auf die

Rutsche und glitt sitzend hinunter und um die Biegung und wurde in einen engen, schwachbeleuchteten Gang katapultiert. Er schrie nach oben, daß er weitergehen würde. Doch bald landete er in einer Sackgasse.

Er klopfte die Wände ab und horchte herum, aber dann kletterte er die Rutsche wieder hinauf, indem er sich gegen die Seitenwände stemmte. »Entweder gibt es noch ein Wandpaneel, das ich nicht gefunden habe, oder am Ende dieses Ganges liegt eine Schleuse«, berichtete er Anana.

Sie schickten die Roboter in den Werkzeugraum, um einen Bohrer und einen Hammer zu holen. Wenn die Bohrer auch nicht das Material angriffen, das den Kontrollraum umgab, so würden sie möglicherweise bei dem Plastikstoff wirken, der die Wände des verborgenen Ganges bildete. Als die Roboter zurückkehrten, schlitterten Anana und Kickaha die Schütte hinunter und begannen Löcher in die Wände zu hämmern. Nachdem sie einen Kreis von vielen Löchern geschlagen hatten, trieb Kickaha die Platte mit einem Vorschlaghammer durch die Wand.

Durch das Loch strömte Licht. Er schaute vorsichtig hindurch. Dann holte er tief Luft.

»Mensch! Mir bleibt die Luft weg! Red Orc!«

Vierundzwanzigstes Kapitel

In der Mitte eines großen, kahlen Raumes stand ein durchsichtiger Würfel von etwa vier Metern Kantenlänge. Ein Stuhl, ein schmales Bett und ein kleines rotes Kästchen an einer Wand teilten sich den Raum mit ihrem menschlichen Bewohner: mit Red Orc. Kickaha merkte, daß von der Wand ein dickes Rohr ausging, welches durch das transparente Material des Kubus führte und in dem roten Kasten endete. Allem Anschein nach handelte es sich um eine Wasserzuleitung und vielleicht um eine Zufuhr von halbflüssiger Nahrung. Und ein kleinerer Schlauch innerhalb des größeren versorgte wohl den Käfig mit Luft.

Red Orc saß auf einem Hocker am Tisch. Sein Gesicht war den Leuten zugewandt, die ihn durch das Türloch beobachteten. Anscheinend war der Würfel schalldicht, denn er hatte offensichtlich nichts von dem Bohren und Hämmern gehört. Das Horn und ein Strahler lagen vor ihm auf dem Tisch. Kickaha schloß daraus, daß der Kubus für das Strahlerpotential undurchdringlich war.

Red Orc, der ehemalige geheimnisvolle Lord der zwei Erden, sah so niedergeschlagen aus, wie ein Mensch es nur sein konnte. Er war durch ein Tor im Kontrollraum geschritten und hatte gehofft, in ein anderes Universum einzutreten, da er ja das Horn besaß, den größten Schatz der Lords, und er hatte erwartet, zwei seiner schlimmsten Feinde sterbend zurückzulassen. Doch Urthona hatte seine Falle hervorragend vorbereitet, und so war Red Orc in dieses Gefängnis geschleust worden – und nicht in die Freiheit.

Soweit ihm bekannt war, wußte niemand, daß er hier in diesem Raum eingekerkert war. Zweifellos überlegte er sich, wie lange es dauern würde, bis der Palast auf Urthonas Welt stürzen und er beim Aufprall zugrunde gehen würde – ein Opfer seiner eigenen Falle.

Kickaha und Anana schnitten ein größeres Loch in die Wand, das ihnen Zugang gewähren würde. Während sie damit beschäftigt waren, erblickte Red Orc sie. Er stand auf und stierte sie mit weißgrauem Gesicht an. Er konnte nicht auf Mitleid hoffen. An seiner Lage hatte sich nur eines geändert: Er würde schneller sterben.

Seine Nichte und ihr Geliebter waren sich nicht so sicher, daß irgend etwas sich geändert hatte. Wenn er sich nicht mit dem Strahler den Weg aus seinem Gefängnis freischießen konnte, so konnten sie sich ja auch keinen Zugang ins Innere schaffen. Zumal sie ohnehin keine Strahler hatten.

Doch die Röhre, die Orcs Nabelschnur zum Überleben war, bestand aus einer Kupferlegierung. Nachdem die Roboter noch anderes Werkzeug herangeschafft hatten, schlitzte Kickaha den Kupfermantel an der Verbindungsstelle mit dem *Impervium*-Material auf, das sich aus dem Kubus nach außen stülpte.

Dadurch entstand eine Öffnung, durch die Orc noch immer genügend Atemluft erhalten und sprechen konnte. Allerdings plazierten sich Kickaha und Anana nicht direkt vor diese Öffnung. Orc wäre durchaus imstande gewesen, sie durch das Loch hindurch zu töten.

»Die Spielregeln haben sich geändert, Orc«, sagte Kickaha. »Du brauchst uns, und wir brauchen dich. Wenn du mitspielst, dann verspreche ich dir, daß wir dich überall hingehen lassen, wohin du willst, lebendig und unbeschädigt. Wenn nicht, dann wirst du sterben. Wir werden vielleicht ebenfalls sterben, aber was hättest du davon?«

»Ich kann nicht darauf vertrauen, daß du dein Wort halten wirst«, sagte Orc mürrisch.

»Gut. Wenn du es so haben willst, dann belassen wir es dabei. Aber Anana und ich werden nicht sterben. Wir lassen uns gerade Fallschirme anfertigen. Das bedeutet zwar, daß wir auf dieser Scheißwelt gestrandet sind, aber immerhin – wir werden am Leben sein.«

»Fallschirme?« fragte Orc. Aus dem Gesichtsausdruck ließ sich unschwer erkennen, daß er auf diese Idee nie gekommen wäre.
»Sicher. Es gibt ein altes amerikanisches Sprichwort, daß es mehr als eine Methode gibt, ein Kaninchen zu häuten. Und ich bin ein Kaninchenhäuter *par excellence.* Wir – Anana und ich – werden uns einen Ausweg aus diesem Mist überlegen. Aber dazu brauchen wir Informationen von dir. Also – willst du uns die geben und dabei möglicherweise überleben? Oder willst du hier weiterschmollen wie ein verzogenes Bübchen und ganz sicher sterben?«
Red Orc knirschte mit den Zähnen. Dann sagte er: »Also gut. Was wollt ihr wissen?«
»Eine umfassende Beschreibung dessen, was passierte, als du dich aus dem Kontrollraum in diese Falle geschleust hast. Überhaupt alles, was irgendeinen Bezug dazu haben könnte.«
Orc berichtete, wie er den riesigen Raum überprüft, wie er die Hunderte von Kontrollpunkten gecheckt hatte. Seine Aufgabe hatte sich dadurch beträchtlich verkürzt, daß er die Roboter Eins und Zwei ausfragen konnte. Dann hatte er entdeckt, auf welche Weise man einige der Schleusen aktivieren konnte. Er hatte dies vorsichtig getan, das heißt, er hatte zuerst seinen Robotern befohlen, die Schleusen zu aktivieren, ehe er selbst dieses Risiko einging. Auf diese Weise wären die Roboter die Opfer geworden, falls die Schleusen mit Trickfallen ausgerüstet waren.
Eine der Schleusen bildete offenbar einen Zugang zu den Schleusentoren, die in den zahlreichen, auf dem unter ihnen schwebenden Planeten verstreuten Felsblöcken untergebracht waren. Urthona hatte zweifellos eine Methode gehabt, die richtigen zu identifizieren. Und er hoffte sicherlich, daß er – während er mit den anderen über den Planeten streifte – eines dieser Tore erkennen würde. Dann hätte er sich mit ein, zwei schlichten Codewörtern in den Palast transportieren können. Doch Urthona hatte kein Glück gehabt.
Orc machte drei Tore zu anderen Welten aus. Eines führte in Jadawins Welt, eines zu Erde Eins und das dritte in die Welt des

toten Urizen. Es gab noch weitere Schleusentore, doch Orc aktivierte sie lieber nicht. Er wollte sein Glück nicht zu sehr strapazieren. Bisher hatte er noch keine Fallen ausgelöst. Und überdies war das Tor zur Erde nicht das, was er sich wünschte.

Nachdem er sich vergewissert hatte, daß seine Rückzugsrouten frei waren, befahl er den beiden Robotern, den Kontrollraum zu versiegeln.

»Also hast du alle unsere Folterqualen schön vorausgeplant!« sagte Anana.

»Warum denn nicht?« sagte Orc. »Hättest du mit mir denn nicht genau das gleiche getan?«

»Früher einmal hätte ich das gewiß getan. Tatsächlich hast du uns einen Gefallen getan, als du uns befreitest, um die Schrecken des Sturzes zu genießen. Aber das hattest du nicht beabsichtigt, ich weiß.«

»Er hat sich damit auch selbst einen Gefallen getan«, sagte Kickaha.

Danach hatte Orc dann das Tor zu Erde Eins aktiviert. Er war durch das Loch zwischen den Universen getreten und hatte erwartungsvoll damit gerechnet, in einer Höhle aufzutauchen. Er sah durch den Eingang ein Tal und einen bewaldeten Höhenzug dahinter. Er nahm an, daß es sich vielleicht um die gleiche Höhle handelte, durch die Kickaha und Anana im südlichen Kalifornien gelandet waren.*

Doch Urthona hatte ein Trugbild geschaffen, das den Unachtsamen einlullen sollte. Um den Eindruck noch zu verstärken, hatte Urthona auch die Roboter entsprechend programmiert, falls ein mutiger und raffinierter Lord die Schleuse benutzen wollte. Jedenfalls nahm Red Orc dies an. Red Orc hatte dem Roboter Sechs befohlen, zuerst durch die Schleuse zu gehen. Sechs tat dies, wanderte durch die Höhle, trat hinaus, blickte sich um und kehrte dann durch das Schleusentor wieder zurück.

Zufriedengestellt, hatte Orc den Robotern Eins und Zwei befohlen,

* Siehe: Philip José Farmer, *Hinter der irdischen Bühne,* Knaur-TB. 60514.

den Kontrollraum mit flüssigem *Impervium* zu versiegeln. Dann war er selbst durch das Tor getreten.

»Anscheinend«, sagte Orc, »hat dieser verschlagene *shagg* damit gerechnet, daß man die Roboter als Testopfer benutzen würde. Also hat er es so eingerichtet, daß sie unversehrt blieben.«

»Urthona war schon immer ein hinterhältiger Kerl«, sagte Anana. »Aber er hat sich allzulang auf seine technischen Verteidigungswaffen verlassen. Als er auf sich allein gestellt war, war er nicht Manns genug dazu.« Sie schwieg. Dann fügte sie hinzu: »Genau wie du, mein Onkel!«

»Nun, ich habe nicht so schlecht abgeschnitten«, sagte er mit rotem Kopf.

Kickaha und Anana brachen in schallendes Gelächter aus.

»Nein«, sagte sie prustend. »Aber gewiß nicht! Schau dir nur mal an, wo du dich befindest.«

Orc war fortgetragen worden, als er nur noch ein paar Schritte vom Eingang der Höhle – oder jenem Ort, den er für eine Höhle hielt – entfernt war. Im nächsten Augenblick fand er sich in dem Kubus wieder.

Kickaha zog Anana in einen Winkel des Gemachs, um sich flüsternd mit ihr zu beraten. »Irgendwie, auf geheimnisvolle Weise, hat der rätselhafte Engländer ein Tor in ein anderes Universum entdeckt, das in der Mauer am Ende des Korridors lag«, sagte er. »Vielleicht hat er Urthonas Codebuch gefunden. Wie auch immer, wo einer durchkann, können es auch andere. Und das Horn kann uns hindurchbringen. Aber wir können nicht an das Horn gelangen.

Aber was sollte uns daran hindern, Orc die Noten für uns blasen zu lassen? Dann können wir eine Aufnahme machen und sie zur Öffnung des Schleusentores verwenden.«

Anana schüttelte den Kopf. »Auf diese Art funktioniert es nicht. Man hat das früher schon versucht, es liegt ja wirklich nahe. Aber es ist etwas in der Konstruktion des Horns, das ein zusätzliches Element bewirkt, das dann in Aufzeichnungen fehlt.«

»Das hatte ich befürchtet«, sagte er. »Aber ich mußte danach fragen. Schau mal, Anana, Urthona muß zwangsläufig seinen Palast mit Schleusen nur so bestückt haben. Wahrscheinlich sind wir an Dutzenden vorbeigekommen, ohne sie zu erkennen, weil sie im Innern der Wände lagen. Aller Wahrscheinlichkeit nach werden viele, wenn nicht alle, rasche Fluchtwege von einer Stelle in dem Palast zu einer anderen sein, damit Urthona jeden überlisten konnte, der ihm auf den Fersen war.
Aber es muß auch ein paar Schleusen geben, die ihn in andere Welten katapultieren konnten. Die waren dann nur im Fall äußerster Not zu verwenden. Und eine davon ist das Tor am Ende des Korridors nebenan. Ich glaube ...«
»Nicht zwangsläufig«, sagte Anana. »Soweit wir überhaupt etwas wissen, führt es wahrscheinlich zum Kontrollzentrum – oder an irgendeinen anderen Ort in diesem Palast.«
»Nein. Denn in diesem Fall hätten die Sensoren Orc mitgeteilt, daß sich der Engländer noch im Palast befand.«
»Nein. Urthona dürfte bestimmte Orte ohne Sensoreneinrichtung gelassen haben, damit er sich dort verbergen konnte, wenn ein Feind sich des Kontrollraumes bemächtigt hatte.«
»Ich bin ein Super-eins-a-Trickser, aber manchmal bekomme ich das Gefühl, daß ihr Lords mit eurer Hinterhältigkeit mich zu einem beschämten Waisenknaben degradiert. Gut, also ... Einen Moment ... Ich will Orc was fragen.«
Er trat an den Kubus. Der Lord blickte ihm sehr argwöhnisch entgegen und fragte: »Was habt ihr zwei denn jetzt vor?«
»Nichts, das dir nicht nützlich wäre«, sagte Kickaha grienend. »Wir wollen nur nicht, daß du die Möglichkeit erhältst, uns auszutricksen. Sag mir, gab es auf den Sensoranzeigen im Kontrollraum Hinweise, daß es versteckte Hilfssensorensysteme geben könnte?«
»Wozu willst du das wissen?«
»Verflucht noch mal!« brüllte Kickaha. »Du verschwendest unsere Zeit! Denk doch mal nach! Ich muß dich da rausholen, und sei es nur, um an das Horn zu kommen!«

Zögernd stammelte Orc: »Ja, ja, es gibt versteckte Hilfssysteme. Ich brauchte eine Weile, bis ich sie entdeckte. Eigentlich suchte ich gar nicht nach ihnen. Ich fand sie, als ich nach etwas anderem suchte. Ich überprüfte sie und stellte fest, daß sie sich in Räumen befinden, die nicht von dem Zentralsystem erfaßt werden. Da sie aber keiner benutzte, nahm ich an, daß sich niemand darinnen befand. Es war unvorstellbar, daß, wer auch immer sich dort befand, dieser Jemand nicht versuchen würde herauszufinden, wo ich mich gerade aufhielt.«

»Ich hoffe, dein Erinnerungsvermögen ist gut. Wo liegen diese Hilfszentralen?«

»Mein Gedächtnis funktioniert hervorragend«, sagte Orc steif. »Ich bin kein Sub-Geschöpf wie du.«

Kickaha verzog das Gesicht. Das Selbstbewußtsein der Lords war so ziemlich das eitelste und verfaulteste, dem er je begegnet war. Doch dies hatte sich für ihn als hilfreich erwiesen. Er hätte die Auseinandersetzungen mit ihnen niemals überlebt, wenn sie sich nicht mit einem Teil ihres Verstandes ständig damit befaßt hätten, ihrer Eitelkeit Zucker zu geben. Nie waren sie wirklich dazu fähig, sich hundertprozentig zu konzentrieren.

Nun, er, Kickaha, verfügte gleichfalls über einen schönen Packen von Selbstbewußtsein. Aber *sein* Ich war gesund.

Der Lord erinnerte sich nur an ein paar der Stellen, wo das Sensorenhilfssystem untergebracht war. Das konnte man ihm nicht vorwerfen, weil es so viele davon gab. Immerhin konnte er Kickaha die Richtung zu dreien davon angeben. Überdies lieferte er ihm Instruktionen, wie man sie bediente.

Nur um sicher zu sein, daß er nicht möglicherweise eine andere Informationsquelle übersehen hatte, befragte Kickaha die Roboter Eins und Zwei über die Sensoren. Sie wußten nur etwas über die im zentralen Kontrollraum. Urthona hatte in ihnen vorsichtigerweise nicht mehr Daten gespeichert, als er für seine Bequemlichkeit und seinen Schutz für nötig erachtet hatte.

Kickaha überlegte sich, daß er als Herr dieses Palastes eine

Sicherheitsmarge in die Roboter eingebaut haben würde. Wenn man ihnen bestimmte Fragen stellte, hätten sie die Antworten verweigert. Oder vorgegeben, daß sie sie nicht wüßten.
Und dies, überlegte er sich, war wohl genau das, was ihm gerade passierte. Dennoch hatten sie ihm Daten gegeben, die Urthona nicht in die Hände seiner Feinde fallenlassen konnte. Also logen die Roboter vielleicht doch nicht.
Er nahm Nummer Eins mit und ließ Anana zurück, damit sie ein Auge auf ihren Onkel werfen konnte. Es erschien nicht als sehr wahrscheinlich, daß er irgendwohin gehen würde oder etwas anstellen würde, das die Überwachung nötig gemacht hätte. Aber man kann ja nie wissen.
Die Schalttafel für das Geheimsystem befand sich in einem Raum hinter einer Wand, der viel größer war, als die Wand vermuten ließ und lag im zehnten Stockwerk. Da sie das Codewort nicht kannten, um sich hineinzuschleusen, rissen er und Nummer Eins einen Teil der Mauer nieder. Er trat an die Konsole und überprüfte mit der Hilfe von Nummer Eins das ganze Gebäude. Dies ging sehr rasch, und die dunkelglühenden Diagramme huschten blitzschnell vorbei, viel zu rasch, als daß Kickaha auf dem Schirm mehr als verwischte Lichtimpulse hätte ausmachen können. Doch ein Computer in dem Körper von Nummer Eins sortierte die Impulse.
Als die Operation abgeschlossen war, sagte Nummer Eins: »Es gibt einhundertzehn Räume, die der Monitor der Sensoren nicht erfaßt.«
Kickaha stöhnte und fragte: »Du meinst, wir müssen die alle durchsuchen, um sicher zu sein, daß sich in ihnen kein Lebewesen befindet?«
»Das ist eine Möglichkeit.«
»Und was ist die andere?«
»Dieses System hier kann auch die Kontrollzentrale überwachen. Die Kontrolle wird durch diesen Schalter hier aktiviert.« Nummer Eins deutete auf einen Knopf. »Damit kann sich der Operator auch direkt in die Sensoren des Kontrollzentrums einschalten. Und die

kann man verwenden, um die einhundertzehn Räume zu überprüfen. Der Mann mit dem Namen Orc wußte dies nicht. Der Schalter befindet sich allerdings nicht auf dem Schaltbord im Kontrollraum, sondern unter ihm und ist als Kontrolle für den Energiegenerator bezeichnet. Nur der Herr wußte dies.«

»Und wie kommt es dann, daß du jetzt davon weißt?«

»Ich habe es herausgefunden, während ich hier die Daten abgerufen habe.«

»Und warum hast du es mir dann nicht gesagt?«

»Sie haben mich nicht danach gefragt.«

Kickaha unterdrückte ein Stöhnen. Die Roboter waren so raffiniert, aber zugleich auch so dumm.

»Verbinde dieses System mit dem des Kontrollzentrums!«

»Ja, Meister.«

Nummer Eins stapfte schwerfällig an das Kontrollbord und kippte einen Schalter, auf dem in der Schrift der Lords nur das Wort HITZE stand.

Hitze? Wofür? Allem Anschein nach war diese Bezeichnung gewählt worden, um jeden unbefugten Operateur zu veranlassen, diesem Knopf keine Beachtung zu schenken. Sofort begannen Lämpchen an verschiedenen Stellen der Kontrolltafel aufzuleuchten, ein Schalter kippte von selbst um, einer der gigantischen Videoschirme über der Kontrolltafel leuchtete auf.

Kickaha hatte einen Blickwinkel von einer Kamera aus, die offensichtlich hoch oben in einer Wand angebracht und nach unten gerichtet war. Das Objektiv erfaßte einen Stuhl in der Mitte einer Reihe von fünf, sechs Stühlen, die vor einer breiten Schaltkonsole standen. Auf dem Stuhl saß ein Mann, der Kickaha den Rücken zuwandte.

Einen Augenblick lang dachte er, dies müsse der Engländer sein, der Red Orc geholfen hatte. Doch dieser Mann dort war größer als jener, den Orc ihnen beschrieben hatte, und sein Haar war nicht braun, sondern gelbblond.

Er blickte angespannt auf den Bildschirm direkt über ihm. Darauf waren Kickaha und der Roboter zu sehen, die ihrerseits den Mann beobachteten.

Der Operateur sprang mit einem wilden Wutschrei auf, wirbelte aus seinem Drehsessel und schüttelte die Fäuste gegen die Kamera, die ihn filmte.

Es war Urthona.

Fünfundzwanzigstes Kapitel

Der Lord war nur mit einem löcherigen Fell bekleidet, das er sich um die Hüften geschlungen hatte. Eine längliche Narbe, die Spur der Wunde von der Wurfaxt, verlief mitten über die Brust nach unten. Das Haar fiel über die Schultern bis zu den Brustwarzen. Die Haut war von dem öligen Schlamm seiner Welt beschmiert, und eine Beule auf der Stirn ließ darauf schließen, daß er einen schweren Zusammenstoß mit einem noch härteren Gegenstand gehabt haben mußte. Außerdem war das Nasenbein gebrochen.

Kickaha war ein paar Sekunden lang vor Schock handlungsunfähig, aber dann stürzte er sich in die Aktion. Er rannte zu dem Schalter, um ihn zu desaktivieren. Über das Video kreischte Urthonas Stimme: »Nummer Eins! Bring ihn um! Bring ihn um!«

»Umbringen? Wen, Herr?« fragte Nummer Eins ruhig.

»Du Vollidiot aus Metall! Den Mann dort! Kickaha!«

Kickaha kippte den Schalter und wirbelte herum. Der Roboter kam mit ausgestreckten Armen auf ihn zu. Die Finger waren gekrümmt. Kickaha zog sein Messer. Erschreckenderweise kam Urthonas Stimme aus dem unbewegten Mund des Roboters. »Ich sehe dich, du *Leblabbiy!* Und ich werde dich jetzt umbringen!«

Eine Sekunde lang wußte Kickaha nicht, was geschah. Dann kam ihm die Erleuchtung. Urthona hatte im Körper des Roboters einen Transceiver eingeschaltet und sprach nun über ihn. Wahrscheinlich beobachtete er sein Opfer auch durch die Augen von Nummer Eins.

Dies bot Kickaha *einen* Vorteil. Solange Urthona die Vorgänge und den Kampf aus dem Kontrollzentrum beobachtete, würde er sich nicht herüberschleusen.

Kickaha sprang auf den Roboter zu, hielt inne und sprang zurück, mit keiner anderen Absicht, als die Schnelligkeit von Nummer Eins zu testen. Aber der Roboter unternahm nicht den Versuch, mit dem Arm zu parieren oder das Messer zu packen. Er kam einfach weiter auf Kickaha zu. Kickaha sprang an Nummer Eins vorbei, und seine Klinge blitzte vor und zurück. Erster Punkt für ihn. Die Spitze hatte den Schutz durchstoßen, der so bemalt war, daß er einem menschlichen Auge ähnelte. Aber hatte er den Videosensor dahinter ebenfalls zerstört?

Er hatte keine Zeit, dies herauszufinden. Er kam erneut an, diesmal links. Der Roboter drehte sich noch immer, als das Messer den zweiten Augapfel zerstörte.

Inzwischen hatte Kickaha erkannt, daß Nummer Eins für ihn nicht schnell genug war. Sicher, er war zweifellos sehr viel stärker als er selbst, doch in diesem Fall lag der Schlüssel zum Sieg in der Geschwindigkeit. Er rannte um Nummer Eins herum und verhielt sich hinter ihm ganz ruhig. Der Roboter setzte seinen Weg fort. Er mußte jetzt jedoch blind sein, und dies bedeutete, daß auch Urthona dies wußte und sofort irgendeine andere Aktion starten würde.

Kickaha blickte sich hastig um. Es gab in dem Raum Abschnitte in den Wänden, hinter denen sich ein Tor verbergen konnte. Aber würde Urthona nicht die Schleusentore so angebracht haben, daß er durch sie eindringen konnte, ohne von jemandem gesehen zu werden, der sich in diesem Raum befand? Vielleicht das Wandstück hinter dem Kontrollbord? Dies stand nämlich nicht plan zur Wand.

Er lief hinüber und trat hinter die Konsole. Sekunden vergingen und addierten sich zu einer vollen Minute. Zögerte Urthona, weil er sich zuerst eine Waffe besorgen wollte? Wenn dem so war, würde er zu einem Waffenversteck gehen müssen, da Orc alle Waffen, deren er habhaft werden konnte, über Bord geworfen hatte.

Oder würde er im Kontrollzentrum bleiben, wo er in Sicherheit war? Von dort aus konnte er sämtliche Roboter im Palast befehligen – und davon gab es Unmengen – und sie auf diesen Raum hier konzentrieren.

Oder hatte er sich in einen Raum in der Nähe geschleust und

schlich sich nun an seinen Feind heran? Wenn dem so war, dann lag in seiner Hand ganz zweifellos ein Strahler.
Es folgte ein Krach, als der Roboter blind gegen die Wand taumelte. Kickaha vermutete jedenfalls, daß der Krach diese Ursache hatte. Er wollte gerade seine Nase vorstrecken, um sich zu vergewissern.
Die einzige Warnung, die er bekam, war ein Schimmer, ein Kreis pulsierenden Lichtes, im Umfang größer als ein sehr großer Mann, der sich in der Wand zu seiner Rechten zeigte. Plötzlich wurde der Lichtkreis zu einem Loch in der Wand, und Urthona trat durch die Rundung. Kickaha sprang ihn an, wirbelte ihn nach rückwärts in dem verzweifelten Versuch, sie beide in den Kontrollraum zu bringen, bevor sich die Schleuse wieder schließen würde.
Sie fielen nach außen auf den Boden. Kickaha lag oben über dem Lord, seine Finger umkrallten das Handgelenk der Hand, die den Strahler hielt. Mit der anderen Hand drückte er die Schneide des Messers gegen die Halsschlagader Urthonas. Dessen Augen waren glasig, denn er war mit dem Hinterkopf auf den Boden geschlagen. Kickaha verdrehte ihm das Handgelenk, und der Strahler polterte auf den Fliesenboden. Er rollte sich ab, packte die Waffe und stand auf den Beinen.
Zuckend und mit gebleckten Zähnen mühte Urthona sich, ebenfalls aufzustehen. Er fiel zurück, als Kickaha ihm befahl, liegenzubleiben.
Der Roboter Nummer Sechs kam auf sie zu. Kickaha rief Urthona hastig zu, dem Roboter zu befehlen, nichts zu unternehmen. Der Lord tat dies, und der Roboter zog sich an die Wand zurück.
Grinsend sagte Kickaha: »Ich hätte mir niemals träumen lassen, daß der Tag kommen würde, an dem ich mich über deinen Anblick freuen würde. Aber jetzt ist er da! Du hast für uns die Kastanien aus dem Feuer geholt. Für mich und für Anana. Wirklich brav.«
Urthona sah aus, als könne er einfach nicht glauben, daß so etwas ihm geschehen war. Kein Wunder! Nach allem, was er durchgemacht hatte! Und dann das Glück, einen Felsblock zu finden, der eine Schleuse barg. Soweit er wußte, hockten seine Feinde auf seiner

Welt als Schiffbrüchige – oder sie waren, mit größerer Wahrscheinlichkeit, bereits tot. Und er war wieder König in seinem Palast.

Es mußte ein ziemlicher Schock für ihn gewesen sein, als er entdeckte, daß der Zugang zu seinem Kontrollzentrum zugeschweißt war. Also hatte doch jemand in seine Festung eindringen können. Wahrscheinlich der Lord einer anderen Welt, dem es gelungen war, sich herüberzuschleusen. Aber das war eigentlich unwahrscheinlich. Er mußte auf die Idee gekommen sein, daß sich wider Erwarten Orc oder Anana und Kickaha Zugang verschafft hatten. Doch in den Kontrollraum, in das Zentrum der Macht, konnten sie offensichtlich nicht gelangt sein. Also hatte er wohl zunächst einmal den absteigenden Kurs der Orbitbewegung seines Palastes gelöscht und einen sicheren Kurs eingegeben. Dann begann er wahrscheinlich mit der Überprüfung der Sensorensysteme. Das reguläre System kam zuerst an die Reihe. Und sicherlich zeigte ihm das Aufblitzen der roten Warnlämpchen in der Computerzentrale, daß irgend jemand in der Falle hockte. Er überprüfte dies und stellte fest, daß Red Orc in dem Kubus saß.

Doch er mußte Anana ebenfalls gesehen haben. Hatte er dem Roboter Nummer Zwei befohlen, sie zu töten?

Kickaha fragte Urthona. Der Lord schüttelte den Kopf so heftig, als wolle er damit seine Sorgen abschütteln.

»Nein«, sagte er schwerfällig. »Ich habe sie dort gesehen, aber sie unternahm ja nichts, was mich zu jenem Zeitpunkt in Gefahr hätte bringen können. Danach begann ich die Hilfssensoren zu überprüfen, nur um sicherzugehen, daß sich niemand sonst an Bord befand. Ich war noch nicht bis zu jenem Raum vorgedrungen, in dem du dich befandest. Aber du hast dich in das Kontrollzentrum eingeschaltet ... und ... verflucht sollst du sein! Wäre ich bloß ein paar Minuten früher hierhergekommen!«

»Ja, es ist eben alles eine Frage des richtigen Timings«, sagte Kickaha lächelnd. »Aber machen wir weiter. Du denkst wahrscheinlich, daß ich dich umbringen werde oder daß ich dich in diesen Käfig auf Rädern stecken werde, um dich dort verhungern zu lassen. Das ist

zwar keine schlechte Idee, aber ich ziehe es vor, mir solche Dinge nur in der Theorie auszumalen, anstatt sie in die Praxis umzusetzen.
Ich habe Red Orc versprochen, ihn freizulassen, wenn er zur Kooperation bereit ist. Er hat zwar wenig dazu beigetragen, uns zu helfen, aber das kann ich ihm nicht negativ anrechnen. Er hatte nicht die Möglichkeit dazu.
Also, Urthona, wenn du ebenfalls zur Mitarbeit bereit bist, dann werde ich dich am Leben lassen. Ich muß Orc, deinen heißgeliebten Bruder, aus der Falle herausbekommen, damit ich das Horn zurückerhalte. Aber zunächst wollen wir einmal prüfen, ob deine Geschichte auch der Wahrheit entspricht. Und Gott gnade dir, wenn dem nicht so ist!«
Er trat hinter den Lord und wahrte dabei soviel Abstand, daß er außer Reichweite war, falls dieser sich umdrehen und nach dem Strahler greifen sollte. Die Waffe war auf leichte Betäubung eingestellt. Urthona bediente die Kontrollknöpfe, und die versteckten TV-Kameras des Hilfssystems schalteten sich in die Überwachung des Raumes mit dem Kubuskäfig ein. Orc hockte noch immer in seinem Gefängnis; Anana und Nummer Zwei standen vor dem Loch in der Wand.
Kickaha rief ihren Namen. Sie blickte mit einem leichten Schrei aufwärts. Er sagte ihr, sie solle keine Angst haben, und berichtete ihr, was inzwischen geschehen war.
»Also sieht es jetzt wieder ganz gut aus«, sagte er. »Dein Bruder, Orc, wird dich in die Zentrale schleusen. Als erstes aber legst du jetzt den Strahler auf den Tisch. Unternimm nichts. Wir schauen zu. Nimm das Horn. Gut so. Nun geh in die Ecke des Käfigs, in der du aufgetaucht bist, als du in diesen Kubus kamst. Gut. Steh ganz still. Beweg dich nicht einen Millimeter, oder du wirst einen Fuß oder sonstwas verlieren.«
Urthona streckte die Hand nach dem Schaltknopf aus. Kickaha sagte: »Halt! Ich bin noch nicht fertig! Anana, du weißt, wohin ich gegangen bin. Geh dorthin und stell dich dort hinter der Kontrolltafel an die Wand. Dann komm durch die Schleuse, wenn sie sich

öffnet. Ach, du wirst auf einen blinden Roboter stoßen, den armen alten Nummer Eins. Ich werde ihm befehlen strammzustehen, also wirst du nicht belästigt werden.«

Urthona stakste steifbeinig auf das Kontrollbord zu, das am Ende des riesigen Raumes lag. Seine Finger waren heftig verkrampft. Er zitterte.

»Du solltest vor Freude in die Luft springen«, sagte Kickaha. »Du wirst leben! Und es wird sich dir sicher eines Tages wieder mal eine Chance bieten, mit uns dreien abzurechnen!«

»Du glaubst doch nicht, daß ich dir dies abnehme?«

»Warum nicht? Habe ich jemals etwas getan, das du vorhergesehen hättest?«

Er befahl dem Lord, ihm die unbeschrifteten Kontrollknöpfe zu zeigen, die Red Orc zurückholen würden. Urthona trat einen Schritt zurück, auf daß Kickaha die Operation einleiten könne. Doch der Rotschopf sagte: »Ach nein, du machst das besser selber.« Es war ja durchaus möglich, daß die Kontrollknöpfe in dem Rhythmus, den Urthona ihm gezeigt hatte, einfach einen Hochfrequenzstrom durch ihn hindurchschießen würden.

Urthona zuckte mit den Achseln. Er bediente einen Kippschalter, drückte auf einen Knopf und trat von dem Schaltbrett zurück. Links begann die kahle Wand ein paar Sekunden lang zu schimmern. Ein Halbkugelwirbel von Farben trat blasenartig aus der Wand und platzte dann. Und dann stand dort Red Orc, mit dem Rücken beinahe die Wand berührend.

»Leg das Horn auf den Boden und schiebe es mit dem Fuß zu mir herüber«, sagte Kickaha.

Der Lord gehorchte. Kickaha behielt beide im Auge, bückte sich und hob das Horn auf.

»Endlich! Nun gehört es wieder mir!«

Fünf Minuten später kam Anana durch dieselbe Schleuse, von der auch Urthona und Kickaha transportiert worden waren.

Ihre Onkel sahen aus, als wäre dies für sie das Ende, als erwarteten sie in Kürze den Vorhang des letzten Aktes. Sie rechneten ganz eindeutig damit, hier und auf der Stelle umgebracht zu werden. Früher wäre Kickaha wohl zornerfüllt gewesen, weil keiner der beiden auch nur im geringsten begriff, daß er gewissermaßen ein Recht darauf hatte, sie zu exekutieren. Aber es war sinnlos, sich in Rage gleiten zu lassen. Er hatte schon vor langer Zeit gelernt, sich von den Selbstgerechten und den Psychopathen nicht mehr aus der Ruhe bringen zu lassen – falls es überhaupt einen Unterschied zwischen beiden Seelenströmungen gab.

»Ehe wir uns trennen«, sagte er, »würde ich gern Klarheit in ein paar Sachen bringen, falls dies möglich ist. Urthona, weißt du etwas über einen Engländer, der dem Anschein nach im achtzehnten Jahrhundert geboren wurde? Red Orc entdeckte ihn, als er hierherkam, und der Mann lebte hier.«

Urthona wirkte überrascht. »Jemand konnte hier hereinkommen?«

»Nun, jetzt weiß ich, wieviel du weißt. Schön, möglicherweise treffe ich irgendwann mal auf diesen Mann. Urthona, deine Nichte hat ein paar Erläuterungen dazu abgegeben, wie der Energieumwandler dieses schwebende Feenschloß versorgt. Sie sagte mir, daß zwar jeder Konverter auf Überlastung eingestellt werden kann, ein automatischer Regulationsmechanismus das System aber wieder auf normale Werte zurückschaltet. Es sei denn, man entfernt den Regelmechanismus. Ich möchte, daß du die Überlastungskontrolle auf etwa eine Viertelstunde einstellst. Und du wirst den Regulator aus dem Schaltkreis nehmen.«

Urthona wurde bleich. »Warum? Du ... du willst, daß ich in die Luft fliege?«

»Nein! Du wirst schon längst fort sein, wenn es hier zur Explosion kommt. Ich beabsichtige, deinen Palast in die Luft zu sprengen. Du wirst ihn niemals wieder benutzen können.«

Urthona fragte nicht, was geschehen würde, falls er sich weigerte. Unter dem scharfen Blick Ananas, die ihn überwachte, stellte er die Kontrollen ein. Auf einer Konsole begann ein großes rotes Licht zu blinken. Eine Anzeige blitzte in der Schrift der Lords: Überlastung! Ein Pfeifton erklang.

Selbst Anana blickte beunruhigt drein. Kickaha lächelte. Aber er war genauso nervös wie alle anderen.

»Gut! Und jetzt aktiviere die Schleusen zur Erde Nummer Eins und zu Jadawins Welt.«

Er hatte genau beobachtet, welche Kontrollknöpfe den Überlastungsregulator wieder aktivieren konnten, falls Urthona ein faules Spiel beabsichtigen sollte.

»Es ist mir bewußt, Urthona, daß du gar nicht anders als heimtückisch und hinterhältig sein kannst«, sagte Kickaha. »Aber unterdrücke wenigstens *einmal* deine angeborene Gemeinheit. Zwinge dich wenigstens *einmal,* keinen Trick zu versuchen. Mein Strahler ist auf Schneidestärke eingestellt. Bei der ersten falschen Bewegung zerfetze ich dich!«

Urthona gab keine Antwort.

In der hochaufragenden kahlen Wand erschienen zwei runde Lichtkreise. Dann verschwanden sie. In einem sah man das Innere einer Höhle – und es war die gleiche Höhle, durch die Kickaha und Anana seinerzeit nach Südkalifornien gelangt waren. In dem anderen Kreis zeigte sich der bewaldete Hang über einem Tal, darunter ein breiter grüner Fluß. Und weit in der Ferne sah man Rauch aus den Kaminen eines winzigen Dörfchens steigen, und auf einer Felsnase darüber befand sich ein steinernes Kastell. Der Himmel war leuchtendgrün.

Kickaha schmunzelte erfreut.

»Das sieht wie Drachenland aus. Die dritte Stufe, Abharhploonta. Ist einer von euch jemals dort gewesen?«

»Ich habe einige Streifzüge in Jadawins Welt unternommen«, sagte Urthona. »Ich hatte mir vorgenommen, eines Tages ... eines Tages ...«

»Jadawin auszubooten? Vergiß den Plan! Also – und jetzt, Urthona, aktiviere die Schleuse, die dich auf deinen Planeten bringen wird.«

Urthona holte tief Luft und sagte: »Aber du hast doch gesagt ...! Aber sicher ... werdet ihr mich doch nicht hier aussetzen?«

»Warum eigentlich nicht? Du hast dir diese Welt geschaffen. Also kannst du für den Rest deines Lebens ja wohl auch in ihr leben, nicht wahr? Dieses Leben wird wahrscheinlich kurz sein, und unbezweifelbar wird es hart sein. Wie wir auf der Erde sagen: Strafe soll dem Verbrechen angemessen sein!«

»Das ist ungerecht!« schrie Urthona. »Du läßt Orc auf die Erde zurückkehren. Das ist zwar kein Platz, den ich als eine erstklassige Welt bezeichnen würde, aber im Vergleich zu dem hier ist sie ein Paradies!«

»Nun schau einmal, wer redet denn hier von *ungerecht!* Und du wirst doch nicht anfangen zu betteln, oder? Du, einer der Lords unter den Lords!?«

Urthona reckte die Schultern. »Nein! Aber wenn du denkst, daß du mich damit los bist ...«

»Oh, das weiß ich. Es ist mir klar, daß du noch ein paar Tricks im Ärmel hast. Es würde mich nicht im geringsten erstaunen. Ich möchte wetten, du hast irgendwo in einem Felsblock eine Schleuse versteckt, die dich in eine andere Welt bringen kann. Aber das gibst du natürlich nicht preis. Du denkst, du wirst mich eines schönen Tages ganz überraschend erwischen, wie? Wenn du den Felsblock gefunden hast, bitte – falls du ihn jemals findest. Viel Glück dabei! Vielleicht langweile ich mich ja gerade und habe Lust auf ein bißchen scharfe Konkurrenz. Hau ab!«

Urthona trat auf die Wand zu. Anana zischte scharf: »Kickaha! Halt ihn auf!«

Er schrie den Lord an: »Bleib stehen, oder ich schieße!«

Urthona blieb stehen, drehte sich jedoch nicht um.

»Was ist los, Anana?«

Sie blickte zu dem riesigen Chronometer an einer Wand.

»Denkst du denn nicht daran, daß wir immer noch in Gefahr sind? Wie willst du denn wissen, was der sich ausgekocht hat? Was passiert, wenn er das Codewort einspeist? Ich glaube, es ist besser, bis zum letzten Augenblick zu warten. Dann soll Orc sich durchschleusen, und du kannst die Schleuse hinter ihm wieder verschließen. Und danach gehen wir durch unsere Schleuse. Und dann kann

Urthona sich durchschleusen lassen. Aber er hat dann niemanden um sich herum.«

»Gutes Kind, wie sehr du recht hast«, sagte Kickaha. »Mir lag soviel daran, wieder heimzukehren, daß ich die Geschichte ein wenig überstürzt habe.«

»Urthona!« rief er. »Dreh dich um und komm hierher zurück!«

Kickaha war nicht zu Bewußtsein gekommen, daß Urthona einen Laut von sich gegeben hatte. Seine Stimme mußte wohl sehr leise sein. Doch war sie offenbar laut genug für den wie auch immer gearteten Sensor in der Wand, um ihr Folge zu leisten.

Aus dem Fußboden, der Decke und den Wänden kam ein lautes, zischendes Geräusch. Aus Tausenden von winzigen Öffnungen der Innenwände quoll grünliches Gas in dichten Wolken in den Raum. Kickaha atmete soviel von der Luft ein, die mit dem metallischen Geschmack vermischt war, daß er davon fast einen Hustenanfall bekam. Er hielt die Luft an, aber seine Augen tränten so stark, daß er nicht sehen konnte, wie Urthona sich davonmachte. Auch Red Orc war plötzlich nicht mehr sichtbar. Und Anana, eine undeutliche Gestalt in den grünen Schwaden, stand da und starrte ihn an. Mit einer Hand kniff sie sich die Nasenflügel zu, die andere hatte sie über den Mund gepreßt. Sie signalisierte ihm, er solle nicht einatmen.

Aber sie wäre beinahe zu spät mit ihrer Warnung gekommen. Hätte er nicht sofort aufgehört einzuatmen, dann würde er inzwischen bewußtlos oder sogar tot sein. Dessen war er sich sicher.

Das Gas griff seine Haut nicht an. Auch dessen war er sich sicher. Denn sonst wäre ja auch Urthona in der Todesfalle gefangen gewesen.

Anana wandte sich um und verschwand in dem grünen Nebel. Sie strebte auf die Schleuse zu, die zu der Welt der vielen Ebenen führte. Auch er selbst begann zu laufen. Die Augen brannten, die Tränen schossen nur so hervor. Er sah kurz, wie Red Orc durch die Schleuse zur Erde Nummer Eins sprang.

Dann sah er nur undeutlich Urthonas Rücken, wie er blitzartig durch die Schleuse tauchte, die zu jener Welt führte, die Kickaha so sehr liebte.

Kickaha hatte das Gefühl, als müsse er sich die Lunge aus dem Brustkorb spucken. Aber er bekämpfte den Körperreflex, weil er wußte, daß er sterben mußte, wenn er tief einatmete.

Und dann war er durch das Tor geschlüpft. Er hatte keine Ahnung, wie hoch die Schleuse über dem Berghang lag, aber er hatte auch nicht die Zeit, umsichtig und vorsichtig zu sein. Er fiel sofort, landete auf seinen Hinterbacken und schlitterte schmerzhaft über eine Strecke von losem Geröll hinunter. Die Neigung betrug mehr als hundertfünfzig Meter lang ungefähr fünfundvierzig Grad und fiel dann plötzlich steil ab. Er rollte sich herum und krallte sich in das Gestein. Die Kanten schnitten ihm in die Hände und zerfetzten ihm die Brust, doch er krallte sich fest, so weh es auch tat.

Inzwischen hatte er zu keuchen und zu husten begonnen. Doch dies spielte nun keine Rolle mehr. Die grünen Giftwolken lagen hinter ihm, aber sie kamen nun aus einer Öffnung an der Bergflanke.

Er zwang sich zur Ruhe. Langsam und in der Furcht, daß er durch eine zu hastige Bewegung eine Steinlawine auslösen könnte, begann er nach oben zu klettern. Ein paar Blöcke polterten allerdings dennoch in die Tiefe. Dann sah er Anana. Sie hatte es bis zur Seite der Schleuse geschafft und klammerte sich mit einer Hand an einen Felsvorsprung. Mit der anderen hielt sie das Horn umklammert. Die Augen waren riesengroß, ihr Gesicht war kreidebleich.

»Komm hier rauf, und dann nichts wie weg!« rief sie. »So schnell du kannst! Der Konverter kann jeden Augenblick explodieren.«

Er wußte dies auch. Er schrie ihr zu, sie solle sich aus der Gefahrenzone begeben. Er würde ihr in einer Minute folgen. Ihr Gesicht sah aus, als würde sie jeden Moment herunterklettern, um ihm zu helfen. Aber dann begann sie den schwierigen Aufstieg den Steilhang hinauf. Kickaha kroch schräg auf den Sims zu, den sie gepackt hatte. Mehrmals glitt er fast wieder ab, konnte aber den Sturz vermeiden.

Endlich konnte er sich über den Felsüberhang hinaufhieven. Er begab sich in eine Hockstellung, packte eine Handvoll Grasbüschel und zog sich an ihnen über die Kante. Dort hielt er sich mit einer Hand fest und kletterte rasch weiter, so rasch er es riskieren zu können glaubte. Nur weg von dem Loch!

Gerade als er eine Stelle über einem schmalen Felsvorsprung erreicht hatte – einer Formation, als stülpe der Berg hier leicht seine Lippen vor –, begann der Berg zu beben und zu dröhnen. Er wurde fortgeschleudert und landete auf einem winzigen Felssims.

Die losen Geröllstücke rollten herunter und über den Sims hinweg. Und die Felswand unten war nun so kahl, als hätte sie ein riesiger Besen saubergefegt.

Dann Stille – nur die kreischenden Schreie einiger Vögel in der Ferne und das undeutliche Rumpeln, als die Felsbrocken tief unter ihm zur Ruhe kamen.

»Es ist vorbei, Kickaha!« sagte Anana.

Er drehte langsam den Kopf und sah, wie sie um eine Felsnase herum zu ihm herüberblickte.

»Die Schleuse mußte sich ja in jenem Moment schließen, in dem ihr aktivierendes Element zerstört war. Wir haben nur einen winzigen Teil der Explosion mitbekommen, Gott sei Dank! Sonst wäre nämlich der ganze Berg in die Luft geflogen!«

Er stand auf und schaute den Hang hinab. Aus einem Steinhaufen unten ragte etwas hervor. Ein Arm?

»Ist Urthona entkommen?«

Sie schüttelte den Kopf. »Nein. Er ist über die Felsbank gegangen. Er ist nicht sehr tief gefallen, nur so an die sechs, vielleicht acht Meter, ehe er auf den zweiten Felssims aufprallte. Aber die Steinlawine hat ihn erwischt.«

»Wir werden hinuntersteigen und uns überzeugen, daß er tot ist«, sagte Kickaha. »Dieses miese Spiel, das er mit uns gespielt hat, macht alle Versprechungen ungültig, die wir ihm gegeben haben.«

Aber alles, was sie noch tun konnten, war, noch ein paar Felsbrocken mehr über Urthona aufzuhäufen, um die Aasvögel und die wilden Tiere von ihm fernzuhalten.

Sechsundzwanzigstes Kapitel

Ein Monat war vergangen. Sie befanden sich noch immer im Berg. Allerdings auf seiner anderen Seite und fast an seinem Fuße. Das Tal war von Menschen unbewohnt, obwohl sich gelegentlich Jagdtrupps aus dem Flußdorf, das sie gesehen hatten, als sie aus dem Tor getreten waren, herüberwagten. Kickaha und Anana vermieden die Begegnung mit ihnen.

Zunächst errichteten sie einen Windschutz. Und nachdem sie Bögen und Pfeile aus Eschenholz gefertigt hatten, die sie mit zugeschliffenen Flintspitzen versahen, schossen sie Rotwild, das hier in großer Zahl vorhanden war, und gerbten die Felle. Daraus bauten sie sich ein *tipi,* ein Indianerzelt, gut kaschiert durch die Bäume eines Hains. Ein Bach, hundertfünfzig Meter den Hang hinab, versorgte sie mit klarem, kaltem Wasser. Außerdem gab es dort Fische.

Sie machten sich Kleider aus Rehleder und schliefen auf Bärenfellen. Sie erlaubten sich ziemlich lange Ruhepausen, doch sie trainierten auch sehr oft: Sie wanderten, suchten Beeren und Nüsse, jagten und liebten sich. Sie setzten sogar ein wenig Fett an. Nachdem sie so lange Zeit oft dem Verhungern nahe gewesen waren, war es ziemlich schwer, sich nicht den Bauch vollzuschlagen. Zum Teil bestand ihre Nahrungszufuhr aus Brot und Butter, die sie eines Nachts aus dem Dorf gestohlen hatten. Es waren zwei große Säcke voll.

Kickaha, der sich an die Dörfler angeschlichen hatte und sie heimlich belauschte, fand sich in seiner Vermutung bestätigt, daß sie sich in Drachenland befanden. Und aus einer Bemerkung, die er belauscht hatte, konnte er schließen, daß dieses Dorf zu der Baronie des Ulrich von Neifen gehörte.

»Sein Oberherr ist – jedenfalls theoretisch – der Herzog Willehalm von Hartmot. Jetzt weiß ich, wo wir uns ungefähr befinden. Wenn wir diesen Fluß abwärts gehen, dann kommen wir an den Fluß Pfaue. Dann ziehen wir dreihundert Meilen weiter, und wir sind in der Baronie des Siegfried von Listbat. Und er ist ein guter Freund von mir. Müßte er jedenfalls sein. Ich habe ihm mein Schloß übergeben, und er hat meine geschiedene Frau geheiratet. Es war übrigens nicht so, daß Isôte und ich nicht miteinander ausgekommen wären. Bitte mißverstehe das nicht. Aber es paßte ihr einfach nicht, daß ich ständig abwesend war.«

»Und wie lange warst du jeweils abwesend?«

»Ach, das wechselte. Manchmal ein paar Monate. Manchmal ein paar Jahre.«

Anana lachte.

»Also, von nun an, wenn du dich auf irgendwelche Reisen begibst ... ich werde mitkommen!«

»Aber sicher doch! Du kannst mithalten mit mir. Aber meine Exgattin Isôte, die konnte das eben nicht, und sie würde es auch nicht getan haben, selbst wenn sie dazu fähig gewesen wäre.«

Sie kamen überein, sich für einen Monat oder länger als Gäste bei Listbat einzunisten. Kickaha hatte eigentlich auf die nächstniedrige Stufe hinuntersteigen wollen, die er als Amerindia bezeichnete, um einen Stamm zu finden, der sie adoptieren würde. Von allen Ebenen dieser Welt behagte ihm diese am meisten. Es gab dort hohe, waldbedeckte Berge und weite Prärien, Bäche und Flüsse mit kristallklarem Wasser, riesige Herden von Büffeln, Mammuts und Antilopen, dazu Bären, Säbelzahntiger und Wildvögel in Millionenzahl, Wildpferde und Biber. Die menschliche Bevölkerung war zwar wild, aber nur sehr klein. Und wenn die zweite Ebene auch ein größeres Gebiet umfaßte als der nordamerikanische und der zentralamerikanische Kontinent zusammen, so gab es doch kaum einen Landstrich, in dem der Name Kickahas, des »Tricksers«, unbekannt gewesen wäre.

Dennoch, sie mußten zu der Festung, zu dem Palast, auf dem Gipfel dieser Welt gelangen. Und diese Welt war gestaltet wie einst der Turm zu Babel. Von dort würden sie sich – wenn auch widerstrebend – zurück zur Erde schleusen. Widerstrebend deshalb, weil sie beide nicht übermäßig viel für die Erde übrig hatten. Sie war übervölkert, von Giften verseucht und konnte jederzeit in einem Atomkrieg zerplatzen.

»Aber vielleicht sind ja Wolff und Chryseis dort, wenn wir hinkommen. Es ist doch möglich, daß sie schon dort sind. Das wäre doch phantastisch, oder?«

Sie standen oben auf dem Berg, hoch über dem Flußtal, als er dies sagte. Auf halber Höhe unter ihnen standen am Hang die Birken, aus denen sie sich ein Kanu bauen würden. Aus den Schornsteinen des winzigen Dörfleins an der Flußbiegung stieg der Rauch auf. Die Luft war rein und klar, und der Erdboden unter ihnen hob sich nicht und fiel nicht ab. Ein riesiger schwarzer Adler glitt in einiger Entfernung vorbei, zwei Falken ließen sich vom Wind tragen, stießen auf den Fluß zu, wo sie unendlich viele Fische finden würden. In einem Beerengestrüpp grunzte in der Nähe schmatzend ein Grizzlybär.

»Anana, das hier ist eine wundervolle Welt! Jadawin ist ja vielleicht der Lord dieser Welt, aber in Wirklichkeit ist es meine Welt. Es ist Kickahas Welt.«